最后的獒王③

ZUIHOU DE AOWANG XUEYU ZHONGHUN

雪域忠魂

杨志军　著

青海人民出版社

图书在版编目（CIP）数据

最后的獒王.雪域忠魂 / 杨志军著.-- 西宁：青海人民出版社，2021.10（2022.10重印）
ISBN 978-7-225-06226-6

Ⅰ.①最… Ⅱ.①杨… Ⅲ.①长篇小说—中国—当代 Ⅳ.① I247.5

中国版本图书馆CIP数据核字（2021）第202313号

最后的獒王：雪域忠魂

杨志军 著

出 版 人 樊原成
出版发行 青海人民出版社有限责任公司
西宁市五四西路71号 邮政编码：810023 电话：（0971）6143426（总编室）
发行热线 （0971）6143516 / 6137730
网　　址 http://www.qhrmcbs.com
印　　刷 陕西龙山海天艺术印务有限公司
经　　销 新华书店
开　　本 890 mm × 1240 mm 1/32
印　　张 12.875
字　　数 260千
版　　次 2022年1月第1版 2022年10月第2次印刷
书　　号 ISBN 978-7-225-06226-6
定　　价 62.00元

序

我·父亲·藏獒

一切都来源于怀念——对父亲，也对藏獒。

在我七岁那年，父亲从三江源的玉树草原给我和哥哥带来一只小藏獒，父亲说，藏獒是藏族人的宝，什么都能干，你们把它养大吧。

小藏獒对我们哥俩很冷漠，从来不会冲我们摇头摆尾。我们也不喜欢它，半个月以后用它换了一只哈巴狗。父亲很生气，却没有让我们把它换回来。过了两天，小藏獒自己跑回来了。父亲咧嘴笑着对我们说："我早就知道它会回来。这就叫忠诚，知道吗？"

可惜我们依然不喜欢不会摇头摆尾的小藏獒，父亲叹叹气，把它带回草原去了。

一晃就是十四年。十四年中，我当兵，复员，上大学，然后成了《青海日报》的一名记者。第一次下牧区采访时，走近一处牧民的碉房，远远看到一只硕大的黑色藏獒朝我扑来，四爪敲打着地面，敲出了一阵震天动地的鼓声。我吓得不知所措，死僵僵地立着，连发抖也不会了。

但是，黑獒没有把我扑倒在地，在离我两步远的地方突然停下，屁股一坐，一动不动地望着我。随后跑来的旦正嘉叔叔告诉我，黑獒是十四年前去过我家的小藏獒，它认出我来了。

我对藏獒的感情从此产生。你仅仅喂了它半个月，十四年以后它还把你当作亲人；你做了它一天的主人，它都会牢记你一辈子。就算它是狗，也足以让我肃然起敬。

黑狮子一样威武雄壮的黑獒死后不久，我成了三江源的长驻记者，一驻就是六年。六年的草原生活，我遭遇过无数的藏獒，无论它们多么凶猛，第一眼见我，都不张牙舞爪，感觉和我已经是多年的故交。它们的主人起初都奇怪，知道我的父亲是谁以后，才恍然大悟：你身上有你父亲的味道，它们天生就认得你！

那六年里，父亲和一只他从玉树带去的藏獒生活在城市里，而在高原上的我，则生活在父亲和藏獒的传说中。父亲在草原上生活了将近二十年，做过记者，办过学校，搞过文学，也当过领导。草原上流传着许多他和藏獒的故事，虽不完全像我在小说里描写的那样，却同样传奇迷人。

有个藏族干部对我说，“文革”中他们这一派想揪斗父亲，研究了四个晚上没敢动手，就是害怕父亲的藏獒报复他们。

在长驻三江源的六年里，父亲的基因一直发挥着作用，使我不由自主地像他那样把自己完全融入了草原，完全像一个真正的藏族人那样生活着。

我那个时候的理想就是：娶一个藏族姑娘，和父亲一样养一群藏獒，冬天在冬窝子里吃肉，夏天在夏窝子里放牧，偶尔再带着藏獒去森林里雪山上打打猎冒冒险。我好像一直在为实现我的理想努力着，几乎忘了自己是一个长驻记者。

有一次在曲麻莱喝多了青稞酒，醉得一塌糊涂，半夜起来解手，凉风一吹，吐了。守夜的藏獒跟过来，二话不说，就把我吐出来的东西舔得一干二净。结果它也醉了，浑身瘫软地倒在了我身边。我和它互相搂抱着在帐房边的草地上酣然睡去。第二天早晨迷迷糊糊醒来，摸着藏獒寻思：身边是谁啊，是这家的主人戴吉东珠吗？他身上怎么长出毛来了？

这件事儿成了我的笑话，在草原上广为流传。姑娘们见了我就哧哧地笑，孩子们见了我就冲我喊："长出毛来了，长出毛来了。"牧民们请我去他家做客，总是说："走啊，去和我家的藏獒喝一杯。"

很不幸，不久我结束了三江源的长驻生涯，回到了我不喜欢的城市。在思念草原思念藏獒的日子里，我总是一有机会就回去的。雪山、草原、骏马、牧民、藏獒、奶茶，对我来说这是藏地六宝，我的精神上一生都会依赖它们，尤其是藏獒。我常常想，我是因为父亲才喜欢藏獒的，父亲为什么喜欢藏獒呢？我问父亲，父亲不假思索地说："藏獒好啊！藏獒精忠报主，见义勇为，英勇无畏。藏獒一生都为别人而战。藏獒以道为天，它们的战斗是为忠诚，为道义，为职责。"在一本《公民道德准则》的小册子上，父亲还郑重其事地批注了几个字：藏獒的标准。

可惜在父亲生前，藏獒已经开始衰落，尽管有"藏獒精神"

支撑着父亲的一生，年迈的他，也只能蜗居在城市的水泥格子里，怀想远方的草原和远方的藏獒。每次注视父亲寂寞的身影，我就想，我一定要写一本关于藏獒的书，主人公除了藏獒就是父亲。

藏獒是由一千多万年前的喜马拉雅巨型古鬣犬演变而来的高原犬种，是犬类世界唯一没有被时间和环境所改变的古老的活化石。它曾是青藏高原横行四方的野兽，直到六千多年前，才被驯化，开始了和人类相依为命的生活。作为人类的朋友，藏獒得到了许多当之无愧的称号：古人说它是“龙狗”，乾隆皇帝说它是“狗状元”，藏族人说它是“森格”（狮子），藏獒研究者们说它是“国宝”，是“东方神犬”，是“世界罕见的猛犬”，是“举世公认的最古老、最稀有、最凶猛的大型犬种”，是“世界猛犬的祖先”。公元1275年，意大利探险家马可·波罗这样描写了他所看到的藏獒：“在西藏发现了一种从未见过的怪犬，它体形巨大，如同驴子，凶猛声壮，如同狮子。”其实在之前的公元1240年，成吉思汗的后裔已横扫欧洲，把跟着他们南征北战的猛犬军团的一部分——三万多只藏獒留在了欧洲，这些纯种的喜马拉雅藏獒在更加广阔的地域杂交繁育出了世界著名的大型工作犬马士提夫犬、罗特威尔犬、德国大丹犬、法国圣伯纳犬、加拿大纽芬兰犬等等。这就是说，现存于欧亚两陆的几乎所有大型凶猛犬种的祖先都是藏獒。

父亲把这些零零星星搜集来的藏獒知识抄写在一个本子上，百看不厌。同时记在本子上的，还有一些他知道的传说。这些传说告诉我们，藏獒在青藏高原一直具有神的地位。古代传说中神勇的猛兽“狻猊”，指的就是藏獒，因此藏獒也叫苍猊。在藏族英雄格萨尔的口传故事里，那些披坚执锐的战神很多都是藏獒，而曾经帮助二郎神勇战齐天大圣孙悟空的哮天犬，也是一只孔武有力的喜马拉雅藏獒。

所有这些关于藏獒的知识和传说，给了父亲极大的安慰，从玉树草原带回家的那只藏獒老死以后，它们便成了父亲对藏獒感情的唯一寄托。我曾经从报纸上剪下一些关于藏獒集散地、藏獒繁殖基地、藏獒评比大会和藏獒展示会的消息，送给父亲，希望能带给他快乐，没想到带给他的却是忧虑。父亲说，那还是藏獒吗？那都是宠物。

在父亲的心中，藏獒已经不仅是家兽，不仅是动物，而是一种高贵的生命，是游牧民族借以张扬游牧精神的一种形式。藏獒不仅集中了草原的野兽和家兽应该具备的最好品质，而且集中了草原牧民应该具备的优秀品质。藏獒的风骨，不可能在人们无微不至的关怀中延续，只能在青藏高原的凌厉风土中磨砺。如果不能让它们奔驰在缺氧至少百分之五十的高海拔原野，不能让它们啸鸣于零下四十摄氏度的冰天雪地，不能让它们时刻警惕十里二十里之外的狼情和豹情，不能让它们把牧家的全部生活担子扛压在自己的肩膀上，它们的敏捷、速度、力量和品行的退化，都将不可避免。

所以，当城市中先富裕且闲暇时间日益增多的人们对藏獒的热情日渐高涨之时，当藏獒的身价日渐昂贵之时，父亲的孤独也在日渐加深。

就在对藏獒的无尽怀想中，父亲去世了。

我和哥哥把父亲关于藏獒知识的抄写本和剪贴本一页一页撕下来，连同写着“千金易得，一獒难求”八个字的封面，和着纸钱一起在父亲的骨灰盒前烧了。我们希望，假如真有来世，能有藏獒陪伴着他。

第二年春天，我们的老朋友旦正嘉的儿子强巴来到我家，捧着一条哈达，里里外外找了一圈，才知道父亲已经去世了。他把哈达献给了父亲的遗像，然后从旅行包里拿出了他给父亲的礼物。我们全家人都惊呆了，那是四只小藏獒。这个像藏獒一样忠诚厚道的牧民，在偌大的三江源地区千辛万苦地寻找到了四只品系纯正的藏獒，想让父亲有一个充实愉快的晚年。可惜父亲已经走了，再也享受不到藏獒带给他的快乐和激动了。

母亲和我们赶紧把它们抱在怀里，喜欢得都忘了招待客人。我问强巴，它们有名字了吗，他说还没有。我们立刻就给它们起名字，最强壮的那只小公獒叫冈日森格，它的妹妹叫那日；小的那只母獒叫果日，它的比它壮实的弟弟叫多吉来吧。这些都曾经是父亲的藏獒的名字，我们照搬在了四只小藏獒身上。而在写这部小说的时候，我又用它们命名了书的主人公，也算是对父亲和四只小藏獒的纪念吧。

送来四只小藏獒的这天，是父亲去世以后我们家的第一个节日，让我们在忘乎所以的喜悦中埋下了悲剧的种子。两个星期后，我们家失窃了，其他东西都没丢，就丢了四只小藏獒。

寻找是不遗余力的，全家都出动了。我们就像丢失了自己的孩子，疯了似的在城市的大街小巷一声声地呼唤着：“冈日森格，多吉来吧，果日，那日。”我们托人，我们报警，我们登报，我们悬赏，我们用尽了所能想到的一切办法。整整两年过去了，我们才愿意承认，父亲的也是我们的四只小藏獒恐怕已经找不到了。偷狗的人一般是不养狗的，他们很可能是几个狗贩子，用损人利己的办法把四只小藏獒变成了钱。能够掏钱买下小藏獒的，肯定也是喜欢藏獒的，他们不至于虐待它们吧？他们会尽心尽力地喂养好它们吧？

现在，四只小藏獒早该长大，该做爸爸妈妈了。我想告诉那些收养着它们的人，请记住它们的名字：冈日森格是神山狮子的意思，多吉来吧是善金刚的意思，果日是草原人对以月亮为表征的勇健神母的称呼，那日是他们对以乌云为表征的狮面黑金护法的称呼；另外，果日还是圆蛋，那日还是黑蛋，都是藏族人给最亲昵的孩子起乳名时常用的名字。

还请记住，要像高原牧民一样对待它们，千万不要随便给它们配对。冈日森格、多吉来吧以及果日和那日，只有跟纯正的喜马拉雅獒种生儿育女，才能在延续血统、保持身材高大魁伟的同时，也保持精神的伟大和品格的高尚，也才能使它们一代又一代地威镇群兽，卓尔不群，铁铸石雕，钟灵毓秀，一代又一代地成为人类生活的一部分。

还请记住，它们身上凝聚了草原牧民对父亲的感情，还凝聚了一个儿子对父亲的无尽怀念。

2017 年 9 月 1 日

目录

第　一　章
Chapter 1

血光初溅

1. 恶魔的到来

父亲万万没有想到，那场闻所未闻的劫难，不仅没有放过天高地远的西结古草原，还从父亲的寄宿学校开始，拿藏獒开刀。因为思念父亲而花白了头发的多吉来吧，被带到多猕镇的监狱看守犯人的多吉来吧，在咬断拴它的粗铁链子，咬伤看管它的军人后，一口气跑了一百多公里，终于回来了。父亲高兴地说："太好了，多吉来吧只能属于我，其他任何人都管不了。"但是命运并不能成全父亲和多吉来吧共同的心愿：彼此相依为命，永不分离。就在情爱甚笃的多吉来吧和大黑獒果日养育了三胎七只小藏獒，酝酿着激情准备怀上第四胎时，多吉来吧又一次离开了西结古草原。

那时候，父亲最大的愿望就是扩建寄宿学校，把孩子们上课、住宿的帐房变成土木结构的平房。平房比帐房坚固，即使再来狼群，只要不出去，就不会发生狼群吃掉孩子的事情。恰好刚刚建起的西宁动物园派人来到西结古草原寻觅动物，他们看中了多吉来吧，拿出几十元要把它买走。父亲说：“多吉来吧怎么能卖呢？不能啊，谁会把自己的兄弟卖到故乡之外的地方去呢？”动物园的人不肯罢休，一次次来，一次次把价格提高，一直提高到了两千元钱。父亲从来没见过这么多的钱，这么多的钱足够修建两排土木结构的平房，教室有了，而且是按年级分开的；宿舍有了，而且是男生女生分开的。父亲突然发狠地咬烂了自己的舌头，颤声说：“你们保证，你们保证，保证要对多吉来吧好。”动物园的人举起拳头，庄严地做出了保证。

父亲流着泪，向多吉来吧和大黑獒果日一次次地鞠躬，对它们一次次地触摸抚慰，说了许多个热烘烘、湿漉漉的“对不起”，然后帮着动物园的人，把多吉来吧拉上汽车，装进了铁笼子。多吉来吧知道又一次分别、又一次远行、又一次灾难降临到了自己身上，按照它向来不违拗父亲意志的习惯，它只能在沉默中哭泣。但是这次它没有沉默，它撞烂了头，拍烂了爪子，让铁笼子发出一阵阵惊心动魄的响声。父亲惊慌地扑过去抱住了铁笼子：“怎么了？怎么了？”父亲满怀都是血，是多吉来吧的血，它似乎在告诉父亲，接下来的，将是血泪纷飞的日子。

远远地去了，多吉来吧，到距离西结古草原一千两百多公里的西宁城里去了。多吉来吧可爱的妻子大黑獒果日照例追撵着汽车，一直追出了狼道峡……

漆黑如墨，青果阿妈草原的夜晚就像史前的混沌，深沉到无边。一个魁伟高大、长发披肩的黑脸汉子，骑着一匹赤骝马，带着一只以后会被父亲称作“地狱食肉魔”的藏獒，从狼道峡穿越而来。地狱食肉魔一进入西结古草原就显得异常亢奋，时而伏着身子，时而举着鼻子到处嗅着，没事找事地跑向了三只藏马熊。主人黑脸汉子驱马紧跟在它身后，似乎想看看自己的藏獒到底有多大的能耐，阴险地撺掇着：“上，给我上，咬死它们，咬死丹增活佛。”地狱食肉魔看了看主人，利牙一龇，扑了过去。

两公一母三只藏马熊，正在进行爱情的角逐。一看一只藏獒跑来骚扰它们，两只公熊争先恐后地迎了过来。地狱食肉魔就在这个最危险的时刻显示了自己的本领，它突然停下来，直立而起，引得两只公熊也同时站起来又是挥掌又是咆哮。地狱食肉魔旋风一样把身子横过去，横出了一道流星般的擦痕，然后歪着头，从两只公熊亮出的肚子前冲了过去，只听嚓的一声响，又是嚓的一声响，两只公熊无毛而柔软的小肚子被扯烂了。刚才的爱情角逐使它们勃起的生殖器还没有来得及缩回去，就被地狱食肉魔一口咬住，连同小肚子一起扯烂了。两只公熊赶紧从直立变成了爬行，但为时已晚，只能愤怒地吼叫、痛苦地哀鸣。它们的力量远远超过了地狱食肉魔，却被对方用难以想象的速度和诡诈的计谋轻而易举地剥夺了生命的希望。母熊落荒而逃，它逃离了杀手，也逃离了同伴，因为它知道，爱情和爱人都已经没有了，两只公熊今天不死，明天也一定会死——流血而死，疼痛而死，悲观绝望而死。

黑脸汉子带着地狱食肉魔朝前走去。他在心里阴暗地狞笑着，好像已经看到了自己的胜利，看到了目的达成后天空的灿烂和内心的明亮。他的目的当然不是咬死两只藏马熊，而是实现自己的誓言——所有的报仇都是修炼，所有的死亡都是滋养，鲜血和尸林是最好的神鬼磁场，不成佛，便成魔。他要用自己的藏獒，咬死西结古草原所有的寺院狗、所有的领地狗、所有的牧羊狗和看家狗。他甚至已经安排好了实现誓言的次序：先解决寺院狗和头领的狗，后解决领地狗，至于那些零散的牧羊藏獒和看家藏獒，碰到多少就收拾多少。他发现，当他为实现誓言激动不已的时候，脑子里出现最多的，还是獒王冈日森格和曾经是饮血王党项罗刹的多吉来吧。他攥起拳头不停地挥舞着："咬死冈日森格，咬死多吉来吧，咬死，咬死。"

黑脸汉子一路念叨着冈日森格和多吉来吧，由一条最便捷的路线来到西结古草原的腹地，第一处到达的，便是父亲的寄宿学校。他勒马停下，犹豫了片刻，突然藏在了一座草丘后面。他不想见到父亲，所以无论他多么想杀死这里的藏獒，都必须等到父亲不在寄宿学校的时候。

在父亲的记忆里，西结古草原最初的紧张气氛还不是因为出现了黑脸汉子和他的地狱食肉魔，而是因为出现了一匹无人骑乘的枣红马。枣红马在夏日正午的金风热阳里来到了寄宿学校的牛粪墙前。父亲走过去一看，马鞍歪着，皮鞯子扯到了一边，马肚带也断了。枣红马扬头瞪眼的，一副受到惊吓的样子。父亲不禁大叫一声："这不是麦书记的马吗？"他左顾右盼地喊起来："麦书记？麦书记？"父亲朝远方瞅了瞅，没瞅见麦书记，却看到一片灰黄的烟尘从狼道峡的方向腾空而起，一种不祥之感油然而生。他心急火燎地扯掉鞍鞯，跳上枣红马，打马就跑，没忘了喊一声："美旺雄怒！"一只通体火红的藏獒从帐房后面跳出来，跟着父亲跑向了碉房山。

碉房山上的牛粪碉房里，西结古人民公社的书记班玛多吉一听到父亲火烧火燎的喊声，就从石级上跑了下来，听了父亲说的情况，又看了看麦书记的枣红马，攥了一下拳头说："你说得对，麦书记一定是被劫走了。谁劫走了麦书记，看清楚了吗？没有？为什么不追上去看清楚？"父亲说："你是公社书记，我是想让你去搞清楚。怎么办？麦书记是不能出事的。"班玛多吉说："更重要的是藏巴拉索罗不能出事，藏巴拉索罗必须属于我们西结古草原。"班玛多吉皱着眉头朝远方看了看又说："你说他们往东去了？东边是藏巴拉索罗神宫，再往前就是狼道峡。劫走了麦书记的人一定会去藏巴拉索罗神宫前祈告西结古的神灵，然后直奔狼道峡。快，你去通知领地狗群，我去通知我们的骑手，集合，都到藏巴拉索罗神宫前集合。"说着，大步流星走向了不远处的草坡，那儿有他的大白马和他的护身藏獒曲杰洛卓。

父亲离开寄宿学校不久，黑脸汉子便从草丘后面闪了出来，低沉地吆喝着，命令地狱食肉魔冲了过去。守护寄宿学校的藏獒大格列和另外四只大藏獒以及藏獒小兄妹尼玛和达娃，已经来到牛粪墙的缺口——也就是寄宿学校的大门前，用胸腔里的轰鸣威胁着。它们不是好战分子，它们的原则是人不犯我我不犯人，只要地狱食肉魔不再继续靠近，它们就不会主动进攻。但是地狱食肉魔没有停下，进攻不可避免地开始了。

大格列首先扑了过去。它是一只曾经在砻宝雪山吓跑了一山雪豹的藏獒，它只要进攻，就意味着胜利。胜利转眼出现了，大格列惊叫一声，发现胜利的居然不是自己，而是对方。地狱食肉魔用难以目测的速度和难以估计的力量，让大格列首先感觉到了脖子的断裂。轰然倒地的时候，大格列看到第二只大藏獒的喉咙也在瞬间被利牙撕开了。这只大藏獒被父亲称作“战神第一”，曾经在冬天的大雪中一口气咬死过九匹大狼而自己毫毛未损。遗憾的是，这一次它损失了生命，它都来不及看清楚同伴大格列是怎样倒下的，自己就已经血流如注、命丧黄泉了。第三只扑向地狱食肉魔的是“怖畏大力王”，它曾经守护过牧马鹤生产队一个五百多只羊的大羊群，连续三年没有让狼豹叼走一只羊。它有扑咬的经验又有扑咬的信心，但结果却完全超出了它的经验和想象，它的扑咬似乎并没有发生，就把脖子上的大血管奉献给了残暴的地狱食肉魔。第四只大藏獒叫“无敌夜叉”。它是一只老公獒，身经百战，老谋深算，几乎没有在打斗中失过手。它知道来了一个劲敌，就想以守为攻，伺机咬杀。正这么想着，它发现机会已经来临，对方居然无所顾忌地卧了下来。它带着雷鸣的吼声扑了过去，立刻意识到它的身经百战和老谋深算几乎不值一提，它的扑咬不是进攻，而是自杀。还剩下最后一只大藏獒了。有一年雪灾，这只大藏獒帮助救援人员找到了十六户围困在大雪中的牧民，牧民们都叫它“白雪福宝”。而从现在开始它只剩下一秒钟的生命，一秒钟很快过去了，就像电光一闪，白雪福宝还没有做出扑咬还是躲闪的决定，一副利牙就呼啸而至，让它茫然无措地滋出了不甘滋出的一地鲜血。

黑脸汉子冷酷地看着倒在地上的五只大藏獒，咬牙切齿地嘟囔了一句：“都是该死的。”地狱食肉魔耷拉着血红血红的长舌头，耀武扬威地走进了寄宿学校的大门。黑脸汉子骑马跟在它身后，警惕地看着前面：多吉来吧，寄宿学校的保护神，曾经是饮血王党项罗刹的多吉来吧怎么还不出现？他看到学校里的孩子们一个个惊恐不安、无所依靠地哭喊着，

这才意识到多吉来吧不在寄宿学校。他遗憾地叹了一口气，瞪着孩子们怀抱中的藏獒小兄妹尼玛和达娃，下马走了过去。

几分钟后，黑脸汉子把本想抢过来摔死的小兄妹藏獒尼玛和达娃揣进自己的皮袍胸兜，带着地狱食肉魔，离开了寄宿学校。他带着刀刀见血的仇恨，亢奋不已地朝着实现誓言的方向走去。

2. 獒王走了

那些日子，整个青果阿妈草原都在流传着这样一则消息：麦书记把藏巴拉索罗带到了西结古，交给了西结古寺的住持丹增活佛。丹增活佛把麦书记和藏巴拉索罗秘藏在了西结古寺，那消失不久的部落战争的影子就在传说的推动下悄悄复活了。谁也说不清是自发的，还是被号召的，西结古草原的牧民以最快的速度、最大的热情在一座遥遥面对狼道峡的山冈上，建起了藏巴拉索罗神宫，保佑藏巴拉索罗。

很快，外面的骑手出现在了西结古草原。他们带着自己的领地狗群，一路奔跑一路喊："藏巴拉索罗！藏巴拉索罗！"他们把自己的心思暴露无遗：让西结古草原明白，他们来这里是正当、正确、正义的，谁也不能因为藏匿了麦书记，霸占了藏巴拉索罗而不受任何追究。

野驴河边的草滩上，领地狗群正在休息。阳光照透了河水，让人和藏獒都有了这样的感觉：阳光真是太多太多，多得堆积成了无尽的波浪，一任滔滔流淌。草原一进入夏天，河水就胖了、大了，大得领地狗们经常不是走着过河，而是游着过河。就像现在这样，一听到父亲的吆喝，它们纷纷蹚进了河，蹚着蹚着就游起来。它们游得很快，没等父亲来到河边，它们已经纷纷上岸，迎着父亲跑过来。父亲掉转马头，朝着野驴河下游跑去。领地狗群跟上了他，一阵狂奔乱跑把大地震得草颤树抖，连碉房山都有些摇晃了。突然，河道来了一个九十度的大转弯，宽浅的水面拦在了面前。父亲催马而过，所有的领地狗都加快速度涉水而过，水面哗啦啦一阵响，浪花飞起来，地上的雨水上了天，一道彩虹跨河而起，五彩的祥光似乎在慈悲地预示着什么。

父亲停下了，眼光从天上回到了地面，怜悯地落在了獒王冈日森格身上。冈日森格一直跑在后面，它似乎尽了最大的努力想跑到前面去，但依然只能跟在最后面。它老了，已经力不从心了，一代獒王以最勇武威猛的姿态带着领地狗群冲锋陷阵的场景，似乎正在让时间轻轻抹去。可它毕竟还是獒王，它得努力啊，努力不要停下，不要失去一只领地狗存在的意义，更不要成为领地狗群的累赘。

父亲知道，冈日森格早就不想做獒王了，这几年里它几次都想把獒王的位子让给别的领地狗，甚至有一次都得到了人的认可，凡事都让领地狗群中最聪明、最有人缘，也最能打斗的曲杰洛卓出头露面。但是不行，领地狗群在一瞬间就形成了默契：冈日森格走到哪里它们跟到哪里，冈日森格干什么它们就干什么，与此同时最大可能地孤立和打击曲杰洛卓，曲杰洛卓一时间竟然就这样成了领地狗群同仇敌忾的对象。人们只好改变主意：那就随它们去吧，它们愿意拥戴谁就让它们拥戴谁。只是难为了冈日森格，它老了，毛色已不再鲜亮，眼光已不再有日晖般的明澈，它威风减退，衰朽尽显在举手投足之间，显然，它已经不能再像从前那样得心应手地保卫西结古草原了。

父亲和熟悉领地狗群的人都很奇怪：这是怎么了？在以往的年代里，在别处的草原，所有的獒王都会在能力和体力下降的老年，被年轻体壮、能力超群的其他藏獒取而代之，唯独冈日森格是例外的，谁也不想取代它，包括曲杰洛卓。曲杰洛卓虔诚地崇拜着獒王冈日森格，一点点当獒王的意思都没有，更不想因为得到了人的信任而被领地狗们赶出群落。被赶出群落的曲杰洛卓被父亲收留了几个月后，又做了班玛多吉的护身藏獒。班玛多吉书记高兴地逢人就说："我有了曲杰洛卓谁敢来欺负我？上阿妈的人敢来吗？哼哼。"他哪里知道，曲杰洛卓对他的依附是万般无奈的，它一万个不想离开领地狗群，时刻想回去，回到獒王冈日森格身边去。也许是这样的，父亲想，整个领地狗群都知道，它们需要冈日森格，需要它的经验和智慧，需要它在天长日久的奔走搏杀中建立起来的威望，需要它的核心地位和凝聚力，尽管它已经老了，老得都不能领先奔跑和肆力打斗了。

父亲跳下马，轻声呼唤冈日森格，走了过去。一直跟在他身边的火焰红藏獒美旺雄怒立刻明白了他的意思，跑去拦在獒王冈日森格面前，用碰鼻子的方式传达着父亲的意思。

冈日森格望着父亲快步迎了过来。父亲揪着冈日森格的耳朵说："你就不要去了吧，你老了，已经不需要再去战斗了，跟我去寄宿学校，让孩子们跟你在一起。"冈日森格没有任何表示。

父亲又说："你要是不放心领地狗群，就让美旺雄怒跟它们去，美旺雄怒虽然不能取代你的作用，但如果领地狗群需要你，它会立刻通知你。"冈日森格也许并没有听懂父亲的话，但父亲不断揪它耳朵的动作让它明白了父亲的意思。它听话地坐了下来，吐着舌头，恋恋不舍地看着领地狗群，仿佛说：是啊，我已经老了，不能再让它们依靠我了，或许它们离开了我，会有更出色的表现。

父亲面朝领地狗群，挥着手喊起来："藏巴拉索罗，藏巴拉索罗，獒多吉，獒多吉。"他在告诉领地狗群，你死我活的时刻又一次来到了，快到藏巴拉索罗神宫去，然后又使劲拍了拍身边的美旺雄怒。一身火焰红的美旺雄怒奇怪地看着父亲和坐在地上一动不动的冈日森格，犹豫地跟在领地狗群后面。领地狗群奔跑而去，渐渐远了。

父亲翻身上马，招呼着冈日森格快速离开了那里。冈日森格跟上了他，一人一狗朝着寄宿学校移动着，很快变成了草冈脊线上的两个剪影。剪影间的距离渐渐拉大了，大得父亲在草冈的这边，冈日森格在草冈的那边。父亲勒马停下，想等等冈日森格，突然听到了美旺雄怒的喊声，喊声里没有愤怒之意，显然是让主人停下的意思。父亲策马跑上草冈，吃惊地发现，领地狗群回来了。

跑向藏巴拉索罗神宫的领地狗群，半途中发现它们的獒

王没有跟上来，就自作主张地回来了。它们聪明地把獒王冈日森格拦截在了父亲看不见的草冈那边，用无声的环绕动作告诉獒王：你在哪里，我们就在哪里，我们不会丢下你，永远不会。冈日森格很不满意，烦躁得来回走动着，它清楚地记得父亲喊了好几声“藏巴拉索罗”，知道领地狗群根本不应该回来，回来是有辱使命的。它用压低的唬声生气地表达着自己的意思：快去啊，快到藏巴拉索罗神宫那里去，你死我活的战斗等待着你们。领地狗群依然环绕着它，固执地表达着“獒王在哪里我们就在哪里”的意愿。父亲看明白了，长叹一声，下马走过去说：“那你就去吧，去吧，冈日森格，它们离不开你，但是你要小心，一定要小心。”冈日森格抬头望着自己的恩人，深陷在金色毛发中的眼睛泪光闪闪的，似乎是在诀别：那我就去了，去了。獒王冈日森格走了，没走几步就跑起来，它已经感觉到了藏巴拉索罗神宫的危险，舒展年迈的四肢，不失矫健地跑起来。领地狗群跟在了獒王后面，没有谁超过它，不知是无法超过，还是不想超过。

美旺雄怒懂事地回到了父亲身边，它知道只要冈日森格一归队，自己就没有必要继续混迹于领地狗群中了。它是一只已经把主人融入生命，也让主人把自己融入生命的藏獒，更喜欢和主人待在一起。父亲点了点头，认可了美旺雄怒的选择，一抬头，看到远方草毯和云毡衔接的地方，狼烟一样快速流动着一彪人马，流动的方向是碉房山，是西结古寺，引得枣红马嘶叫一声，抬腿就跑。美旺雄怒“轰轰轰”地叫着追了过去。父亲喊道：“回来，回来。”他牵挂着寄宿学校，带着美旺雄怒快步往回走去，走了一会儿就慢下来，步行毕竟不似骑马，还没望见寄宿学校的影子，他就已经累了。而这时美旺雄怒却像火箭一样冲了出去，一边猛冲一边狂叫，如同遇到了劲敌的挑衅。父亲望着美旺雄怒迅跑的身影，一种不祥的感觉如利爪一样抓了一下他的心，他的心脏和眼皮一起突突突地狂跳起来。半个小时后，眼前的一切证明了他内心的感觉。他望着草地上的血泊和藏獒的尸体，好像被人一刀插进了心脏，他惨叫一声，晕倒在地。

3. 多吉来吧的灾难

记忆中永远近在咫尺的主人和妻子以及故乡草原的一切，主宰着多吉来吧的所有神经，让它在愤懑、压抑、焦虑、悲伤中度过了一天又一天。它不知道这里是西宁城的动物园，更不知道从这里到青果阿妈州的西结古草原，少说也有一千两百公里，遥远到不能再遥远。它只知道这是一个它永远不能接受的地方，这个地方时刻弥漫着狼、豹子、老虎和猞猁以及各种各样让它怒火中烧的野兽的味道，而它却被关在铁栅栏围起来的狗舍中，就像坐牢那样，绝望地把自己浸泡在死亡气息提前来临的悲哀中，感受着肉体在奔腾跳跃的时候灵魂就已经死去的痛苦。

每天都这样，太阳一出来，多吉来吧就开始在思念主人和妻子、思念故乡草原以及寄宿学校的情绪中低声哭泣，然后就是望着越来越多的游客拼命地咆哮、扑跳。它猛然扑向不可能扑到的游客，碰撞得铁栅栏哗啦啦响。它在铁栅栏上直立而起，想从上面翻出去，但是不行，铁栅栏里的空间太小，它没有助跑，只靠后腿的原地蹬踏根本就跳不起来。它用吼叫把流淌不止的唾液喷得四下飞溅，让游客们纷纷抬手，频频抹脸。它总以为只要自己一直咆哮，一直扑跳，游客们就会远远地离开，让它度过一个安静而孤独的白天，一个可以任意哭泣、自由思念的白天。但结果总是相反，它越是怒不可遏，暴跳如雷，簇拥而来的游客就越多，多得里三层外三层，简直就密不透风了，于是它便更加愤怒更加狂躁地咆哮着、扑跳着。

直到中午，饲养员出现在光线昏暗的栅栏门前，打开半人高的栅栏门，让它进入一个铺着木板的喂养室里，丢给它一些牛羊的杂碎和带骨的鲜肉后，它的咆哮和扑跳才会告一段落。它不像别的藏獒，只要透心透肺地思念着故土和主人，就会不吃不喝，直到饿死，或者抑郁而终。不，它是照样吃，照样喝，不停地咆哮和扑跳消耗着它的体力，它早已饿了，它不想让自己体衰力竭，因为它还想继续咆哮和扑跳，还想着总有一天，它的咆哮和扑跳会达到目的：铁栅栏倏然迸裂，它冲出去咬死所有囚禁它的人和野兽——它总觉得空气中弥漫不散的狼和豹子以及各种野兽的味道，都是囚禁它的原因。

但是今天，多吉来吧突然感到自己的咆哮和扑跳受到了限制，铁栅栏倏然迸裂的那一天或许并不会出现，原因是两个轮换着喂养它的饲养员已经三天没有露面，任何人都不再喂它，它已经没有力气了。多吉来吧蜷缩在牢笼的一角，无精打采却阴凶不减地瞪视着外面的人群。人群乱哄哄的，比以往多了一些，有游客，也有不是游客的人。多吉来吧能分辨游客和非游客：游客是那些走来走去看这个看那个也包括驻足看它的人；非游客是那些只看大鸟笼的人。大鸟笼高大如山，包裹着一些布和纸，里面有许多它在草原上见过和没见过的大鸟和小鸟。多吉来吧不知道那些包裹着大鸟笼的布和纸是一些被称作“标语”和“大字报”的东西，只知道那上面写着字，人类的字它是见过的，在主人汉扎西的寄宿学校里就见过，也知道字是给人看的，人看字的时候，就会很安静。那些围着大鸟笼看字的人开始也是安静的，但后来就不安静了，就吵起来，打起来。

打起来以后，多吉来吧看到了那两个喂养它的饲养员，一个在挨打，一个在打人。多吉来吧撑起饥饿乏力的身体，冲着人群吼了几声，它不能容忍别人拳打脚踢喂养它的饲养员，只能容忍喂养它的饲养员拳打脚踢别人，尽管两个饲养员对它和它对两个饲养员一样，从来都是公事公办、不冷不热的。后来，两个饲养员互相打起来，多吉来吧不知道如何选择“容忍”和“不容忍”，立刻停止了吼叫。它焦急地望着前面，直到一个饲养员把另一个饲养员打倒。它再次吼起来，心里的天平马上倾斜了：它是藏獒，它有保护弱者的天性，它同情那个挨打的中年饲养员，仇恨那个打人的青年饲养员。它的同情和仇恨立刻引起了两个饲养员的注意。

这天天黑以后，挨了打的中年饲养员从铁栅栏外面扔进来了几个馒头，絮絮叨叨对它说：“我已经没有权力喂你了，

有权力喂你的人又不管你的死活，我家里只有馒头没有肉，你就凑合着吃吧。”这是饿馁之中一个挽救性命的举动，感动得多吉来吧禁不住哽咽起来。以后的一个星期里，都是这个中年饲养员偷偷喂它。它知道中年饲养员喂它是冒了挨打的风险的，就一边吃馒头一边哽咽，惹得中年饲养员也哽咽起来：“没想到你什么都懂，你比人有感情，你能报答我吗？你要是足够聪明，就应该知道我希望你做什么。”这话显然是一种告别，中年饲养员从此不见了。

青年饲养员似乎突然想起了自己的工作职责，和以前一样带着不冷不热的神情出现在牢笼后面光线昏暗的栅栏门前。他打开半人高的栅栏门，让多吉来吧走进铺着木板的喂养室，丢给它一些牛羊的杂碎和带骨的鲜肉。一种力量和激动正在启示着多吉来吧：冲破囚禁的日子就在今天，不仅仅是为了它格外思念的主人和妻子以及故土草原、寄宿学校，还为了对中年饲养员的报答，以及横空飞来的预感：弥漫在城市上空让它慌乱的气息正在向西席卷，那是预示危机到来的气息。如果这气息一直向西，危机和灾难就会降临草原。多吉来吧狼吞虎咽一丝不剩地吃掉了那些杂碎和带骨的鲜肉，却没有像往常那样回到铁栅栏围起的房子中，继续它的咆哮和扑跳，而是毫不犹豫地扑向了青年饲养员。

这一刻，多吉来吧突然明白，让它慌乱的气息是人臊味。青年饲养员喂养它差不多有一年了，觉得他跟这只名叫多吉来吧的大狗已经很熟，所以当多吉来吧把粗壮的前肢搭在他肩膀上时，他除了惊怕，还有不得不发出的疑问：难道你真的是一只喂不熟的狗？你不会吃掉我吧？接下来的情形让青年饲养员感到意外，多吉来吧以最狰狞的样子扑向了他却没有咬住他，而只是在他脖子上留下了一道流血的牙痕就放开了，一再地吼叫着只扑不咬。青年饲养员意识到这是它给他的一个活命的机会，大喊大叫着夺路而逃。喂养室通往外界的那扇门倏然打开了，多吉来吧紧贴着饲养员的屁股，一跃而出。

多吉来吧逃出了动物园里囚禁它的牢房，扑向了一年以来它几乎天天都在冲他们咆哮、扑跳的游客。游客们尖叫着，到处乱跑。它追了过去，突然意识到它真正仇恨的或许不是这些游客，而是那些围着大鸟笼子看字、争吵、打架的人。它跑向了大鸟笼，看到那些人跑得比游客还快。它正要奋力追赶，却发现许多野兽已经出现在自己身边，强烈刺鼻的兽臊味儿几乎就要淹没它。

多吉来吧停下来扫视了一下，马上扑向了虎舍，看到老虎在铁栅栏内的虎山之上无动于衷，就又扑向了山猫，扑向了猞猁，扑向了黑豹，最后扑向了狼。它直立而起，摇晃着狼舍的铁栅栏“轰轰轰”地叫着，吓得两匹狼蜷缩到角落里瑟瑟发抖。它觉得这挡住它不让它进去撕咬狼的铁栅栏，跟圈住它不让它出来的铁栅栏同样可恶，就猛扑猛撞着搞得铁栅栏哗啦啦响。

正撞得来劲，突然听到了一声吆喝，多吉来吧扭过头去，看到游客们纷纷朝一个方向跑去，而那个青年饲养员却逆着人流朝它走来。多吉来吧愣了一下，立刻做出了判断：饲养员拿着铁链子是来抓它的，它必须逃跑，而且必须朝着有人群的地方逃跑。它天生就知道，被它追撵的人群不可能跑向围墙，也不可能跑进触目皆是的兽舍，只能跑向畅通的地方。畅通的地方，人们管那个叫作门，或者路。它追上人群，用自己的威风凛凛、气势汹汹豁开一道裂口，然后狂奔而去，等到人群消失、裂口消失的时候，它发现动物园的围墙已经被抛在身后，野兽的味道突然轻淡了。它停下来，转身回望着，看到从围墙断开的那个叫作门的地方，几个人追了出来，为首的是青年饲养员。它威胁地吼叫了几声，看他们没有止步的意思，就又开始逃跑。

跑着跑着，它就有些奇怪：明明是被人追撵，自己却一点耻辱的感觉都没有，好像不是逃跑，而是有目标的奔跑。又跑着跑着，它的脑子渐渐清醒了：故乡草原的声音在召唤它，思念主人和妻子以及寄宿学校的感觉在折磨它，预感中的危难和为责任而拼命的天性在催促它，它必须这样，否则，今天它会把自己撞死在铁栅栏封堵的狗舍里。多吉来吧当然不知道，这个不是死就是逃的日子，正当草原出现变化的前夕，和平与宁静就要消失，灾难的步履已经从城市迈向了遥远的故乡，藏巴拉索罗就要出现了，无论它是什么，无论凶吉祸福，它都会变成一种怀念和一种遗憾出现在西结古人的心里：多吉来吧，多吉来吧，它要是没有离开西结古草原就好了。打斗与荣誉需要它，它的主人汉扎西和它的妻子大黑獒果日需要它。为了消除灾难，人们将忧心如焚，四处奔忙，用危难时分才会有的虔诚呼唤它："多吉来吧，多吉来吧。"而它的喜马拉雅獒种的天赋、它的祖先遗传的能力、它浸透在生命原色中的对草原对主人和妻子的依附，都让它的神经始终活跃在一种超乎时间和空间的预感之中。

多吉来吧渐渐远离了动物园，奔跑在西宁城的大街上。已经是下午了，斜阳不再普照大地，阴影在房前屋后参差错落地延伸着，街道一半阴一半阳。阴阳融合的街道对多吉来吧来说，就是一些沟谷、一些山壑。沟谷里有人有车，它不到大车小车奔跑的地方去，知道那是危险的，更记得当初就是这些用轮子奔跑的汽车带着它离开了西结古草原，一路颠簸，让它在失去平衡的眩晕中走进了动物园的牢房。它在人行道上奔跑，人们躲着它，它也躲着人。它并不是害怕人，而是不愿意浪费时间和人纠缠。它跑过了一条街，又跑过了一条街，不断有丫丫杈杈的树朝它走来，有时是一排，有时是一棵。夏天的树是葱茏的，树下面长着草。一见到草它就格外兴奋，好像它是食草的而不是吃肉的，毕竟那是草原上的东西，它觉得草原上的东西和它一起来到了这个讨厌的城市，也算是一种慰藉灵魂的陪伴吧。还有旗帜，那些在风中飘摇的绸缎，也是再熟悉不过的，只是它不知道，飘摇的绸缎在草原上叫作经幡和风马旗，在这里叫作红旗和横幅。

多吉来吧边跑边看，看到和包裹着动物园里的大鸟笼一样的布和纸以更加泛滥的形式出现在了街道两边，它讨厌它们，尤其讨厌纸，讨厌的原因不仅是那些纸后面有一股难闻的糨糊味，也不仅是那些纸上写着神秘而吓人的字，更重要的是它的出现不符合草原的习惯，草原上只有很少很少的纸，人是珍惜纸的，不会糊得到处都是，也不会在纸上把字写得那么大、那么狰狞可怕。

多吉来吧紧张而兴奋地跑过了五条街，发现前面又齐刷刷出现了三条街，突然意识到这些房屋组成的有树的沟谷，这些飘摇着绸缎、悬挂着布、张贴着纸的街道是无穷无尽的，它不可能按照最初的想法，尽快甩开它们，走向一望无际的草原。它疑惑地停了下来，一停下来就听到有人发出了一声恐怖的尖叫。原来它停在了一个六七岁的红衣女孩身边，它当然不可能去伤害一个女孩，打死也不可能，但十步之外的女孩的母亲却以为它停在女孩身边就是为了吃掉女孩。母亲尖叫着扑了过来，扑了几步又停下。她看到多吉来吧瞪着她，立刻觉得如果她扑过去连她也会被吃掉，就声嘶力竭地喊起来："救人啊，救人啊！"

很多人从四面八方跑了过来，一看到多吉来吧如此高大威猛，都远远地停了下来，有喊的有说的："狮子，哪里来的狮子？""狮子身上有黑毛吗？不是狮子是黑老虎。""不对，是狗熊吧。""什么狗熊，是一只草原上的大藏狗。"多吉来吧听不懂他们的话，但从他们的神情举止中看出了他们对它的畏惧，似乎有一点不理解，询问地朝着人们吐了吐舌头。那母亲以为这只大野兽马上就要吃人了，扑又不敢扑，跑又不能跑，吓得扑通一声跪倒在地上，哭着招呼围观的人："快来人哪，快来人哪，这里出人命了。"倒是那红衣女孩一点害怕的样子也没有，好奇地看着身边这只大狗，小心翼翼地伸手摸了摸它的毛发。多吉来吧在西结古草原时长期待在寄宿学校，职责就是守护孩子，一见孩子就亲切，它摇了摇蜷起的尾巴，坐在了女孩身边。

母亲看到没有人过来救她的孩子，又看到都这么大半天了，女孩也没有被这只大野兽咬一口，就叫着女孩的名字，让她赶快离开。女孩跑向了母亲，多吉来吧跟了过去。在这个举目无亲的地方，它觉得孩子似乎就是亲人，就能指引它走出这个城市。母亲站起来，抱起女孩就跑。多吉来吧失望地哈了一口气，望着她们，突然它发现她们前去的是一个街口，街口那边一片敞亮，它突然意识到这里或许就是走出城市的地方，母女俩并不是离它而去，而是在给它指引路线。它高兴地追过去，在她们身后十米远的地方健步奔跑着。那母亲回头一看，再次尖叫着，惊慌失措地朝马路对面跑去，那儿人多，走向人多的地方她们就安全了，更重要的是，人群后面有一小片树林，树林旁边就是她们的家。母亲的腿软了，加上一个六七岁孩子的重量，她跑得很慢。多吉来吧跟在后面，也放慢了奔跑的速度。然而就是这慢速度的奔跑，给它带来了意想不到的灾难，等它发现危险突然来临的时候，已经来不及躲闪了。

车来了，是一辆动物园用来拉运动物的嘎斯卡车，浑身散发着野兽的气息。车头里坐着追撵而来的青年饲养员，他是奉命而来的，动物园的头头说了，抓不住就打死它，千万不能让这只比狮子老虎还凶猛的狗伤了人，所以他带着一杆用来训练民兵的步枪。这时青年饲养员看到多吉来吧追着那女人和红衣女孩来到了马路中央，就把瞄准了半天的枪放下，果断地对司机说："冲上去，撞死它。"嘎斯卡车忽地加大油门，朝着毫无防备的多吉来吧冲了过去。

4. 领地狗间的决斗

一座面对狼道峡的山冈，草色绿得能把人畜醉倒。冈顶和山麓按东西南北的方向耸立着四座神宫。神宫也叫拉则神宫，意思是山顶上的俄博，或者叫山顶上的箭垛。神宫的作用就是把山神、天神、风暴神、雷雨神、四季女神等等一切自然之神汇合在此，以巨大的凝聚力保卫麦书记和神圣的藏巴拉索罗。

首先来到这里的是上阿妈草原的骑手，他们明白，如果想把藏巴拉索罗从西结古草原拿走，就必须举行拉索罗仪式，在祭祀神的同时祈求所有的地方神开阔一下自己的心胸，宽容地对待他们这些外乡人在西结古草原的所有行动。可是现在，他们什么仪式也来不及举行，就听到了一阵马蹄的轰响，听到了西结古领地狗群的集体吼叫，那声音隐隐约约地从野驴河的方向逆风而来。比人反应更强烈的是上阿妈领地狗。它们哗的一下跑到了人的前面，用自己的身躯堵挡在了迫临而来的危险前面。它们也开始吼叫，此起彼伏，如狮如虎，试图用自己的声音盖过对方的声音，用自己的震慑抗衡对方的震慑。

就在两股领地狗群相互震慑的声浪中，西结古公社的书记班玛多吉出现了，他带着一群西结古草原的骑手，纵马而来，一溜儿排开，在绿色山麓上的四座彩色神宫前，拉起了一道防御线。班玛多吉勒马停下，面对着一群上阿妈骑手，“哼”了一声说：“我们吉祥的黑颈鹤信使还没有把洁白的请柬送达上阿妈草原，你们怎么就跑到我们的草原上来了？你们来干什么？”上阿妈骑手中，领头的是公社副书记巴俄秋珠。巴俄秋珠笑了笑说：“班玛书记你好，你忘了我在西结古草原长大，我十多年都没有回来了，听说你们的草原上长出了藏巴拉索罗，我特地来顶礼磕头。”班玛多吉说：“巴俄秋珠你什么时候变得油嘴滑舌了？你们是冲着麦书记和藏巴拉索罗来的，谁不知道你们的狼子野心啊！”巴俄秋珠说：“知道就好，藏巴拉索罗代表了我们青果阿妈草原，更代表了吉祥的未来。”班玛多吉还要说什么，就见站在巴俄秋珠前面的几只大藏獒眼放凶光，朝着他狂吠了几声，抑制不住地扑了过来，便大喊一声：“曲杰洛卓，曲杰洛卓。”

曲杰洛卓早就守护在他前面，威胁地跳了一下，又立住了。它知道几只上阿妈大藏獒并不是真的要来撕咬自己的主人，眼放凶光也好，狂吠奔扑也罢，都不过是做做样子而已，便把身子一横，飘晃着长长的鬣毛，坐了下来。几只上阿妈大藏獒扑到跟前就停下了，不阴不阳地低吼了几声，朝后退去。巴俄秋珠喊起来：“退回来干什么？往前冲啊。”几只大藏獒没有听他的，也像曲杰洛卓那样坐了下来。一时间，双方的藏獒都不叫了，连正从远方奔扑而来的西结古领地狗群也不叫了，好像它们从这边的平静中得到了某种启示：生活在延续，日子一如既往地和平着，领地狗与领地狗之间并不会发生激烈的厮打与流血。

巴俄秋珠看到几只大藏獒居然不听自己的，恼怒地从马上跳下来，挨个踢着大藏獒的屁股，看它们还是无动于衷，就挥动马鞭抽起来，边抽边说：“不敢打斗的藏獒就不是藏獒，我要你们干什么？”来到西结古草原的上阿妈领地狗是清一色的好藏獒，它们的獒王帕巴仁青是一只巨型铁包金公獒，黑色的被毛均匀地挺立在鲜亮的黄色被毛中，闪闪发光。它看到巴俄秋珠挥鞭如雨，便从狗群里跳出来，扑过去用自己的身子挡住了巴俄秋珠，仿佛是说：主人啊，要抽你就抽我吧。

巴俄秋珠更加生气了："你这个不负责任的獒王，你还来护着它们，那我就先抽死你。"他让自己的骑手统统下马，说："抽，你们轮换着给我抽，要让我们的领地狗知道，它们要么死在战场上，要么死在主人的鞭子下，退却是没有活路的。"上阿妈骑手们朝着獒王帕巴仁青举起了鞭子，这个抽几下，那个抽几下。帕巴仁青惨叫着，但就是不躲开，它生怕自己一躲开，主人的鞭子就会落到别的领地狗身上。

望着獒王帕巴仁青遭受毒打，上阿妈领地狗们用更加悲惨的声音喊叫着，喊着喊着就流泪了，又意识到它们的眼泪对巴俄秋珠和上阿妈骑手不起任何作用，就走过去，围住帕巴仁青，哭求着主人，想撞开帕巴仁青让自己挨打。但是没有机会，巴俄秋珠和上阿妈骑手完全知道藏獒的心思，却坚决不给它们替獒王受罚的机会，只让它们心里难受，只让它们在难受中明白：藏獒一旦放弃服从，就会失去主人；一旦放弃打斗，就会失去钟爱。上阿妈领地狗们看到哭求换来的是更加狠毒的鞭打，只好纷纷把身子转向西结古阵营，谁都明白，只有扑上去撕咬西结古骑手和藏獒，才能让主人停止对獒王帕巴仁青的毒打。上阿妈领地狗群似乎商量了一下，那几只最早出击的大藏獒又开始出击了，它们挂着眼泪扑向了班玛多吉，扑向了西结古阵营。

曲杰洛卓一看几只大藏獒的神情就明白：来真的了。它从班玛多吉身前冲出去，想拦住对方，发现对方狗多势众，拦住了这个又会漏掉那个，便飞身而起，落地的时候已经越过几只大藏獒，站到了巴俄秋珠的马腿前。马后退了一步，惊慌得咴咴直叫，连马背上的巴俄秋珠也禁不住“哎哟”了一声。这正是曲杰洛卓所期待的，它觉得这样就可以吸引几只大藏獒回身来救它们的主人，自己主人的危险也就不解自脱。遗憾的是，几只大藏獒根本没有上它的当，依然保持着最初的进攻路线，直扑班玛多吉。班玛多吉有点不知所措，他身下的大白马回身就跑。大白马一跑，好几匹西结古骑手的坐骑也都跟着跑起来。巴俄秋珠哈哈笑着，一声吆喝，所有的上阿妈领地狗都叫嚣着杀了过来。一溜儿排开的西结古的防御线顿时散乱了。曲杰洛卓奋力跑过来，试图拦住那只离主人班玛多吉最近的藏獒，却被上阿妈草原的另一只驴一般大的雪獒横斜着扑过来咬住了。一黑一白两只同样健硕的藏獒扭打起来。上阿妈的其他领地狗并没有倚仗数量上的优势欺负曲杰洛卓，视而不见地从它们身边纷纷经过，直扑西结古骑手，确切地说是直扑骑手的坐骑。那些坐骑惊得顺着山冈两侧拼命逃跑着，骑手们想停下来直面对方藏獒的撕咬都不可能。班玛多吉气急败坏地大喊：“我们的领地狗怎么还不来？冈日森格，冈日森格，你真是老了吗？真是不中用了吗？”

喊声未落，就听五十步开外，獒王冈日森格回应似的吼叫起来。獒王来了，西结古草原的领地狗群来了，一来就拦住了疯狂追撵的上阿妈领地狗。逃跑的西结古骑手和追撵的上阿妈藏獒都停了下来。冈日森格高昂着头颅，一副从容不迫的样子，径直跑向了上阿妈的领地狗群。它处变不惊的威仪以及眼神里的平和与静穆让人不由得心生钦仰，没有哪只

藏獒扑过来拦截它。它跑到了依然扭打在一起的曲杰洛卓和那只驴一般大的雪獒跟前，并没有帮着自己人撕咬，而是用一种苍老而浑厚的声音在它们耳边低低地吼起来。

扭打停止了，双方都有伤痕，但都不在要害处，曲杰洛卓和驴一般大的雪獒好像一直都在比赛冲撞摔打的蛮力，而没有用上尖利的牙齿和坚硬的爪子，忍让的眼神里都含有这样的意思：还不到你死我活的时候，等着瞧啊。冈日森格带着曲杰洛卓回到了自己的群落里。上阿妈的领地狗也朝后退去，退到了上阿妈骑手跟前。对峙的局面立刻出现了，一转眼的工夫，山冈前平整的草地上，映衬着东西南北四座藏巴拉索罗神宫，西结古领地狗和上阿妈领地狗不靠人的指挥，自动完成了两军对垒时必不可少的部署，中间的距离大约有三十米。就在这片三十米见方的空地上，心照不宣的决斗就要开始了。

谁都知道自古以来领地狗群之间的争锋绝对不可能是一窝蜂的群殴，天经地义的打斗秩序永远都是一对一的抗衡，什么时候哪只藏獒出阵，由獒王来决定，好比人类的打擂台。和人类不同的是，它们没有三盘两胜或者五盘三胜之说，它们会拼尽全部成员，拼到只剩下最后一只藏獒，胜利的标志也不是你死伤得多，我死伤得少，而是直到对方没有一只藏獒能够站起来迎战。除非一方在打斗的过程中主动认输并且撤退，除非人出面阻拦，或者带着领地狗群离开。但现在人是既不会阻拦也不会离开的，西结古的骑手和上阿妈的骑手都指望自己的领地狗群获胜。双方在沉默中紧张地观察着，用不着谈判协商，一个默契正在形成：谁的领地狗群赢了，谁就可以拥有藏巴拉索罗神宫的祭祀权，祭祀权的获得意味着神的保佑和身外之力的支持，意味着他将找到麦书记并得到神圣的藏巴拉索罗。

上阿妈獒王帕巴仁青已经意识到人的意志不可违背，打斗在所难免，必须全力对付。它在自己的狗群里逡巡着，深藏在长毛里的红玛瑙石一样的眼睛闪烁着光芒，试图确定着第一个出场的藏獒。一只毛色和长相跟上阿妈獒王一样的铁包金公獒跳到了獒王跟前，请战似的跷起了前肢。獒王帕巴仁青停下了，严厉而不失温情地在对方鼻子上重重舔了一下。铁包金公獒立刻跳了起来，它跳出领地狗群，朝对方的阵线冷冷地望了一眼，不紧不慢地来到了打斗场的中央。

骑马站在后面的巴俄秋珠不禁“哎哟”了一声：“小巴扎？怎么是小巴扎？”突然他意识到，这个时候是不能有任何怀疑的，便换了一种口气说：“小巴扎加油，加油啊小巴扎。”小巴扎是上阿妈獒王帕巴仁青的孩子，出生才一岁两个月，还没有完全长熟，怎么能第一个出场呢？但在上阿妈獒王帕巴仁青看来，它派自己的孩子第一个出场，既有尊重对手的意思，又有一定要旗开得胜的决心，因为按照经验，对方也会派出一只一岁多一点的藏獒对打，而在这个年龄段上，很少有藏獒能和小巴扎相较，无论是个头和力量，还是随机应变的水平，小巴扎都是最出色的。

现在就看西结古领地狗了，看獒王冈日森格会派出谁来第一个应战。冈日森格在自己的群落里走来走去，路过了所有的藏獒，折回来又一次路过了所有的藏獒，似乎有些迷惑不解：为什么要打？能不能不打？该死的打斗，为什么要发生在彼此见过面的藏獒之间呢？跑到冈日森格跟前请战的藏獒一只接着一只，冈日森格视而不见。打斗场上的小巴扎有点着急了，叫阵似的吼起来。一只小黑獒从西结古领地狗群里跳出来，飞身而去，撞在了小巴扎身上。它年龄跟小巴扎差不多，性格也和小巴扎一样，有点狂妄，有点初生牛犊不畏虎，看着年迈的獒王举棋不定，早就忍不住了。冈日森格十分不满地冲着小黑獒吼了一声，退回到西结古领地狗群的边缘，万分担忧地看着它们开始打斗。

小黑獒和小巴扎迅速扭到了一起，扭到一起后就再也分不开了。毕竟双方都是少年藏獒，打架只能是孩子气的，不像成年藏獒之间的争斗，一个回合一个回合节奏分明地撕咬。小巴扎意识到这样的扭打一点风度也没有，极力想脱开，但是不行，小黑獒硬是撕住它不放，似乎小黑獒自己想做个孩子，就不想让对方变成大人。小巴扎只好认可这样的打法，开始全神贯注地对付。扭打激烈起来，它们吼叫着，翻滚着，牧草的碎叶雪花一样扬起来，血光出现了，一道接着一道，也不知道是谁的血。突然不动了，就在小黑獒摁住小巴扎，小巴扎又翻过来摁住小黑獒的时候，扭打停止了。所有的人、所有的藏獒都瞪起了眼睛，他们都知道，小黑獒失败了，不是战斗的失败，而是生命的失败，它被小巴扎咬死了。小巴扎扬起浸着血污的头颅，呼哧呼哧喘着粗气，眨巴着眼睛，极力想弄掉粘住了眼旁黑毛的鲜血，突然意识到自己首先应

该得意一番，便转身朝着上阿妈领地狗群和自己的阿爸上阿妈獒王帕巴仁青走了几步，气派地晃了晃头，意思好像是说：瞧瞧我呀，我没有给上阿妈领地狗丢脸。

巴俄秋珠喊起来："不行了，你们不行了，藏巴拉索罗神宫归我们祭祀了。"班玛多吉无言以对，只在心里埋怨着西结古领地狗群。小巴扎回过身来，把身体靠在后腿上，向着西结古领地狗群张大了血淋淋的嘴，炫耀着自己的利牙，等待着下一个挑战者的到来。西结古领地狗一片静默，所有的藏獒都想即刻扑上去为小黑獒报仇，但獒王冈日森格始终不吭声，它好像忘了自己是獒王，不知道这会儿应该干什么了。

面前的打斗场上，小巴扎无声的炫耀已经变成了血沫飞溅的喊叫，那肆无忌惮的挑衅里，饱含了嘲笑和轻蔑。

班玛多吉喊起来：“上啊，上啊，你们怎么了？不能就这样认输。”西结古领地狗群骚动起来，好几只藏獒来到了冈日森格跟前，一副摩拳擦掌的样子。冈日森格好像没看见，什么表示也没有。一只少年公獒终于忍不住了，咆哮了几声，愤激难抑地跑向了打斗场中央的小巴扎。

少年公獒比刚刚战死的小黑獒大两个月，是从小和小黑獒一起吃喝一起玩耍的伙伴，伙伴一死，它就哭了。对藏獒来说，伤心和报仇是一座山的两面，既然已经伤心过了，报仇就是必然的了。獒王冈日森格想去拦住它，发现已经来不及了，便警告似的叫了一声：小心啊。冈日森格似乎已经预知了这场打斗的结果，伤感地叹息着，回头看了一眼一直待在班玛多吉身边的曲杰洛卓，卧下来，一眼不眨地望着前面。

就像冈日森格预想的那样，打斗一开始，就出现了一边倒的局面。小巴扎乘时乘势，狂猛地扑过来，又迅速地退回去，避免了刚才和小黑獒打斗时死死扭在一起的窝囊情形。但如果不扭在一起，少年公獒就显得有些笨拙了，它还没有脱离孩子的阶段，全部的打斗经验都依赖于平时兄弟之间的扭缠和翻滚，根本就不适应这种大藏獒才会有的打斗节奏，三个回合下来，它的脖子、肩膀和脸上就有了三处伤口。而小巴扎身上却没有任何少年公獒留下的痕迹，它是早熟而聪明的，三个月前就开始和自己的阿爸上阿妈獒王帕巴仁青对打，阿爸用它所知道的所有办法扑倒咬住了它，它也就心领神会地一一学到了这些办法，成了一只在年龄相仿的藏獒中没有敌手的出色少年公獒。

少年公獒的身后，许多西结古领地狗叫起来，好像是在提醒少年公獒。但是獒王冈日森格知道，这样的提醒还不如不提醒，一旦小巴扎意识到别人的提醒在对方身上起了作用，它立刻就会改变主意，直接咬向对方的喉咙，或者咬向喉咙和肚子之外的另一个地方。打斗靠的是打斗者自己的感觉，而绝不是别人的指挥。感知瞬间的变数，敏捷地捕捉到经验和经验之外的任何危险迹象，心脑和肉体的完美协调，条件反射似的产生应对的办法，才是最最重要的。冈日森格懊悔地自责着：我失职了呀，我怎么没有早早地教会孩子们战斗呢？它知道，少年公獒死定了，除非它转身逃跑。可少年公獒是西结古草原的藏獒，面对强敌，就是让它死上一百次，也不会逃跑一次。冈日森格再次回头看了一眼仍然待在班玛多吉身边的曲杰洛卓，忽地站起来，瞪凸了眼睛看着少年公獒。

伤痕累累的少年公獒悲壮地朝前移动着，面对它已经感觉到的死亡，无所畏惧地一连靠近了好几步。冈日森格突然想起来，还有一种办法也许能让少年公獒不死，为什么不试试呢？想法一出来，冈日森格就吼了一声，边吼边往前走去。

第 二 章
Chapter 2

多吉来吧

1. 不死的希望

嘎斯卡车撞翻了多吉来吧。它转眼死去了，转眼又活过来了。青年饲养员和另外一些人刚刚把多吉来吧抬上嘎斯车的车厢，它就睁开眼睛倔强地站了起来。它腿上背上头上都是血，望着面前惊呆了的人，把发自胸腔的恶气呼呼地喷在了他们身上。

但是它没有咬人，它现在不屑于咬人，哪怕是图谋害他的坏人。它假装不知道是人让它流了血，让它昏死了片刻，摇头晃脑地甩着鲜血，撞开人群，跳下了车厢。

遗憾的是，它没有按照自己的意愿尽快离开这里，它摔倒了，趴在地上半天没有起来，毕竟是钢铁的汽车撞了它，身体的好几处伤疼得它无法行走。趁着这个机会，青年饲养员从车厢前面爬下去，拿了枪，就在五米之外瞄准了它。多吉来吧见过枪，在草原上就见过枪，知道枪是一种无法抗拒的武器，人只要拿着它，再厉害的动物也只能自认倒霉。它想跑开，瞪圆了眼睛，使劲站起来，又扑通一声卧下了。它眯起眼睛，无奈地望望黑洞洞的枪口，又望望更加黑暗的饲养员的眼睛，从肺腑里发出了一串呼噜噜的声音，像是威胁，又像是乞求。饱经沧桑、历经风雨的多吉来吧已经学会乞求了，艰难的生存现实迫使它在天生的阳刚里掺进了一丝阴柔。但它的阴柔与阴谋无关，它除了真诚，还是真诚，真诚地祈望人不要打死它。

青年饲养员的眼睛亮了一下，这是来自内心的一丝光亮，它照见了多吉来吧的乞求，也照见了自己内心的善良。他心说我陪伴了它一年，冷热饥饱操心了它一年，尽管它今天咬了我，但它毕竟嘴下留情了，没有咬死我，我不可怜它谁可怜它？我现在要是心狠一点，它就没命了，要是心软一点，这条命说不定还很长很长呢。再说它离开动物园后并没有伤人，它只是在逃跑，它要是能跑到它想去的地方，就让它去吧。回去给头头说，它伤得不能走动啦，拉回动物园也是累赘，不如丢在大街上，听天由命去吧。青年饲养员这么想这么做的时候，当然不知道多吉来吧那些以命搏杀的往事，不知道它作为饮血王党项罗刹和寄宿学校守护神时雄霸到万夫难当的情状，要是知道，他很可能就会丢开不忍，一枪打死它。青年饲养员走了，带走了原本要打死多吉来吧的枪，带走了几乎撞死它的嘎斯卡车，把自由和无法想象的命运留给了多吉来吧。

多吉来吧挣扎着站了起来，蹒跚着朝前走去。人们敬佩地看着这只汽车撞不死的大狗，隔着十几步就给它让开了路。它吃力地抬起头，望着前面百米外一片敞亮的街口，那里大概就是走出城市的关口吧。但是它知道自己是走不到街口去的，最多只能走出钢铁汽车来来往往的马路，走到一个相对安全的地方。它现在急需卧下休息，在安静的沉睡中调动起体内自我修复的各种因素，尽快赶走伤痛的折磨，强健起来，奔跑起来。

它走上了人行道，卧下来喘了几口气，又起身走向了紧挨着人行道的一小片树林。树林虽小，却葳蕤茂盛，藏在里面，街上的人就看不见了。让多吉来吧想不到的是，城里的人和草原上的人是完全不一样的，一点也不在乎一只藏獒的需要和感觉，更有人像狼一样，有着欺软怕硬的禀性。他们看它摇摇晃晃夹着尾巴躲开了人群，毫无反抗的能力，就围住了那片树林，拨开树枝，用寒夜盗贼一样的眼光窥伺着。五六个人你一言我一语："哎哟，两条狗皮褥子也能做了。""就在这里扒皮，还是抬回去扒皮？""当然要抬回去了，我不要狗皮，我就要狗肉。""去，拿绳子来，先把它绑了再说。"目光和声音都是不怀好意的，多吉来吧已经感觉到了，它愤怒地叫嚣着，却叫不出自己的威猛和凶暴来，乏力和疼痛的感觉让它的大头沉重得低了下来，空气的进出急促而软弱，就像破裂了气管一样哧哧地响。它无奈地停止了叫嚣，张大嘴，头一歪，阴森森地望着那些不怀好意的眼睛，渐渐闭上了自己的双眼。

很快绳子就来了。几个闯进树林的人在三步之外用掰下来的树枝试探地捣着多吉来吧，看它没有反应，就挨过来，像宰牲口那样，把多吉来吧的四个爪子绑在了一起，又在它脖子上狠狠地勒了几圈。多吉来吧清醒地知道这帮人在干什么，却使不出一丝反抗的力气，甚至连睁开眼睛看一看的精神都没有了。但是它的鼻子却依然管用，敏感地嗅到了这帮人的味道，而且本能地储存在了记忆里。这时为首的人说："王祥你看着，我们去找架子车。"王祥说："你们可要快点，万一它醒了呢？"多吉来吧听懂了他们的话，便在立刻就要昏死过去的时候顽强地拉回了自己的意识，闭上嘴，用牙齿咬住了舌头：醒着，我要坚决醒着。然而从心里从脑中出现的却不是清醒，而是迷蒙的晚景。死了，眼看就要死了，即使不死于汽车的冲撞，也会死于人的捆绑，狠勒在脖子上的麻绳让它呼吸困难，马上就要断气了。

但它是那么不情愿断气，它为思念主人和妻子以及故土草原和寄宿学校而活着，现在思念依然存在，它为什么要断气呢？更重要的是还有预感的膨胀，就像它能够预感地震一样，它预感到了西结古草原将要发生的变化：诡异之风正在四处呼啸，危难就要出现，到处都在呼唤多吉来吧的名字。它实在不甘心就这样死去。将死而未死的迷惘让多吉来吧闻到了一丝熟悉的味道，仿佛是远去的，又像是最近的。它努力让情绪平静下来，仔细品了品，散淡的意识便渐渐聚拢在了一个红色的人影上，哦，它明白了，原来是那个六七岁的红衣女孩，她来了，她走进了树林，站到了它面前，带着一脸的迷茫和惊讶，用纤细的声音问道：“大狗你死了吗？”

多吉来吧天生就有准确理解孩子语言的能力，它使出残剩的力气让尾巴摇了摇，又用鼻子呲呲地叹了一口气，它吃力地张了张嘴，像是艰难的呼吸，又像是最后的求助。女孩理解了，女孩天生就有理解动物行为的能力，她蹲下身子，伸出小手，抓住了紧紧勒绕在多吉来吧脖子上的麻绳。守在树林外面的那个叫王祥的人喊了一声：“小孩你出来，小心把你咬了。”红衣女孩不理他，她知道是他们绑了大狗，就更有点故意捣蛋的意思了：你们绑了我爸爸，现在又要绑大狗，你们是多坏的人啊。她用两只白嫩的小手开始解绳子，怎么也解不开，解得手指都疼了，就趴在多吉来吧身上，用两排珍珠似的小白牙一点一点地撴着像石头疙瘩一样结实的绳结。王祥又喊了一声：“小孩快出来，小心它醒了。”他看红衣女孩不理他，正想钻进树林把她扯出来，就见自己的儿子从马路对面走了过去。于是他喊住儿子，让他过来，叮嘱道：“你在这儿守着，林子里头有一只快死的大狗，人问起来你就说死狗是我们的。”又皱起眉头看了看远处说：“他们怎么还不来？是不是找不到架子车了？我知道哪里有。”王祥快步走去，留下儿子心不在焉地在树林边坐了下来。儿子对爸爸给他派的活一向是反感和抵触的，这次也不例外。他坐了半天才意识到爸爸是让他在这里守着一只大狗的，便忽地跳起来，掀开树枝就往林子里钻。

他愣了，他十岁的样子，或者还不到，最喜欢的就是狗，现在他看到一只壮硕的有黑毛也有红毛的狗就卧在他眼前，大狗身边还有一个红衣女孩，女孩趴在地上，正在用牙齿一口一口地撴着绑住了大狗四个爪子的麻绳。

勒绕在脖子上的麻绳已经解开，多吉来吧好受多了，加上它一直卧着，虽然无法在安静的沉睡中调动体内自我修复的因素，但由曾经的雪山草原、艰难岁月磨砺而成的生命的坚韧，由喜马拉雅獒种的优秀遗传带给它的抗病抗痛的能力，还是不知不觉发挥了作用。它觉得自己走向死亡的脚步渐渐缓慢，似乎就要停止了，剧烈的疼痛变得可以忍受，呼吸也顺畅了许多。它忍不住睁开眼睛，瞪着男孩，嗓子里忽忽的，就像刮出了一阵仇恨的风。

男孩叉着腰说："它是我的狗，你动什么？"女孩抬起头瞪着他，以同样坚定的口气说："不是你的狗，是我的狗。"男孩说："是我们的，我们的狗。"这次他强调了"我们"，想把自己的爸爸端出来。女孩一听更生气了："你们为什么绑我的狗？我的狗，我的狗，我看见了就是我的狗。"两个孩子好像在争抢一件在大街上见到的玩具，谁也不让谁。多吉来吧似乎知道它们在吵什么，冲男孩发出呼呼的威胁声，又伸出舌头友好地舔了舔女孩的手。男孩不吵了，他意识到爸爸的说法是不可靠的，大狗的举动已经说明了它归谁所有。他坐在了地上，眼馋地望着多吉来吧继续舔舐女孩手的举动，冲着女孩讨好地笑了笑。女孩不理他，再次趴倒在地上，用牙齿费力地撕扯着绑住了大狗四个爪子的绳结。男孩说："我爸爸去找架子车了，他们要把它拉走。"女孩不理，多吉来吧也不理。男孩说："我爸爸是个坏蛋，跟他混在一起的都是坏蛋，

他们爱吃狗肉，我不爱吃。”说着咽了一下口水。女孩和多吉来吧还是不理。男孩说:“我来解疙瘩，我力气比你大。”说着，屁股蹭着地面挪了过去。

把牙齿都撕扯疼了的女孩只好把绳结让给男孩。男孩望着多吉来吧胆怯地说：“它不会咬我吧？”多吉来吧很长时间都是孩子的伴侣，就像熟悉自己一样熟悉孩子，它立刻看出女孩和男孩已经和解，又从男孩的神情举止中猜透了他的心，眼睛里顿时露出了平和友善的光芒。而喜欢狗的男孩也敏锐地领悟到了狗眼里的内容，嘿嘿一笑，抓住多吉来吧爪子上的绳结，使劲用手拽着，拽了几下没拽开，就像女孩那样，趴在地上用牙齿撕扯起来。

捆绑结实的麻绳终于解开了。多吉来吧斜躺着，吃力地把四肢蜷起来又伸展开，扭了扭腰肢，然后把两条前腿平伸到前面，嘴埋进两腿之间，身子端端正正地趴卧着。这是恢复体力、自疗伤痛的最好姿势，这个姿势表明了它内心的踏实:它已经感觉到了不死的希望，那就是自己被汽车撞坏撞痛的是韧带和肌肉，而不是骨头，骨头好好的，至少那些维系生命的大骨头好好的。男孩挪到前面，摸了摸多吉来吧的鼻子，从口袋里掏出一个青稞面花卷，自己咬了一口，把剩下的送到了多吉来吧嘴边。多吉来吧不吃，它现在一点也不想吃东西。女孩说：“我的狗，你喂什么？”男孩不跟她计较，把青稞面花卷塞进口袋，摸了摸獒头上的伤痕说：“它流血啦，血流完了它就会死掉。”女孩说：“才不会呢。”男孩说：“我有办法让它不流血。”女孩说：“我的狗，不许你想办法。”男孩讨好地说："我给你的狗想办法还不行吗？走，我们买药去。"女孩摇着身子不说话。男孩说："我爸爸流过血，他买药的时候我见过，我知道买什么药。走啊，没有药大狗就会死掉的。"说着拉起了女孩的手。

药店离小树林不远，男孩拉着红衣女孩走进去，来到柜台前，仰头望着一个女售货员，大大咧咧地说："我要买白药。"女售货员问道："什么白药啊？很多药都是白的。"男孩说："就是止流血的白药。"女售货员拿出一个拇指大的小瓶子问："是这个吗？"男孩点点头，一把抢了过来，拉着女孩，转身就跑。等女售货员绕过长长的柜台，撵到药店门外时，男孩和女孩已经消失在了人群里。

回到树林里，男孩打开小瓶子，把粉末状的云南白药撒在了多吉来吧的伤口上，老练地再次掏出青稞面花卷，抹了一些药粉，塞到了多吉来吧半张的嘴里。多吉来吧知道两个孩子在给它治疗，忍着疼痛吞下了那个花卷，望着两个孩子，眼睛湿湿的，就像人的感激那样，真实而闪光。男孩知道自己已经发挥了作用，说话应该是有分量的，就站起来，两手叉在腰里说："现在我们应该转移啦，转移到我爸爸找不到的地方去。"女孩觉得他在学着大人的样子玩游戏，嘿嘿地笑着，也把手叉起来说："转移喽。"这时树林外面有了响动，一辆架子车骨碌碌地过来，倏然停下了。几个男人大声地互相开着玩笑，来到了树林的边缘。男孩紧张地说："我爸爸抓大狗来了，怎么办？"女孩浑身一颤，咚地坐下，一把抱住了多吉来吧的头。

2. 意外而特殊的情况

在寄宿学校，晕死过去的父亲很快被孩子们和美旺雄怒的喊声唤醒了，醒来后才知道，他需要承受的悲痛远比他预想的严重得多：有人来过了，带着一只藏獒，不光咬死了漆黑如墨的大格列和另外四只大藏獒，还掠走了小兄妹藏獒尼玛和达娃。父亲不寒而栗，脑海里出现了一个形象，那是他在西结古寺的降阎魔洞里看到的，是十八尊护法地狱主中排位第四的地狱食肉魔，这个形象之所以如此刻骨铭心，是因为传说它能一夜之间吃掉草原上所有的藏獒。

父亲坐在大格列和另外四只大藏獒身边，眼睛泪汪汪的，突然站起来，冲着孩子们吼道："哪里的人？哪里的藏獒？他们往哪里去了？"孩子们齐刷刷地举手指了过去。父亲吃了一惊:孩子们指的方向是野驴河的上游，空旷寂静的白兰草原。父亲打了一声呼哨，从五百米外的草场上招来了自己的大黑马，解开缠绕在它脖子上的缰绳，跳上去就跑，突然又扯着缰绳拐回来，对一个歪戴着狐皮帽、伏在大格列身上哭泣的孩子说："秋加你起来，千万别动大格列，这里是行凶现场，现场是不能动的。"说完，父亲催马而去，看到美旺雄怒跟了过来，比画着喊道："你不要跟着我了美旺雄怒，你留下来，留下来。"然后长叹一声："要是多吉来吧还在寄宿学校就好了。"

寄宿学校的六只大藏獒是一年前多吉来吧离开西结古草原去西宁动物园后，父亲从过去的牧马鹤部落头领、现在的牧民大格列那里要来的。要来不久，大格列就生病去世了。

为了纪念这位性情耿直、为人豪爽的朋友，父亲把其中两只最年轻的大藏獒的名字改成了大格列和美旺雄怒。美旺雄怒是牧民大格列的宝帐护佑神，这名字恰好也契合了这只大公獒赭石一样通体如焰火燃烧的毛色。一个月前父亲又从领地狗群里抱来了藏獒小兄妹尼玛和达娃，它们是多吉来吧和大黑獒果日的第三胎公獒赛什朵的孩子，是多吉来吧和大黑獒果日的嫡传后代，父亲在它们身上寄托了自己对多吉来吧的思念，也寄托了对未来的希望。可是现在，寄托没有了，希望被强盗掠走了。掠走尼玛和达娃的强盗一定是个识别藏獒的行家，一眼就看出它们未来的品相和能力是草原藏獒中一流的。

父亲骑马奔驰在草原上，心急如焚，只嫌野驴河太长太长，怎么也到不了上游，到不了白兰草原。白兰草原的牧人，自古都是西结古寺的属民。因此西结古寺就把一只叫作藏巴拉索罗的了不起的藏獒和另外一些寺院狗寄养在白兰草原的桑杰康珠家。父亲意识到，咬死大格列和另外四只大藏獒也许仅仅是个开始，这个人和这只堪比地狱食肉魔的藏獒，显然只是路过寄宿学校，他们很可能是冲着藏巴拉索罗去的，藏巴拉索罗危险了，它和那些被寄养的寺院狗将面对一场血肉喷溅的险恶之战。他想去报信，能躲开就躲开。

终于进入了白兰之口，一片长满了虎耳草、血满草、仙鹤草和野生芜菁的漏斗形原野出现在面前，漏斗的中间是星罗棋布的湖，人们把这儿叫尕海。白兰湿地的紫色岚光里，一群群的白鹤、天鹅、斑头雁和藏雪鸭各自为阵又互相交汇着，清亮的鸟叫声穿云而去，翩然起舞的身影礼花一样飞上了天。父亲来不及观赏仙境一样的景色，绕过湿地，跑向了进入白兰草原后碰到的第一个牧民。那牧民一脸黝黑，魁伟高大，留着披满了肩膀的英雄发，带着一匹赤骝马和一只雄壮的藏獒，正躺在一片粉黄色的仙女三姊妹花中休息。发现他后，牧民站了起来，双手紧紧抱在皮袍鼓鼓囊囊的胸兜上，目光如炬地看着他。雄壮的藏獒却趴卧在花丛里，嗡嗡嗡地低声叫起来。父亲一听叫声就知道这是一只不认识自己且充满了敌意的藏獒，没有跑得太近，远远地停下来喊道："你好啊兄弟，桑杰康珠家在哪里？"牧民抬手指了一下。父亲驱马就跑，焦急中连声谢谢都忘了说。

一个小时后，当桑杰康珠一家带着无尽的悲伤出现在父亲面前时，父亲都不知道如何表达自己的震惊了。悲惨的事件比父亲想象的还要悲惨：仅仅一只藏獒就杀死了这么多藏獒，包括那只曾经一口气咬死过三只雪豹的了不起的藏巴拉索罗。西结古寺寄养在桑杰康珠家的全部寺院狗一只不剩地都被咬死了。一共十二只，除了三只不到一岁的小藏獒，其余的都是肩高至少八十厘米的大藏獒，尤其是金色的藏巴拉索罗，伟岸的身躯如同一只狮子，差不多就是獒王冈日森格的另一个翻版了。

父亲用双手捂住自己的胸脯，似乎害怕心脏跳得太激烈而蹦出胸腔，他喘着气说："要是多吉来吧还在西结古草原就好了。"桑杰康珠瞪着父亲说："别提你的多吉来吧了，我看见它时，想到的就是你的多吉来吧，我心想饮血王党项罗刹怎么又回来了？”父亲“嗬”了一声，那口气中既有对多吉来吧的深沉思念，又有对桑杰康珠的不满：你怎么可以把它和多吉来吧联系到一起呢？我的多吉来吧不是魔鬼是善金刚，它去了千里之外的西宁动物园。啊，我怎么让它去了千里之外的动物园呢？又问：“那头地狱食肉魔去了哪里？”桑杰康珠说:“朝着你来的路走了，这会儿大概已经走出了白兰草原。”父亲愣了下说：“我怎么没碰到？”突然一个警醒：他不是没看到，他看到了，又轻易地放过了，那个他进入白兰草原后看到的第一个牧民，那只趴卧在花丛里嗡嗡嗡低声吠叫的藏獒，不就是凶手吗？父亲更加清晰地想起来：凶手的双手紧紧抱在皮袍的胸兜上，胸兜鼓鼓囊囊的，里面不是藏獒小兄妹尼玛和达娃是什么？

父亲懊悔得一把揪下了自己的一撮头发：你个没用的汉扎西，一个死人，一根笨木头，连藏獒的一半机灵也没有，你怎么把凶手把盗贼放跑了？父亲转身跑向自己的大黑马。他要去追撵凶手了，还要把这个坏到不能再坏的消息带给西结古寺的丹增活佛，带给公社书记班玛多吉，带给正率领领地狗群决战在藏巴拉索罗神宫前的獒王冈日森格。父亲骑上马就走，突然听到从原野深处传来一匹狼的嗥叫:呜儿，呜儿。父亲打了个愣怔，胸口一阵惊跳，自从九年前发生了寄宿学校的十个孩子被狼群咬死吃掉的惨剧后，父亲一听到狼叫就紧张，就会联想到孩子们的安全。他勒马停下，朝狼叫的地方看了半晌，看到了羊群，却没有看到狼，又策马往前跑去，心里一直犯着嘀咕：白兰草原桑杰康珠家的藏獒全部被咬死，这个时候狼开始嗥叫，而且叫得那么悲伤、悠长、放浪。狼想要干什么？父亲已经是个“老草原”了，听得懂狼叫的内容，比如现在的这一阵狼叫，柔中带刚，音调铿锵，悲哀中透着一股勇往直前的力量，更透着聚合与行动的信息。而对狼来说，只要是聚合行动就意味着会给人和牲畜带来灾难。父亲忧心忡忡：麦书记失踪了，外面的骑手犯境了，地狱食肉魔到来了，紧接着，狼又开始聚合行动了。

发出嗥叫的是一匹白兰母狼。它是昨天晚上靠近桑杰康珠家的，靠近的目的是为了报复。它的两个孩子——两匹刚刚独立生活的公狼，第一次偷袭羊群，就被寄养在白兰草原桑杰康珠家的寺院狗咬死了。所以它的报复还带着母狼护崽的胆大妄为，它没有想后果，只想着必须咬死至少二十只羊

作为回敬，否则就愤怒难平。但一靠近桑杰康珠家的羊群，它就发现根本不可能实现报复，它离羊群还有几百米，机敏的藏獒就开始吼叫，无论从哪个方向，无论是上风还是下风，它都能感觉到死亡随时会发生，不是羊的死亡，而是自己的死亡。不甘心就此撤退的白兰母狼远远地观望着，观望了一夜半天，突然看到，用不着自己行动，报复就从天而降，而且那么彻底：所有的藏獒都死了，就在它的瞩望之中，被一只格外强悍的藏獒以不可思议的速度一只只咬死了。它惊呆了，简直不敢相信自己的眼睛，更不明白这到底是怎么了，怎么藏獒咬起藏獒来，比藏獒撕咬狼群还要凶残无度?

现在，羊群就像数不清的一大团一大团的肉，毫无防备地暴露在了白兰母狼面前。白兰母狼走过去，冲进惊慌失措的羊群，咬死了三只羊，突然就不咬了。它嗥起来，它想让所有能听到它嗥叫的白兰狼都到这里来，一是痛吃一顿藏獒的肉，二是搞清楚到底为什么来了一只凶暴无比的猛獒，咬死了这里的所有十二只藏獒，然后跟着一个人走了，走时那猛獒看见了母狼，却没有理睬，好像它是一只专咬同类不咬狼的藏獒。世上有了这样的藏獒，简直太好了。

狼的呼唤很快有了回应。近的、远的、更远的，四面八方的狼嗥悠然响起。白兰草原的狼群，朝着桑杰康珠家驻牧的地方，迅速汇集而来。这些狼是互相认识的，冬天集体行动；夏天食物丰富，旱獭、鼢鼠、兔子、黄鼬这些小型动物到处都是，它们就分散行动。但有时候它们也会改变冬聚夏散的规律，就像现在，意外而特殊的情况发生了，它们必然要聚在一起。它们先是赶走了满地的秃鹫，用死去藏獒的血肉填饱了肚子，然后才开始用它们的语言表示惊诧：我们的宿敌怎么都死了？一匹被人称作黑命主狼王的毛色发黑的头狼比别的狼有了更准确的判断：发生在藏獒之间的不是打斗，是屠杀,而且是有预谋的屠杀。很可能藏獒的死亡并没有结束，接着还会有。狼群要做的，就是跟上去，藏獒死在哪里，就吃到哪里，毕竟是藏獒的肉，是世仇的肉，进食的过程伴随着泄恨的快感，跟吃羊肉牛肉鼠肉兔肉是不一样的。更重要的是，它想搞清楚，究竟为什么会发生如此惨烈的藏獒对藏獒的咬杀。黑命主狼王朝前走去，别的狼也都逶迤而行。草原一片沉默，云朵诡谲了，风的吼叫变得诡秘而恐怖：吃掉它，吃掉它。

3. 与曲杰洛卓诀别

冈日森格的吼声延缓了小巴扎的进攻。小巴扎有点纳闷：对方獒王过来干什么？再一看，冈日森格不是跑向自己，而是跑向少年公獒的，就更有些奇怪了。毕竟它还是一个孩子，天真而缺乏阅历，不知道、没见过的事情还太多太多。冈日森格来到少年公獒跟前，愤怒地叱责着，一口咬在了它的肩膀上：你这个无能的家伙，真给我们西结古领地狗丢脸啊，你给我滚回去。少年公獒一愣，接着就哭了，它很委屈，它出生入死地战斗，眼看就要战死了，尊敬的獒王却不能给它一点赞许、一点理解和一点尊重，毕竟它还是个孩子，它需要鼓励和温情，哪怕是为了让它死去的鼓励和温情。冈日森格继续愤怒地叱责着，又是撕咬，又是吼叫，驱赶着少年公獒退到了打斗场的外面。这就等于少年公獒已经认输，它虽然没有鏖战到最后一刻，但也可以带着獒王的鄙视和自己的性命回去，让别的藏獒来应战小巴扎。

小巴扎呆愣着，听到身后自己的阿爸上阿妈獒王帕巴仁青一连吼了几声，才意识到獒王冈日森格不是跑来惩罚部下，而是跑来救命的。这哪儿成！小巴扎愤怒地从冈日森格的后侧扑过去，直扑它的肚腹。冈日森格朝后看了一眼，木然呆立着，既没有躲闪也没有反击，好像小巴扎的利牙就要刺穿的肚腹跟它毫无关系。正是一发千钧之时，空气一阵动荡，地上的草根和泥土被好几只爪子踢扬而起，一阵旋风从另一个方向刮来，轰然一声响，小巴扎倒在地上了。冈日森格依然呆立着，在它和小巴扎之间，挺立着怒发冲冠的曲杰洛卓。

曲杰洛卓终于出动了，冈日森格释然地喘了一口气，它等待的就是这一刻，此前所有的举棋不定都是为了这一刻。它作为獒王在指挥和判断上的无能，小黑獒的死和少年公獒的受伤与认输，似乎都是为了给曲杰洛卓愤然出击做好铺垫，不然怎么能显出曲杰洛卓的重要呢？曲杰洛卓已经意识到獒王冈日森格之所以直到现在还没有向别的藏獒发出进攻的指令，就是为了等待它的出击。这样的出击对它至关重要，关系到它是否还能过一种从小过惯了的自由而放浪的生活，关系到它能不能被西结古草原的领地狗群重新接纳——它太想回到领地狗群中，回到獒王冈日森格身边去了。

打斗场的核心转眼变成了年少的小巴扎和年轻的曲杰洛卓。都是最优秀的战士，都是虎贲之将，但毕竟一个是轻量级，一个是重量级，小巴扎即使有整个青果阿妈草原最好的造就和整个喜马拉雅獒种最优秀的禀赋，也只是个有待成长的大孩子，只两个回合，身上就有了四处伤痕，每一次碰撞都是被曲杰洛卓咬一下再抓一下。第三个回合是致命的，曲杰洛卓一口咬在了小巴扎的脖子上。血流如注，小巴扎趴下不动了。这只为上阿妈领地狗群立下首功的少年藏獒，被曲杰洛卓三下五除二就收拾得没有了刚才的威风。曲杰洛卓知道马上就会有更厉害的藏獒扑向自己，片刻也没有沉醉在牙齿插进敌手血肉的舒畅中，而是迅速抬起头，警觉地扫视着上阿妈领地狗。

寂静笼罩着藏巴拉索罗神宫前的草地，观战的人和狗都悄悄地瞪着前面，好一会儿，才看到上阿妈领地狗群里慢腾腾走出了那只已经和曲杰洛卓对峙过的驴一般大的雪獒。它不吭不哈地摇着头，好像不是来打斗，而是来会见老朋友的。曲杰洛卓立刻变换了自己的表情，显得既不愤怒，也不警觉，带着一副我来跟你玩玩的轻松样子，悠闲地舔着嘴唇，抖着毛发，走向了对方。它们走到了一起，你打量着我，我打量着你，甚至还友好地互相嗅了嗅鼻子。突然一声吼，曲杰洛卓奔跃而去，直扑不远处趴在地上不知死活的小巴扎。

雪獒愣怔了一下：你不会是怯懦到想去进攻一个已经不能动了的孩子吧？却见曲杰洛卓绕着小巴扎跑了一圈，然后闲庭信步地走过来，走着走着，就微闭了眼睛，脸上笑眯眯的，不知为什么它脸上笑眯眯的。曲杰洛卓来到雪獒跟前，就像第一次走近它那样，冲着它的鼻子爆炸似的吼了一声，然后迅速跳开，奔跃而去，围着小巴扎跑了一圈，又笑眯眯地回到了雪獒身边。雪獒还是愣怔着，以为对方又要爆炸似的吼一声，眼睛里充满了研究研究对方到底想干什么的神态。就在这个时候，想不到的事情发生了，曲杰洛卓既没有用速度也没有用力量，不过是用了一点麻痹，然后就像咬噬一堆扔过来的食物那样，一口咬向对方，咬住了大血管和喉咙之间的那个地方。一阵猛烈的撕扯，鲜血染红了雪獒洁白的毛发，就像春天消融着的草原的积雪。雪獒扭头就要反咬，却见曲杰洛卓已经松开牙齿，跳起来朝后蹦去。

驴一般大的雪獒恼羞成怒地就要扑过去，忽听身后传来一阵上阿妈獒王帕巴仁青的吼叫，它望了一眼没有理睬，那吼叫便越来越急。雪獒知道这是让它赶快回去的意思，只得十分不情愿地回应了一声，慢腾腾扭转了身子。雪獒朝回走去，不断回望着曲杰洛卓，眼睛里一半是不服气的愤怒，一半是不期而然的感激。感激是因为雪獒突然意识到曲杰洛卓并不是只能咬在自己的大血管和喉咙之间，它本来可以咬断自己的大血管，也可以咬住自己的喉咙挑断气管，但是它没有，它留了雪獒一条命，雪獒记住了，记住了恩情但也没有忘记仇恨。对藏獒来说，报恩和报仇是两种并行不悖的生命行为，它们共同塑造着藏獒，令人歆羡地完善着藏獒那种恩怨分明的品格和獒性。

这时西结古草原的獒王冈日森格掩饰不住兴奋地轻轻叫

起来，它看到换下雪獒的居然是上阿妈獒王，上阿妈獒王亲自上场了。这就等于一下子提高了曲杰洛卓的地位，只要曲杰洛卓打败上阿妈獒王，它就获得了出任西结古獒王的最有说服力的资格。冈日森格用低沉有力的叫声鼓舞着曲杰洛卓。曲杰洛卓感激地回望了一眼，用叫声坚定地回应着：不，即使我赢了，你还是我们的獒王。

上阿妈獒王帕巴仁青来到打斗场中央，怜悯地看了看还没有气绝的小巴扎，滴了几滴眼泪，突然扬头一甩，就把所有悲伤的泪水甩出了深深的眼眶。它朝前走了几步，无比轻蔑地瞪了一眼曲杰洛卓，然后屁股一蹲，坐下了——这是更加轻蔑的表示。但是包括上阿妈獒王在内的所有上阿妈领地狗都知道，这样的轻蔑是装出来的，它们都看出这只名叫曲杰洛卓的西结古大藏獒具有不凡的身手，更知道驴一般大的雪獒打不过的，别的藏獒也很难取胜，只能由獒王亲自上场了。曲杰洛卓定定地立着，看着天，看着地，就是没用正眼看对手，这也是蔑视，它要从神态上以牙还牙。而它的感觉却全部集中在对手身上，对手姿态的变化、眼光的游弋、鼻子的抽搐、毛发的抖动，甚至气息的长短，它都能感觉到。它以此判断着对手的策略，确定着自己防守和出击的办法。

什么动静也没有，声音停滞了，草原上随时都在跑动的透明的风戛然消失。双方表面上的蔑视如浮云一样飘忽着，而实际上的重视却似潜流涌动在它们心里，也涌动在观战的每只藏獒、每个骑手的心里。空气越来越紧张，惊心动魄的扑咬一触即发。上阿妈獒王帕巴仁青趴下了，趴得就像一只癞皮狗，紧贴着地面，散了架似的。而曲杰洛卓感觉到的却是强大的威逼，一股重锤击石般的威逼铺天盖地而来。突然有了声音，是风的声音，是上阿妈獒王帕巴仁青掀起的一股黑色疾风，以狂飙突进的速度，朝着曲杰洛卓覆盖而来。

曲杰洛卓浑身的肌肉砰地紧了一下。根据经验它没有胡乱行动，它觉得上阿妈獒王要么会中途停一下，以迷惑它，打乱它躲闪的节奏；要么会改变方向，扑向自己认定的目标，以便在它躲闪落地的时候，一口咬住它的脖子；要么会从它的头顶呼啸而过，然后急转身，从后面万无一失地攻击它。所以它稳稳地站着，觉得只要自己沉住气不动，对方的诡计就会不攻自破，然后它将在对方失算的懊恼中扑过去，后发制人。但是曲杰洛卓没想到上阿妈獒王帕巴仁青居然什么诡计也没有，一点战术都不讲，就像一个没有经历过真正拼杀的孩子，只是靠着它的鲁莽和无知以及难以想象的速度，直截了当地扑向了自己。黑色疾风呼啦一声盖住了曲杰洛卓，那股重锤击石的力量压住了它的身子，也压住了它的所有本领，它期望于自己奋勇潇洒的战斗转眼变成了摆脱危险的狼狈挣扎。

上阿妈骑手的头领巴俄秋珠高兴地吆喝起来：“胜利了，胜利了，藏巴拉索罗归我们了。”上阿妈骑手们也跟着他吆喝起来，声音一浪高过一浪。曲杰洛卓奋力抗争着，以难能可贵的力量和经验，在最强大敌手的扑咬下翻滚到了一边。脖子上已经是血色濡染了，一个血洞，深得就像藏獒的眼睛，血滋着，滋成了一条线。这一口咬得真是太让嗜杀成性的藏獒们佩服，太让曲杰洛卓丢脸，也太让西结古草原的獒王冈日森格提心吊胆了。冈日森格禁不住叫起来，是助威，也是再次表达自己的期待：一定要胜利啊曲杰洛卓。

曲杰洛卓稳住自己，看到上阿妈獒王又一次趴下了，趴得更像一只癞皮狗，紧贴着地面，散了架似的。曲杰洛卓冷笑一声，愤愤地想：你不要以为你趴得跟上次一样，我就会觉得你还会像上次那样扑我咬我，不，我决不上你的当。很快又有了声音，依然是黑色疾风席卷而来的鸣响，上阿妈獒王帕巴仁青再一次朝着曲杰洛卓覆盖过来。曲杰洛卓挺着血脖子昂然而立，它认定上阿妈獒王继续趴下是为了迷惑它，就固执地一动不动，还想着在对方失算的懊恼中反扑过去，后发制人。但上阿妈獒王的策略是这样的：它只要跟上次一样紧贴着地面趴下，对方就会以为它又在蒙骗，目的是为了改变战术。是的，它本来也是这样想的，但考虑到对方是一只聪明的藏獒，很容易识破它的诡计，它就干脆不使诡计了。结果和上次完全一样，上阿妈獒王帕巴仁青笔直而略显笨拙地扑过来，一下子罩住了曲杰洛卓，曲杰洛卓的勇敢对抗又一次变成了狼狈挣扎。等它挣扎着脱离上阿妈獒王的撕咬后，发现这一次对方的牙齿还是深深扎进了脖子上的那个血洞。一个血洞连续扎了两次，那血洞就越来越大、越来越深了。血冒着，冒成了一股水，把曲杰洛卓的半个身子都染红了。

巴俄秋珠带领着上阿妈骑手们再次吆喝起来。紧张观望着的西结古獒王冈日森格突然张大嘴，想用叫声提醒曲杰洛卓：注意啊，上阿妈獒王下一次的进攻一定还是前两次进攻的重复。想了想又把吼叫咽回去了，它知道曲杰洛卓能听懂的声音，上阿妈獒王也能听懂，自己的提醒不仅帮不了曲杰洛卓，反而会害了它。

果然就像冈日森格预料的那样，上阿妈獒王第三次重复了先如癞皮狗一样地趴下，然后以狂飙突进的速度直接扑咬的办法。曲杰洛卓绝对不相信上阿妈獒王的第三次扑咬还会这样，它不愿意陷入对方的诡计，却陷入了诡计后面的诡计。它仍然静立着不动，结果发现自己又错了。上阿妈獒王帕巴仁青根本就不想用迷惑对手的办法改变战术，对它来说，没有战术的战术是最有用的战术，没有诡计的诡计是最好的诡计，用人类的成语形容，那就是大象无形、大巧若拙。它成功地第三次覆盖了曲杰洛卓，第三次咬住了对方的脖子，更不可思议的是，它的牙齿第三次深深扎进了已经扎过两次的那个血洞，血洞更深更大了。

曲杰洛卓的脖子上滋着血，滋成了一根棍，看到那根棍的人和狗都知道，大血管断了。打斗场上发出了一片喊叫声，在上阿妈方面是兴奋，在西结古方面是惊叹。看不到那根棍但能感觉到热血滋涌的曲杰洛卓也知道，自己的大血管正在快速送走鲜活的气息，命脉正在关闭，死亡即刻就会来到眼前。曲杰洛卓回头看了看肝胆相照的獒王冈日森格，看了看它日日夜夜都想回去的西结古领地狗群，看了看它的主人班玛多吉，两行诀别的眼泪簌簌而下。獒王冈日森格含着同样悲伤的眼泪走了过去。班玛多吉从马上跳了下来，边走边喊着：“曲杰洛卓，你回来吧，回来吧。”曲杰洛卓没有让獒王冈日森格和主人班玛多吉走到自己跟前来，它浑身一阵剧烈的抖动，似乎把所有的精气都从骨髓深处抖落到了四肢上，然后跳了起来。谁也没想到曲杰洛卓脖子上的血滋成了一根棍还能跳起来，更没想到跳起来后它还能以风的速度扑向上阿妈獒王。

趴在地上的上阿妈獒王帕巴仁青知道自己已经来不及起身迎战，便奋力打了一个滚儿，滚出六米之外。曲杰洛卓擦着对方的獒毛呼啸而过，下雨一样淋了对方一身血，然后直飞而去。它没有停下来转身再次扑向上阿妈獒王，它好像再也停不下来了，飞着，飞着，直直地飞着，鲜血淋漓地飞着，飞向了上阿妈领地狗群，用自己峻急猛烈的奔势，撞开了一道豁口。曲杰洛卓把自己从上阿妈领地狗群的豁口中扔了进去，如同把一块巨大的岩石从山顶扔向了深渊，力大无比。人和狗都不想让它撞到自己，纷纷躲闪，只有跟它交过手的驴一般大的雪獒没有躲闪，它怀揣报恩的心情，从一个本不会被撞到的地方迎过来，横挡在曲杰洛卓前面，神态是慈祥的，叫声是轻盈的，眼睛是泪汪汪的，里面除了感激还有同情。它知道按惯例，这样的神态和叫声一定会使曲杰洛卓停下来，停下来当然还是得死去，但至少可以感觉到同类送别的眼泪，同类也可以感觉到它离世前的不舍。獒类世界的同病相怜和惺惺相惜由来已久，这种祖先遗留的心态从来不分敌友。

但是曲杰洛卓没有停下，它迎着雪獒直撞而去，就像撞在了山上，山倒了，它也倒了。脖子上的血哗地一下喷成了柱子，接着就没了，好像这是最后一次喷涌，把剩余的所有

鲜血都喷涌完了。曲杰洛卓静静地躺在地上，目光透着最艳丽的血色扫视着蔚蓝色的天空，呼吸和心跳却正在迅速而不情愿地消失着。同样失去呼吸和心跳的还有驴一般大的雪獒，雪獒死了。曲杰洛卓撞在了它的肚子上，肚子没有烂，但里面的脏器肯定彻底烂了，烂得它连伤别的感觉都来不及表达了。雪獒一身洁白，即使内脏出血，外表也像雪山一样高贵而耀眼。

在包围着死去的曲杰洛卓和雪獒的上阿妈领地狗群里，首先传出了哭泣的哀叫。接着，西结古领地狗群也嗷嗷嗷地哭起来。獒王冈日森格的哭声格外响亮，它在这个藏獒与藏獒之间不知道为什么要发生战争的日子里，用哭声表达着它内心最隐秘的疑惑：我们为什么要打斗？为什么？班玛多吉也哭起来，发出的声音跟獒王冈日森格的声音一模一样，毕竟曲杰洛卓是他的护身藏獒，感情已经很深很深了。他牵着马走过去，想走进上阿妈领地狗群去看看他的曲杰洛卓，最好能把它驮回到这边来。刚要走进打斗场，就听上阿妈骑手的头领巴俄秋珠喊起来："你不要过来，小心啊，我们的领地狗群可不喜欢你走进他们中间。"班玛多吉停下来站了片刻，转身回去了，他知道走过去是危险的，搞不明白他要去干什么的上阿妈领地狗将会群起而攻之。

从藏獒们不可抑制的哭声里，迅速走出悲伤的上阿妈獒王帕巴仁青站到了打斗场的中央，浑厚而刚硬地叫起来。这是挑战，是得意非凡的胜利者督促对手赶紧上场的信号。西结古獒王冈日森格听到挑战后沉默了片刻，用微弱的声音回应着，好像是说：等一等，或许不需要应战了，你们赢了，我们输了。獒王冈日森格来到了班玛多吉前，仰头望着他，眼睛里饱含期待甚至祈求：是不是可以不打了呢？我们已经输了。现在的冈日森格已经不仅是一个思虑成熟的獒王，更是一只饱经沧桑的老年藏獒，它早就不希望自己和领地狗群张狂激烈、轻生躁进了。沉稳变成了它的主要性格，尤其是面对生死存亡的时候，它总觉得活着，尤其是和大家一起平静地活着，享受时光，也享受幸福，是一件好事情。

班玛多吉看不懂它眼睛里的意思，或者他看懂了也不想采纳来自獒王的意见，皱着眉头，咬着牙齿，粗声大气地说："冈日森格，我们这是怎么了？我们的领地狗怎么都这么懦弱？养兵千日，用兵一时啊，要为曲杰洛卓报仇，打败它们，一定要打败它们。”冈日森格听懂或者不愿意听懂班玛多吉的话，依然祈求地望着他:不要打了吧，这样的打斗是不值得的。它一直不肯离开，一直不肯放弃祈求，直到班玛多吉说出这样的话来 :“你为什么不去打？你这样望着我是什么意思？总不能让我和我们的骑手去打斗吧？总不能看着西结古草原的藏獒和人都死尽了你才行使獒王的权力吧？总不能把藏巴拉索罗神宫的祭祀权拱手让给他们，让他们找到麦书记，把藏巴拉索罗从西结古草原拿走吧？”

没等班玛多吉说完，冈日森格就转身离开了。忧伤的獒王冈日森格走到了自己的领地狗群中，一个一个地看着它的部下，每一个部下的表情都是激动而愤怒的，包括那些不可能参与打斗的母獒和小獒，都希望自己是下一个上场的人选。但是冈日森格始终没有首肯，它路过了所有能够上场的成年公獒身边，觉得没有一只能够与上阿妈獒王抗衡，就沉重地摇起了头 : 勇敢不等于去送死，已经确定无法取胜的藏獒还有什么必要派它上场呢?

其实冈日森格已经想好了，在向班玛多吉祈求的时候就已经想好了由谁来应战上阿妈獒王。不成功便成仁，死有何惧？尤其是藏獒，本来就是为人而活着，人让你死，你就只能去死了。这时所有西结古骑手的眼睛都盯着冈日森格。他们看到它离开领地狗群朝前走去，走了几步，突然就消失了，连影子也没有了，这才意识到天黑了。谁也没有发现黄昏什么时候到来，天就已经漆黑一团了。

4. 城市里的噩梦

西宁城的那片小树林里，女孩刚抱住多吉来吧的头，就有五六个男人呼呼啦啦拥进来。他们看了看男孩和女孩，又看了看已经解掉麻绳的大狗，一时没敢过来。王祥捡起地上的麻绳，瞪着自己的儿子呵斥道："谁把绳子解掉了？"男孩畏惧地望着爸爸没有吭声。王祥说："我就知道你不干好事。"说着一麻绳抽在了儿子脸上。男孩瞪着爸爸仇恨地喊起来："大狗不是你的狗，大狗是她的狗。"王祥说："她的狗？她一个小屁孩，能养出比狮子老虎还要大的狗来？"几个男人笑起来，看到多吉来吧瘫软在地上，眼睛睁着，却没有力气瞅他们一下，就大胆地靠了过去。为首的人从王祥手里接过麻绳，又要行绑。

红衣女孩哭了，她知道自己立刻就要失去大狗，把小身子偎在了大狗怀里，像要给予保护，又像要寻求保护。王祥过去，一把揪起了女孩。女孩哭得更厉害了。为首的人挥动着麻绳说："快把他们撵走。"一个男人先把男孩推出树林，又要赶女孩时，突然僵住了，只见趴在地上虚弱不堪的大狗突然摇摇晃晃站了起来，瞪着他们一声不吭。为首的人似乎不相信这只将死的大狗会咬人，一把揪住女孩的红衣服，喊一声："出去。"话音未落，就听大狗一声嗥叫，哗地一下扑了过来。为首的人被咬伤了，咬伤的就是他揪住女孩的那只手，那个刚把男孩推出树林的人被一狗爪抓烂了裤子和里面的皮肉，而对用麻绳抽了男孩的王祥，多吉来吧只用头顶翻了他，没在他身上留下牙伤和爪痕，似乎它已经闻出他是那男孩的爸爸。仅仅一个动作，就对付了三个人，五六个男人哇啦哇啦喊叫着，连滚带爬地出了树林。

多吉来吧把头伸出树林，“轰轰轰”地叫了几声，看他们狼狈而逃，就退回来卧在了地上。红衣女孩抹着眼泪再次坐到了多吉来吧身边。男孩回来了，红着脸，坐在了多吉来吧的另一边。坐了很久，天就要黑了，树林里一片黯淡。男孩又一次说：“现在我们应该转移啦，转移到我爸爸找不到的地方去。”女孩扑闪着大眼睛，似乎并不理解转移是什么意思。男孩又说：“天黑了它怎么办？我爸爸他们还会来的。”女孩明白了，抱了抱多吉来吧说：“大狗回家，大狗回家，大狗我们回家吧。”说着站了起来。多吉来吧望着女孩，看她做出要走的样子，便懂事地站起来，率先朝着树林外面走去。

多吉来吧一直走在前面，准确无误地走着。要是大人肯定会吃惊，这只从来没去过红衣女孩家的大狗怎么会带着两个孩子走向女孩家呢？但在孩子们看来这很正常，大狗本来就应该知道他们希望它知道的一切。多吉来吧边走边嗅着地面，地面上留着女孩从街上回家，又从家走向那一小片树林的脚印，它理解了女孩要带它回她家的意思，就循着脚印的味道，轻车熟路地走去了。

这天晚上，多吉来吧住在了红衣女孩家。女孩家就她一个人，爸爸被抓走了，妈妈带着她刚一回到家就被单位的人叫去交代问题，不交代清楚回不来。妈妈走后，她一个人待在家里害怕，就去树林里找大狗。现在她不害怕了，她把大狗带到家里来陪伴自己了。女孩当然无法把这些告诉多吉来吧，但多吉来吧本能地四处闻了闻，就闻出了眼泪的味道，那些混合在潮气中的酸楚告诉它这是一个正处在不幸中的家庭。它舔了舔女孩的脸，像是在安慰她，也像是在强调自己会陪着她保护她，至少今夜是这样。女孩摸着被多吉来吧舔痒痒了的脸，高兴地拿出馒头让多吉来吧吃，也让男孩吃。多吉来吧和男孩不客气地吃着，吃够了，多吉来吧来到水缸边，也不管会不会弄脏里面的水，伸进头去，扑哧扑哧舔起来。男孩笑着，也学着它的样子舔了一肚子凉水。男孩从身上摸出那个从药店抢来的小瓶子，把剩下的云南白药一半撒在了多吉来吧的伤口上，一半倒在了它的舌头上。

又说了一会儿话，男孩突然喊了声："我要回家。"出去看了一眼漆黑的天色，不敢走到街上去，就又回来了。女孩说："你住我们家吧，我们家的床比天都大。"男孩说："我身上有土，我不上你家的床，我和大狗一起睡。"他们一左一右坐在多吉来吧身边玩起来，玩累了就靠着多吉来吧睡着了。多吉来吧把身子弯起来，用一种能够温暖两个孩子的姿势趴卧着，渐渐进入了梦乡。

梦乡一片嘈杂，就像它期盼中的故土西结古草原。怎么那么多血啊？血在奔腾，那不是它熟悉的野驴河吗？诡异亢奋的人臊弥漫，主人汉扎西危险了，寄宿学校的孩子们又要面对狼灾了，妻子大黑獒果日疯了似的吼叫着，叫着叫着就被冰雪掩盖了。一片血色，飞起来的血色，号哭着的血色。如同动物园里的睡眠一样，多吉来吧每隔半个小时就会被噩梦惊醒一次，它知道那是梦境，但还是愤怒地从胸腔里呼呼呼出着粗气，出了一阵粗气，不满地望一眼头顶彻夜不息的电灯，就又睡着了，依然是噩梦，是由预感变出来的噩梦。

天快亮时，多吉来吧被自己的吼声惊得站了起来，站起来后它才睁开眼睛，不是被噩梦，而是被一种逼近的满是敌意的声音惊醒。是脚步声，隐隐约约、杂杂沓沓的。它警觉地几步走到了门口，这几步让它不禁有了一种伤痛正在消失、身体正在恢复的兴奋。它没有撞开门板出去，而是来到了门边灯光照不到的黑暗中，静静地等待着。它在等待强盗，它那与生俱来的超人的感觉给了它一个准确的信息并左右了它的行动：那些发出杂沓脚步声的是强盗，而且一定会出现在这里，这里是它今夜的领地，身后是两个它必须保护的孩子。

脚步声越来越响了，接着又有了喊叫的声音和打门的声音，这说明强盗并不想在这个夜深人静的时刻隐瞒自己的行动。多吉来吧有点奇怪，它对城里的事情总是感到奇怪，它当然不知道强盗是来抄家的。它试着跳了一下，又跳了一下，感觉已经好多了，四肢依然是有力而结实的，不妨碍奔跑，也不妨碍打斗，只是脖子还有点疼，那是麻绳勒的。它在脑子里仇恨地映现着麻绳，瞪大了明亮的眼睛，再一次跳起，就在门被打开的同时，扑向了蜂拥而入的人群。惨叫声出现了，先是一个人的，接着就是好几个人一起惨叫。来抄家的二十多个造反派从门口哗的一下散向四周，他们看到一个硕大的黑影闪电般地东扑西跳，吓得大呼小叫，纷纷逃跑。多吉来吧追撵着，但并不疯狂。它意识到自己今夜的领地很小，就是红衣女孩的家，离开了那个家，一切都是陌生难测的。

它不能在陌生的地方逞凶，这是它的习性。它追出去一百多米就不追了，吼了几声，听到房子里传来红衣女孩的哭声，赶紧返回，冲进了房子。

红衣女孩是被外面的喧闹吓哭的，一见大狗回来，就有了依靠似的赶紧上前揪住了多吉来吧的耳朵。多吉来吧歪过头来，舔了舔女孩的胳膊，像是告诉她那些强盗已经被撵跑了。男孩睡得很沉，迷迷糊糊搞不清刚才发生了什么，站起来揉着眼睛问道："是不是我爸爸又来了？是不是啊？"他以为多吉来吧什么都应该知道。多吉来吧坐在了地上，这就是它的回答，不管它听没听懂男孩的话，它都得用行动告诉对方：放心吧，不管谁来都没关系，有我呢。

不可能再入睡，一只大狗和两个孩子默默地等待着黎明。当天上的光亮刷白了窗户，街上出现汽车奔跑的声音时，多吉来吧的心里同时也出现了一丝光亮，那就是昨天它看到的一片敞亮的街口，它觉得这个街口应该是城市的出口，它必须尽快走出去，走向草原，走向主人和妻子。它起身过去，用爪子拨开门扇，来到门外，闻了闻讨厌的城市的杂乱气息，便回头告别似的盯上了两个孩子。两个孩子清亮的眼睛同时也盯上了多吉来吧，仿佛他们和它之间有一种天然相通的感觉，让他们立刻明白了它的意思。他们跑出来，一人喊一声："大狗你不能走。"喊声未已，多吉来吧就跑起来，不时地回头，恋恋不舍地看着，看到两个孩子追过来，就又停下，回身朝他们摇着尾巴。

两个孩子跑到它跟前。男孩一把揪住它的鬣毛说："大狗

你要去哪里？”女孩打了一下男孩的手说：“你怎么揪它？你揪疼了它。”多吉来吧眯了眯眼睛，唰啦啦掉出一串眼泪来，它这是感动，也是感激，更是伤心。就要离去了，尽管一起只待了一夜，但它是在孤独的苦难中和他们度过了难忘的十多个小时，这对记恩感恩、容易悲伤的藏獒来说，已经足够引起感情的波动了。多吉来吧伸出舌头，把不肯落地的几滴眼泪舔进了嘴里，又舔了一下女孩的脸，舔了一下男孩的脸，然后带着不得不离去的忧伤，转身走了，走了。男孩推了推女孩：“你把大狗叫回来。”红衣女孩没有动，她从大狗的眼睛里看出了义无反顾的离别之意，知道自己不可能叫它回来，就定定地站着，用两只小手背捂住两只大眼睛，泪水簌簌地哽咽起来。男孩喊了一声：“大狗你回来，她哭了。”喊着自己也哭了。多吉来吧回头望了一眼，犹豫着，似乎要过来，突然又坚决地扭转了头，跳了一下，奔跑而去，远了，远了，很快消失了。

多吉来吧直接跑向了它昨天看好的那个街口，街口依然一片敞亮。可是一走进敞亮里它就发现自己的判断失误了，敞亮的原因是街口连接着广场，而不是城市的消失。它失望地原地打转，禁不住冲着堵挡在面前的另一些房屋、另几个街口狂吠起来。狂吠引起了路人的注意，他们纷纷停下来畏葸地看着它。它立刻意识到这样的注意对自己十分不利，赶紧闭了嘴，转身就走。它原路返回，想回到红衣女孩和男孩身边去，经验告诉它：孩子总是善良和可靠的。而在陌生的城市里孤独流浪的它，除了依仗本能走向善良和可靠，不可能有别的选择。它走着走着就跑了起来，一种就要失去什么的感觉让它急切地想回到那个它住了一夜的家里，把自己交给女孩和男孩，也让自己负责任地去保护女孩和男孩。但是很快它就知道过去的已经过去了，人类社会和獒类社会一样，孩子是不起主导作用的，一旦孩子受制于大人，就什么希望也没有了。

多吉来吧停了下来，看到红衣女孩的母亲回来了，一起出现的还有夜里被它撵跑的那些来抄家的强盗。强盗们站在房门前，吆三喝四的，有个穿黄呢大衣的人的声音格外刺耳："快说，你把狮子藏到哪里去了？"女孩在哭，男孩已经不见了。女孩的母亲也在尖声尖气地喊："你快说呀你，它去了哪里，说了好让人家去抓它。"女孩就是不说，母亲使劲摇晃着她："说呀，说呀，求求你说呀，你不说人家不罢休。"多吉来吧意识到他们对女孩的逼迫与自己有关，"轰"地叫了一声，像是说：我在这儿呢。除了女孩，所有的人都抖了一下。接着就是喊声和奔跑声，连女孩的母亲也离开女孩躲到一边去了。一种不想因为自己而给女孩带去灾难的感觉制止了多吉来吧扑过去撕咬的冲动，它大义凛然地走过去，来到女孩身边，稳稳当当地坐下，目光四射地望着那些人。女孩的双手立刻搂住了它的脖子。

跑散的人静悄悄地观望着。半晌，有个胸前挂满了像章的人大声说："哎哟，黑天半夜咬我们的原来是它呀，我在动物园见过它，它是藏獒。"多吉来吧顿时盯住了他，准确地说是盯住了他胸脯上亮闪闪的像章，"汪"地叫了一声，神情突然变得亲切友好起来。在草原上，几乎所有牧民都佩戴着这种亮闪闪的东西，那是护身的小佛龛、背面有佛像的铜镜、包银的火镰、镶宝石的奶桶钩、雕刻精美的子弹盒、铆嵌着金属的皮带、富丽堂皇的腰扣、银圆一样的“珞热”、银质的针线包以及叮叮当当的耳环、手镯等。多吉来吧觉得这个人的像章和牧民的佩饰没什么区别，不禁见了老朋友似的摇了摇尾巴。

满胸像章的人说：“咦？它好像认识我。”“黄呢大衣”打着手势带头围拢了过来，看到多吉来吧没有愤怒扑跳的样子，便喊道：“快啊，机不可失，快撒网啊。”满胸像章的人说：“会把那女孩网住的。”黄呢大衣从满胸像章的人手里夺过渔网，对女孩的母亲喊道：“快把她拉开，快拉开。”女孩的母亲大着胆子走过去，拽起女孩就跑。与此同时，哗的一声响，一张大网撒向了多吉来吧，像一片乌云，遮去了半个天空。多吉来吧抬头一看，獒嘴大开，利牙狰狞，愤怒地跳起来，朝着遮盖而来的乌云扑了上去。它哪里知道这不是乌云，是一张渔网。它没见过渔网，以为那是一撞就开、一撕就烂的，等到扑跳落地、它被牢牢网住时，才意识到这东西作为人的武器，厉害得跟枪一样，是它无力反抗的。它吼叫着，挣扎着，在渔网里翻腾跳跃，想把捆住它的无数绳索粉碎成灰烬，可却越发动弹不得——它累了，躺下不动了，编织成渔网的柔韧的细索却牢固如初。很快，渔网收紧了，它开始移动，它被十几个人拖拉着，向着马路越来越快地移动着，蹭得尘土飞扬而起，一浪一浪地弥漫着。

红衣女孩哭着追过去。她的母亲也追过去，一把拽住了她，喊着："它又不是你的，你追它干什么？祸害，祸害。"女孩哭得更响亮了，响亮得滤净了弥漫的尘埃，传出去很远。多吉来吧看不见女孩，却听得见声音，在所有乱七八糟、铺天盖地的声音之中，它就听清了女孩的哭声。于是它把对强盗的愤怒暂时丢开了，它也哭起来，它觉得女孩的痛哭里有一种熟悉而亲昵的温情，那是西结古草原寄宿学校里主人汉扎西的温情，是领地狗群里妻子大黑獒果日的温情，是所有被它守护过的孩子以及吃过的糌粑和牛羊肉带给它的温情。感受着这些温情，它就越哭越厉害，凄惨得如同锦缎撕裂，连城市都不忍了，回应似的响起了汽车喇叭声，到处都响起了汽车喇叭声。

多吉来吧和女孩就这样在哭声中分别，先是互相看不见了，接着就互相听不见了。女孩被母亲拽回家，断断续续一直哭着。母亲烦躁地说："哭什么哭？你爸爸关进牛棚都一个月了，也没见你这么伤心过。"多吉来吧被它认定的强盗拖拉着，沿着马路一直向北，终于停下来时，肩膀、屁股上的皮肉已经磨烂了，一路都是血。它看到了自己的血，那血就沿着目光爬过来染红了它的眼球，那么可怕，就像从血水里捞出来的两盏灯。它就用这两盏灯，仇恨地照耀着那些人。

那些人在黄呢大衣的指挥下扯开了渔网的收口，生怕多吉来吧跑出来咬死他们，比赛一样跑开了，跑出了一个很大的门，然后从外面把门关死了。多吉来吧打了好几个滚才立住身子，用牙齿撕扯着渔网的缠绕，渐渐移动到了敞开的收

口处，脱离渔网的一瞬间，它朝着这个陌生的地方滚雷似的叫起来。四周不是墙壁就是窗户，头上是高高的顶棚，它的声音滚过来滚过去，塞满了整间房，似乎立刻就要爆炸，炸开这个限制了它的自由的地方。它叫了一会儿，便朝着关死的门冲了过去，这时候它悲哀地意识到，磨烂的地方不光是肩膀和屁股，还有肚子，肚子上的皮很薄很软，大量的血正从那儿流出来。

门不可能为它敞开，尽管它用了最大的力量。它沮丧地卧在门边，粗喘了一会儿气，这才腾出时间来仔细看了看四周，不免有些吃惊：房子居然有这么大的，从来没见过。它不知道它看到的是一座学校礼堂，礼堂很长时间不用了，桌椅板凳都堆在一角，中间空荡荡的，前面的讲台上堆积着一些彩旗和演节目的道具，证明这是个曾经很热闹的地方。多吉来吧在门边卧了很长时间，在寂静淹没而来、一股汹涌的悲凉就要掀翻它的时候，它站了起来，带着一丝侥幸，在礼堂里到处走了走，没有，没有通向外面的任何缝隙，要有的话也在高处它跳起来够不着的地方，那儿是一扇扇的窗户，玻璃透视着遥远的蓝天。它失望地吹着气，选择了一个隐蔽的地方卧下来，把那些能够舔到的创口都舔了舔，然后忍着疼痛闭上了眼睛。

很快就到了黄昏，天色暗淡了，礼堂的双开门忽地被人打开了，多吉来吧闻到了一股鲜羊肉的气息。它跳起来，跑了过去，不是冲着肉，而是冲着通往自由的门缝。遗憾的是，它在礼堂这边，门在礼堂那边，没等它跑到跟前，门就咚地关上了。它扑着，吼着，就像一个人，被关进了牢房里。它扑向铁窗，摇着，晃着：放我出去，放我出去。门外有几个人说着话走过去。立起来扒在门上的多吉来吧扑通一声摔倒在地上，绝望让它浑身发软，一点力气也没有了。它躺着，身边是一堆带血的鲜羊肉，但是它不吃。它已经很饿很饿，恶劣的情绪比迫害更像猛兽吞噬着它的能量，身体的消耗正在加速，补充能量迫在眉睫，但是它不吃。它是一只惯于用肉体磨难担当精神痛苦的藏獒，尤其在彻底绝望、在痛彻肺腑地思念着主人和妻子的时候，它决不可能用食物来干扰自己的忧伤。它坚决不吃，看都不看一眼，连口水也不流。它想把自己饿死，而饿死之前唯一要做的，就是思念，就是在思念中一心一意地哭泣。

这样过了很久，眼泪把礼堂的水泥地面打湿了，沿着它硕大的獒头，开出了一朵偌大的黑色莲花。天黑了，漫漫长夜无边无际，终于到了尽头，多吉来吧抬头向着高高的窗户看了看，原来还是昨天的太阳，冷漠依旧。但日子突然不同了，就在它疲倦地站起来顶着枯寂凄凉的压迫，再次心怀侥幸地走向礼堂别处，想看看有没有出去的可能时，门开了，有个东西出现在门口的缝隙明亮的天光下。多吉来吧扑了过去，它全神贯注地盯着缝隙，扑向了光明，却没有在乎那个东西。那东西以同样的速度扑了过来，扑向它，让它不得不戛然止步。

没有惯常对陌生者的审视，也没有警告与威胁的吠叫，止步的同时就是撕咬，多吉来吧把利牙对准了对方的喉咙，对方的利牙也对准了它的喉咙，碰撞的刹那，不是它咬住对方，就是对方咬住它。一种保护自己的条件反射让多吉来吧缩了一下头，同时伸直了自己的一只前爪。缩头的动作把对方咬住它的时间推迟了半秒，伸直的前爪让这推迟了的撕咬变得再也不可能。前爪捣歪了对方的鼻子，对方什么也没有咬到，正要再行撕咬时，却发现在半秒钟的时间差里，自己的喉咙已经变成了多吉来吧牙刀下的烂肉。它“噢”的一声怪叫，就要跳开，沉重的身子却轻飘飘地飞了起来。多吉来吧不是摁住它咬断它的喉咙，而是扬起獒头，把它甩向了空中，用它自己的重量撕裂了它的喉咙。那东西轰然落地，挣扎着站起，晃了一下，又倒下去，就再也起不来了。

多吉来吧顾不上品味这突如其来的打斗和突如其来的胜利，朝门扑去。门却早已严丝合缝地关起来。它扒了几下没扒开，就用头狠狠地撞了一下，然后回头，怒气冲冲地望着那个刚才跟它殊死搏斗的家伙，好像门的关闭是这个家伙所为。但是一瞥之下，多吉来吧的怒气就不再冲着它了，它死了，勾魂鬼从滋血的喉咙里溜进去拿走了它的命。它死了之后多吉来吧才看清刚才和自己打斗的是一只长脸突嘴的大型猎犬。多吉来吧没见过这种犬，但一闻味道就知道它是自己的同类，它迷惑地看着它：猎犬跑到这里来干什么？它又像孩子一样眼睛扑闪着望了望上面，答案就立刻有了。

多吉来吧看到礼堂两边高高的窗户玻璃后面站满了人，就知道猎犬是他们放进来的，他们要看热闹，畜生打斗的热闹对城市的人类而言永远都是热血沸腾的刺激。多吉来吧望着窗户两边黑压压的人影，恶狠狠地叫了几声，知道自己对他们无能为力，就走到礼堂的一角卧下来，兀自愤怒着，伤感着。伤感的情绪还没有催逼出眼泪来，门又响了，在亮开缝隙的同时，四只大狼狗鱼贯而入。多吉来吧目光毒辣地盯着四只大狼狗，慢悠悠地张开大嘴龇出了利牙。

第 三 章

Chapter 3

獒王之战

1. 地狱食肉魔

魁伟高大、长发披肩的黑脸汉子骑着赤骝马，带着他的地狱食肉魔，抱着抢来的小兄妹藏獒尼玛和达娃，就像旷野里无根无系的空行幽灵一般，快速绕过紫色岚光里百鸟竞飞的白兰湿地,跑出了白兰之口。他知道父亲马上就会追踪而来，更知道自己必须尽快接近下一个目标，再下一个目标，在更多的人知道他和他的藏獒之前，就让应该飞扬的血肉飞扬起来，把应该抹掉的生命迅速抹掉。

到底还有多少目标，黑脸汉子自己也不清楚，他只有一个想法：咬死所有的寺院狗、所有的领地狗、所有的牧羊藏獒和看家藏獒，尤其不能放过獒王冈日森格和多吉来吧以及牧主头领的藏獒。

黑脸汉子琢磨着，似乎拿不准应该先奔赴哪个目标，朝

东跑了一程，又停下，举头望了望泛滥着寂静的原野，想到这儿离索朗旺堆生产队不远，那儿的最好的看家藏獒曾经是头领的财产，便掉转马头，向北跑去。

父亲后来说，自那很久以后，他才在脑海里复原了那场惨烈的搏杀，是桑杰康珠的阿爸说给他的，他说起了长发披肩的黑脸汉子带着地狱食肉魔突然出现的样子，说起了地狱食肉魔如何先咬死了八只肩高至少八十厘米的大藏獒、再咬死了三只不到一岁的小藏獒、最后咬死了伟岸如山的金色狮子藏巴拉索罗的全过程。说着说着他浑身打战，眼睛里的恐怖之光强烈到就像闪烁在漆黑之夜的星星，突然他一声尖叫，就惊倒在地，不省人事了。就是这样一个地狱食肉魔，就是这样一场屠杀，即使过去了很长时间，都会让说起它的人心肺俱裂。而父亲的感觉是，它就是恐怖本身，是把人世间所有的恐怖含义集中到一起变成的一只绝无仅有的藏獒，它闯入你的生活，望你一眼就能把你的胆力拿走，让你活着也等于死。为什么？为什么在佛菩萨保佑的西结古草原，会出现一个嗜血如命的地狱食肉魔？

父亲骑在马上，心惊肉跳地走着。到了晚上，堵挡他的无边无尽的黑色突然破碎了，许多鬼影从草丛后面嗖嗖嗖地扑了过来。父亲吓得尖叫一声，拉直了缰绳。鬼影抓住父亲，呼哧呼哧喘着气。父亲定睛一看，噗地松了一口气，原来是寄宿学校的孩子们。他一把揪住歪戴着狐皮帽的秋加说："你们怎么在这儿？"秋加说："我们到西结古寺请藏医喇嘛尕宇陀去了。”“请尕宇陀干什么？”说这话时父亲很紧张，以为哪个孩子病了。秋加说：“动了，动了，大格列动了。”父亲愣了一下，明白过来，问道：“另外四只大藏獒呢，动了没有？”秋加说：“另外四只大藏獒没有动，乌鸦要来啄眼睛，我们埋起来啦。”父亲点着头说：“把它们埋起来是对的。”一晃眼，他才看到孩子们身后，立着一个高高的黑影，那是骑在马上的藏医喇嘛尕宇陀。

一行人匆匆忙忙走向了寄宿学校。一路上，父亲给尕宇陀说着他看到听到的一切。尕宇陀则告诉父亲，西结古寺之所以把了不起的藏巴拉索罗等十二只寺院狗寄养在白兰草原的桑杰康珠家，就是害怕这些寺院狗被人害死，但现在它们还是被人害死了，死得一点预兆都没有，连能掐会算的丹增活佛也没有事先觉察出来。父亲问道：“谁要害死寺院狗？”尕宇陀说：“还能有谁啊？除了勒格。”父亲惊呼一声：“勒格？他为什么要害死寺院狗？”尕宇陀说：“他有过誓言，要用自己的藏獒咬死西结古草原的所有藏獒。”父亲说：“他疯了，怎么会有这样的誓言？”对勒格父亲是熟悉的，他就是那个曾经被父亲称作“大脑门”的孩子，是“七个上阿妈的孩子”中的一员。十几年前他成了父亲的学生后，父亲就给他起了个名字叫勒格，勒格是羊羔的意思，父亲说：“你是个苦孩子，没阿爸没阿妈的，就像一只找不到羊群的羊羔，就叫这个名字吧，说明你是草原的多数，是地地道道的贫苦牧民。”贫苦牧民勒格十六岁时离开了父亲的寄宿学校，在西结古草原索朗旺堆生产队放了两年羊，然后成了西结古寺的一个青年喇嘛。以后的事情父亲就不知道了，只知道他离开了西结古草原，离开的时候偷走了领地狗群里的两只小藏獒，一只是獒王冈日森格和大黑獒那日的最后一代，是公獒；一只是多吉来吧和大黑獒果日最初的爱情果实，是母獒。冈日森格、多吉来吧、大黑獒果日，都曾经为寻找自己的孩子而满草原奔走。大家都猜出来了，勒格偷走这两只小藏獒的目的是什么，都说这是魔鬼的做法：冈日森格的后代怎么能和多吉来吧的后代配对呢？它们的母亲——大黑獒果日和大黑獒那日可是亲姊妹啊。在西结古牧民的伦理中，用这样的亲缘关系培育后代，是要遭受天谴的，无论是人，还是藏獒。但勒格好像不在乎，他执意要把这种人类不齿的畸形交配强加给藏獒，然后诞生出他的理想，那就是超越，既超越冈日森格，也超越多吉来吧，更要超越大黑獒果日和大黑獒那日，达到极顶的雄霸、空前绝后的威猛与横暴。父亲一路走一路惊叹：勒格回来了，那个一口气咬死了包括了不起的藏巴拉索罗在内的十二只寺院狗的地狱食肉魔，难道就是冈日森格和大黑獒那日、多吉来吧和大黑獒果日的后代，是它们的孙子？

大格列又活过来了。它没有流尽最后一滴血，它的血在剩下最后一滴的时候突然就不流了。藏獒天生顽强的生命又一次创造了死而复生的奇迹。从梦魇中苏醒的大格列在看到父亲之后，伸出舌头舔了一下自己的嘴唇，父亲立刻意识到它想干什么，吩咐秋加：“快去拿水，不，拿牛奶。”

看着大格列没事了，父亲休息了一会儿，便留下美旺雄怒守护寄宿学校，自己骑上大黑马，奔向藏巴拉索罗神宫，去看望獒王冈日森格了。

2. 声音的较量

礼堂里，面对四只鱼贯而入的大狼狗，张开大嘴龇出牙的多吉来吧忽地站了起来，咝咝地吸了几口冷气，感觉昨天被渔网拖在地上磨烂的地方突然疼起来，肩膀、屁股、肚子上的创口一起疼起来。它冲着创口发出了一种刚健有力的叫声，把一股股白雾般的气息送了过去，仿佛创口是听话的，它一吠叫就能制止它们的疼痛。它叫着叫着，就把眼光从自己的创口沿着地面慢慢地移向了四只大狼狗。依然是吠叫，多吉来吧本来不喜欢吠叫，尤其在打斗撕咬的前夕，它的做派从来就是不虚张声势，不威胁挑衅，战而不宣，惊雷无声，把所有的能力都展示在深不可测的沉默里。但是今天，当它用眼光重重地扫了一遍四只大狼狗后，突然就喜欢上吠叫了。它吠叫不止，一声比一声亢奋有劲、短而不猝。

四只大狼狗也在吠叫，它们整齐地站成一排，吠叫的姿势一律是鼻子指天、嘴巴朝上，此起彼伏的节奏听起来就像河水奔腾，流畅而明快。它们想用这个样子告诉对方：它们是训练有素的军犬，它们的能力超过了人类，所以就被人类用来弥补自身的不足。它们是优越的，在所有的城市狗中，它们有无可比拟的后台和无可比拟的伙食以及无可比拟的仪表。它们是凶恶的，更是尊贵的，它们希望当它们发出震慑之声时，所有的敌手都乖乖地走到跟前来俯首帖耳。它们义正词严地喊叫着，好比它们的主人在面对敌人时发出的那种声音：举起手来，缴枪不杀。一切都在理解之中，聪明的多吉来吧没见识过军犬的能耐，也不懂它们的规矩，但却依仗着狗对狗的理解看透了它们的心思。狗的声音和动作总是心灵的语言，这一点和人不一样，人的语言包括行为语言，却往往并不代表心灵和念想。多吉来吧叫着叫着改变了姿势，也是鼻子指天、嘴巴朝上的样子，像是在告诉对方：不要以为就你们会叫，你们会什么我也会什么。

正叫着，多吉来吧的眼睛噌地一下亮了，是闪烁亲切之光、缠绵之色的那种熠亮，叫声也不由自主地改变了腔调，有点柔婉，有点激切。它从窗户玻璃后面的人群里看到了那个男孩，那个曾给它喂药、曾和它一起在红衣女孩家度过了一夜的男孩。它相信男孩的后面一定站着那个女孩，于是它叫着叫着就哭了，这哭声带着一丝孤独者的留恋、一种苦难的流浪汉在无助中寻找依靠的企盼，针芒一样刺穿了上方的玻璃。男孩一定是听明白了，突然抹起了眼泪，跟它招了招手，就从窗台上跳了下去。咚的一声响，男孩不见了，多吉来吧的心碎了。它不知道，男孩是去找红衣女孩了。

四只大狼狗朝前跨了几步，叫声也拔高了几度。从心碎中回过神来的多吉来吧朝后一挫，似乎要跳起来，扑过去。突然它又稳住了，来回踱了几下，一屁股坐下，专心致志地投入到了用声音抵抗声音的努力中。礼堂这时候变成了一个巨大的音箱，汪汪汪、哐哐哐、嗡嗡嗡的，双方的声波滚滚而来，又撞墙而去，穿梭在头顶，回荡在耳边，然后又催动出新的更加响亮刺耳的吠叫来。双方都是百分之百地投入，看起来就像人类的对骂，但人类的对骂重要的是内容，所以人常说“有理不在声高”，狗的对叫最重要的却是声音的质量，也就是音域、音速、音量、音色、音强等等特质所产生的另一种对抗能力。我们常常看到两只愤怒的狗互相骂着吼着朝对方奔扑过去，还没有掐起来，一只就转身离开，或者落败而逃，就是因为声音的比拼已经有了分晓，谁胜谁负不需要牙刀相向了。现在这座空旷礼堂里的对峙就是这样，当四只大狼狗试图首先用声音营造出打击的威力和效果时，多吉来吧做出了一副兵来将挡水来土掩的姿态，用自己最不擅长的叫嚣进行着战斗。

作为军犬的四只大狼狗发现它们此起彼伏的吠叫并没有取得预想的效果，几乎每一声吠叫都被对方沉甸甸的对抗顶了回来，就觉得有些蹊跷：四只狗的声音，连起来就像河水奔流、哗哗不息的声音，经过人类严格训练用来威慑歹人凶犯的军犬之声，居然丝毫没有占据上风。它们停了下来，居中那只为首的黑脖子狼狗左右看了看，用头势指挥着，等它们再次叫起来的时候，队形、姿势和声音都变了：原来是整齐的一排，现在是两前两后的方阵；原来是鼻子指天，现在是鼻子向前；原来是此起彼伏的吠叫，现在是异口同声的壮吼，就像铜钹击响，音调铿锵。四只大狼狗挺胸昂首，和声如鼓，满礼堂轰鸣喤喤。

多吉来吧愣了一下，站起来，也像对方一样鼻子向前，吼声震耳。不同的是，四只大狼狗始终都在用嗓子叫喊，而多吉来吧已经不是了，它把从嗓子里发出的吠叫变成了从胸腔里发出的声波震颤，呼呼呼、当当当的，雄壮而有力。开始是四只大狼狗合吼一声，多吉来吧吼一声，好像都那么响亮，分不出雌雄来，后来就变成了双方同时吼叫，声音在空中一碰撞，强弱就出来了，总是多吉来吧盖过四只大狼狗，听起来整个礼堂只有多吉来吧的声音，连四只大狼狗都有些惊讶：我们怎么好像哑巴了？

为首的黑脖子狼狗首先不叫了，它望着同伴，用眼神表达着自己的意图。同伴们明白了，很快又站成了一排，两只先叫，两只后叫，声音顿时衔接成了一条没有休止符的音流，既是高亢的，又是可以占领一切时间、淹没一切空间的。多吉来吧静静地望着它们，先不叫，听了听再叫，这次它加快了节奏，一声紧接着一声，对方无论哪两只狼狗吼叫，都会跟它同时张嘴，然后被它浑厚的声音所覆盖。它的声音曾经在辽阔无边的草原上威胁过看不见的狼豹，那时候它处在原始浩茫的高风大气里，不经意地锻炼着声音的高低，无限放大着吼叫的力量。为了让草原至尊的王霸之气传得更远，祖先的遗传加上环境的磨砺，让它的嗓子、胸腔和腹腔，都具备了发声的天赋，那种声音不尖而厉，不疾而远，不大而强，如同平静的河面之下涌动着湍急的潜流，只要接触到它，就会被一股无法抗衡的力量疯狂地推向死亡。

四只大狼狗感到巨大的压力从四面八方挤压而来，似乎房顶就要塌下来，墙壁就要倒下来，地面就要翻起来，它们紧张地交换着眼色，好像是说：它一只狗的声音把我们四只狗的声音撞回来了，我们的声音也成了我们自己的对手。但它们毫不妥协，它们是军犬，发声是经过训练的，意志更是经过训练的。它们拼命吼叫着，唾沫雨点一样飞溅而来，淋到了多吉来吧头上。多吉来吧岔开四肢，把身子牢牢固定在地上，脖子前伸着，用自己的唾沫回敬着对方的唾沫，一声比一声吼得响亮。声音在轰然鸣响，就像把大天阔地里滚滚向前的惊雷突然装进了一个小匣子，礼堂几乎就要爆炸了。四只大狼狗的坚强意志这时候得到了充分体现，越吼越有精神，虽然音量不及对方，但耐久、韧性的能力看上去只会比对方好不会比对方差。

这样吼了很长时间，对峙的双方只管仰头吼叫，都分不清谁是谁的声音了。忽然，四只大狼狗惊奇地发现，多吉来吧居然是闭着喊的，也不知是什么时候闭上的。但它的声音依然响亮，从东墙撞到南墙，从天上撞到地上，最后再撞到它们身上，撞进它们的耳朵。为首的黑脖子狼狗一声怪叫，四只大狼狗突然闭了嘴，奓起耳朵听着，听着闭嘴以后它们的声音滑翔在四周，回音叠加着回音，旧雷撞响着新雷，好像声音一离开口腔，就可以独立自主，愿响多久就能响多久。滑翔的吼声渐渐变小了，撞来撞去的回音走向结束，首先消失的是四只大狼狗的声音，之后的几秒钟里，多吉来吧野獒之吼的回音还在礼堂内奔走。四只大狼狗面面相觑：这个来自荒野的家伙，到底能发出多大的音量啊，这么持久这么沉重，似乎连礼堂外面窗台上的人也感到了震颤，纷纷从玻璃上掉下去了。四只大狼狗望着窗外，呼哧呼哧地，知道自己又一次落入了下风，便开始酝酿下一轮的吼叫。

但是多吉来吧已经顾不上眼下的吼声之战了，它依靠灵敏的嗅觉比四只大狼狗更准确地捕捉到了礼堂外面一些人从窗台上跳下去的原因：那个男孩又来了，那个女孩也来了，隔着厚厚的墙壁，它清晰地闻到了他们的味道，也猜到了两个孩子的心情。它叫起来，但已不是面对敌手的怒吼，而是依恋亲人、企盼营救的哭声了。它跑了过去，疯狂地跳了一下，窗户是够不着的，只能站起来面对墙壁。它用爪子使劲抠着，抠着，抠一下，哭一声，一直抠着，一直哭着。它的爪子曾经是坚硬的铁杵，击碎过多少冰块土石，抓破过多少野兽的厚皮，多少次帮助它完成了一只伟大藏獒的使命，维护了饮血王党项罗刹的一代威名。可是这次，爪子不行了，它年事已高，又遇到了钢筋水泥，用尽了力气，却一点效果也没有。它着急地在墙上甩着爪子，似乎在说：不争气的爪子啊，不争气的爪子你怎么软成酥油了？

而在墙外，男孩带着女孩，沿着礼堂，跑啊跑啊，跑得气喘吁吁、大汗淋漓，女孩的红衣裳在跑动中变成了一条线，圈住了礼堂，绑住了水泥的墙壁。他们跑了一圈又一圈，没找到一个可以放出大狗的地方，只好停在门前，对几个守门的人说：“叔叔，你们放了大狗吧，放了大狗吧。”守在门口的人不理他们，他们就哭了。其中一个胸前挂满了像章的人似乎被感动了，指了指不远处站在窗台上的黄呢大衣说：“你们去求他，他是头儿。”两个孩子去了，双手拽着黄呢大衣的脚:“叔叔,叔叔,放了大狗吧,叔叔。”黄呢大衣觉得自己就要被拽下窗台,跳到地上呵斥道:“哪里来的小屁孩?给我滚远点。”他们没有滚,男孩跪下了,抱着黄呢大衣的腿,女孩学着男孩的样子也跪下了,也抱着他的腿:“叔叔,叔叔,放了大狗吧。”黄呢大衣抬脚踢开了两个孩子:“去去去,去。”

礼堂里的多吉来吧听到了,只要它把注意力集中到两个孩子身上,它就能听到墙外他们发出的任何声响,甚至都能感觉到他们在做什么。它跳着叫着,哭啊,用身体哭,用眼睛哭,用嗓子哭,这样的哭声、这种情不自禁的表达让它突然明白,它不是为了自己,而是为了两个孩子的委屈。两个孩子已经被它看成是亲人了,它是必须有亲人并且随时准备为亲人去战斗去牺牲的,这是它活着的理由,而作为一只优秀藏獒最受不了的,就是看到和它亲近的人为了它备受委屈,那绝对是一种撕心裂肺的折磨。它暴怒地蹬踏着墙壁,轰隆隆地咆哮着,把肩膀、屁股和肚子上磨烂的伤口咆哮成了嘴巴,喷吐出点点鲜血来。四只大狼狗目瞪口呆地望着它,以为这是它的一种新战法,便急急忙忙迎战。新的一轮吼叫比赛又开始了,黑脖子狼狗带领它的同伴,齐声爆叫起来。这次它们运足了力气,叫一声,中间停一下,然后再运足力气叫一声。每一声都叫得结实邦硬、冲力强劲,如同汹涌的大水进入了高落差的河床,激荡连接着激荡,显得气势逼人、胸有成竹。

多吉来吧愣住了,望着四只大狼狗反应了一下,才意识到这场吼声之战并没有结束,它在伤情之余还必须认真对付

敌手的挑衅。它回过身来，轰轰而叫，叫声豪壮，粗而不短，也是叫一声，停一下，运足了力气再开始叫，而且总是在对方叫的时候它才叫。野獒之声转眼又盖过了狼狗之吼，压迫和威逼出现了，多吉来吧用胸腔和腹腔发出的声音，再一次让对方感受到了来自荒野的王者之气、悍跋之风，那是鲜血淋漓的叫声，是用肩膀、屁股和肚子上磨烂的伤口发出的拼命之声。它没有发现，伤口大了，越来越大了。四只大狼狗中一只年轻的公狗首先感觉到了摧毁的恐怖，是声音对心智和胆魄的摧毁，它突然不叫了，转身就走，走到门口，看走不出去，就又回来，望着多吉来吧，声音尖细地呻吟着，瘫软在了地上。它被多吉来吧用忧伤而暴怒的吼叫打倒了，这不可挽救的软弱顿时瓦解了同伴的斗志，为首的黑脖子狼狗就像泄了气的皮球，嗓子里哧哧地响起来，它不叫了，狼狗们都不叫了。

礼堂里只有多吉来吧的怒吼还在轰鸣，就像巨大的铁锤一下比一下沉重地夯砸着它们的脑袋。它们有些慌乱，看到对方的声音呼呼而来，吹飘了同伴身上的毛，就更有些不知所措了。黑脖子狼狗强迫自己扬起头，眼睛鼓起来，闪射着最后的怒光，张大了嘴，想要再次发威，但只吼了一声，便沮丧得连连摇头。它围绕着同伴走了一圈，无可奈何地卧了下来。另外两只大狼狗也尽快卧了下来。它们就像最初被人类驯服了野性那样，伸直前腿，朝着依然叫嚣不止的多吉来吧鞠躬致敬。多吉来吧胜利了，用自己并不擅长，却依然葆有荒原之野和生命之丽的吼叫，吼垮了四只大狼狗。它得意地看到，和它放浪而舒展的草原的野性相比，豢养的城市的骄横永远都是弱败之属。但多吉来吧的得意转眼就消失了，它立刻又发现了自己的失败，它不叫了，不叫的时候它感到了伤口的疼痛，是钻心揪肺的那种疼痛，也是不屈不死的獒魂的疼痛——这是城市打败它的证据。城市是居心叵测的，让它伤痕累累不说，还把它关在了这里，把两个亲近它的孩子隔在了外面。

多吉来吧又一次把注意力转向了墙外的两个孩子，听了听，闻了闻，感觉了一下，然后就扑向了墙壁。它推着，抠着，哭着，叫着，知道自己无能为力，但还是推着，抠着，哭着，叫着，生气地甩着爪子，似乎推不倒、抠不烂钢筋水泥的墙壁是爪子的错。礼堂外面，被黄呢大衣踢开的两个孩子又开始奔跑。他们一个拉着一个，跑着，瞅着，失望地“哎哟”着，哪儿也没有，没有一个可以放出大狗的地方，最后他们只好再次停在了黄呢大衣跟前，男孩跪下了，女孩也跪下了，眼泪吧嗒吧嗒的：“叔叔，叔叔，放了大狗吧，叔叔。”

黄呢大衣瞪起眼睛：“滚滚滚。”胸前挂满像章的人走过去，把两个孩子拉到自己身边问道：“我知道这藏獒是动物园的，你们跟它是什么关系？”他们不知道怎么回答，互相看了看。女孩突然说：“大狗是我爸爸。”满胸像章的人怪怪地“哦”了一声，想哈哈大笑，突然又严肃了起来，点点头，认真地说：“你爸爸？原来它是你爸爸，怪不得你们要救它。”说罢，走了，走到礼堂门口，看那些拉狗的人把一只只狗排成了队，就要打开门放进去。满胸像章的人拦住他们，说了几句阻止的话，却被领先的一只黑毛披散的西宁土狗扑过来咬住了衣襟。他吓得尖叫一声，赶紧跳开了。黄呢大衣狞笑着说："你想做叛徒是不是？咬死你。"

礼堂门响了，扑在墙壁上的多吉来吧猛然回头，看到一群狗排着队走了进来，忽地转身，盯住了它们。它知道它们是来干什么的，立刻变得冷静而森然，墙外的孩子、远方的主人和妻子，突然之间离开了它的牵挂，只有一种幻灭的忧伤和抽象的悲情占据着它的头脑，绵绵不尽地发酵着它对城市、对敌狗的仇恨。战斗又要开始，这次可不仅仅是声音的对抗。当四只作为军犬的大狼狗在认输的驯服中被叫出礼堂，新来的一群城市狗开始对它咆哮时，多吉来吧就知道牙刀和利爪又要派上用场了。而在它的肩膀、屁股和肚子上，磨烂的伤口还在疼痛和流血，它龇出牙齿，感觉着伤口在肆虐中的存在，不无悲凉地摇晃着硕大的獒头，觉得自己或许是挺不过去了，这可恶的城里人带给它的可恶的伤口啊。新来的一群城市狗激动地跑来跑去，看多吉来吧似乎有些畏缩，便嚣张地扑了过来，扑在最前面的是那只黑毛披散的西宁土狗，它张嘴就咬，又一次张嘴就咬。

3. 獒王对决

遥远稀疏的星光照不亮草原，这是一个黑得有点疯狂的夜晚。巴俄秋珠和他的上阿妈骑手们都觉得，看不见打斗就等于看不见胜利的过程，那是没有意思的，不如天亮了再打。

班玛多吉和他的西结古骑手们欣然同意，他们巴不得这样，因为他们总不肯放弃赶走上阿妈骑手和领地狗、保住麦书记和藏巴拉索罗的希望，期待着一夜安静之后，能出现一个转败为胜的契机。

藏巴拉索罗神宫前草色深沉的旷野里，升起了上阿妈骑手和西结古骑手的帐房，然后人们就开始点着酥油灯宰杀羊只。双方都把羊群赶到了这里，就像古代打仗那样。牛粪火点起来了，煮羊肉的浓香弥漫在夜空里，藏獒们的口水流成了河。双方的骑手们都把最好的熟肉抛给了它们。它们吃着，知道这是人的赐予，也是人的托付，人把责任义务、流血牺牲、最后的胜利、未来的日子，统统托付给了它们，它们就得以身相许、以命相搏了。吃了肉就去喝水，在走向野驴河的时候，上阿妈领地狗和西结古领地狗之间只有不到二十米的距离，它们互相平静地观望着，甚至用鼻息和轻吠友好地打着招呼，秩序井然，一点张牙舞爪的举动也没有，好像离开了藏巴拉索罗神宫前的打斗场，它们就是好邻居、好朋友。

后半夜是休息。人睡了，藏獒也睡了，除了哨兵。其实哨兵也睡了。人和藏獒都不担心会有趁着月黑风紧前来劫营的，在大家无意识中必然遵守的规矩里，劫营是耻辱的，是趁人不备的偷窃行为，而擂台赛是荣耀的，即使失败也是光明的失败。只有一只藏獒没有睡，那就是西结古草原的獒王冈日森格。它彻夜都在想象着黎明后的打斗，想象着上阿妈獒王，那只巨型铁包金公獒会如何扑咬，想象着对方那双深藏在长毛里的红玛瑙石般的眼睛蕴藏着如何深奥的内容。

后来它又想到了自己，自己如何进攻，如何躲闪，如何不可避免地被对方咬住，如何令所有人所有狗失望地迎来殒命的下场。它老了，已不再是打斗好手了。它为自己的老迈惭愧，觉得自己实在对不起西结古草原的人和领地狗，还需要它发愤勇敢、挺身而出的时候，它怎么就老了呢？

惭愧的感觉让它一直紧闭着眼睛，似乎都不愿意看到天亮。但是天还是亮了，阳光很快洒满了大地，又有许多花开了出来，草原比昨天更加秀丽。班玛多吉吆喝着："獒王，獒王，你是怎么了？獒王，天已经亮了，该起来战斗了。"獒王冈日森格睁开眼睛站了起来，望了望前面的上阿妈獒王。上阿妈獒王帕巴仁青一夜都在打斗场中央休息，它在那里守护照顾着它的孩子小巴扎。小巴扎奄奄一息，却无人照料。上阿妈的骑手们把全部精力都集中在了对胜利的等待和对藏巴拉索罗的期望中，理所当然把伤残的和死去的抛在脑后了。上阿妈獒王只好来到这里，不时地舔着小巴扎的伤口，给孩子最后一点世间的温暖。当然，上阿妈獒王彻夜守在打斗场中央，也有急切巴望第二天的胜利快快来临的意思，好像不这样守着，胜利就会偷偷溜走。

冈日森格动作迟缓地走了过去，那样子让人觉得它已经懦弱得迎风摇摆，不可能对阵刚进入壮年、风头正健、骠勇到无獒能敌的上阿妈獒王。一片吃惊，尤其是上阿妈獒王，瞪大的眼睛里一个吃惊套着另一个吃惊：你怎么还能和我对阵？而冈日森格立刻意识到对方的吃惊就是自己的机会，一股杀伐的欲望骤然左右了它的心脑，身体也随之有了反应：

一停、一跳、一扑，张嘴的同时利牙龇出，哧的一声响，居然咬住了对方的脖子。动作的协调、目标的准确连冈日森格自己也没有料到。上阿妈獒王帕巴仁青疼得惨叫一声，奋力朝后一跳，似乎这才意识到冈日森格是来打斗而不是来问安的，于是就更加吃惊：对方扑咬的动作看上去并不迅捷，甚至有点笨拙，怎么就一下子咬住了它的脖子呢？仔细一想，才明白在对方并不迅捷的动作中，有一种威武到超凡脱俗的气势是自己很少见过的，而且它的停、跳、扑、咬简单实用，一丝丝多余的动作都没有，老辣到脱尽了所有的花色，只有最本质的存在。上阿妈獒王立刻不敢掉以轻心了。

但冈日森格接下来的动作并不是乘风破浪而是迅速离开，它走了，它在扑上去咬了一口上阿妈獒王之后，莫名其妙地扬长而去了。上阿妈獒王哪里肯放过，跳起来就追，看到冈日森格头也不回，只管走去，好像根本就没有想到对手会追撵而来，就寻思如果自己不能突袭过去一口咬烂它的肚皮，那就太无能、太愚蠢，连一只普通藏狗都不如了。上阿妈獒王瞅准对方的肚皮，狂奔过去。冈日森格不为人觉察地轻轻抖了一下，它虽然不是奔逃，也没有回头，但感觉仍然保持着年轻时的敏锐和发达，它不仅知道对方追了过来，还能准确预测对方离自己已经有多远，什么时候才能咬住自己的肚皮。这样的预测让它在上阿妈獒王就要挨着自己的时候突然停了下来。狂奔而去的上阿妈獒王没想到它会停下来，来不及收住自己，准备咬破对方肚皮的牙齿却从肚皮旁边一滑而过，滑到前面去了。

冈日森格身子略微侧了一下，让上阿妈獒王擦着身子超过了自己，然后忽地回头，牙齿正好对准了对方的肚皮，又是哧的一声响，准确扎进了上阿妈獒王最柔软的部位，随着对方朝前奔跑的惯性，划出了一条长长的口子。上阿妈獒王帕巴仁青停下了，回过身来，看了看自己肚皮上的伤痕，愤怒地咆哮着，没做任何思考，就一跃而起。冈日森格的反应之快连它自己也吃惊，它不是转身逃跑，也不是朝一边躲闪，而是迎着对手，同样也是一跃而起。但双方的一跃而起截然不同，上阿妈獒王是斜射出去的抛物线，冈日森格是原地跳起，直线上升，好像它已经没有力气把自己猛烈地抛掷出去了。

两只藏獒就在空中砰然相撞，跟人摔跤一样四条前肢纠缠在了一起。上阿妈獒王帕巴仁青扑向对手的雷霆之力达到了高潮，而冈日森格不仅没有顶撞，反而用爪子撕扯着对方的鬣毛，仰身倒了下去。眨眼之间，上阿妈獒王从对方身上飞了过去，重重地摔在了地上。冈日森格翻身起来，朝前一扑，咬住了对方的腰窝，大头挥动着，撕下一大片皮肉来。冈日森格不禁有些纳闷：自己这是怎么了？一开始三个回合居然都赢了！自己好像又回到了从前，又有了霸者之气、王者之风，可以随心所欲地把握战斗局面了。提心吊胆地观望着的班玛多吉和他的西结古骑手以及所有的西结古领地狗，都长舒一口气：原来獒王冈日森格还没有老朽到不堪一击，一进入争锋的旋涡、打斗的境界，就好像回到了年轻时代，就一如既往地威猛超凡、勇不可当了。

班玛多吉骑到马上喊起来：“巴俄秋珠回去吧，惹急了我们的獒王，没有你们的好下场。”巴俄秋珠大声说：“哈喇子的洞，深处在后面哩，往后看，往后看。”冈日森格胸腹大起大落地喘着粗气，眯起眼睛，一边观察对方的伤势，一边琢磨下一步的行动。上阿妈獒王帕巴仁青的脖子、肚子、腰窝三处受伤，虽然没有致命，但很重，尤其是肚皮上的那道伤，很长一截，令人揪心地滴沥着浓稠的血。上阿妈獒王也在观察自己的伤势，似乎并不觉得有多么严重，抬起头，让眼眶里含满了冷飕飕的光刀，轰轰轰地诅咒着冈日森格，又“汪汪汪”地威胁着冈日森格，它朝后一退，突然趴下了。

上阿妈獒王趴得就像一只癞皮狗，紧贴着地面，散了架似的，好像它要重复和曲杰洛卓打斗的经历。冈日森格警惕地望着它，感觉到这只巨型铁包金公獒一趴下来就会升起一股撼人的威逼气势，你无法仔细观察它，如果你非要仔细观察它，眼睛就会被无数飞针刺痛，飞针是它的眼光，它的眼光不知为什么比任何藏獒的眼光都要犀利、毒辣、阴险。怪不得曲杰洛卓一上场就失败了，是不是上阿妈獒王的眼光刺昏了它的头呢？冈日森格正这么琢磨着，突然听到一阵声音，像是从对方眼睛里发出来的，带着红色的血光和黑色的阴光，带着风，呼呼地响起来。

冈日森格立刻面临着选择：是静立着不动，还是跳起来闪开？也就是说，它必须立刻判断上阿妈獒王是会按照它躲闪的路线拐着弯扑咬，还是会直截了当地扑咬？眼睛是靠不住的，只能靠感觉，冈日森格告诉自己：躲闪，躲闪，躲闪。接着它就跳了起来，唰的一声响，它感觉躲闪是对的，又是唰的一声响，眼看就要落地，突然发现它错了，它不应该躲闪，它应该原地不动，因为它恰好落在了上阿妈獒王的大嘴里，而且是脖子落在了大嘴里。冈日森格大叫一声，用前爪蹬着对方的胸脯，再次跳了起来。这是一般藏獒不可能有的一次亡命之跳，它让冈日森格在死亡前的一秒钟把生命重新抓到了自己手里。上阿妈獒王帕巴仁青在奋力咬合的时候遗憾地错过了对方脖子上的大血管。脖子流血了，那是小血管里的血，染红了冈日森格奓起的鬣毛。

西结古獒王冈日森格稳住了自己，回身扫视上阿妈獒王，发现对方正在朝后退去，退了几步就趴下了，又像一只癞皮狗，紧贴着地面，死了一样，但撼人的气势依然盛大，刺人的眼光依然凛冽。冈日森格立刻发现自己又一次面临着选择：是静立着不动，还是跳起来闪开？似乎来不及思考，上阿妈獒王就已经刮起了一阵黑色狂飙，朝冈日森格压迫而来。躲闪，躲闪，躲闪，感觉告诉冈日森格，它只能躲闪。它跃然而起，改变了躲闪的节奏，跳起来赶紧落地，又跳起来赶紧落地，连续跳起了三次，落地了三次。但是很遗憾，上阿妈獒王似乎早就知道它会采用这种连续跳跃躲闪的花招，提前半秒钟扑到它的落点等着它，等它刚一落地，就把牙刀送了上去。

这一次上阿妈獒王帕巴仁青咬在了冈日森格的屁股上，血从很深的窟窿里冒了出来，虽然不致命，但难以忍受的疼痛让冈日森格禁不住转着圈蹦跳了好几下，直想把屁股甩离身体，甩到雪山那边去。趁着它难受得忘了打斗，上阿妈獒王帕巴仁青迅速跑过去，第三次癞皮狗一样地趴了下来，依然用犀利而毒辣的眼光瞪着它。冈日森格忍住疼痛，撩起大吊眼，不屈地和上阿妈獒王对视着，感觉就像强烈的阳光刺进了黑暗的眸子，顿时一阵眩晕。它再次发现上阿妈獒王具有如此完美的仪表，那巨獒特有的野性勃勃的灵肉组合，即使在静止不动的时候，也有奔腾呼啸的旷野气势。冈日森格喘了一口气，似乎累了，不像年轻时那样不知疲倦了。但是它知道它不能再有自认老迈的感觉，它必须年轻起来，强迫自己用最后的血性迸发出最夺目的光彩。它抖动着毛发，激励着自己的各个器官，激励着浑身的每一个细胞，希望它们年轻起来伟大起来，像真正的獒王那样丰盈而灵动、妖娆而激荡。

声音又来了，呼呼地响，是凌厉肃杀的黑色疾风，朝着冈日森格拍打而来。冈日森格忽地扬起了头，用寒冷如冰的眼光盯着上阿妈獒王。马上又要选择：是静立着不动，还是跳起来闪开？感觉告诉冈日森格：躲闪，躲闪，你必须躲闪。但是它又想到也许感觉未必准确，就像上两次那样，它应该反其道而行之，感觉是躲闪，但它偏不躲闪。它选择了静立不动，坚定地没有跳起来。上阿妈獒王帕巴仁青闪电般的进攻开始了，冈日森格的选择也就闪电般地有了答案：错了，错了，冈日森格这次又错了。

智慧的上阿妈獒王帕巴仁青在关键时刻再次坚持了它的原则：没有战术的战术是最有用的战术，没有诡计的诡计是最好的诡计。它简单而稚拙地直扑冈日森格，横着利牙飞快地插向了对方的喉咙。冈日森格意识到自己已经不可能躲开，下巴一低，护住喉咙，用自己的额头迎着对方的牙齿顶了过去。“嘎巴”一声响，冈日森格只觉得头昏眼花、额际刺痛，身子一歪倒了下去。它躺倒在地上只停留了两秒钟，就挣扎着站了起来，使劲眨巴着眼睛，朝前看去，才发现上阿妈獒王也和自己一样倒了下去。也就是说，它的额头这一次经受了铁齿钢牙的攻击，也显示了无与伦比的坚硬，它烂开了额头上的皮肉，却也让对手在见识了一只立地生根的藏獒岩石一样的稳固之后，匍匐在地上了。

上阿妈獒王帕巴仁青很快站了起来，用舌头舔着牙齿，似乎是说：还好，牙齿没有断，就是有点疼，大概牙根受到损伤了。一般来说，藏獒身上最坚硬的是牙齿，其次是头。

但这次最坚硬的却没有拼过次坚硬的，冈日森格只是损伤了额头上的皮肉，骨头却好好的，依然完美地坚硬着。上阿妈獒王收回牙齿，闭上了嘴，眼睛放电一样瞪着对方，琢磨下一步该怎么办。冈日森格不敢对视似的避开了对方的眼光，感觉着自己脖子、屁股、额头上的伤口，看到上阿妈獒王第四次紧贴着地面，癞皮狗一样地趴下了。

冈日森格挺立在离对手十米远的地方，表面上从容镇定，心里头却一抽一抽地紧张着。从上阿妈獒王红玛瑙石般的眼睛的锋芒里，它看出了这一次扑咬的分量。大概是最后一次吧，上阿妈獒王帕巴仁青志在必得，不是撕开冈日森格的肚腹，让它拖着肠子断命，就是咬断它的喉咙，让它气绝身亡。糟糕的是，冈日森格还没有想好：是静立着不动，还是跳起来闪开？感觉，感觉，感觉怎么越来越不对了，一会儿是静立着不动，一会儿又是跳起来闪开。那就不要依靠感觉了，依靠头脑。冈日森格甩动硕大的头脑，急切而紧张地寻找着答案：到底是静立着不动，还是跳起来闪开？

突然，冈日森格昂扬起了身子，用琥珀色的眼睛里迸发而出的怒火盯着上阿妈獒王，告诉自己也告诉对方：血溅杀场、一命呜呼的时刻已经来到，不是你，就是我。所有观战的人和狗都没有想到，癞皮狗一样趴在地上就要蹦跃而起的上阿妈獒王也没有想到，这一次冈日森格的应对办法是头脑与感觉的结合：既没有静立着不动，也没有跳起来闪开，而是雄姿英发地俯冲过去，就在上阿妈獒王准备覆盖它的前夕，把同样勇猛的覆盖还给了上阿妈獒王。成功了。冈日森格从跳起、奔扑到覆盖、撕咬，整个动作连贯得天衣无缝，就像它年轻时那样，出神入化到根本就看不出是打斗。没有声音，咆哮和厮打的声音瞬间消失了，只有空气的振动在不经意中变成了徐徐来去的夏日轻风。

野性的肉体淹没了上阿妈獒王帕巴仁青，压得它根本就喘不过气来，这只黄色多于黑色的巨型铁包金公獒依然像癞皮狗一样趴在地上，无声地惊讶着，被慑服后的钦佩左右了它的神经，它变得安静而容忍，甚至都忘了反抗和仇恨，忘了作为獒王的丢脸和屈辱，也忘了疼痛。疼痛应该来自喉咙，冈日森格一口咬住了它的喉咙，急速而准确，简直就是一把飞刀，让上阿妈獒王眼睛都来不及眨巴一下，就皮开肉绽。死了，死了，我就要死了。上阿妈獒王心里哭泣着，它知道只要冈日森格的牙齿轻轻一阵错动，它的气管就会断裂，死亡就会从裂口中溜进来，占据它的整个身体。

但是冈日森格本该立即错动的牙齿却迟迟没有错动，好像它很愿意这样把头埋在对方浓密的獒毛里延长即将咬死对手的兴奋，或者它听到了对方心里的哭泣，有一点不忍，又有一点同病相怜：总有一天我也会被咬死的，我死的时候肯定更惨更悲。可这样的死亡到底为什么？为什么我们要如此激烈地打斗？锋利的牙齿始终没有错动，准备就死的上阿妈獒王帕巴仁青都有点不耐烦了，晃了一下头，催促着，又晃了一下头，还是催促着，等第三次晃头催促的时候，它惊愕地发现，自己居然把喉咙从冈日森格的牙刀之间晃出来了。冈日森格的牙齿始终没有错动，却渐渐松动了。上阿妈獒王吃惊地望着它，似乎是说：你怎么了？你不会是老糊涂了吧？片刻，冈日森格朝后退去，上阿妈獒王也朝后退去，它们好像互相听到了对方的心声，都变得彬彬有礼了。

上阿妈领地狗和西结古领地狗都不理解两个獒王的打斗居然会和平结束，恶狠狠地吼叫起来，就像人类的骂阵。狗叫声中夹杂着骑手们的喊声，也是恶狠狠的、不理解的。班玛多吉直着嗓子大声说："冈日森格，你是怎么搞的？咬死它，咬死它，它是上阿妈獒王，它咬死了曲杰洛卓。"冈日森格回头看了一眼班玛多吉，似乎不想听他的话，又觉得不听不行，正在犹豫的时候，满身血污的上阿妈獒王帕巴仁青转身走去，走到上阿妈领地狗群里去了。冈日森格望着上阿妈獒王的背影，忧伤地意识到：上阿妈獒王是不该失败的，它的失败比自己的失败更加不幸，自己会有年迈体衰当作借口而继续以往的生活，它呢？它很可能就不再是上阿妈草原雄霸一代的獒王了。

上阿妈骑手的头领巴俄秋珠看到自己的獒王败北而归，策马从领地狗群后面挤过来，用马鞭抽了一下上阿妈獒王，气恼地说："你是可以咬死它的，你要是咬不死它，我们上阿妈藏獒还有谁能咬死它？去，接着咬，一定给我咬死它。"上阿妈獒王帕巴仁青率真地望着巴俄秋珠，似乎想让他明白：我已经输了，我打不过英雄的西结古獒王，只能回来了。但是巴俄秋珠不明白，一再用马鞭抽着它："去啊，去啊，赶快去啊。"上阿妈獒王再次来到了打斗场中央。空气一下子凝重了，大家都看着西结古獒王冈日森格。冈日森格站在领地狗群的边缘，半晌没有动静，似乎疲倦了，也胆怯了。身后，班玛多吉再次喊起来："人家并没有认输，冈日森格，快上啊，为曲杰洛卓报仇。"接着是众骑手的催促，是西结古领地狗群的催促。冈日森格无可奈何地走了过去。上阿妈獒王帕巴仁青用一种晚辈敬仰前辈的眼神望着它，第五次趴下了，趴得还是像一只癞皮狗，紧贴着地面，散了架似的。冈日森格下意识地抖了抖鬣毛，仔细观察着它，发现这只巨型铁包金公獒已经没有最初那股撼人心魄的威逼气势了，眼睛里也少了许多那种比别的藏獒更犀利熠亮、更毒辣阴险的光亮。它不由得悲哀起来，好像前后判若两人的不是对手而是自己。

阵风突起，一半是血光，一半是黑光，腾腾腾地朝着冈日森格覆盖而来。已经用不着选择了，冈日森格知道它只能一动不动，如果对方想好了提前量拐着弯扑咬，那就算是自己选择正确、不战而胜，如果对方直截了当地扑咬，那它就坚强地顶住，它相信自己能够顶得住，上阿妈獒王已经没有大山倾颓一样的猛力和悍然超群的气度了。结果瞬间而至，上阿妈獒王帕巴仁青的判断失误了，它扑向了本以为冈日森格会跳起来躲闪就必然会落地的那个地方，发现什么也没有扑着，就神情迷茫地盯着冈日森格看了一会儿，似乎奇怪对方为什么是静立不动的，然后浑身疲倦地朝回走去。它喉咙、脖子、肚子、腰窝四处受伤，已经流了很多血，现在还在流血，它实在支撑不下去了。冈日森格无限怜惜地看着上阿妈獒王，看到它凄凉无言地走进了上阿妈领地狗群后，所有的上阿妈骑手都发出了一阵呲呲呲的声音，那是失望，是鄙夷，是来自主人的冰凉冷酷的羞辱。

上阿妈骑手的头领巴俄秋珠骑马走过来，用马鞭指着它奚落道：“你就是这样给上阿妈草原争气的吗？难道上阿妈草原的肉不肥，水不甜，你吃了喝了不长力气就长毛吗？或者上阿妈草原的人对你不好，你想用自己的失败丢他们的脸？我们还有领地狗，我们还要打下去，藏巴拉索罗一定是我们的，你要是不死你就看着吧。”上阿妈獒王帕巴仁青仰头听着这一番比任何利牙的撕咬都厉害的奚落，就像受到了平生最严重的打击，张大了嘴，流着血水，似乎想申辩什么，但最终什么声音也没有发出来。它的双眼闪射出两股失落至极的光焰，委屈地流着泪，蓦地一闭，轰然倒在了地上。

而在西结古领地狗群这边，冈日森格也倒了下去。它的伤并不重，它是累倒了。这样的疲劳就像大棒的挥舞，从黏稠的血液里击打出了伤感和回望，让它感到自己还是老了，真的老了，年轻的时光一去不复返，那种斗志旺盛、百折不挠，仿佛永远都打不死、拖不垮的精神，只能变成苦苦的记忆、恋恋的怀旧。冈日森格把整个身子贴在地上，就像必须吸附地中的精气才能恢复体力似的，闭上了眼睛，什么也不看，什么也不管了。它知道西结古领地狗这边，下一个出场打斗的还应该是它，因为它是赢家，它必须接受另一只上阿妈藏獒的挑战。但是它太需要休息了，它希望自己这样趴着不起来，会给双方带来一个休战的机会。

上阿妈骑手的头领巴俄秋珠远远地望着冈日森格，立刻意识到这样的暂停对自己是不利的，一旦冈日森格恢复过来，上阿妈领地狗群里，就更不会有谁能够与它抗衡了。巴俄秋珠吆喝起来，代替上阿妈獒王指挥着领地狗群："你，上，就是你，给我上。"一只被巴俄秋珠用马鞭指着的大个头金獒愣怔着没有动。它不是不想上场，而是不忍离开上阿妈獒王帕巴仁青。流血过多又被主人用奚落猛烈击打的上阿妈獒王就要昏过去了，大个头金獒正在舔着它的伤口呼唤它，这样的呼唤是必不可少的安慰，一只在鲜血中沐浴归来的藏獒如果连这一点安慰都得不到，它的精神和肉体就会迅速垮掉，不昏的也得昏，不死的也得死。"上啊！"巴俄秋珠用鞭梢抽打着大个头金獒。大个头金獒望了望满脸怒容的主人，温情无限地最后舔了一舌头獒王的伤口，看到有别的藏獒过来替它舔舐呼唤，这才离开。它不放心地回望着，跑向了打斗场中央。

大个头金獒昂起头，朝着西结古獒王冈日森格雷鸣般地吼叫着。冈日森格明白了，休战是不可能的，自己必须锲而不舍地战斗。它慢腾腾地站起来，身子一晃，"哗"地倒下去，更加瘫软地贴住了地面。它喘着粗气，四肢僵硬地支撑着，给自己鼓着劲：起来，起来。庞大的身躯缓缓地崛起着，吃力地崛起着，眼看就要立住了，扑通一声，又瘫软了下去。这时就听一阵马蹄的疾响由远及近，一声急急巴巴的呼唤从空中传来："冈日森格，你怎么了冈日森格？"

4. 孤独的怀乡者

多吉来吧的搏杀还在继续。黑毛披散的西宁土狗一连咬了三口，也没有咬到多吉来吧的一根毛，这才意识到它们面对的绝不是一只怯懦而无能的外乡狗。外乡狗虽然没有主动进攻，却依然明显地表露出它是一个强大而凶险的家伙。西宁土狗明智地后退了几步，看到它的同伴也都明智地后退着，便意识到它们也有了同样的感受：连咬几口，什么也没有咬到。这到底是怎样一只外乡狗呢？西宁土狗忽闪着眼睛审视起来。多吉来吧神速地躲过了这群城市狗最初的扑咬，然后蹲踞在地上，微闭了眼睛，等待着它们的第二次进攻。它锐利的眼光已经看清楚了面前的情形：这是一群乌合之众，虽然它们多达十五只，但能打能拼的只有不到一半，别的狗充数而已。乌合之众是没有首领的，有利的一面是你不必担心它们的进攻会讲究战略战术，不利的一面是你干掉任何一只都不意味着它们会因为失去狗王而全线崩溃。更让它不得不重视的是，这十五只狗中，有狼狗，有土狗，还有两只藏狗和两只藏獒，藏狗和藏獒都很年轻，一看便知是打斗的好手，尤其是两只藏獒，显然看上去已经变种，但膀大腰粗、虎威凛凛的祖先遗风依然存在。多吉来吧环视四周，直到狗群又一次咆哮起来，就知道冲锋已经开始了。

又是全体行动，它们伴着城里人，学着城里人，打惯了群架，不懂得挑战必须一个对一个的规矩。更何况即使知道狗类世界里曾有这样的规矩，它们也懒得唤醒记忆、严格遵守，毕竟一窝蜂地进攻会让它们胆气十足，谁都觉得自己能够咬住对手而不必担心被对手咬住，被对手咬住的只能是身边的同伴。当然奔扑的速度有慢有快，首先扑过来的还是那只黑毛披散的西宁土狗，它是土生土长的地头蛇，欺生。它喊喊叫叫扑过来，朝着多吉来吧的大腿一口咬了过去。多吉来吧忽地一下闪开，跷起前肢，想要进攻，又转身让过了对方。它已经看清了西宁土狗，虽然勇敢凶猛，却一点点野性都没有，有野性的狗咬谁都是先咬喉咙的，习惯于咬腿的狗，一般来说都是看家门、抓小偷的狗，小偷见了狗就跑，狗就把腿看成了罪魁：要是腿不跑，贼能跑吗？

多吉来吧不跟它一般见识，奋力一跳，扑向了一只拦腰而来的变种藏獒。那藏獒绝对不是吃素的，身子轻轻歪了一下，歪出了一个让对手出乎意料的角度，牙刀依然是对着腰际的。多吉来吧想躲又躲不开，在一口咬住对方脊背的同时，自己的腰际也让对方一口咬住了。多吉来吧知道腰际紧连着肚子，一旦被对方刺破肚子就等于走向了失败，于是它赶快跳起来，

踩着对方的肩膀,扑向了一只年老的白胸狼狗。那儿是安全的,那儿只有它咬别人的份儿，没有别人咬它的份儿。

果然白胸狼狗被它一口咬破了脖子，等到白胸狼狗反过来咬它时，它已经闪向一边，又和一只土狗掐起来。土狗个子很高，力量却不及多吉来吧的一半，伸长脖子想把多吉来吧撕碎，却被多吉来吧一爪蹬翻在了地上。刚才咬伤了多吉来吧的那只藏獒又扑了过来，另一只藏獒也扑了过来，一左一右，夹击着多吉来吧。多吉来吧想冲到前面，摆脱夹击，却发现一只壮实的藏狗已经拦住了它的去路。它赶紧往后跳，又看到另一只更加壮实的藏狗正在它的屁股后面张牙舞爪地跳着。多吉来吧朝上看了看，只有上面才是出路，它必须跳起来，否则这四只大狗的四张大嘴就会同时咬住它那已经伤痕累累的身体。

多吉来吧跳了起来。围住它的两只藏獒和两只藏狗预测到它要跳起来，也都一跃而起，要在空中封锁它的出路。但是它们哪里想到，多吉来吧早已预测到了它们的预测，它只是轻轻一跳，等它们愤然而起、高高地出现在头顶的时候，它却箭镞一样飞向了前面，从它们的肚子底下溜之大吉了。它们噗然落地，发现面前已是空空如也，赶紧转身寻找对手，对手却从一个它们谁也没有料到的方向扑来，一口咬住了一只变种藏獒的肚腹。这一口绝对是致命的，不仅肚腹烂了，也把肠子钩出来了。藏獒倒了下去，又挣扎着站起，以最后的力气扑向了多吉来吧。多吉来吧知道已经没有必要再跟它打下去，这只刚才咬伤了它的藏獒很快就要死了，便忽地跳到一边，眼睛一横，身子一摆，扑向了另一只变种藏獒。变种藏獒也正在扑向多吉来吧。它们谁也没想到应该主动闪开，都觉得自己的头是最硬的，碰撞的一刹那，只听咚的一声响，一个头歪了，另一个头也歪了，但一个歪得主动，一个歪得被动，被动的那个头无力地在耷拉下去，因为脖子已经撞断了。断了脖子的藏獒倒了下去，没有伤口没有血，但死亡却来得异常迅速。多吉来吧望着这只正在死去的藏獒在拼命抽搐，突然愣住了，毕竟它们是同类中的同类，在这远离草原的城市，早有一丝他乡遇故知的感觉潜入了情怀。它木木地凭吊着，通过黯然神伤的眼光，送去了一只藏獒对另一只藏獒的敬礼。但它的感情太厚重，敬礼太虔诚，虔诚得伫立了半天没有动静，这让一前一后的两只藏狗从惊愣中回过神来，大喊大叫着扑向了它。

两只藏狗一只咬住了它的肩膀，一只咬住了它原本就受了伤的肚腹。几乎在同时，一直十分嚣张的黑毛披散的西宁土狗和一只灰毛狼狗扑上来咬住了它的两条后腿。多吉来吧呼出一口粗气，呼走了它的虔诚和平静，左右看了看，就像指针一样顺时针转起来。它转了一圈，甩掉了后腿上的西宁土狗和灰毛狼狗，又转了一圈，甩掉了两只藏狗，然后借着惯性转出了第三圈，等它不转的时候，牙齿已经固定在了一只藏狗的喉咙上，死亡再次发生。多吉来吧顾不得多看一眼死去的藏狗，跳起来扑向另一只藏狗，一口咬住了对方的脖子。藏狗倒地蜷身，用两只前爪激烈地蹬踏着它。多吉来吧突然不动了，任凭对方的爪子肆意蹬踏，眼睛里不期然而然地收敛了杀气，错动了一下牙齿，却没有咬断血管。是思念干扰了它，它知道对方是藏狗，知道对方或对方的祖先曾经也是草原的一员。它想到了草原，也就想到了草原上的一切，包括主人汉扎西和妻子大黑獒果日。它伤感地哽咽了一声，然后松开对方，血红的眼球顿时变成了粉黄，那是同命相怜和柔声询问的表示：草原上的藏狗啊，你怎么也在这里？

但是这只藏狗并没有读懂多吉来吧眼睛里的内容，以为那是怯懦和无能，它翻身起来，胆大妄为地朝对方扑去。这只藏狗脑子里根本没有草原，因为它在还没有记忆的时候就来到了城市，城市便成了它唯一的记忆。它扑向多吉来吧，就仿佛是城市扑向了草原。它咬住了多吉来吧的肩膀，使劲晃动着头，想尽量大尽量深地撕开一道血口。多吉来吧甩开它，忍让地后退着。它疯狂地追过来，再次咬住了多吉来吧的肩膀。多吉来吧又一次甩开它，还是后退着。它更加疯狂地追过来，一口咬住了多吉来吧的脖子。多吉来吧甩不开它，眼看就要被它挑破大血管了，只好伸出钢钎一样的爪子，狠狠地掏了过去。

壮实的藏狗拥有宽阔的胸脯，正好给多吉来吧提供了方便，多吉来吧就是闭着眼睛也能掏到地方，一爪子皮肉开裂了，两爪子胸骨断开了，三爪子本来是要把藏狗的心掏出来的，但多吉来吧突然停下了，还是不忍心杀死它。毕竟是藏狗，身上还残留着雪山草原的气息，尽管已经很淡很淡，但对忧思难抑、肝肠寸断的多吉来吧来说，已经足够强烈了，强烈到让它迅速有了同情，有了怜惜。它放过了藏狗，知道它还能活，就顺势安慰地舔了一下对方的伤口，看对方一副万死不辞、还想厮打的样子，就宽容地躲闪着，一连退了好几步，突然感到身后一阵骚动，才发现自己退到了一只土狗的嘴边。那土狗也不想一想来到嘴边的是谁的屁股，就狠狠地飞出了牙刀。牙刀进肉的瞬间，也是多吉来吧杀性暴起的时候，只听呼的一声响，土狗吃惊地发现来到嘴边的屁股突然变成了脑袋，那脑袋硕大无比，遮住了它的全部视线。它眨巴着眼睛正琢磨应该咬向哪个地方，自己的大嘴就被一张更大的嘴包住了。两张嘴同时咬合，多吉来吧的嘴咬烂了土狗的嘴，土狗的嘴咬烂了自己的舌头。接着就是更大的不幸，那就是升天。土狗被多吉来吧叼起来，一左一右地摔了两下就死了，它不是摔死的，是窒息死的，多吉来吧咬住它嘴的同时，也咬住了它的鼻子，让它和这个世界的联系顿时就被掐断了。

多吉来吧气昂昂地挺立着，用凶焰迸射的眼睛看着别的狗。狗们一片沉默，都把四条腿绷起来，做出一副随时扑咬、也随时逃跑的样子。只有刚才被多吉来吧甩掉的黑毛披散的西宁土狗只想扑咬，不想后退，它来回奔窜在那些还能厮杀的狗之间，用一种嘶哑的声音督促着：上啊，上啊，大家一起上啊。看别的狗有动的，有不动的，便高叫着，扑一下停一下地撺掇起来，撺掇了几次后，它冒冒失失地抢先扑了过去。它从八米之外起步，扑到多吉来吧跟前，至少需要一秒半，多吉来吧完全有时间躲开，但这时多吉来吧听到了男孩的叫声，顿时就把火烧眉毛的打斗抛到了一边，仰起头望着高高的窗户。窗户玻璃外人更多了，密密麻麻就像砌起了好几面黑墙，那男孩就挤在林立的人腿之间，断断续续叫着:“大狗，大狗。”叫几声，就低下头去，把大狗现在的情形告诉窗台下仰脸站着的红衣女孩。突然男孩惊叫一声：“大狗！”又浑身抖颤、声音结巴地对女孩说：“那么多狗都扑到了大狗身上，大狗就要死了。”女孩“哇”地哭起来。

黑毛披散的西宁土狗第一个咬住多吉来吧，多吉来吧看到对方咬住的是自己的腿，不是什么要害，就依然仰头望着男孩一动不动。这样的举动让那些还能厮杀的狗有些误解，它们喊喊叫叫地扑过来，围住多吉来吧，从所有的方向咬住它，那只灰毛狼狗居然咬住了它的脖子。多吉来吧这才回过神来，吃惊地发现自己在伤感和依恋中耽搁得太久，差点把性命耽搁掉。它吼了一声，想跳起来，一用力，身子反而歪斜着倒了下去。一帮城市狗激动不已，它们从来没见识过这种狮子一样高大威猛的来自草原的喜马拉雅藏獒，现在不仅见识了，而且把它压倒咬住了。它们心情愉快，边咬边唱，有两只狗甚至肆无忌惮地踏上多吉来吧的脊背，仰头炫耀着自己，朝着窗外的人群汪汪地叫。那只咬住多吉来吧脖子的灰毛狼狗则把牙齿往深里扎，却发现仍够不着大血管，就倏然松开，想换口再咬住对方的喉咙。

够了，够了。多吉来吧觉得自己已经窝囊够了，别人的欺负也该到头了。它抬起了头，朝着灰毛狼狗的牙齿，把脖子一展，好像是说：给你，好好地咬啊。灰毛狼狗举牙就咬，嘎巴一声响，不知怎么搞的，它的咬合竟是上牙碰下牙，牙与牙之间，只有几根扯下来的獒毛在悠悠飘动。再一看，多吉来吧巨大的獒头已经撞过来，撞在了它的脑袋上。先是眼前金花飞溅，接着一片比黑夜还要巨大的黑暗倏然降临，它紧张地朝后退了两步，突围似的扑过去，却没有扑到对手，而是把一个同伴从多吉来吧身上扑了下来。这时灰色狼狗才感到了疼痛，疼痛来自脑袋，它的脑袋被撞蒙了，剧烈的震荡似乎让脑神经错了位，它晕三倒四，头大如天，什么也看不见，悲愤地嗥叫着，但已经不是狗叫，而是返祖的狼叫了。

狼叫让多吉来吧浑身剧烈地抖了一下，抖翻了前腿踩踏着它的两只狗，不顾一切地朝着发出狼叫的灰色狼狗扑去。转眼之间，灰色狼狗被它咬死了，所有从不同方向咬住它的狗也都被它甩脱了。它意识到，它身体之内很深很深的地方潜藏着连它自己都无法预料的斗志和力气，狗唤醒不了它，只有狼才能唤醒它，现在它似乎被唤醒了，才吃惊地发现面前的狗群原来根本就不是对手，而它居然被它们咬得遍体鳞伤。它走了过去，走到它们中间，用凶悍的眼光把它们由一团驱散成一片，然后猛地跳了起来。一帮城市狗不顾同伴的死亡，依然沉浸在刚才压倒并咬住多吉来吧的激动和愉悦中，突然感觉到风暴卷起，没见过的速度来了，没见过的力量来了，一种野蛮的骠勇就像暴风骤雨，纷至沓来。首先被风暴卷死的，是那只黑毛披散的西宁土狗，它张狂无度，想当领导，结果是出头的椽子先烂。当多吉来吧咬住它的时候，它似乎突然明白自己不该挑头撕咬，它像婴儿一样尖叫着、哀声乞求起来。但是已经晚了，杀性炽盛的多吉来吧顾不上听懂它的乞求，就一口咬开了它的喉咙。它死了以后，死亡就来得更快，剩下的城市狗再也没能组织起新的进攻，就一只接一只地死掉了。当还能跑动的城市狗只剩下五只的时候，它们再也不想跟这只见所未见的草原藏獒纠缠，一起跑向了门口。

礼堂的门打开了一点点，但不是为了放它们出去，而是为了赶它们再去和多吉来吧厮打。“呃——吁——呃——吁——”黄呢大衣喊起来，很多人都跟着他喊起来。城市狗听得懂这是唆使差遣的意思，服从地转身又去迎击多吉来吧。多吉来吧这时候已经卧下，它浑身是伤，血流不止，虽然杀心未艾，但已经不想斩尽杀绝了，只要它们逃跑，只要它们不再来祸害它就行。遗憾的是它们又来了，而且是人让它们来的，人不敢来祸害它，就派一群城市狗来祸害它。多吉来吧看到五只城市狗捏着胆子想扑咬又不敢扑咬的样子，生气地暴吼一声，跳起来就杀了过去。它觉得自己是杀向了人的，对这里的人它决不留情，除了那两个小孩。它撕着，咬着，左一口，右一口，然后就是铁爪出击，一爪一个血窟窿，有肚子上的血窟窿，也有脖子上的血窟窿。当冒血的汩汩声此起彼伏时，多吉来吧趴下了。谁也不会再来撕咬它，只有伤痛和疲倦压迫着它，让它张大了嘴巴，呼呼地喘气不迭。

到处都是死去的狗，礼堂变成了屠宰场。城市的人想通过打斗屠宰多吉来吧，没想到多吉来吧却屠宰了所有十五个屠宰者，不，还有一个屠宰者活着，那就是被多吉来吧用坚硬的爪子掏开了胸脯的藏狗，它的皮肉开裂了，胸骨断开了，但心被多吉来吧留下了。它还活着，只要不再参与残酷的打斗，并且有人照顾，它就一定能活下去。

多吉来吧望着它，它也望着多吉来吧，双方眼睛里的内容是不一样的，在藏狗是不尽而无奈的仇恨，在多吉来吧是无限而有悔的怜悯：我呀，我怎么把它打成这个样子了？多吉来吧蹭着地面朝前挪动着，挪一下，眼睛里就多一点亲近，那是亲近草原故土的热肠在孤寂思念中的自然流露，那是藏狗身上滞留不去的草原味道对一个怀乡者的顽固吸引。它挪到了跟前，就把眼睛里的亲近无条件地送给了对方。它靠着藏狗卧了下来，有点糊涂了，伤心落泪的思念让它觉得藏狗仿佛变成了草原，它只要依附在草原的大地上，浑身的伤痕就会迅速痊愈，体力也会很快恢复。它把硕大的獒头一半枕在了自己腿上，一半枕在了藏狗腿上。

藏狗很吃惊，想咬又没咬，抬头看了看礼堂的门，门关着，寂然无声，又抬头看了看人影密密匝匝的窗户，眼光一到，玻璃就哗啦一声碎了，砸碎玻璃的人在一个利碴怒放的洞口喊叫着："四眼，四眼，咬死它，咬死它，现在就看你了。"被称作四眼的藏狗望着喊叫的人，那是它的主人，它完全明白它的主人要让它干什么。它不顾伤痛站了起来，朝着多吉来吧龇了龇牙。"四眼，四眼，快咬啊四眼。"四眼藏狗再次望了望主人，一口咬了下去。多吉来吧虽然没有听懂那人的喊叫，但意识到了喊叫的意思。因此当感觉到自己的后颈被四眼的利牙戳出牙眼的时候，它并不吃惊。它用力站起来，甩脱对方，发出一种奇怪的声音，似乎是央求，是商量，是同情四眼的警告。早已脱离了草原的四眼藏狗，只拥有城市的思维和耳朵，听得懂主人的任何旨意，却丝毫不明白多吉来吧的藏话，听到主人的喊声再次传来，它便又一次张大了血口。四眼藏狗一连咬了五口。疲惫不堪的多吉来吧容忍地让它咬，一次次不厌其烦地甩脱着，终于忍无可忍了，甩脱迅速变成了反抗。多吉来吧的反抗完全是草原风格的展示，有熊的力量、豹的敏捷、狼的狠毒，牙刀闪电般飞出，又闪电般收回，咕咚一声响，喉咙洞开的四眼藏狗倒地了。

然后就是安静。都死了，所有被人驱使着前来撕咬多吉来吧的城市狗都没有逃脱既定的命运。多吉来吧看了看最后倒下去的四眼藏狗，把眼光投向了窗户玻璃后面林立的人。它悲凉地发现，暗淡的暮色里，男孩已经不见了，使劲闻了闻，到处都是乱七八糟的味道，根本就捕捉不到两个孩子的气息。

它“汪汪汪”地哽咽着，哗啦啦地流出了眼泪。没有了，它现在的寄托、它希望自己去保护的两个孩子已经没有了，它用舌头舔着眼泪，望着高高的窗户，一次次用干涩的嗓子呼喊着，喊得嗓子都哑了，最后孤立无援地趴在了死去的藏狗身边。无可依附的时候，它只好一厢情愿地再次把自己依附在它唯一能感觉到草原气息的死去的藏狗身上。

多吉来吧想不到，这时候两个孩子被满胸像章的人带到了距离礼堂一百多米远的空荡荡的锅炉房里。满胸像章的人对他们说：“你们能等到天黑吗？天黑不回家可以吗？”男孩看了看女孩，女孩看了看男孩，女孩首先点了点头。满胸像章的人说：“那你们就在这儿等着，哪儿也别去。”

几乎在同时，一个畜牧兽医研究所的大院里，六只作为科研对象的身形魁梧、仪态霸悍的成年雄性藏獒，被喂养它们的人拉上了一辆卡车。卡车连夜出发，朝着血雨腥风的礼堂急驶而来。

多吉来吧度过了一个不平常的夜晚。它先是渴了，打斗耗尽了它的体力，食物和水是必需的补充。它在焦渴中站了起来，慢腾腾地走动着，到处找了找，没找到水。人不给它水喝，就是逼它喝血，但它实际上并不喜欢喝血，尽管它曾经是饮血王党项罗刹，多吉来吧来到一只狼狗的尸体旁，觉得狼狗离狼近一点，就撕开它脖子上的大血管急迫地舔着，站着舔，卧着舔，舔了很长时间，几乎舔干了狼狗能够涌出的所有鲜血，这才起身离开狼狗，浑身乏力地走向了散发着羊肉味的地方。那羊肉放了一天一夜，已经不鲜不香了，多吉来吧闻了闻，想了想，又回到了那只狼狗身边。它吃起来，它预感到接下来的时间里它会消耗更多的体力和精力，就毫不犹豫地撕扯起了最能帮助它产生能量的狼与狗结合的肉。沉重的忧伤和无尽的思念这时突然变成了一种督促，让它把本该彻夜伴随的哭泣变成一种迫不及待的吞咽。

吃饱喝足后它卧下了。它在伤痛的折磨中闭上了眼睛，它要在睡眠的松弛中用最快的速度消化掉满腹的食物，恢复体力和能力，然后把所有的精神都献给思念——思念它的主人、妻子、雪山和草原。但它睡得并不松弛，伤痛带给它的是比无眠好不了多少的噩梦。它梦见了党项大雪山山麓原野上送鬼人达赤的石头房子，梦见了它小时候的所有磨难，梦见数不清的血盆大嘴从天边飞翔而来，一口吃掉了它，所有的大嘴都是一口吃掉了它。它愤怒而悲惨地嗥叫着，突然看到主人汉扎西来了，妻子大黑獒果日来了，他们来了却并不理它，看都没看它一眼就消失不见了。它难过得心里发颤，低声哭诉起来，哭着哭着就有了变化：噩梦结束了，好梦出现了，它看到送鬼人达赤的石头房子正在变大，大得就像它咬死了十五只城市狗的那座礼堂。

礼堂的门咚咚咚地响着，突然打开了，走进来了红衣女孩和那个男孩，他们后面还有一个人，胸前挂满了金光闪闪的东西，手里攥着一根撬杠。多吉来吧警惕而懊恼地瞪着他，发现他和两个孩子说话时面带亲近的笑容，就把懊恼丢在了脑后。两个孩子抱住它，“大狗大狗”地叫着，它也抱住了两个孩子，“嗷嗷嗷”地哭着，孩子们的眼泪和它的眼泪互相交换着，它和他们都用最敏锐的神经感觉着对方的可亲可爱。然后它被两个孩子和那个满胸金光闪闪的人带领着，恍恍惚惚走出了礼堂，走进了如水如波的月光，走过了一座院子，来到了大街上。夜晚的大街上，一辆汽车急速驶过。

多吉来吧这才意识到自己已不在梦境了，一切都是真的：两个孩子和一个陌生的大人，把它从困厄中救了出来，它自由了，再也用不着去迎接那些莫名其妙的打斗了。它伫立着，认真地看着两个孩子正和满胸像章的人告别——孩子们说："谢谢了叔叔。"满胸像章的人摸着女孩的头说："谢你们自己吧，你一说大狗是你爸爸，我就知道它对你们多重要，快点离开这里，不要再落到他们手里。"说完，他又向多吉来吧招了招手，提着撬杠走了。多吉来吧深情地目送着他也目送着撬开了礼堂门的撬杠，突然扭过头来，猜测而忧伤地盯上了红衣女孩的脸。它的猜测和忧伤很快被红衣女孩说了出来："大狗你说怎么办啊？你不能去我家了，我妈妈不喜欢你。"男孩也说："我爸爸那个坏蛋，他要扒了你的皮，吃了你的肉。"多吉来吧眨巴着眼睛，如像听懂了，又好像没听懂，但稀稀落落夜行的汽车帮了它的忙，那种在夜深人静时格外夸张的轰隆隆隆的声音唤醒了它对城市的憎恶，它的心明亮起来：自己不是要跟着两个小孩去的，而是要离开，离开城市，目标是草原故乡、主人、妻子，是即将发生的危难和预感中的需要——西结古草原的需要、寄宿学校的需要。它告别似的舔了舔女孩的脸，又舔了舔男孩的脸，缓缓地转身，慢慢地走了。

“大狗，大狗。”女孩叫着，男孩也叫着。女孩哭了，男孩也哭了。“大狗，大狗。”男孩呼喊着追了过去，追出去二十多步，见多吉来吧跑起来，就又赶紧回到了越哭越伤心的女孩身边。大狗走了，就这么突然地离他们而去。尽管两个孩子早已想到他们救大狗出来就是为了让它远远地离开，想去什么地方就去什么地方，但他们还是不忍伤别，大狗一走就把他们的心拽痛了。两个孩子站在那里哭了很长时间，他们不知道他们的大狗又拐回来了。多吉来吧站在不远处黑暗的树荫下，发痴地望着他们，看他们朝女孩家的方向走去，就悄悄地跟在了后面。它知道城市的夜晚和荒原的夜晚一样潜藏着更多的凶险，尤其是对孩子，它在毅然离去的一刹那，又本能地产生了保护之心，不由自主地把急切的奔走之念暂时丢开了。它知道两个孩子是为了救它才半夜三更没有回家，它要是就此一走了之，就算不上是一只至情至性的藏獒了。

多吉来吧暗地里护送着两个孩子来到了红衣女孩家。女孩敲门走了进去，男孩也走了进去，但男孩马上被女孩的母亲推了出来。母亲对女孩说：“你去哪里了？这么晚才回来？哪里的野孩子？也往家里带。”说着哗啦一声从里面关死了门。多吉来吧在黑暗中抖了一下，梗了梗脖子，瞪起眼睛看着，它不理解人的举动：那个母亲怎么会这样无情？它真想扑过去一头撞开那扇门，可想到这是红衣女孩的家，自己曾在那里面度过了安全温馨的一夜，就只好忍住了。

男孩离开了那里，走到阒寂无人的街上去，走了几步又不敢走了，赶紧回到女孩家的门口，靠着门框坐了下来，毕竟背靠着熟人的家，心理上不至于特别空落害怕。本来打算送孩子到家后就离去的多吉来吧不走了，它坐下来，远远地守护着，看到男孩歪着身子渐渐进入了梦乡，又悄悄走了过去。多吉来吧卧在了男孩身边。它知道尽管是夏天，但这座高原古城的夜晚还是凉风飕飕的。它把自己的长毛盖在了男孩的脚上、腿上，又用带伤的身体挤靠着他，让体温像一床棉被一样丝丝缕缕地传了过去。明天再走吧，无论它离开城市、扑向主人和妻子的愿望多么迫切，它都必须在这一夜把自己交给这个孩子，以一只草原藏獒与生俱来的责任，保证孩子在安全和温暖中睡去。男孩睁了一下眼，迷迷糊糊地看到熟悉的大狗卧在身边，就把脸埋进大狗的鬣毛，又睡过去了。

男孩实在太累了，他睡到太阳升高后才被开门出来的女孩叫醒。他站起来揉着眼睛对女孩说："大狗呢，大狗呢？大狗在和我睡觉。"红衣女孩摇摇头说："没看见，你在做梦吧？"男孩挠挠后脑勺："我在做梦？哈哈哈，我在做梦。"这时女孩发现：男孩的脖子和脸上，粘着好几根长长的獒毛。再一看，腿上脚上也有。他们两个同时喊起来："不是做梦！"他们把大狗的长毛一根一根集中起来，攥在了手心里，男孩攥了一些，女孩也攥了一些。他们攥着獒毛尽量远地看着街道，心里头酸酸的，又一次眼泪汪汪了。凭着孩子的直觉，他们知道大狗再也不会出现在他们面前，在最后陪伴了他们一夜之后，它真的已经远远地离去了。

第 四 章
Chapter 4

情 殇

1. 父亲的慈悲

“冈日森格，你怎么了冈日森格？”这个急急巴巴的声音是父亲发出来的。父亲一出现在藏巴拉索罗神宫前，就跳下马跌跌撞撞地扑向了冈日森格。冈日森格忽地站了起来，也不知为什么，冈日森格一听到它的恩人——我父亲的声音，浑身的疲惫、四肢的瘫软突然就消失了。它挺身而立，望着跑来的父亲，用眼神里发自内心的豪迈的微笑告诉他：我没什么，我好着呢。父亲跪倒在地抱住了它，急切地说：“我看见了，你都站不起来了，你没事儿吧？”说着，就在冈日森格的身上到处摸索，他想知道哪儿有伤，骨头断了没有。摸着摸着，父亲就哭了，他看到了冈日森格脖子、屁股、额头上的伤，疼惜道：“你都是老爷爷了，你怎么还跟它们打？你老了，打不过它们了，就不要逞能了嘛。”说罢又朝后看了看，冲着骑在马上的班玛多吉喊道："班玛书记你混蛋，怎么还能让冈日森格上场？你看你看，血流了这么多。"班玛多吉说："汉扎西你别骂我，连我的曲杰洛卓都战死了，冈日森格不上谁上？它好歹是獒王，人家的獒王上场了，就是要挑战我们的獒王。再说冈日森格打赢了，它没有给我们西结古草原丢脸，应该高兴才对啊。"父亲这才意识到，已经发生的打斗是相当惨烈的，死伤的藏獒肯定很多。他站起来，四下里看着，看到了打斗场中央的小巴扎，禁不住大步走了过去。

上阿妈领地狗群不知道父亲要干什么，威胁地叫起来。父亲顾不上理睬它们，蹲下身子，凑过嘴去，在小巴扎的鼻子上试了试，觉得还有鼻息，而且是温热的，便抬起头朝上阿妈骑手高声说："它还活着，它没有死，你们怎么没有人管？"又回头喊道，"曲杰洛卓呢？我怎么看不见曲杰洛卓？"班玛多吉告诉他，曲杰洛卓死在了上阿妈领地狗群里，又警告他："你不要过去，你要是过去，也会像曲杰洛卓那样，再也回不来了。"这个时候父亲的心里就装着藏獒的死活，哪里会在乎班玛多吉的警告？他站起来就走，一边走一边喊："曲杰洛卓，曲杰洛卓。"仿佛曲杰洛卓只是在别人面前死了，他一来一喊就又会活过来。班玛多吉惊慌失措地喊道："危险，汉扎西，你回来。"冈日森格"汪汪汪"地叫着，使劲迈着步子，要追上去保护父亲，追了几步就停下了。它看到上阿妈领地狗虽然一只只都瞪着父亲，却没有一只做出撕咬的样子，那些平和而亮堂的眼睛告诉它，父亲不会有事儿。父亲和藏獒有着天然生成的缘分，他刚才那个用自己的嘴试探小巴扎鼻息的举动，已经让上阿妈领地狗从心里抹去了对他的敌意。

父亲就这样不管不顾地走进了上阿妈领地狗群中，找到了曲杰洛卓，又痛心地看到，曲杰洛卓身边还躺着一只驴一般大的雪獒，都死了，都用血色灿烂的眼睛痴望着高远的蓝天。它们一黑一白，黑的就像山，白的就像水；黑的典雅雄奇，白的高贵俊美。父亲不知道雪獒叫什么名字，更不会知道它名字的意义，他知道曲杰洛卓的意思是法智——法王智慧，或智慧的法王。藏獒之中，又一个法王离世了，在一场由人发起的莫名其妙的打斗中悲哀地离世了。父亲的心里惨惨的，悲愤地想：为什么要打斗？谁能出来制止这场打斗？丹增活佛，或者麦书记，他们为什么不露面了？父亲流着泪，打着呼哨，叫来了自己的大黑马，又指着离他最近的上阿妈骑手的头领巴俄秋珠不容置疑地说："巴俄秋珠你给我下来，下来帮帮忙。"巴俄秋珠诧异地看着父亲，似乎是说：我都是上阿妈公社的副书记了，你居然敢这样命令我？又看了看自己身边的骑手，自嘲地"呵呵"一笑，听话地跳下马，帮着父亲把曲杰洛卓抬上了大黑马的脊背。父亲先把曲杰洛卓驮到了不远处的天葬场，又快速返回，把驴一股大的雪獒和那只被小巴扎咬死的小黑獒也驮了过去。来来去去，他都唱着西结古草原的牧民们给亲人送葬时唱的歌。所有的人和所有的狗都感激地望着他。

死的送走了，现在要紧的是救活负伤的。父亲央求巴俄秋珠帮忙，把还没有死却无人照料的小巴扎和已经昏过去的上阿妈獒王帕巴仁青抬到了马背上。没有人阻拦父亲，西结

古骑手和领地狗了解父亲，知道父亲必然会这样做，就都用平静的眼光看着父亲忙来忙去。上阿妈骑手和领地狗非常意外，发现父亲的行为不仅是大胆而奇特的，更是仁慈而友善的。尤其是上阿妈领地狗，凭着灵性它们从父亲清澈的泪眼里看出了救死扶伤的温暖，便望着父亲的背影和驮着上阿妈獒王的大黑马，一个个摇起了尾巴。那只挑战冈日森格的大个头铁包金公獒早已拐了回去，好像父亲的行为消弭了它的斗志，它再也不想发出雷鸣般的吼声了。冈日森格安静地卧在地上。它要抓紧时间休息，它知道父亲带来的只能是暂时的休战，而不是永久的和平。

父亲很快回到了寄宿学校，放下需要救护的藏獒，又一路奔驰去了藏巴拉索罗神宫。上阿妈领地狗和西结古领地狗的打斗是不会停息的，死伤随时都会发生，他必须守在那里，让死去的立即天葬，把受伤的尽快驮到寄宿学校来。神宫很快到了。父亲让马停下，挺起身子，远远地发现了打斗的场面，吃了一惊：怎么回事儿？怎么又多了一拨人、多了一群藏獒？父亲双腿一夹，心急火燎地策马过去。

2. 苦难中的邂逅

离开女孩和男孩的多吉来吧走一阵、跑一阵，从早晨到下午，在横七竖八的街道里穿行着，始终没有走出城市去。好几次它似乎来到了城市的边缘，但发现前去的路上并没有草原的气息，就又折回去了。离开城市就是为了回到草原，可是草原，草原在哪里呢？它是被汽车拉进城市的，在进城的路上没有留下它的任何痕迹。再说即使留下了痕迹，一年的风吹雨淋之后它还能闻出来吗？它东跑西颠，越跑越累，越累就越不知道草原在哪个方向了。它满眼流淌着湿漉漉的迷茫，不时地关注着那些一见它就躲开的人。它记得在西结古草原，只要遇到它解决不了的问题，总是人在帮助它，主人汉扎西，或者随便一个牧民。可惜在城市、在今天，它见到的人只有两种：一种是怕它的，一种是想害它的。

很快就是黑夜了，房子和灯火组成的沟谷似乎比白天更多了，多得让它绝望。它渐渐累了，想找一个地方休息，可找来找去，却觉得哪儿都不安全，哪儿都有危险的存在，找了差不多两个小时，才给自己找到了一个灯火熠亮、旗帜飘扬、画像高耸的地方。这儿的灯火是小小的一串儿一串儿的，环绕着毛主席画像，好比西结古寺大经堂里酥油灯的闪烁；这儿的旗帜是连成片的，就像草原上铺满山坡的经幡箭垛风马旗阵。它望着灯火、画像、旗帜，感到它们是安全的，是没有敌意、可以信任的。更让它放心的是，它看到了一些朝着画像跪着说话的人，如同西结古草原那些面对佛像或者活佛和喇嘛祈请福佑的牧民。多吉来吧卧了下来，就卧在了灯火通明处、全身画像的脚下，闭上眼睛睡着了。

不知睡了多长时间，一丝温馨而惬意的味道走进了多吉来吧的梦乡，告诉它你该醒醒了。它迷迷糊糊睁开眼睛又闭上。但这次它没有闭实，它怎么也闭不实了，那温馨而惬意的味道变成了一种带着草原气息的坚硬有力的袭击，让它睡意全无。它倏地站起来，几乎是不由自主地，用眼光也是用鼻子指引着自己，走向了二十步之外一群跪着说话的人。一阵惊叫，那些人纷纷跳起，转身就跑。多吉来吧也很吃惊，停下来望着他们：草原人就不会这样，他们一看它的表情，就知道它是去打架的，还是去亲近的。让多吉来吧欣慰的是，还有一个人跪在那里一点儿也没挪动，它最初的动机就是要走向那个人的。它继续迈步，来到那个人身边，伸出舌头舔着，舔了她的脸和耳朵，又去舔她的手。那个人抱住它说："多吉来吧，你怎么在这里？你是跑出来的吧？我知道你在动物园里，很想去看你，但我没有机会。"说着吧嗒吧嗒流下了泪。

多吉来吧也是吧嗒吧嗒流着泪，继续用它的舌头呼唤着她的名字：梅朵拉姆，梅朵拉姆。他们互相拥抱着，都想把各自的苦水吐出来，又都意识到这是不可能的，便沮丧地分开了。梅朵拉姆说："多吉来吧，你是怎么跑出来的？你今后怎么办？就在西宁城里做一只无依无靠的流浪狗？你会被人打死的。"多吉来吧"呜呜呜"地哭叫起来，想对梅朵拉姆说：我要回家，我要回家，你能不能帮帮我，我要回家。梅朵拉姆说："我要是能照顾你就好了，可是我不能，我没有这个自由，我是被抓回来接受监督的，不能把你带回家去。"多吉来吧听不懂梅朵拉姆的话，但是能揣摩话语的味道，知道梅朵拉姆的处境跟自己一样，甚至比自己还要糟糕。果然，来了两男两女，就要把梅朵拉姆带走。

苦难中的邂逅，来不及喜悦，就又要分手了。梅朵拉姆长叹一声说："多吉来吧，你不要跟着我，一旦被抓起来，你还不如在动物园里。我知道你以后会天天来这儿等我，但是我不会再来了。你现在走吧，千万千万别跟着我，走吧多吉来吧，保重啊。”分手是艰难的，多吉来吧不可能不跟着她，一来是保护她，二来是依恋她。流落异乡、孤苦伶仃的时候，一个来自大草原的人和一只来自大草原的狗，是多么需要相依为命哪。但梅朵拉姆知道，所有跟自己有关系的都可能被自己连累，包括一只熟识的狗。“去吧，去吧，多吉来吧快去吧，孤独地流浪总比失去自由好。”梅朵拉姆又是手势又是语言地打发着它，看它不走，又拍着地面欺骗它说：“那好，那你就在这儿等着，我去去就来，去去就来。”多吉来吧明白了，于是就坐下来等着。以后几天，多吉来吧有了依靠和期待似的一直在西宁城里流浪，天黑以后就会来到这个灯火熠亮、旗帜飘扬、画像高耸的地方，等待梅朵拉姆。直到有一天，它被几个拿枪的人暗算，才又回到原来的轨道上，重新思考如何走出城市的问题。

那是几个暗算它的人，他们对多吉来吧的深仇大恨来自它的位置：它有什么资格坐在毛主席画像旁，和伟大领袖一起接受人们的跪拜？是可忍孰不可忍！他们怀着满腔的愤怒扣动扳机，多吉来吧眼看难逃厄运，枪手突然在准星里面看到了毛主席画像，内心和手指都禁不住哆嗦了一下。这一哆嗦，救了多吉来吧的命，子弹便飞到别处去了。多吉来吧已经知道遇见拿枪的人必须尽快躲开，便压住扑上去拼命的怒火，转身就跑。多吉来吧机敏地逃离了他们的追踪，安然无恙地来到了湟水河的河滩里。它左顾右盼着，走到河边喝了一些水，感到有些累了，便来到一个掏挖砂石的坑窝里躺了下来，想睡一会儿，眼光却被漂过河面的一些木头吸引了过去。它看着那些木头，突然站了起来，它想起了故乡的野驴河，经常也会漂过一些烂木头的野驴河是从西往东流的，无论你在什么地方，只要沿着河边逆流而行就会回到西结古草原。它由此判断，只要是河流，只要逆流而行，就都会走到西结古草原。它为自己的想法兴奋起来，望着城市，再次悲伤地想了想梅朵拉姆，步履滞重地迈开了步子。

作为喜马拉雅獒种的藏獒，天生的智慧又一次成全了它。事实证明它做对了，尽管沿着湟水河它不可能走到一千两百多公里以外的西结古草原,但至少方向是对的。它朝着西边跑，跑出了城市，跑向湟水河的上游。视野一下子开阔了，亢奋诡异的人臊更加浓烈，正在从身后的城市向上游弥漫，人臊要去的地方，正是它要去的地方，想象中的西结古草原、预感中的危难、寄宿学校的狼灾，就要惊心动魄地变成现实了。它跑啊，跑啊，思念是动力，本能更是动力，双重的动力让它在无意识中超越了自己。

一夜无眠，第二天天亮的时候，它看到了远远近近的山，看到了田野和村庄，看到河水在这里变成了几十股溪流，漫漶在开阔的滩地上，看到几只野兔在不远处活蹦乱跳。它追过去，咬死两只又大又肥的野兔饱餐了一顿，然后选择一块凉爽的地方卧下了。它有些踌躇，不知往哪里走了。几十股溪流来自不同的方向，到底哪个方向是西结古草原呢？它意识到自己非常疲倦，而疲倦的身体是不利于判断的，它把自己藏在蒿草丛里睡了过去。又是噩梦，这样的睡眠让它动不动就会在愤怒中醒来，醒来后它会悲哀地扫一眼周围，感觉是凄凉而平静的,就又去继续下一个噩梦。后来就不做噩梦了，它睡得很踏实，直到黄昏，它被一股扑鼻而来的味道刺激得浑身一阵颤抖。它醒了。

刺鼻的味道来自一匹骡子。骡子来到离多吉来吧十步远的地方，正在专注地吃着青草。骡子是不怕狗的，在骡子的记忆里，生狗熟狗都不会咬它。它一边吃草一边放屁，屁的气息让多吉来吧高兴起来。多吉来吧没见过骡子，但一闻骡子的屁就知道它是马的近亲，而马是属于草原的，也就是说，它感觉自己已经接近草原了。多吉来吧站起来，打招呼似的走向骡子，望着它摇了摇尾巴。骡子知道它是友好的，冲它打了两声响鼻，漫不经心地转过身去，一边吃草一边往前走，还不时地回头看着它，似乎在引诱它。多吉来吧跟了过去，它喜欢这样的引诱，喜欢一切带着草原气息的动物的引诱。半个小时后，它跟着骡子来到了一排防风林带的后面，这才意识到，动物之间的心心相印通过眼神就能彼此互达，骡子好像知道它在想什么，而它喜欢骡子的引诱也正是因为它预见了骡子的去向，骡子的去向是个有马的地方。这是一座院落，院落里不仅有别的骡子，还有许多马。

骡子走进没有门庭的院落，冲着那些马扑哧扑哧地吹起了气。所有的马都回头看着骡子，也看着跟随而来的多吉来吧。多吉来吧昂扬着头，一匹一匹审视着马，它想看到一匹自己认识的马，然而没有。所有的马都是陌生的，还有那些堆在地上的辎重和鞍韂，那些氤氲不散的气息，都以最清晰的语言告诉它：它们虽然来自草原却是别处的草原。这时，院落深处有房子的地方一只狗怒叫起来，多吉来吧一听那又尖又短的声音就知道是一只母狗，便用粗壮的喊叫回应了一声，赶紧退出了院落。它在离院落五十米远的地方卧了下来，静静地等待着。虽然它不懂得这里是路边的旅馆，就像古时候的驿站，它遇到的这些人和马，是一个给草原供销社运送茶叶的骡马帮，但从满地的辎重和鞍韂上它知道，这些马是要上路的。虽然马们要去的是别处的草原，但藏獒的直觉让它再一次做出了一个跟人一样聪明的判断：草原连接着草原，只要是草原，就总会靠近西结古草原。

院落里的母狗又在怒叫，大概是闻到了多吉来吧的气息。叫着叫着母狗跑了出来。多吉来吧不打算理它，依然趴卧着，甚至闭上了眼睛，只用鼻子感觉着母狗的到来，突然嗅觉被刺激了一下，一股阳刚的腥臊推动着气流逆向而来，它忽地睁开了眼睛，发现朝它跑来的不光是母狗，还有一只公狗。母狗和公狗都是大黄狗，都是一副怒目圆睁、寻衅闹事的样子，不同的是母狗在吼叫，公狗却像哑巴一样一声不吭。多吉来吧知道不叫的狗才是真正厉害的狗，不叫的原因是它并不想吓唬你，只想一口咬死你。它绷紧了肌肉瞪视着公狗，却发现公狗张大着嘴巴首先扑向了母狗，一口就把母狗的肩膀撕烂了。母狗惨烈地叫了一声，扑通一声趴在了地上。公狗恶狠狠地瞪了母狗一眼，然后才朝着多吉来吧奔扑过来。多吉来吧惊呆了：这是怎么回事儿？它看到黄色公狗的牙齿上还滴沥着母狗的鲜血，那鲜血就要甩到自己脸上，便狂吠了一声，意思是：你停下！

3. 阴谋嫁祸

白兰狼群终于等到了地狱食肉魔咬杀藏獒的机会，激动得张嘴吐舌，都能把亮晶晶的口水泼洒到天上去。但它们决不像秃鹫那样闹哄哄地表达情绪，它们是隐声而隐形的，远远地窥伺，悄悄地靠近。黑命主狼王不停地扬起头，前后左右地看着，它有些不安，总觉得起伏不平的草原上隐声隐形的不光是它们，似乎还有一股狼群比它们更迫切地等待着藏獒的死亡。它举着鼻子使劲嗅了嗅，意识到那是红额斑头狼的狼群，是大狼群，是野驴河流域最最强悍的狼群。

黑命主狼王又愤怒又沮丧：愤怒的是，好不容易跟踪到了这里，却遇到了红额斑狼群的抢夺；沮丧的是，这里是红额斑狼群的领地，它们从白兰草原来到这里，已经构成侵犯，心里发虚，加上自己的实力不如对方，肯定是不战而败的。但黑命主狼王并不打算接受不战而败的结果，作为一群狼的领袖，如果见到同类就跑，自己的下属就会瞧你不起，也就不再会听你的话，伺机挑衅，最后取而代之。黑命主狼王长长地嗥叫了一声，放弃了继续隐藏行踪的打算，带头朝前跑去。它想抢在红额斑狼群之前靠近藏獒杀藏獒的现场，占领有利地形，给红额斑头狼一个警告：我们并不怕你们。也让自己的下属明白：它们的头狼是勇敢而坚忍的，任何时候都不会轻言败退。就在黑命主狼王带领白兰狼群距离目标还有两百多米的时候，它听到了红额斑头狼的嗥叫，便知道一场较量就要开始了。

红额斑狼群悄悄地从三面靠近，一出现就对白兰狼群形成了围打局面。它们仗着狼多势众，把白兰狼群分割成了十几个单元，差不多是每十匹狼围打一个单元，再分出一部分机动狼来，在单元与单元之间穿插奔跑，忽东忽西，哪儿薄弱就扑向哪儿，让牙刀于飞行之中横竖切割，尽量疯狂地表现它们的残忍和凶恶。咆哮与惨叫响成一片，紫艳艳的狼血四处飞溅。然而，如此猛烈的狼群之战却没有发生死亡，不是白兰狼群防御有道、避杀有方，而是红额斑狼群始终有所克制，坚守这样一个原则：只咬伤，不咬死。似乎胜利者现在不需要对方用死亡来供奉，似乎狼只有在极端缺乏食物的时候才会咬死同类。更加克制的是，红额斑头狼和它的属下一直没有进攻黑命主狼王，不仅给了它面子，也给了它一个组织逃跑、免遭集体覆灭的机会。黑命主狼王不禁有些疑惑：为什么要这样呢？它知道红额斑头狼不会仁慈到这种程度，一定有什么别的原因。

其实红额斑头狼自己也不完全明白个中原因，只觉得现在根本就不是狼与狼之间你死我活的时候，草原突然变了，有许多外来的人在纵马奔驰，有许多外来的藏獒在飞扬跋扈。藏巴拉索罗神宫前藏獒的擂台厮杀正在进行，专门咬杀藏獒的地狱食肉魔又出现了。那些在夏天分散开去的小股狼群和家族狼群，纷纷跑来向它传递了所见所闻以及它们的惊悚不安，作为头狼它所采取的办法就是谨慎而迅速地把四面八方的狼召集到一起，就像到了冬天，就像面对一场生死未卜的决战或者规模宏大的围猎那样。以红额斑头狼的经验，它知道藏獒与藏獒的打斗反映出来的一定是人与人的矛盾，而人与人的矛盾直接关系到草原的变化。人性变了，獒性也变了，草原会不会遭遇危机？狼群会不会遭遇危机？先天的警惕、草原赋予的神经的敏感、对自身存亡的担忧，让红额斑头狼和它的同伴甚至比草原深处的牧民更明显地感觉到了一个非常时期的到来。它以一匹历经磨难的老头狼的沉稳提醒自己，一定要克制，要忍让，在藏獒之间的自相残杀已经失去分寸时，狼群之间的互相挤对却不能疯狂。让它们走，只要它们不在野驴河流域惹是生非，就应该保证黑命主狼王的健全，保证白兰狼群一个不死。

黑命主狼王咆哮着，闯开一条路子，首先跑出了包围圈，又在圈外焦急地嗥叫起来。白兰狼群朝着狼王簇拥而去，它们没有不受伤的，但逃跑的四肢却都还健全如旧。草原上腾起了一股亡命的尘烟。红额斑头狼带着狼群追了过去，追上一座草冈，停下来集体嗥叫，警告白兰狼群：滚回老家去，野驴河流域不是你们耀武扬威的地方。但是红额斑头狼立刻意识到，警告没有起到作用，尘烟不再腾起，说明白兰狼群停下了。它们停下来干什么？抱着等着瞧的态度，继续窥伺这边的动静？红额斑头狼回过头去，观察了一下藏獒对藏獒的咬杀场面，命令狼群停止嗥叫，然后带着狼群跑向下风的地方，以诡谲的姿态，悄悄地走了过去。

索朗旺堆生产队的地界里，循着刺鼻的獒臊味儿，跑来阻击劲敌、表现威武的八只看家藏獒没有料到，一眨眼的工夫，就有两个从来没有在野兽和外来的藏獒面前失败过的伙伴，倒在了地上。死亡发生得太突然，好像一出场一扑咬，接着就是死，速度快得连负伤流血的痛苦也省略了。第三个出场的是一只蓝眼睛的铁包金公獒，它显然有着让地狱食肉魔始料未及的速度，只听唰的一声，就已经把两只前爪搭在了对方脖子上，但是它没有来得及下口，就被对方浑身一抖，抖翻在了地上，赶紧站起来，却只是为了把喉咙送到飞来的牙刀之下。一种近乎荒诞的力量——既是打击之力，又是吸纳之力，牢牢地固定住了它的位置和姿势，它只能带着这种姿势死去，来不及有任何反抗或者躲闪的举动。接着出场的是一只黑獒，形体并不宏伟，却有一种山呼海啸的气势，第一次扑咬就让地狱食肉魔后退了好几步。但是对这只黑獒来说，第一次扑咬也是最后一次扑咬，地狱食肉魔的后退不过是为了让肌肉积攒出更多力量，让它死得更利索一点。后退还没完成，地狱食肉魔就开始了进攻，而开始就是结束，只扑了一下，咬了一口，黑獒就躺下了，血从喉咙里滋了出来，观战的藏獒都没看清楚地狱食肉魔是如何进攻的，同伴就已四肢抽搐着死去了。

接下来的打斗都是同样的结果：死去，死去，已有七只看家藏獒莫名其妙地死去了。草地上横尸一片，红色一片，鲜血流进了鼢鼠的洞穴，汩汩作响。第八只藏獒是索朗旺堆看家藏獒中的首领，首领哭了，它不顾随时都会被地狱食肉魔扑过来咬死的危险，走到每一个死去的同伴跟前，“呜呜呜”地凭吊着，眼泪唰啦啦流在了每一个同伴身上，流了许多眼泪才把充满深仇大恨的目光扫向了地狱食肉魔。它知道自己也难免一死，就丝毫不讲技巧地扑了过去，居然一下子咬住了对方的肩膀。但让它大吃一惊的是，它的咬合失去了作用，就像啃咬坚硬的树根，牙齿怎么也攮不到里头去。啊，这是什么？是皮肉吗？它从来没见过藏獒有这么厚这么硬的皮肉。这个疑问刚一出来，它自己的皮肉就首先开裂了。地狱食肉魔的牙齿这次差了一点，没有咬到它的喉咙上，而是咬在了后颈上，它不得不再咬一口，咬深咬大了伤口，咬出了一根人指粗的大血管。大血管没有马上破裂，直到地狱食肉魔退后而去，看家藏獒的首领不甘心地扑了一下后，脖子上才发出一声嗡响，仿佛一根琴弦砰然断裂，一股血柱悲愤地迸射向天空。

乌鸦一片，秃鹫一片，争食啄肉的声音响成一气。没等到看家藏獒的首领彻底咽气，也没等到已经现身的红额斑狼群走到跟前来，这个叫勒格红卫的黑脸汉子就带着地狱食肉魔离开了那里，朝东而去。

他知道东边的草原牧家多，牧家多藏獒就多，他要带着地狱食肉魔一路扫荡过去，然后走向西结古寺，咬死那些寺院狗以后，再去挑战冈日森格和领地狗群。

就像红额斑头狼想到的，白兰狼群并没有听从对方的警告回到白兰草原去，回去就没面子了，不是整个狼群没面子，而是黑命主狼王没面子。但是黑命主狼王又不敢继续和红额斑狼群作对，那样的结果一定是再丢面子。再丢面子就完了，狼群就该怀疑它的领导能力，就该有潜在的野心家出来聚众造反了。

黑命主狼王带着狼群停留了一会儿，然后来到一座高冈上，四下里眺望着，望到了几顶在草浪中漂流的帐房，听到了几声藏獒的叫声，一个报复红额斑狼群的主意便悄然而生。主意很简单也很实用，就是嫁祸于人：去有人家的地方偷袭畜群，能咬死多少就咬死多少，然后一走了之。人是很愚蠢的，一般分不清是哪些狼咬死了牛羊，他们打狼的时候总是见狼就打，而在野驴河流域这个地方，他们见到的只能是红额斑头狼的狼群。主意已定，黑命主狼王留下一匹狼放哨，自己带着狼群藏匿到草沟草壑里去了。它们必须等待，等待藏獒对藏獒的咬杀结束，等待红额斑狼群吃掉所有死去的藏獒，然后再去骚扰牧民的牛群羊群，那就是战无不胜了。

等待中，白兰狼群的哨兵看到勒格红卫带着地狱食肉魔急急忙忙朝东而去，接着又看到红额斑狼群追寻着地狱食肉魔奔驰而去。哨兵把消息传递给了高冈下面的黑命主狼王。黑命主狼王立刻带领狼群奔向了索朗旺堆生产队。那里刚刚失去了八只看家大藏獒，没有什么能够威胁和阻挡狼群的撕咬，帐房周围的牲畜遭到了空前残酷的洗劫，一百多只羊瞬间死亡。牧民们惊呼着："狼！狼！"但他们并不知道这是白兰狼群，而不是经常出现在他们视野中的红额斑狼群。一场痛快到无法形容的洗劫之后，白兰狼群飞身而去。它们跑向了地狱食肉魔前去的地方，跑向了红额斑狼群前去的地方。黑命主狼王准确地估计到：前面还有痛快的洗劫等待着它们，不是一次，而是多次。

草原上出现了三股互相敌对的力量朝着同一个方向运动的情形。最前面是勒格红卫带着地狱食肉魔，见牧家就去，见藏獒就咬，一路风卷残云。接着是红额斑狼群的靠近，它们潮水般涌荡过去，当着伤心痛哭的牧家的面，把死去的藏獒吞食一空，然后又去快速追踪地狱食肉魔。接下来是白兰狼群的到来，它们知道这里已经没有藏獒，胆子大得就像回到了自己家，肆无忌惮地冲向羊群和牛群，不吃光咬，咬死拉倒，血淋淋的洗劫染红了草原，也染红了它们自己。就在白兰狼群的洗劫高潮迭起时，三股朝着一个方向的力量突然停止了，那是因为勒格红卫带着地狱食肉魔走向了碉房山上的西结古寺。

西结古寺里，腥风吹来，血雨淋头，地狱食肉魔面对十六只寺院狗的打斗突然爆发了。红额斑头狼没有带着狼群跟到西结古寺，尽管它明白地狱食肉魔前去的目的仍然是咬死藏獒，但对狼群来说，碉房山是绝对不能上的，不光是因为它们从来没有上去过，更主要的是它们和人类一样，从灵魂深处接受着西结古寺的神圣和庄严并随时敬畏着它。不能走上碉房山并不意味着就此离开。红额斑头狼知道这里并不是勒格红卫和地狱食肉魔的终点，它们一定还会下来，一定还会满草原转悠着寻找藏獒，咬死藏獒，而狼素有捡拾便宜、坐收渔翁之利的习性，这样的机会决不可能放弃。更重要的

是，红额斑头狼带着狼群跟了一路，还是不明白究竟为什么会出现藏獒咬杀藏獒的事情，它想知道原因，也想知道结果，所以就决定继续跟下去，一直跟下去。

红额斑头狼回头看了看远处，远处什么也没有，除了地平线的起伏和寂静。但是它知道寂静里包藏着挑衅和侵犯，白兰狼群就在地平线的那边，它们始终跟在后面，又没有能力和对手争抢死去的藏獒，不知道想要干什么。要不要再来一次冲锋、一次警告？撵走它们最好，撵不走它们也算是一次提醒：不要以为红额斑狼群只能咬伤你们，只要我们发狠，想让你们死多少，你们就得死多少。红额斑头狼这么想着，带着狼群冲了过去。

一眨眼的工夫，白兰狼群便成了一个狼狈逃跑的集体。红额斑狼群以数倍于对方的实力，很快把追撵演绎成了杀伐，这次可不仅仅是给对方留下了伤痕，而是让对方留下了尸体。当三具狼尸成为侵入他人领地受到惩罚后又图谋报复的代价时，白兰狼群的逃跑就变成了抱头鼠窜。但红额斑头狼仍然是克制的，它们只咬死了三匹白兰狼，然后就不咬了，也不追了，停下来嗥叫着，仿佛是说：以此为戒，赶快离开，不要再到我们的领地上捣乱了。

黑命主狼王知道红额斑狼群已经不追了，但它还是在跑，不过是小跑，对狼来说，小跑是思考问题的最佳时机。它思考的问题当然还是如何再行报复，死了三个同伴，不报复是不可能的，就算狼群仍然拥戴它，它自己也无脸继续在首领的位置上待下去。还是老办法：嫁祸于红额斑狼群，借刀杀人。它停在了一座草冈上,看到自己的部众个个也都停了下来，知道它们还是服从自己的，心里稍感安慰，抬眼一瞭，便看到了遥遥在望的寄宿学校，同时也随风闻到了一股藏獒的浓烈气息。

黑命主狼王警惕地眺望着，看到寄宿学校帐房前的草地上跑动着几个小小的人影，那是孩子，是对狼群没有任何威胁的孩子。它张了张嘴，轻轻嗥叫了一声：啊，孩子。它知道人和狼一样，最最宝贵的就是孩子，咬死一个孩子，比咬死一千只羊更能引起人对狼的憎恨。憎恨会变成子弹和剿杀，红额斑狼群就要完蛋了。黑命主狼王想着不禁呵呵笑起来。

4. 我们认输还不行吗

心急火燎的父亲到了跟前才知道，新来到藏巴拉索罗神宫前的是东结古草原的骑手和领地狗群。很明显，他们跟上阿妈的人和藏獒抱了同样的目的：争抢麦书记和藏巴拉索罗。

面对这么多的外来人和外来狗，冈日森格有什么办法？西结古的领地狗群有什么办法？等待它们的，除了伤残，伤残，不停地伤残，再就是死亡，死亡，不停地死亡。父亲拉着大黑马走到了三军对垒的中间那片三十米见方的打斗场边缘，他看到两只黑獒正在撕咬，那只被身后的人群用喊声鼓励着的，显然是东结古的领地狗，另一只是西结古的领地狗两岁的黑獒当周。

两只黑獒已经厮打了好一会儿，双方的嘴上、腰上都有血迹，比较起来，当周的伤痕重一些、血迹多一些。父亲怜悯地看着两只你来我往、撕咬不休的黑獒，重重地叹口气，喊道："打什么呀？打什么呀？你们之间有什么仇？都是人惹的祸。"话没说完，当周就又被咬了一口，虽然是肩膀，但伤口很长，一直延伸到了腿上，它的行动立刻显得迟缓了。父亲心疼得咝咝咝吸着气，就像吆喝自己的孩子那样吆喝起来："当周你就认输吧，不要再打了，赶紧给我回来，都伤成这样了，还打什么！"当周听了，禁不住扭头张望。反应敏捷的东结古黑獒趁着这个机会扑了过来。当周赶紧又迎扑而上，在对方咬住自己的同时，也咬住了对方。一阵撕扯，马上又分开了。分开后的下一个回合，当周却没有来得及扑上去，也没有来得及躲开，被黑风暴一样的东结古黑獒一口咬住了脖子。父亲喊起来：“行了，行了，不再咬了，当周输了，东结古黑獒你赢了，你赢了还不行吗？不要再咬了，再咬就咬死啦。”东结古黑獒似乎听懂了父亲的话，撩起眼皮恶狠狠地瞅了父亲一眼，意思是它好不容易咬住了敌手的要害，凭什么要听一个陌生人的。它使劲摁住当周，一副不咬断大血管不罢休的样子。父亲又喊了几声，看喊不开东结古黑獒的利牙，就干脆丢开大黑马的缰绳跑了过去。

父亲违规了，在西结古的人和藏獒看来，他是要去掰开东结古黑獒的利牙，救当周一命的，但在东结古的人和藏獒看来，他跑过来是要帮着当周打斗的，他的插手会改变输赢的局面，直接威胁到东结古黑獒的安全。东结古黑獒毫不犹豫地丢开已经躺倒在地的当周，朝着父亲扑了过来。观战的西结古骑手和藏獒一阵惊呼。他们看到了父亲的危险，发现根本就没有时间扑过去解救，就只好一阵惊呼。只有一只藏獒没有惊呼，那就是冈日森格。它用行动代替了惊呼，或者说它的惊呼就是自己掀起的一阵狂风。

獒王冈日森格在父亲冲着打斗的双方喊出第一声的时候，就已经感觉到了父亲的危险。它了解自己的恩人，这个恩人往往会做出一些异乎寻常的举动，这些举动在人是难以理解的，在它是可以预知的。它走了过去，悄悄地守候在了父亲身边。而当父亲向着疯狂撕咬的两只黑獒跑去，东结古黑獒朝着父亲扑来时，冈日森格以它的本能、惯常的超越生命的姿态冲向了前方，年老的身影变幻出青春的速度，闪电般地超过父亲，向着东结古黑獒迎击而去。冈日森格没有出利牙，只是用自己虽然受伤却依然坚硬的额头撞翻了东结古黑獒，然后刹住脚步，横过身子来，用自己的伟岸的身躯挡在了父亲和被父亲扶起来的当周前面。东结古黑獒打着滚儿爬起来，只觉得眼冒金花，一片混乱，站立了好一会儿，才看清面前挺立着一只雪山狮子一样的金色藏獒。它还不知道对方就是西结古领地狗群的獒王，只觉得对方威仪超群、气派非凡，不可等闲视之，便“咣咣咣”地叫着，一再地想扑，又没敢扑过去。

父亲这时候已经意识到自己违反了规则，回过身去，朝着东结古骑手喊道：“对不起了，我们输了，我们不是三个打一个，而是输了，当周输了，我输了，冈日森格也输了，藏巴拉索罗归你们啦，快拿走吧，快拿走吧，不要再让藏獒们拼个你死我活地打斗了。”父亲无意中把自己也当成了参与打斗的一只藏獒，诚恳地表示了歉意。东结古骑手的头儿颜帕嘉，一个在盘起的发辫中掺杂着黑色牦牛尾巴和红缨穗的汉子说：“你是谁？你说话算数吗？麦书记在哪里？藏巴拉索罗在哪里？”父亲无言以对，拉扯着当周和冈日森格回到了领地狗群里。

接着还是打斗。西结古领地狗中这次出场的是一只身量不大却显得十分狰狞的白腿公獒。父亲顾不上观看打斗，用大黑马驮着脖子上血流不止的当周，快步走向了寄宿学校。这之后，父亲又连续四趟驮回了四只受重伤的藏獒，两只是西结古的领地狗，两只是东结古的领地狗。父亲擦着满头的汗说："秋加，你带同学们过来，给大格列说说话，给所有的藏獒说说话，说说话它们就不疼了。"秋加跑过来问道："外来的藏獒咬死了我们的藏獒，也给它们说说话吗？"父亲说："当然了，可恨的又不是藏獒。"秋加又问："给外来的藏獒说什么话？"父亲说："你就说，你们快快好起来，以后别打架啦。人的话有时候要听，有时候不能听，你们要分清好坏，天下藏獒一家亲，都是一个老祖宗，光会打架、六亲不认的不是好藏獒。就这些，说吧。"秋加又问："它们不听人的话，听谁的话？"父亲说："你啰唆，我也不知道听谁的话，就听它们自己的话。"

父亲走向大黑马，喊了一声："美旺雄怒，快跟我走。"赭石一样通体焰火的美旺雄怒在前面带出了一条没有旱獭洞、鼠兔窝的路，浑身是汗的大黑马驮着父亲快步走着，涉过野驴河，走向了碉房山。父亲想，麦书记失踪了，只能让丹增活佛出面了，我就是绑也要把丹增活佛绑到藏巴拉索罗神宫前，让他对那些带着藏獒来西结古草原寻找麦书记、争抢藏巴拉索罗的骑手说：你们如果还要让你们的藏獒咬下去，那就先咬死我。父亲觉得只要丹增活佛把话说到这份上，打斗自然就会停息。大不了把藏巴拉索罗拿出来送给人家。藏巴拉索罗再重要，能有藏獒们的性命重要？

碉房山漫不经心地靠近着父亲。父亲感觉大黑马走得越来越慢，就跳下马，牵着它走去。刚走到碉房山下，看到一直在前面引路的美旺雄怒停下来，朝着山上的空气呼呼地嗅着，接着突然转身朝自己跑来，边跑边叫，动作紧张，情绪激动，好像要告诉父亲什么。父亲用一只手拨拉着美旺雄怒的鬃毛，问道："怎么了？怎么了？"美旺雄怒一跃而起，把湿漉漉的舌头舔在了父亲脸上，然后咚地落到地上，朝前一扑，又戛然停住，朝着父亲身后的原野狂吼乱叫起来。父亲转身去，抬头眺望，什么也没有看到。而美旺雄怒却狂奔而去，好像威胁就在前面，为了父亲的安全，它要去战斗了。但是它并没有跑远，很快又回来，狂躁不安地转着圈，似乎不知道该往哪里走了。

父亲一阵紧张，他从来没见过美旺雄怒这样，一定是发现了重大敌情，预感到了风暴一样震撼心灵的事儿。而现在的西结古草原，最重大的敌情、最能震撼心灵的事儿，不就是来了黑脸汉子和一只地狱食肉魔一般的藏獒吗？那是一片

沉重的恐怖之气，是极端的嗜血夺命营造出来的地狱氛围，它能让美旺雄怒如此手足无措，也会让西结古草原所有的藏獒手足无措。父亲打着冷战，拉紧了马，赶快朝碉房山上走去。火焰红的美旺雄怒咆哮着，一会儿在他的后面保护着他，一会儿又突然跑到了前面，冲着山顶上的西结古寺“呜呜呜”地叫，再“嗷嗷嗷”地叫，又“咦咦咦”地叫。是哭声，父亲听明白了，美旺雄怒发出的是藏獒在极端震惊之后大悲大恸的哭声。父亲停下脚步，仰望着西结古寺，脑子里轰的一下，差一点跌倒在地。

第 五 章

Chapter 5

一击毙命

1. 母狗舍身相救

面对多吉来吧“你停下”的吼叫，黄色公狗没有理睬，它先一步跟着主人来到了这个旅馆，就认为这是它的地盘，怎么可能听从后来者的吆喝呢？更要紧的是它内心涌荡着无尽的嫉妒：自己的母狗居然叫着喊着扑向了一只看上去比自己还要伟岸健壮的雄性藏獒，尽管母狗是去撕咬对方的，但它了解自己的妻子，妻子的撕咬不过是一种试探，一旦发现这只邂逅的雄种比它现在的丈夫更加刚健勇敢、蛮力无比，妻子的见异思迁不是今天就是明天。公狗扑跳而起，带着一股罡风，把燃烧的炉火喷了多吉来吧一脸一身。多吉来吧躲开了。面对黄色公狗的肆意挑战，多吉来吧没打算交手。为了草原，为了不祥的人臊，它必须逃走，哪怕狼狈不堪大失风度。

但是多吉来吧没想到，就在它躲开黄色公狗的第一次扑咬，准备快速离开时，公狗突然回过身去，再次咬了母狗一口。母狗更加惨烈地叫着，叫声一下子拽住了多吉来吧的脚步，也让黄色公狗内心的嫉妒燃烧成了对多吉来吧的第二次进攻。这一次，多吉来吧不想回避躲闪了，一只偌大的公狗胆敢在它面前欺负一只母狗，就算这母狗是公狗的妻子，也会激起它贮满全身血管的刚直不阿和凛然正气。它顿时忘了自己流浪者的身份，迎扑而上，在躲闪对方利牙的同时也亮出了自己的利牙。只见白光闪亮，哧啦一声响，也不知是谁的皮肉开裂了，鲜血哗地飞溅而起，染透了清白的空气，也蒙住了多吉来吧的眼睛。多吉来吧突然看不见对方了，只好凭着感觉冲着对方的进攻再次飞出了自己的牙刀，又是哧啦一声响，又是不知道谁的皮肉开裂了，鲜血故意作对似的再次盖住了多吉来吧的眼睛。多吉来吧猛地晃了晃头，还是看不见，只好凭着感觉，“脖子、喉咙、肚子，脖子、喉咙、肚子”地叫嚣着，第三次、第四次、第五次地把牙刀刺向了跳跃不休、攻击不止的对方。当第十次牙刀的出击攮进皮肉、攮出鲜血的时候，多吉来吧感觉到对方不动了，好像已经没命了，而自己还活着，像一只瞎狗一样在一片黑暗中健康地活着。

多吉来吧使劲眨巴着眼睛，又轮番举起两只爪子，在两只眼睛上蹭了蹭，这才看到面前的光亮还像刚才那样，在蓝天和绿地的拥抱中泛滥着，一派清明。清明的光亮中，气绝身亡的黄色公狗仰躺在地上，所有可以要命的地方都在冒血，也就是说，当多吉来吧被对方的血蒙住眼睛什么也看不见的时候，它做到了想脖子就能咬住脖子，想喉咙就能咬住喉咙，想肚子就能咬住肚子，同时它又机敏地躲开了黄色公狗的撕咬，一点点都没有受伤。感觉在这一刻以最准确的方式引导它完成了撕咬，或者说，对一只优秀的喜马拉雅藏獒来说，听觉、嗅觉和感觉有时候完全可以代替眼睛成为第三只眼、第四只眼。

“老天爷，我的黄狗是我见过的最大最猛的狗，怎么让它三下五除二就咬死了？这条大藏狗,哪里来的？”有人大声说。他不知道自己看到了一只绝对优良的藏獒，只知道它肯定来自牧区草原。多吉来吧这才看到几个骡马帮的人站在五十米远的地方，惊恐失色地望着它。它冲他们威胁地叫了一声，看到母狗汪汪叫着扑了过来，赶紧转身离开了那里。它知道自己闯祸了，人和母狗都不是好惹的。沧桑的经历带给它的理性让它懂得了退却和回避的重要性。黄色母狗扑过来，环绕着死去的丈夫转了一圈，然后朝着多吉来吧紧追不舍，一边跑一边叫。它的主人在后面喊它：“回来，你要去送死吗？”母狗不听主人的，它似乎只想着为丈夫报仇而忘了自己的安危。但是追着追着母狗的叫声就变了，当它追出主人的眼界，来到一片水泽的滩头后，那声音就不再是叱骂而纯粹是一种代表性别的喊叫了。多吉来吧听得懂这样的声音，那是母狗在临近发情期时的生理喷发，是内分泌的呼唤，这样的呼喊是最没有敌意的。它停了下来，看到母狗张开前肢扑了过来，就赶紧低下头，只把肩膀亮给了对方。

黄色母狗扑到了多吉来吧身上，啃了一口，又啃了一口，然后翘起尾巴，匍匐到它的眼皮底下，把满嘴的唾液用舌头撩到了它的脸上，似乎是说：你看呀，看我呀。多吉来吧看了一眼，看到母狗眼里的柔光就像野驴河的水，亲切而温暖，看到它的嘴角流淌着白沫，它的鼻头潮润得就要滴水，就本能地摇了摇尾巴，伸出舌头想舔又没有舔，不无生硬地扭歪了脖子，转身走开了。它不喜欢这样一只母狗，刚才还是他人之妻，一转身就要对咬死丈夫的敌手表示钟情。而藏獒是不会这样的，不管公的还是母的，它们的性格里都没有背叛，没有随风转舵，它们的忠诚一半体现于舍命相救，一半体现于舍命复仇。多吉来吧鼻子里呼呼地响，好像是说：不能给亲人复仇的狗啊，你算什么？它冷落着母狗，找了一个干燥点的地方卧下，看都不看它一眼。母狗失望地瞅着它，把高高翘起的尾巴放下来，号哭似的叫了几声，小跑着离开了那里。

黄色母狗很快回来了，叼着半个烙饼放在了多吉来吧面前。多吉来吧把吐出来的舌头缩回去，嫌弃地扭转头，闭上了眼睛。它向来不喜欢别人的巴结，尤其是母狗的巴结。它知道母狗想干什么，而它要做的就是让母狗明白：狗和狗是不一样的，对一只藏獒来说，包括爱情在内的任何一种朝三暮四都意味着自杀。但母狗既然看上了多吉来吧，就不会轻易放弃。这天晚上，它没有回到旅馆的院子里，而是待在水泽的滩头一直陪伴着多吉来吧。它们相距两米，睡一会儿，醒一会儿，总是一起醒来，一起睡着。有几次，醒来的时候母狗蹭过去靠在了多吉来吧身上，多吉来吧躲开了，最后一次还用头狠狠地顶了母狗一下。

天亮了，母狗的主人骑着马过来吆喝了一声。母狗起身跑了过去，突然又停下，回头深情地望着多吉来吧，激切地呼唤着：走啊，走啊，跟我走啊。多吉来吧对它的呼唤嗤之以鼻，干脆朝着相反的方向走去。母狗用尖锐而细腻的喊声表达着自己的失望，无可奈何地离开了多吉来吧，毕竟它是一只狗，受人的豢养且有一定的使命感，主人的呼唤比情人的吸引更让它觉得刻不容缓，尤其是作为骡马帮首领的主人就要上路的时候。多吉来吧看着远去的黄色母狗，也看着背着枪的母狗的主人和他胯下的马。那马是备好了鞍鞯、搭好了褡裢的，这是上路的信息，它是知道的。它之所以在这里待了一夜，就是想好了要跟着马走，现在马要走了，它就不能因为不愿意搭理母狗而继续待在这里。多吉来吧悄悄地跟了过去，还是最初的那种想法：虽然马队要去的是别处的草原，但草原连接着草原，只要是草原，就总会靠近西结古草原。

整整一天，骡马帮的人也没有发现多吉来吧。多吉来吧用不着看见他们，就凭着他们随风而来的味道，准确无误地跟踪着。路两边是荒地和农田，远方是村庄和山脉，草原迟迟不出现，而黄昏却不期而至。风大了，方向也变了。骡马帮的人停下来准备扎营休息。黄色母狗突然闻到了一公里之外多吉来吧的味道，兴奋得上蹿下跳。主人看了看母狗，丢给它半个烙饼。母狗叼了起来，绕到了主人后面，以为主人看不见自己，转身就走。主人回头望着母狗，对身边的人说：“你们看见了吧，它又去找那个大藏狗了，大藏狗肯定跟在我们后面。”有人说：“原来是一只没有主儿的狗。”主人说：“你们几个跟我走，不要骑马，骑马目标太大，抓住它，抓不住它就打死它。”说着，从卸下的茶包上拿起了枪和绳索。五六个人朝着母狗消失的地方快步走去。

风向一变，多吉来吧就加快了脚步。它怕失去跟踪的目标，没想到跟踪的目标却主动来找它了。母狗一出现，它就停了下来，知道前面的人和马已经扎营休息，它也就不怎么着急了。多吉来吧还是不打算接近母狗，但比昨天晚上态度好一点，毕竟它闻了一夜又一天母狗的味道，已经熟悉了，算是朋友了。多吉来吧一动不动地站着，允许母狗在自己身上又舔又蹭，甚至让心急意切的母狗爬上了自己的脊背，但它自己却不做任何回应的动作，也不吃母狗送给它的烙饼，忍受了一会儿母狗的亲昵，就跑进路边的荒地捉野兔去了。这个地方有很多野兔，多吉来吧靠着灵敏的嗅觉和快捷的速度，毫不费力地抓到了两只，一只给了黄色母狗，算是对母狗的报答——尽管它并没有吃母狗给它的烙饼。母狗很馋肉，却不知道如何吞掉一只鲜血淋淋的野兔，盯着多吉来吧学了半天也没有学会。多吉来吧就帮它撕开了肚子，割开了胸腔，用示范的动作告诉它：要是你不能消化那些皮毛、就最好从里面往外吃，我们的小藏獒就是这样吃野物的。母狗吃起来，刚吃了两口，就听多吉来吧凶巴巴地叫了一声。

多吉来吧发现了那几个人，他们藏在十多米远的青稞地里朝这边快速移动着，鬼鬼祟祟的样子一看就知道是没安好心的。它警惕地瞪视着，随时准备扑过去。母狗呆住了，站在多吉来吧身边不知道如何是好。母狗的主人突然钻出青稞地，朝着多吉来吧甩出了临时制作的套马索。多吉来吧有点犹豫，想躲开飞过来的绳套，又觉得绳套没什么可怕的，为什么不能扑上去咬断它？但没想到一瞬间的犹豫让它既失去了躲开的机会，也失去了咬断的可能，绳套以不可预料的速度准确地飞过来，扫过了它蓬松的头毛。只听噗的一声响，绳套稳稳地套住了脖子，接着就是拉紧、拉倒，拉得母狗“嗷嗷”地叫。

黄色母狗的主人沮丧地喊一声：“怎么套住的是它呀？”马上又明白是自己的母狗主动钻进了绳套。母狗见识过主人使用套马索的身手，知道多吉来吧在劫难逃，就提前跳起来，扑向了绳套。母狗的主人疾步过来，疯了似的用绳索抽打母狗。多吉来吧愣了片刻，才意识到是母狗救了它，跳起来，扑了过去，突然从气味中感觉到这个抽打母狗的人就是母狗的主人，赶紧收回龇出的利牙，闭上嘴巴，只用额头撞开了他，然后用牙和爪子撕扯着绳套，直到绳套从母狗脖子上脱落。母狗的主人稳住自己，冲它们吼道：“都知道联合起来对付我了，我打死你们。”说着，从背上取下枪，拉开枪栓，哗啦一声让子弹上了膛。

母狗转身就跑，它比谁都了解主人的枪法，跑出去十米，看到主人已经举枪瞄准，而多吉来吧却还在原地咆哮，又转身跑回来，用头顶着多吉来吧，告诉它赶快逃跑。多吉来吧还是不跑，它不是不知道枪的厉害，而是发现对方瞄准的并不是自己，而是抢先逃跑的母狗。它看母狗又跑了回来，便用自己庞大的身躯堵住了母狗，然后用更加刚毅执拗的声音威胁着母狗的主人。母狗的主人移动着枪口，对准了多吉来吧的大嘴，扣住扳机的食指轻轻地收缩着。黄色母狗知道枪声就要响起来，尖叫一声，扑向了主人，又意识到绝对不可以这样，慌忙回身扑在了多吉来吧头上。母狗的主人吃惊地“哎呀”一声，抬高枪口，扣动了扳机。枪响了，一瞬间母狗倒在了地上。多吉来吧看了母狗一眼，仇恨地狂吼着，扑向了母狗的主人，正要把牙刀刺向握枪的手，就听母狗在身后喊叫起来，扭头一看，发现母狗又站起来了，而且是又蹦又跳的。多吉来吧放过了母狗的主人，来到母狗面前，吃惊地用前爪捣了捣它，像是说：原来你没有被打死啊？又感激地舔了一下对方的鼻子，告诉它：我记住了，你救了我两次，一次你钻进了套我的绳套，一次你挡住了射向我的枪弹。

母狗的主人端着枪后退着，退进了其实对他并没有保护作用的青稞地，这才对一起来的几个人说：“它们两个好上了，你看一个护一个的样子。不用抓，也不用打，只要大藏狗跟着母狗，它就是我们的。”有人说：“就害怕母狗跟着大藏狗走掉。”母狗的主人说：“你天天喂它们，它们能走掉？没有喂不熟的狗。”

以后的几天里，多吉来吧一直跟着骡马帮往西走。一路上它和他们总是保持着一定的距离，但又不会消失到看不见的地方。让母狗的主人担忧的是，多吉来吧从来不吃他们的东西，不管是他们丢给它的，还是母狗叼给它的，不管是烙饼，还是肉，它只吃自己打来的野食。母狗的主人说：“这个大藏狗，它好像不想欠我们的。”有人说：“它走就走，只要让母狗怀上狗娃就成，它是多好的种狗啊，万里挑一。”母狗的主人说：“我要的不光是狗娃，我还要它，我不会让它走的，它走我就一枪打死它。”

黄色母狗大部分时间和多吉来吧待在一起，它的百般缠绵说明发情期已经到了，而多吉来吧对它的态度就像大人对孩子那样，任它在自己身上又啃又挠、滚来滚去，甚至允许它把尿撒在自己的大腿和爪子上，就是不主动表示任何一点雄性的爱意。母狗有点着急，着急得经常往疼里咬它。它忍受着，毕竟人家两次勇敢无畏地救了它，它应该报答。但它也知道，要报答就应该满足母狗的需要，母狗的需要可不仅仅是这样。它愧疚地偷眼看着母狗，母狗知道它在偷看自己，更知道它内心的防线比自己想象的还要坚固，就止不住伤心地哭了。

黄色母狗的哭声就像草原冬季风雪的号叫，一阵阵响起在夜晚的田野里。多吉来吧希望自己反感却怎么也反感不起来，恰恰相反，当它闭上眼睛蒙眬睡去的时候，那“风雪的号叫”竟会亲切而有力地勾起它对故乡的感情，让它恍然觉得回到了西结古草原，看到了暖雪中走来的主人汉扎西和妻子大黑獒果日，看到了诡风收尽、危难解除后大雪原的宁静。每当这个时候，它就会站起来，走向哭号的母狗，安慰地嗅嗅它的鼻子、舔舔它的眼泪。母狗不哭了，撒娇地依偎在它身上，用自己炽热的鼻息继续它母性的妩媚和引诱。多吉来吧一看母狗停止了哭号，就会理智地走开，在一个不即不离的地方卧下来睡觉，于是母狗就又会哭起来。这样合合分分了几次后，母狗就再也不会停止哭号了，它是贪婪的，需要多吉来吧不间断地和它贴在一起，需要狂热的爱、真正的爱。多吉来吧让母狗依偎着自己，痴迷地听着它的哭声，沉浸在草原冬季风雪的号叫中，禁不住流出了深情的眼泪：故乡，故乡。然而多吉来吧的表现也仅止于此，母狗的哭号还不能让它恍惚到忘记自己的身份：它是大黑獒果日的丈夫，不是任何其他母狗的丈夫。它有的是情有的是爱，却不能胡乱给予，藏獒的天性是本分的，不是滥情而脚踩两只船的。

这样连续度过六个夜晚之后，母狗绝望了。它不再用哭声乞求，也不再刻意靠近多吉来吧，而是不吃不喝，趴在地上就像死了一样。多吉来吧可怜它，走过去嗅它，舔它，安慰它。它无精打采地闭着眼睛，似乎连看一眼多吉来吧的力气也没有了。正好骡马帮来到了一个小镇，需要补充给养，第二天没有上路，母狗就一直趴着。主人从扎营在路边的帐篷里走出来踢了踢它，呵斥道："起来。"母狗不理不睬，它真的是累了，连续几个夜晚的哭号和期待让它变得神志不清，它都不知道是谁在呵斥它了。母狗的主人明白是怎么回事儿，冲着多吉来吧喊道："你看你看，都是你，你是不是一只公狗啊？"多吉来吧来到母狗跟前，歉疚地舔着它，舔着舔着，就啪嗒啪嗒滴下了眼泪。

多吉来吧流了许多泪，它的流泪不仅是因为自己不能坏了规矩满足黄色母狗的需要，更重要的是它预感到自己跟随骡马帮的日子很可能就要结束，它马上要离开两次勇敢救了它命的母狗了。离开的原因是它看到了一匹真正的草原马，那不是一匹驮运的马，更不是一匹耕地的马，那是一匹用来骑乘奔走的马。草原马拴在一百多米外一根竖起的木头上，木头后边是一座两层的大房子，有高高的台阶和华丽的门窗，那些门窗多像西结古草原石头碉房上的门窗啊。多吉来吧知道，马拴在木头上就意味着房子里有人，人一出来马就会走，走到哪里它就应该跟到哪里，它相信草原马去的地方一定比骡马帮去的地方更接近西结古草原。

多吉来吧不停地张望着草原马，似乎过了很长时间才看到有人从大房子里走出来，站到了草原马身边。它惊呆了，没想到马的主人是个戴着高筒毡帽、穿着紫褐色氆氇袍、一脸黝黑的牧民。它喜出望外地叫了几声，好像是给人家打招呼。那牧民听到叫声，立刻意识到是一只藏獒，“哦”了一声，回过头来看着它。多吉来吧跑了过去，眼睛里流露着泪汪汪的激动神色，终于见到牧民了，尽管不是西结古草原的牧民，但它本能地意识到自己正在靠近那已经离开一年的、那在万般思念中想要回去的西结古草原。遥远的故乡仿佛已经不再那么遥远了。

神志不清地趴在地上就要死去的黄色母狗突然站了起来，好像它的半死不活是做样子给多吉来吧看的，现在多吉来吧不看了，它也就清醒了，不再半死不活了。它看着多吉来吧跑向牧民的背影，似乎知道牧民和藏獒的天然联系，也知道最后的可能正在失去，便又像草原冬季的风雪那样哭号起来。哭号就像刀子飞翔，是那样撕心裂肺。多吉来吧愣住了，营帐前骡马帮的人也都愣住了。母狗的主人说：“真想打死它，它会把母狗折磨死的。”有人说：“要打就趁早打，它是藏狗，小心它跟着牧民跑了。”母狗的主人说：“拿枪来。”

母狗的哭号越来越凄惨悲苦，那是一种无形的力量，蕴涵了生理的欲念、传宗接代的指望、爱情的疯狂和造物主黏合在它身上的母性的生存目的，强大到足可以把多吉来吧拽回来，也足可以让多吉来吧发呆、变傻。母狗的哭号明显是对它说：你不能走啊，不能走啊。而多吉来吧用身形的语言一再告诉它：我要走了，我要走了。不同的是，母狗的声音越来越强烈、明确，多吉来吧的语言的力量越来越微弱、含混，渐渐消失了，仿佛这时候的多吉来吧正在重新估价自己的操守，到底是善良的还是罪恶的，到底是忠诚的还是叛变的。它继续着自己的发呆、变傻，在母狗哭号的催化中，慢慢地让自己失去了清醒的记忆和判断的能力，只想到了母狗对自己的好：母狗两次救了它的命，一次钻进了套它的绳套，一次挡住了射它的枪弹。对救命的母狗不能说抛弃就抛弃，它是报答的化身，它必须报答。多吉来吧把报答放在心事的首位，就恍恍惚惚忘了自己的身份：它是大黑獒果日的丈夫，不是任何其他母狗的丈夫。它忘了，忘了藏獒本分的天性，忘了不能滥情而脚踩两只船的承诺，也忘了一百多米外大房子前的草原马和那个戴高筒毡帽、穿紫褐色氆氇袍的牧民。

多吉来吧走向了黄色母狗，用一种雄性的姿态，缠绵地踢了踢母狗，闻了闻母狗，舔了舔母狗，然后就跷起前肢，紧紧拥抱了母狗。母狗不哭了，激动地呻吟着。半个小时后，母狗安静地卧了下来，然后用无声的眼泪、感恩的眼泪宣告了交配的成功。多吉来吧多情地舔了舔母狗的眼泪，温柔地卧在了它身边，看着营帐前骡马帮的人，一脸羞涩地低下了头。这样过了一会儿，多吉来吧突然站了起来，盯着前面那座两层的大房子和房前的那根木头，想到那儿应该有一匹草原马和一个戴高筒毡帽、穿紫褐色氆氇袍的牧民，现在怎么不见了？

疑问拉回了多吉来吧的所有清醒，它朝前跑去，再也没有听到母狗的哭号，就一直朝前跑去。跑到了竖起的木头跟前，闻了闻地上天上，草原马带来的草原的清香、牧民遗留的酥油的鲜香，都还是浓浓的、浓浓的。它朝着牧民骑马离开的地方跑去，跑出去了五十米，就听母狗"汪汪汪"地叫起来。母狗的叫声虽然不是哭号，但也充满惜别时的伤感。多吉来吧停下了，回头望着母狗，突然又跑了回来。它是来安慰母狗、告别母狗的，它对母狗的两次救命之恩不能忘怀，永远不能，就像人一样，它想在最近的地方，用最温柔的态度，告诉母狗：我要走了，我们可能不会再见面了。

似乎大家都看出多吉来吧是前来告别的。黄色母狗看出来了，轻轻地叫着，轻轻地哭着；营帐前骡马帮的人也看出来了，表情复杂地望了望母狗的主人。母狗的主人说："只要大藏狗离开，我就开枪。"说着推弹上膛，举起了那杆六九式步枪。尽管距离只有二十步开外，但是多吉来吧没看见，它眼光专注于母狗，全部心思都放在告别上。它按照藏獒的习惯用碰鼻子的方式一再地表达着自己的心情，然后在母狗的哭声中，毅然转身，纵情地叫了一声：我走了！

多吉来吧真的走了，黄色母狗哭着跟上了它。母狗知道自己跟着多吉来吧是不对的，就透过蒙眬的泪罩望了一眼主人，一望就大吃一惊，它看到主人正在瞄准多吉来吧，看到黑洞洞的枪口里阴毒的子弹正在眨巴着诡谲的眼睛，看到主人已经屏住呼吸，扣动了扳机。母狗跳了起来，毫不犹豫地扑向了这只它一见钟情的雄壮的藏獒，扑向了带给它爱情和满足、带给它传宗接代机会的多吉来吧。枪响了，暴虐的子弹来临了。这是射向多吉来吧的子弹，却被母狗拦截在了半途中，这是生命的拦截，生命只要一拦截子弹，生命也就没有了。子弹打在了母狗的头上，母狗仆倒在地，抽搐着，血在抽搐中涌动，涌动的内容是死亡。美丽的黄色母狗，在得到了爱情之后，勇敢地死去了。母狗的主人怪叫一声："老天爷，我的母狗怎么会去救它？"

多吉来吧回过身来，惊愕地看着黄色母狗，好像不相信母狗会死去。它闻着，舔着，终于明白母狗在第三次挽救了它的生命之后无可挽回地献出了自己的生命。多吉来吧止不住泪流满面，开始是无声的，然后是有声的，就像母狗的哭声一样，挟带着草原冬季风雪的号叫。但是它立刻甩掉了眼泪，扭头咆哮着，按照一只藏獒的风格，雷厉风行地扑向了骡马帮的人和那个还想瞄准它的母狗的主人。骡马帮的所有人都四散而逃，只把母狗的主人单独留给了多吉来吧。多吉来吧扑上去，一爪打掉了那杆端平了来不及射击的六九步枪，咬烂了母狗主人的手，然后扑倒他，把嘴贴到了他的喉咙上。但是多吉来吧没有下口，它蓦然想起他是母狗的主人，就把龇出去的牙刀缩了回来，只是冲着他的脸狂叫一声，溅了他

一嘴黏糊糊的唾液。它松开了母狗的主人，再次回到母狗身边卧下来，挨着母狗的身子，呜呜地哭着，哭着。

多吉来吧哭了很长时间，它知道在自己陪伴着这个温情邂逅的异性专心哭泣的时候，黄色母狗的主人或者骡马帮的其他人很可能会捡起被它打落的枪，再次瞄准它。但是它不怕，它不怕的是子弹，更不怕的是死亡。母狗死了，这只最初被它瞧不起的母狗啊，为它而死的时候悲壮得如同大树倒地，现在该轮到它死了，为了陪伴和凭吊它敬重的恩狗，它也想扑通一声像大树一样倒地。然而子弹却再也没有射过来。黄色母狗的主人仿佛被母狗的壮烈行为所感动，放弃了打死多吉来吧的打算。

黄昏的时候，多吉来吧看到骡马帮的人起营离开了，他们穿过了小镇的街道，走进了燃烧的西天，顿时就被晚霞烧化了。这仿佛是种启示，多吉来吧知道自己也该离开了。它深情地望着母狗，站了起来，又一次悲泪涟涟着。但这是它最后一次哭泣，是坚定如山的告别，它发出了一种如泣如诉的野兽的嗥叫，真诚地告别着，轰动了整个小镇。人们纷纷走出房子，伫立在马路两边看着它。多吉来吧走了，在许多人的瞩望中，一步三回头地望着死去的恩狗，恋恋不舍地走了。

2. 杀戮者和赴死者的赛跑

勒格红卫带着地狱食肉魔一走上碉房山，十六只伟岸的寺院狗就严阵以待地出现在了半山腰。它们的身后，五百米之外，是巍峨的嘛呢石经墙。这是西结古草原最古老的石经墙，是西结古寺用真言堆积起来的吉祥照壁。勒格红卫丢开马缰绳，跪在地上，朝嘛呢石经墙磕了一个头，然后站起来，拍了拍地狱食肉魔，厉声说："一击毙命，一击毙命。"显然地狱食肉魔不止一次听到过这样的命令，它摇了摇尾巴，表示明白了。十六只寺院狗"轰轰轰"地吼叫着，警告地狱食肉魔不要靠近，靠近是危险的。地狱食肉魔眼睛眯眯笑着，鼻翼上挂着和善与慈祥，就像老牛拉犁一样，伸着脖子，呼哧呼哧点着头，走到了离寺院狗只有三米远的地方，还是呼哧呼哧点着头。

寺院狗们不认为它这是来进攻的，都还挺起身子继续警告着：回去，回去，快回去。地狱食肉魔眼珠子转了一下，似乎把面前所有蠕动的喉咙都瞄了一遍，然后哗地睁大眼睛，身子一侧，选择一条偏斜的路线，扑了过去。十六只寺院狗凹凹凸凸站成一排，离地狱食肉魔最近的是中间那只藏獒，而地狱食肉魔却把首扑的目标定在了离它最远的那只四眼藏獒上。四眼藏獒伸长脖子看着中间，心说打还是不打？打也轮不着它。它和大家都明白，打斗的时候，没有谁会在乎最远的目标。但是地狱食肉魔就是在大家的常识之外开始了进攻，只见一道黑电闪耀，啪嚓一声响，骨头断裂了，是喉咙上脆骨的断裂，四眼藏獒并没有感觉到疼痛，就倒在了地上。它迅速站起，眨巴了几下眼睛，才意识到自己受到了攻击，跳起来就要扑过去，却只是做出了一个扑咬的样子，接着就趴下了，趴下后再也没有起来，随着鲜血的耗尽，它的生命也到了尽头。

一击毙命。

立马就是血雨腥风了。嘛呢石经墙前，所有的寺院狗都停止了吼叫，当警告和震慑已经失去意义，剩下的就是默默打斗。地狱食肉魔又扑向了离四眼藏獒最近的那只老黑獒。老黑獒仍然没有准备，它正在吃惊地关注着四眼藏獒的生死，地狱食肉魔便扑向了它的喉咙。喉咙就像从里面爆炸了一样，砰的一声，直接开裂出了一个喷血的黑洞。老黑獒惨叫着，却没有发出声音来，声音全部从声带下面溜到体外去了。接着就是倒地死亡，老黑獒死亡时，被它刚刚关注过的同伴四眼藏獒还没有咽气呢。

一击毙命。

地狱食肉魔几乎没有停顿，就开始了第三次扑咬。这一次它本该扑向离它最近的死者老黑獒身边的那只枣红藏獒，但是它没有，它从排成一排的寺院狗这头，跑向了那头，速度之快让对手根本没有时间反应它要干什么。也许它是去撕咬那一头的藏獒的，但到了那一头它转身跑了回来。现在它离枣红藏獒仍然最近，枣红藏獒却没有任何准备。枣红藏獒也许是这样想的：对方攻击的目标如果是自己，刚才就应该攻击了，为什么还要跑开去呢？对一只藏獒，这样的判断绝对正常，但危险就在它判断正常的时候发生了。地狱食肉魔没有预兆的扑咬倏忽而至，牙刀挑断喉管的速度快得都来不及让它紧张和悲哀，枣红藏獒愣了一下，然后就一直愣了下去，直到它訇然倒地。

还是一击毙命。

三只藏獒已经死去，不能再让地狱食肉魔主动进攻了。一只铁包金藏獒首先想到了这一点。它四腿一扬，主动扑了过去。地狱食肉魔迎扑而上，不躲不闪，直刺喉咙。藏獒们都知道，这样的对抗全凭领先，只要你首先咬住对方的喉咙，对方的牙齿就不可能再咬住你的喉咙。结果是，仅仅百分之一秒的时间差，地狱食肉魔抢先把牙齿插进了对方的喉咙，精准到无与伦比，仿佛它的肌肉和大脑是一种完全服务于打斗的组合，只要产生一个扑咬的念头，浑身的肌肉就会自动调节出万无一失的力量和速度。

依然是一击毙命。

扑咬继续着，又是几个一击毙命之后，寺院狗中身量最大的一只金獒扑向了地狱食肉魔。无论力量还是技巧，其他寺院狗都不能与这只金獒比拟。它的扑咬很特别，朝左一下，朝右一下，再朝左一下，朝右一下，扭来扭去地接近着对手，速度之快，让人眼花缭乱。突然它不扭了，在一米远的地方直扑过去，又退回来，然后一跃而起，跳到了地狱食肉魔后面，转身再一跃而起，跳到了对手前面，爪子似乎没有沾地，便扑向了对手左边，扑向了对手后边，扑向了对手右边，扑向了对手前边。在整个华丽而迷乱的撕咬前的表演中，地狱食肉魔始终没有一点急躁和好奇的表示，甚至连眼珠子都没有滑动一下。它扬起脖子，亮出了喉咙，似乎是说：来啊，你不就看中了我的喉咙吗？用不着这么费劲，来啊。金獒扑过去了，在它认为对手已经无法猜测它从哪个角度进攻的时候，如同利箭出弓，直击目标。

让金獒遗憾的是，对手的反应超过了它的想象，它一进攻，对手也开始进攻，它是直线进攻，对手是弧线进攻，弧线进攻既是进攻也是躲避。在相同的距离中，要使弧线进攻赶在直线进攻前面，速度和力量必须超过对手许多。地狱食肉魔是自信的，这样的自信让它对一切花里胡哨的迷惑根本就不屑一顾。既然它不屑一顾，迷惑实际上就不存在了。它只等待对手的扑咬，对手的扑咬就等于自己的扑咬，也等于对手的死亡。

仍然是一击毙命。

进攻，进攻，地狱食肉魔已经停不下来了，转眼就剩下了最后一只寺院狗。这是一只棕红色的藏獒。它已经不想打斗了，它哭着，走向每一个猝然死去的同伴，把眼泪滴落在它们的眼睛上。它希望不管是睁着的眼睛，还是闭着的眼睛，都是跟它一起流泪的眼睛。地狱食肉魔似乎想留下最后一只寺院狗的性命，滴沥着嘴里的血水，肌肉松弛地坐了下来。勒格红卫疾步过去，狠踢了棕红色藏獒一脚，恶毒地说："你怎么还没死？你到底死不死？"好像死是寺院狗们的宿命，好像它们只能死，必须死。棕红色藏獒理解了勒格红卫的嘲弄，转身就咬。它没想到这是勒格红卫的计谋，是对地狱食肉魔残酷杀性的进一步引诱。不想再行咬杀的地狱食肉魔只好扑过去，它是为了保护主人才扑过去的。这是最后的一击毙命。真是夺命如风，逝者如尘，杀戮者和赴死者赛跑似的来到了同一层面上，撞开了同一扇既痛又快的命运之门。

十六只超群绝伦的寺院狗就这样被地狱食肉魔咬死了，它们死得茫然、无奈、迅速、勇敢而悲壮，仿佛络绎不绝地跳进了黑暗的深渊，伟岸壮丽的生命转眼之间烟消云散了。勒格红卫再次跪下来，朝五百米之外的嘛呢石经墙磕了一个头，大声祷祝着："众位神明请继续把勇敢无畏和一击毙命的好运赐给我和我的藏獒，我们的胜利就是你们的胜利。"地狱食肉魔听了，激动地吼起来，像是对西结古寺的告别。勒格红卫牵上自己的马，下了碉房山，沿着野驴河，朝开阔的下游草场走去。那儿是牛羊的天堂，有不少看家的和放牧的藏獒，咬死它们，野驴河流域就没有多少家养的藏獒了，然后再去专注地收拾冈日森格和它的领地狗群。

在美旺雄怒大悲大恸哭声的引导下，父亲来到了西结古寺，寺里一片沉寂，没有狗叫，没有人声，甚至也没有风的脚步声，没有金刚铃的清响，连经声咒语都消失了。喇嘛们默默地哭着，一串串酥油灯就像一串串晶莹的眼泪，哀痛地闪烁着。谁说西结古寺里都是些淡漠于俗情、超脱于生死的人和神？死亡发生的时候，他们照样会悲伤。父亲说："怎么会这样呢？都死了，都死了，十六只寺院狗都被地狱食肉魔咬死了。"说着号啕大哭。铁棒喇嘛藏扎西说："汉扎西你不要悲伤，它们是走向了来世，来世都是好日子。"他安慰着父亲，自己却悲伤难抑地转过脸去，揩了一把水淋淋的眼睛。

父亲说:“真是太惨了,比白兰草原的桑杰康珠家还要惨。”他拍了拍美旺雄怒的头:“走吧，我们去找丹增活佛。都到这种时候了，他为什么还不出面？”说罢，朝着双身佛雅布尤姆殿走去，他知道雅布尤姆殿是丹增活佛最喜欢待的地方。藏扎西跟过来，小声告诉父亲:“你见不到丹增活佛，他躲起来了。”

父亲问躲到哪里去了，藏扎西不说。父亲想，还能躲到哪里，不就是昂拉雪山里的密灵谷密灵洞吗?

天正在放亮，好像首先是从打斗场亮起来的，朦胧中对峙的双方、休息了一夜的人和狗的眼睛，首先看到的，是躺在地上的五只藏獒，三只是东结古的，两只是西结古的，都死了。它们本来都没有死，只是被对方咬成了重伤，不能回到自己的领地狗群里去。但一夜没有人为它们止血，血就流尽了。死亡让黎明的到来和消失都加快了速度，人影和狗影、狰狞和残酷、藏巴拉索罗神宫和藏匿不出的麦书记的诱惑，一切都清晰起来，气氛立刻紧张了。

獒王冈日森格站在两只死去的西结古藏獒前，闭着眼睛，为的是不让泪水流出来。又死了两个，这么快就又死了两个，哭都来不及了，藏獒的生命怎么这样脆弱、这样无常？它控制不住地伤感着，再一次意识到自己老了。藏獒一老就特别容易伤感，这伤感是祖先传给它的，也是人传给它的。人传给藏獒以后人就忘了伤感，而藏獒却越来越浓烈地伤感着，把储存在体内的所有液体变成眼泪，然后酸楚而苦涩地伤感着。

散散乱乱的上阿妈骑手和领地狗群朝一起聚拢着，一夜的平静之后，他们又显得精神抖擞了。新的獒王已经产生，尽管是上阿妈骑手的头领巴俄秋珠指定的，并没有得到领地狗群的共同认可，但这样一来，它们毕竟已不再是群龙无首，斗志又像刚来时那样昂扬旺盛了。新的獒王是一只身似铁塔的灰獒，有一对玉蓝色的眼睛，名字叫恩宝丹真，就是蓝色明王的意思。东结古领地狗一个个都是剑拔弩张的样子，它们的獒王大金獒昭戈望着打斗场上死去的三只东结古藏獒，悲愤地奓起浑身的獒毛，从胸腔里发出阵阵呼噜声。如果不是丹增活佛和父亲出现在地平线上，打斗已经开始了。

3. 阴谋和欺骗

多吉来吧告别死去的恩狗，沿着那匹草原马和那个牧民前去的路线，追寻而去。虽然牧民骑着草原马已经走得很远很远，但它只要举着鼻子闻一闻，就会发现空气中充满了草原马蹄子上的青草味和牧民身上的酥油味。况且还有马粪，马粪就像人间的狼烟，隔一段一股气，隔一段一股气。

走了一夜又一天，当又一个黄昏来临时，多吉来吧追上了戴高筒毡帽的牧民和草原马。它远远地看到牧民牵着马穿过田野，走进一个小村庄，它本想跟过去，但听到村庄里传来狗叫声，就停下。藏獒是懂规矩的，不侵入人家的领地是基本的守则，尽管听声就知道那几只狗根本不是它的对手。

它卧在一棵矮树下，舒展身子休息，休息够了，就在田野里找吃的。它意外地捉到了一只黄鼬，吞食完了，又在下风处堵截住了一只兔子，又是一番饕餮，然后就睡了。

第二天太阳还没出来，牧民就骑着草原马走出了小村庄。多吉来吧跟过去，越跟越近。牧民吃惊地发现，那只他在小镇上见过的藏獒突然出现了。“你好啊，我叫巴桑，你叫什么？”牧民高兴地用藏语跟它说。它一听就懂了：这是跟它打招呼。它张嘴吐着舌头，声音柔和地呼应着又靠近了一些，老朋友似的仰头望着巴桑。巴桑摸出一块酥油丢给它，它知道这是见面礼，闻了闻，舌头一伸卷进了嘴里。

多吉来吧一直跟着巴桑和草原马，走过了一片片田野和一座座村庄，好像田野和村庄是永远走不完的。它经常会把疑虑深深的眼光投向巴桑和草原马，那深深的疑虑是：你们真的是在走向草原吗？走向青果阿妈草原、走向西结古草原吗？巴桑知道它在问话，却不知道它在问什么，一脸不解地摇着头。草原马开始也不知道，后来知道了，毕竟是动物，动物和动物之间总有一些神秘的联系。马语和獒语不是同一种语言，但一定是很近似的语言，多吉来吧用眼神几次三番地问过以后，草原马终于开始回答了：它在巴桑下马休息的时候，扬起四蹄，跑出去五十米又跑了回来，步幅是夸大的，身体是前冲的，姿势是潇洒的，跑出了一股蹄风，又带出了一股身风，还有一个动作，那就是不时地朝着两边扭一扭，却并不失去眼睛瞄准的直线。多吉来吧看懂了，那是只有在平阔的草原上才会有的跑姿，为了躲开随时都会出现的鼢鼠洞和旱獭洞，草原马养成了不时地朝着两边扭一扭的习惯。草原，草原——草原马用自己的身形语言，千真万确地告诉多吉来吧，它们前去的就是草原，那儿是草原马肆意驰骋的故乡。多吉来吧很激动，在它的感觉里，西结古草原是世界上所有草原的心脏，只要进入草原马的故乡，它就有本事找到草原的心脏。

但是在接下来的行程里，草原似乎越来越渺茫了。明显的感觉是，他们正在往越来越热的低处走，而不是往越来越冷的高处走。多吉来吧一路走一路想，怎么想都觉得草原应该在高处，记忆深处的草原，云彩是低的，星星是大的，空气是稀薄的，气候是寒凉的，而它作为野性自然的一部分，比人更知道眼下逐渐干燥炎热的气候意味着什么。尤其纳闷的是，它已经感觉不到诡异人臊的存在，预想中的危难以及寄宿学校的狼灾也好像被干燥蒸发，只有思念越来越浓烈地囤积着：主人、妻子、草原，你们在哪里啊？主人、妻子、草原……

多吉来吧再次把疑虑深深的眼光投向巴桑和草原马，不懈地追问着他们：我们真的是在走向草原吗？怎么绿色越来越少了，气温越来越高了，氧气越来越多了？这次巴桑明白了，和藏獒一对视他就明白对方在问什么，赶紧转过头去，似乎不敢面对它疑虑深深的逼问。片刻，他又假装没事儿似的唱起了歌。而草原马的反应却跟多吉来吧一样也是充满疑虑的：怎么回事儿啊？气候这么干燥，这么炎热。马语和獒语之间的交流让马和多吉来吧都有了停了下来不走的举动。但马是身不由己的，它只停了一下，马背上的主人就奇怪得又是夹腿，又是吆喝。马又开始行走，留下多吉来吧眯着眼睛发呆。巴桑看到多吉来吧停了下来，就回头喊道：“嗳，藏獒你走啊。”多吉来吧不听巴桑的。巴桑又喊道：“你要去哪里我知道，快跟着我来吧。”多吉来吧没听懂他的话，只是觉得自己退回去比跟着巴桑往前走还要迷茫无措，就又迈开了步子。

这一天的行程里，渐渐没有了田野和村庄，没有了夏季的绿色，临近黄昏的时候，荒漠出现了。多吉来吧非常不安，它从小就与绿色为伴，没见过这种一望无际的荒漠景观，觉得既然这里没有草，那就是离草原越来越远了。它再次停下来，想原路返回，巴桑却对它一再地招手说：“到了，明天就要到了。”多吉来吧听懂了巴桑的话，强迫自己又跟着他走了一天，才明白巴桑说的不是草原到了，而是一个有人烟有房屋偶尔也有几棵树的地方到了。

这是一个从前被称作苏毗城的古城所在地，城墙的遗址是若断似连的，楼门却高挺完整。城里城外堆积着一些石头或土坯砌成的房子。巴桑来到一座石头房子前，把马拴在拴马桩上，自己走到房子里去。多吉来吧凑过去，卧在了草原马的腿边，四下里打量着。它极其不喜欢这个地方，但是它还想等一等，等过了今夜再说，明天要是还往荒漠里走，它就坚决不走了。很快巴桑从房子里走了出来，跟他一起出来的还有一胖一瘦两个人，那两个人一见多吉来吧就惊叫起来。那个胖子说：“真的没见过这么大的狗，你说它是藏獒？藏獒是不是狗？黑狮子吧？”巴桑得意地笑了笑说：“那你就得出狮子的价钱了。”那个瘦子说：“我们要的可是能把狼群撵跑的狗。”巴桑说：“撵跑？它可不会撵跑，它只会把狼咬死吃掉。”胖子说：“五十就五十，你把它拴起来吧。”巴桑说：“拴起来怎么成？我从小就没拴过它，再粗的铁链子也拴不住。”胖子说：“那它跑了怎么办？”巴桑说：“藏獒什么都不知道，就知道报恩，只要你喂它，打死它也不跑。”瘦子进房拿了一块熟羊肉出来，丢给了多吉来吧。多吉来吧警觉地站起来看都没看熟羊肉一眼，只是目光如剑地望着两个陌生人。胖子说：“看，它不吃，就是不打算报恩了。”巴桑说：“有空房子吗？圈起来它就吃了。”瘦子和胖子对视了一下，一起走过去，打开了旁边一间土坯房的门，然后迅速躲开了。

巴桑站到土坯房的门里头，朝着多吉来吧比画着说：“过来，过来。”多吉来吧不理他，它为什么要听他的？他又不是它的主人。巴桑想了想，对瘦子和胖子说：“它是要守着马的，你看它责任心多强。”说罢从拴马桩上解开马缰绳，把马拉进了土坯房，然后又一次比画着说：“过来，过来。”多吉来吧不看巴桑，看着马，它研究着草原马眼睛里的内容，犹犹豫豫地站了起来。它对巴桑心存疑虑，但对草原马是放心的。它一路跟着草原马，草原马没少用眼神用马语关照它，就像现在这样，意味深长、慈祥和蔼地看着它，仿佛说：来啊，来啊，跟我来啊。多吉来吧跟过去走进了土坯房，在这个陌生的地方，它唯一熟悉的就是这匹马和巴桑，它只能和他们待在一起，不管在外面还是在房子里。

巴桑快步走出了土坯房，想把马拉出来，却被跳过去的胖子一把夺过缰绳，拦腰抱住了他。瘦子嗖地蹿到门口，哗啦一声从外面扣死了门。巴桑立刻意识到他们想干什么，大声喊着："土匪，你们是土匪。"瘦子说："你这个盗狗贼，一看就知道这狗是你偷来的，说，偷谁的？"巴桑不说，和胖子摔起跤来。胖子浑身是肉，但都是重量而不是力量，巴桑一使劲，他就咣当一声倒在了地上，这声音表明他的头磕在了地上，他"哎哟哎哟"地叫起来。瘦子叉着腰，也不上前帮忙，只是喊叫着："打贼，打贼。"从木门敞开着的石头房子里顿时出来了十几个人，不问青红皂白，扑过去就打。巴桑转身就跑，被一个眼疾手快的人一把拽住了氆氇袍。胖子爬起来，喊叫着："打死他，打死这个盗狗贼。"

土坯房里，多吉来吧和草原马几乎同时感觉到危险已经降临。不同的是，草原马尽管和巴桑厮守了好几年，但它的天性里没有奋勇当先的因子，它感觉到的危险是自己的危险；而多吉来吧这时候想到的全然不是自己。虽然它跟巴桑既无感情，也无互相保护的义务，就是一起走了几天路，但在它的意识里，只要是熟人，只要跟它有一点关系，就都应该由它来保护。它在草原马惊慌失措的嘶鸣中跳了起来，扑向了木板门，用爪子抓了一下，又用头顶了一下，知道木板是很厚的，抓不烂，也顶不开，就又扑向了墙壁。

墙壁是土坯做的，多吉来吧试着用前爪捣了一下，就知道它没有水泥和石板的坚硬。它直立而起，抡起前爪，又是捣，又是刨，墙泥和土坯哗啦啦地掉落着，就像遇到了铁杵的刨挖。它想起在它很小的时候，在党项大雪山的山麓原

野上，在送鬼人达赤把它圈在壕沟里的一年中，它就是用前爪天天掏挖着沟壁，因为它觉得高高的沟壁就是两堵墙，掏着掏着就能掏出墙洞，掏出一个自由的天地。它坚持不懈地掏出了许多个大洞，把两只前爪磨砺成了两根无与伦比的钢钎，随便一伸，就能在石壁上打出一个深深的坑窝。而现在它面对的只是土坯，虽然年纪大了，力量不如从前了，但钢钎并没有变锈变钝，尤其是当墙外传来阵阵巴桑挨打的惨叫时，它的掏挖就越来越有效了。很快就是一线光明的出现，接着就变成了洞，先是小洞，后是大洞，最后洞不见了，多吉来吧跳出来了。

十几个人还在殴打巴桑。巴桑滚翻在地，一声比一声惨烈地喊叫着。突然叫声变了，变成了正在使劲踢打巴桑的胖子和瘦子的惨叫。勇敢无畏的多吉来吧虎跳鹰拿，电闪雷鸣，扑向了这个，又扑向那个。它用搏杀野兽的速度和技巧，一个不落地咬伤了所有参与殴打的人，而没有大开杀戒咬死一个人。它知道在人类的概念里咬死人是要偿命的，当然不是它偿命，而是巴桑偿命。它不想让巴桑偿命，就把因愤怒而狂暴、因仗义而凶猛的兽性一再地收敛着。那些人带着伤痕吱哇乱叫着跑散了。巴桑爬起来，惊讶地看着咆哮不止的多吉来吧，又看看房墙上那个掏挖出来的大洞，一把抓住自己的头发，狠狠地揪了揪。多吉来吧停止咆哮望着他，以为他是在找帽子，就把滚到地上的高筒毡帽叼起来送了过去。巴桑接过毡帽，还是揪着头发：“后悔啊，我真是后悔啊，这么好的藏獒我怎么要卖给他们。”这时草原马把头伸出墙洞“咴咴”地叫着。巴桑一瘸一拐地过去，打开铁扣推开了门。草原马忽地冲出来，跑出去二十多米又跑回来，站在多吉来吧和巴桑之间，警惕地昂着头颅。巴桑抓起拖在地上的马缰绳，爬上马背，招呼着多吉来吧："快走啊，快离开这个土匪窝。"

巴桑害怕那些人追上来报复，远远地离开古城，走向了荒漠中的黑夜，直走到疲惫不堪的时候才停下来，休息了一会儿，又开始行走。巴桑突然觉得应该赶快回家了，本来前天他就能到达家乡草原，但因为想把多吉来吧卖了自己赚一笔钱，就多绕了两天的路。现在他想把两天的路变成一天的路，就准备从荒漠的一角穿过去。几年前他曾经走过这条路，便捷不说，还能遇到一小片一小片的荒漠绿洲，马可以吃草，人可以喝水，最重要的是他能在荒漠和草原的衔接处看到马群。他是个草原上人所不齿的盗马贼，他的生活就是把盗来的马卖给草原以外的汉人。他骑在马上，回头看看紧紧跟在马后面的多吉来吧，喟叹一声说："我卖了你，你还要救我，我今生今世是不如你了，来世也不如你，来世你就是一个人，而我罪孽深重，很可能是一只狗，是汉地那些没人要的狗，我就是做狗也不如你啊。你看你多好，跟着谁谁就喜欢你。我要把你带到家乡去，让那些瞧不起我的牧民看看，我有藏獒啦。不过我没有牛羊没有帐房，养一只藏獒有什么用？我要把藏獒卖给牧民，三十只羊的价，七头牦牛的价，三匹好马的价……哈哈，我发财啦。藏獒你可不要离开我，我是个走南闯北的人，我知道只有青果阿妈草原和康巴草原才生长着狮子一样的大藏獒，你是哪里的狮子藏獒？是青果阿妈草原的，还是康巴草原的？”

多吉来吧突然冲着巴桑叫了一声，打断了巴桑的唠叨。它不喜欢巴桑唠叨，巴桑的唠叨干扰了它的注意力，让它无法仔细分辨从三十里以外传来的声音和气味到底是狼的还是狗的。无法分辨的另一个原因是风太小，小得几乎没有，而最可怕的就是这种隐隐存在的威胁，它意味着阴谋，意味着那些防不胜防的突然袭击。它讨厌阴谋，阴谋一出现它就必须把自己也变成一个阴谋。多吉来吧悄悄地离开了巴桑和马，在一百米远的地方和他们平行着。这样一来空气中的声音和气味就纯粹多了。没有了巴桑的，也没有了马的，只有那在夜色中潜伏着和靠近着的狼，还有狗。狼和狗的味道都来了，淡淡的，淡淡的，而声音却全然消失，这说明它们不发出声音了，寂静是危险逼近的前奏：狼来了，狗来了。多吉来吧实在搞不明白：狼和狗怎么可能会一起来了？

4. 忘却的亲情

藏巴拉索罗神宫前，西结古领地狗群里，大黑獒果日悄悄地离开了自己的同伴。它是尼玛和达娃的奶奶，它比谁都敏感于尼玛和达娃的味道，敏感于跟它们的味道混杂在一起的那种异常浓膻的气息。它并不知道寄宿学校里发生了什么，尼玛和达娃的味道怎么会从野驴河下游草场的方向传来，但它却知道这股浓膻的味道代表着凶险、阴毒和暴虐。已经发生的并不重要，重要的是正在发生和即将发生的。

大黑獒果日无声而迅疾地穿过原野。临近野驴河下游草场时，它远远看到了一顶帐房和几个骚动的小黑点。它感觉尼玛和达娃的气息就是从那里传来的，便吼叫着狂奔而去。帐房的主人不在家，大概是到藏巴拉索罗神宫前为西结古藏獒助阵去了。看家的藏獒已经倒在血泊中，还在喘气，但注定是要死了。勒格红卫和地狱食肉魔站在将死藏獒的旁边，警惕地望着大黑獒果日。大黑獒果日突然停下，举着鼻子呼呼地嗅着，发现尼玛和达娃就在勒格红卫的胸兜里，便跳起来扑了过去。勒格红卫身后的赤骝马惊得转身就跑，拉倒了攥着缰绳的主人。大黑獒果日跳上去就要撕开皮袍的领口，却被一股横冲而来的巨大力量推了一下，不由自主地歪倒身子，一头撞在了草皮上。

等大黑獒果日爬起来，准备再次扑过去时，发现面前站着一只大公獒，它跟自己的丈夫多吉来吧一样有着漆黑如墨的脊背和屁股、火红如燃的前胸和四腿。它愣了一下，恍然觉得它就是自己的丈夫，定睛一看又不是，张嘴就咬。地狱食肉魔忍让地后退着，它是公獒，它不能咬母獒，最多只能撞翻对方。它从扑鼻而来的气息中已经知道这只母獒和主人胸兜里的两只小藏獒的血缘关系，也知道主人的意志里绝对没有放弃两只小藏獒的可能，所以它的后退非常有限，宁肯受到伤害也要守护在主人的身边。好在它的皮肉比一般藏獒厚硬，大黑獒果日用老而不钝的牙齿咬了好几下，都没有咬出血来。

被赤骝马拉倒的勒格红卫站了起来，看到大黑獒果日暴怒不已的架势和胸兜里两只小藏獒的反应，就知道是两只小藏獒的亲人，但到底是祖母还是外祖母，他就无法辨清了。他咕噜一句："果日，大黑獒果日。"突然意识到地狱食肉魔应该就是大黑獒果日的亲外孙，不禁有些激动，心想它们已经互相不认识了，说明他的大遍入法门是成功的，这个法门教给藏獒的，除了凶恶，就是翻脸不认人。勒格红卫想着，转身跑向了赤骝马。

两只小藏獒被勒格红卫兜得很紧，它们撕咬着他的皮袍，揪心地哭喊着。大黑獒果日愈加烦躁暴怒，朝着勒格红卫一连扑跳了几次，不是被地狱食肉魔拦住，就是被它撞翻在地。最后一次被撞翻时，大黑獒果日幡然醒悟：扑跳是徒劳的，必须另想办法。它焦急地来回走动着，看到勒格红卫骑上了马，带着尼玛和达娃迅速离去，又看到地狱食肉魔高墙一样堵挡在前面，自己根本不可能逾越而过，便无奈无助地哭起来，哭声跟小兄妹藏獒尼玛和达娃一样，带着揪心的痛楚和亲情的悲戚。哭泣的时候大黑獒果日想起了丈夫多吉来吧，要是多吉来吧还在西结古草原，就不会有尼玛和达娃被绑架这种事情了。多吉来吧有能力收拾任何来犯者，它在大难来临的时候，总会以咬钉嚼铁的能力和一柱擎天的气派，保护好它应该保护的一切。面前的这个黑脸汉子和这只骄纵专横的狗，算得了什么？多吉来吧会让他们像尘土一样飞走，云翳一样消失，鼢鼠一样死掉。

多吉来吧，多吉来吧……

似乎对多吉来吧的呼唤得到了回应，大黑獒果日突然闻到了一股熟悉的亲缘的味道，但这个味道转眼又变成了一股透彻心肺的哀痛，让它转了一个圈，又转了一个圈。它想不到亲缘的味道来自地狱食肉魔，想不到地狱食肉魔实际上不仅是它的亲外孙，还是尼玛和达娃的哥哥，它还以为那亲切迷醉的味道是从自己的思念中跑出来的。或者，味道来自小兄妹藏獒尼玛和达娃，两个小家伙身上，遗传而来的多吉来吧的味道总是臊臊的、浓浓的。它沉浸在味道刺激出的悲伤之中，再三再四地用心灵呼唤着多吉来吧。有那么一瞬间，它感觉到那亲缘的味道来自地狱食肉魔，但想了想，又被它自己解释清楚了：尼玛和达娃把自己的味道蹭到了地狱食肉魔身上，或者地狱食肉魔舔过它们，亲近过它们，自然也就互相感染了味道。

更重要的是，地狱食肉魔对大黑獒果日的味道一点反应也没有，它已经被勒格红卫改造过了，改造得忘记了过去，忘记了一脉相承、永不改变的骨血的味道，而忘记过去，就意味着背叛，它只能背叛了，并且是疯狂的无意识的背叛。父亲后来说，人类真是能干，能干到可以一笔抹杀生命的延续、血脉的传代，可以让亲缘变成仇敌，而丝毫感觉不到变成仇敌后有什么心理负担。既然这样，地狱食肉魔身上的亲缘之气越浓厚，就越让大黑獒果日悲伤和愤怒，它悲叫一声，又怒叫一声，情绪迅速走向极点，做出了一个连它自己都没有想到的举动：它跪下了。

大黑獒果日依照一只母獒为了孩子可以牺牲一切包括尊严的本能，就像人对神的祈求那样跪下了。它两条前腿弯曲着，下巴匍匐在地，后腿跷起来，“呜呜呜”地哭泣着，屈辱地跪倒在了对面不相识的亲外孙地狱食肉魔面前，跪倒在了被大遍入法门和复仇的欲念以及一场咸鱼翻身的运动、一场小鱼吃大鱼的革命搞昏了头的勒格红卫面前。天低了，草湿了，一只母性藏獒的哭求跪拜让不远处的野驴河愣然停止了流淌，哗啦啦的声音消失了，一切都平静着，只有大黑獒果日为了孩子的哭声在草原上回荡。地狱食肉魔愣了一下，不禁后退了好几步。

勒格红卫勒马停下了，望着大黑獒果日，心似乎软了一下，哀叹一声，跳下马，手伸进胸兜，抓出达娃，放在了地上。他说：“公的我留下，母的你带走。”说着踢了踢达娃。大黑獒果日一直跪着，哭着，祈求着，它不起来，它似乎以为人心和獒心一样，都是善良而柔软的，只要自己一直跪着哭求下去，勒格红卫就会把小兄妹藏獒全部放回来。但是勒格红卫好像没有这个意思，他抱紧胸兜里哭泣的尼玛，再次踢了踢地上的达娃。达娃抬头看了看他的胸兜，用叫喊回应了一声哥哥尼玛的哭泣，冲着奶奶大黑獒果日跑了过来，跑着跑着突然停下了，回望着勒格红卫，准确地说是回望着勒格红卫的胸兜，哭叫了几声，像是说：奶奶，哥哥怎么办？然后返身跑了回去，依然是哭叫，仰头望着勒格红卫隆起的胸兜，一声比一声凄惨地乞求着：放了哥哥，放了哥哥，我要和哥哥在一起。

勒格红卫做出抓它的样子驱赶着它。达娃撒腿跑向了大黑獒果日，跑了一半又停下了：奶奶，哥哥怎么办？然后又跑回来，一边在勒格红卫腿上抓着，一边哭着：放了哥哥。哭声和乞求似乎连地狱食肉魔也被感动了，它走过来，舔了一下达娃，像是安慰，又舔了一下主人，像是代为讨饶：要放就把两只都放了，放它们走，放它们走。勒格红卫一把抓起达娃，重新放回了胸兜，故意使劲拍了拍它们，让它们发出了一阵更加凄惨的哭叫。地狱食肉魔觉得这样是对的，只要不把小兄妹藏獒分开，放走和留着就都是对的。它向前走了几步，继续恶狠狠地监视着实际上是它外婆的大黑獒果日。大黑獒果日又一次“呜呜呜”地哭起来，它拼过命了，也跪着哭求过了，现在任何办法也没有了。它望着远方叫起来：人啊，替我想想办法，替我的尼玛和达娃想想办法。

来到寄宿学校前，准备咬死孩子、嫁祸于人的黑命主狼王在下风处卧下来，也命令白兰狼群卧下来。它们需要休息，需要静静地观察：面前这个有不少孩子的地方，到底有多少藏獒在守护，有多少大人在陪伴？它们是应该神鬼不知地偷袭呢，还是堂堂正正地进攻？观察是隐蔽而持久的，狼群有效地利用着草丛和土丘，不仅不让对方发现自己，还能轮换着睡觉。它们似乎在等待这样一个机会：一两个孩子突然离开学校朝它们走来，或者它们饿极了，已经到了把报复和维持生命的进食融为一体的时候。在这两种情况没有出现之前，它们的做法只能是窥伺和忍耐，因为它们已经看到，寄宿学校的帐房之前趴卧着几只大藏獒。

而对寄宿学校的孩子们来说，庆幸的是黑命主狼王和它的白兰狼群毕竟还没有在这个獒吃獒的非常时期取得更加有效的生存经验。它们迄今还不知道，它们在面对一个千载难逢的机会：不仅地狱食肉魔正在上演藏獒屠戮藏獒的惨剧，藏巴拉索罗神宫前更是如火如荼地进行着藏獒之间的残酷咬杀。

如今的西结古草原，到处都是供狼撕咬吃喝的薄弱点，包括这个地方。这个地方实际上是一个战地救护所，几只大藏獒都是伤残者，有的甚至正在耗尽生命，走向死亡，根本保护不了众多的孩子。白兰狼群等待的其实并不是一两个孩子懵懵懂懂朝它们走来，而是它们自己的发现。如果它们发现几只大藏獒的真实情况，窥伺和忍耐就将不再持续下去，咬死、吃掉孩子的事情即刻便会发生。

红额斑头狼看到白兰狼群没有再跟着它们，以为自己的警告起了作用，对方不敢了，收敛了，至少不会轻蔑而放肆地再在它们的眼皮底下东西驰骋了，便把白兰狼群抛在脑海之外，率领自己的狼群，一心一意地跟在勒格红卫和地狱食肉魔后面，继续那种坐收渔利的奔忙，继续探究到底为什么会出现藏獒咬杀藏獒的原因。

它们沿着野驴河，来到牧草丰美、地势开阔的下游草场，惬意地远观了五六次地狱食肉魔对那些看家藏獒或牧羊藏獒的咬杀，更加惬意地吃喝了十几只藏獒的血肉，然后追踪着地狱食肉魔走出了野驴河下游的草场。

跑在最前面的红额斑头狼突然停下了。它支棱起耳朵听了听，立刻从低洼处跑上了一处台地，惊讶地盯着远方，举起鼻子嗅了嗅，然后轻轻咆哮了一声，让狼群里的几匹有经验的狼都来听听。几匹狼举着鼻子嗅起来，不停地抖动着耳朵，好像一种声音正在刺激着它们敏感的听觉。认识显然是一致的：来了一股大狼群，是从上阿妈草原过来的。上阿妈的狼群怎么跑到西结古草原来了？红额斑头狼琢磨着，突然一个警醒：现在是藏獒的黑夜，这里是藏獒咬杀藏獒的战场，西结古草原的藏獒都忙着抵抗、忙着牺牲去了，谁还来管狼？既然藏獒已经顾不上管狼了，外来的狼群哪有不乘虚而入的？

而对红额斑狼群来说，西结古藏獒的领地也是它们的领地，它们比藏獒更不愿意外来狼群的出现。

红额斑头狼看了看渐行渐远的勒格红卫和地狱食肉魔，遗憾似的长嗥了一声：不能再跟着他们去吃藏獒肉了，该放弃的便宜还是要放弃。西结古草原的藏獒正在一只只被外来的藏獒杀死，撵走外来狼群只能靠它们了。红额斑头狼果断地朝前跑去，一起步就很快。狼群按照既定的次序陆续跟了过去。一个小时后，它们从三面围住了上阿妈狼群。上阿妈狼群一看来的是一股大狼群，加上环境陌生，心里虚弱，一阵集体咆哮之后，转身就跑。红额斑狼群紧追不舍，它们精神抖擞、音量饱满地吼叫着，一副不把对方全部咬死、吃掉不罢休的样子。草原一片迷茫。两股狼群在逃命与追杀之间周旋着，把和平与宁静的草原变得躁动而嘈杂。一股更大的迷茫从生灵眼中升起，冉冉地飘浮到天上去了。

第 六 章

Chapter 6

至高无上

1. 第四路人马

一阵响声倏然响起，拉转了他们的眼光。是马队在驰骋，是獒群在奔跑，他们刚一出现，就在二百米之内，说明这些人和藏獒隐藏在附近已经很久了，现在感到时机一到，便奋勇争先地跳出草冈，席卷而来。人们吃惊着，猜不出他们是来干什么的。东结古骑手和上阿妈骑手一时间都不知道如何应付了。他们的领地狗群也失去了应对的能力，只把吠声用最大的音量释放出来，一片轰鸣。只有西结古骑手和西结古领地狗知道自己应该干什么，对他们来说，只要是外来的，就意味着进攻，而面对进攻的唯一选择，就是保卫，人要保卫藏巴拉索罗神宫，领地狗群要保卫人。转瞬之间，西结古骑手翻身上马，密集地围住了东西南北四座神宫。獒王冈日森格也带着领地狗群，井然有序地挺立在了西结古骑手的前面。

马队和獒群迅速靠近着，他们从西边跑来，绕开打斗场分成了三部分，一部分冲向了上阿妈的人和狗，一部分冲向了东结古的人和狗，一部分冲向了西结古的人和狗。大家都有些奇怪：这不是多猕骑手和多猕藏獒吗？他们的人和狗并不多，为什么还要分成三部分？难道他们狂妄傲慢到对谁都有仇恨，对谁都要进攻？谁也没有发现蹊跷，除了西结古獒王冈日森格。冈日森格依靠优秀的喜马拉雅獒种的遗传本能和作为獒王的经验，比人更早地对他们的兵分三路产生了疑惑，疑惑紧跟着判断，它立刻意识到绕开打斗场的三路人狗的进攻都是佯攻，而真正要达到目的的，却是谁也没有注意到的第四路人马——多猕骑手的头领扎雅带着另外两个骑手，直扑打斗场的中央，那儿站着两个人：丹增活佛正在说服上阿妈骑手的头领巴俄秋珠："回去吧，不要再打了，你们得不到藏巴拉索罗。"

多猕骑手的头领扎雅和另外两个骑手冲撞而来，撞倒了丹增活佛和巴俄秋珠，让马蹄翘起来，毫不留情地砸向了巴俄秋珠。马蹄落下来了，冈日森格扑上去了。冈日森格两秒钟以前已经扑到了离巴俄秋珠和丹增活佛很近的地方，这是它的第三扑。前两扑是防备和威胁，警告对方不要过来，第三扑是救命，因为巴俄秋珠眼看要被三匹马腾起的马蹄踢死踏死了。年迈的冈日森格凭借经验和天生的素质，又一次展示了草原王者的风范。它用自己虽然受伤却依然铁硬的獒头，抵住了铁掌锃亮的马蹄，那马一个趔趄，差点把多猕骑手的头领扎雅掀到地上。接着还是扑跳，还是抵撞，撞走了第二匹马的马蹄，又撞走了第三匹马的马蹄。有一匹灰色马被撞得连连后退，一屁股坐在了地上，好在马背上的主人是草原上最优秀的骑手，他用自己的腿支撑着马身，拽紧了缰绳让马迅速站了起来。巴俄秋珠安然无恙，这个曾经在西结古草原光着脊梁跑来跑去的人，被冈日森格毫不迟疑地救了下来。

但这还是佯攻，多猕骑手的真正目标是丹增活佛。扎雅从马背上俯下身子，一把扯住了丹增活佛的袈裟。冈日森格马上明白这是抢劫，外来的多猕骑手要当着它的面抢走西结古寺的丹增活佛。它以同样不可思议的速度，猛烈地扑跳而起，几乎把扎雅从马背上掀下来。遗憾的是冈日森格再厉害也不能同时扑跳三个人，就在它赶走了多猕骑手的头领扎雅，赶走了另一个试图俯身拽起丹增活佛的骑手之后，第三个骑手从它的身后把丹增活佛拽上了马背。骑手掉转马头，狂奔而去，扎雅和另一个骑手迅速跟上去，护卫在他身后，在冈日森格面前形成了一道屏障。

冈日森格追了过去，如果面前一直是两匹马的屏障，它说不定还能绕过去，可两匹马很快变成了二十多匹马和二十只壮实伟岸的藏獒。多猕骑手的目的已经达到，冲过去堵挡上阿妈人和狗、东结古人和狗、西结古人和狗的三路人马迅速撤了回来。冈日森格无法越过如此强大的障碍，只能跟随在后面，不懈地追撵着，但是距离越来越远。当所有的西结古领地狗都开始追逐的时候，它停了下来，又坐了下来，吼喘着，嗓子里喷吐着火焰，心里不禁喟然长叹：老了，老了，毕竟我已经老了，怎么努力也追不上了。其实它这是过于自

责了，照现在的情势，任何一只藏獒，包括年轻时候的冈日森格，都是追不上的。

返回来的西结古獒王冈日森格碰见了上阿妈领地狗，它们友好地冲它打着招呼。一只身似铁塔的灰獒走到它跟前，跟它碰了碰鼻子，似乎是一种自我介绍：我是蓝色明王恩宝丹真，上阿妈领地狗的新獒王。冈日森格矜持地梗着脖子，脸上写着老年人的庄重，还写着草原王者的豪迈，站立了片刻，便扭身离去了。冈日森格知道它们是来感谢的，作为西结古草原的獒王，它救了敌对阵营里上阿妈骑手的头领巴俄秋珠的命，这对恩怨分明的藏獒来说，无疑提供了一个和解的机会。

但藏獒的和解不等于人的和解。巴俄秋珠骑马走来，怒气冲冲地训斥自己的领地狗群：“冈日森格救我是因为我小时候是西结古草原的人，我后来成了上阿妈草原的人，现在又是上阿妈公社的副书记。你们为什么不救我？我真替你们害羞。你们是干什么吃的？就会跑过去讨好人家！你看人家那个高傲的样子，理你们了没有？以后不准你们跟西结古的藏獒碰鼻子，除非他们把藏巴拉索罗交给我们。”又朝着蓝色明王恩宝丹真说：“你现在是新獒王，但要是你不好好表现，就算我不罢免了你，领地狗群也会让你滚蛋。接下来就要开打了，你给我上场，就挑战他们的獒王，那只獒王已经老了，你肯定能赢它，只要赢了它，这个世界上就不会再有藏獒不服你了。”恩宝丹真显然听懂了巴俄秋珠的话，听话地朝打斗场走了几步，突然停下，扭头用一种研究者的神态迷茫地望着巴俄秋珠，“呵呵”地叫了两声，叫声充满了疑问：西结古草原的獒王可救过你的命，我怎么能挑战它呢！恩宝丹真当然不懂“恩将仇报”这个词，但靠了遗传的本能，它知道无论谁，只要对自己、对自己的主人有救命之恩，就再也不能以恨相见、以牙相对了。巴俄秋珠看恩宝丹真犹犹豫豫不肯向前，就晃了晃马鞭，督促道：“上啊，你给我上啊。”恩宝丹真还是不动，它的疑惑是根深蒂固的，人越是忘恩负义它就越是疑惑：不对吧？搞错了吧？我们藏獒从来没有这样过。巴俄秋珠甩着马鞭抽起来。恩宝丹真不躲不闪，用一对漂亮的玉蓝色的眼睛固执而单纯地递送着越来越深的疑惑，宁肯忍受鞭笞的痛苦，也不想违背自己对祖先遗风的继承。巴俄秋珠吃惊地叫起来：“哎，你到底是怎么了？”

这样的磨蹭让东结古的獒王大金獒昭戈有些不耐烦了，“轰轰轰”地吼起来，盖过了所有人的声音。骑手们谁也不说话了。大金獒昭戈走到了打斗场的边缘，把尖亮如刀的眼光射向了西结古獒王冈日森格。它在挑战冈日森格，似乎在它看来，獒王与獒王之间的战斗才是真正决定鹿死谁手的战斗，别的，能省略就省略吧。

2. 诱杀头狼

当狼和狗的味道混杂而来时，多吉来吧屏声静息，轻手轻脚。空气诡谲起来，阴谋在黑暗中发酵，变成了密如星星的针芒，从身前身后所有的地方刺激着它。它无声地小跑起来，想跑到巴桑和草原马的前边去，一方面是想尽量在远处遏制住敌锋，在一个万无一失的地方保卫他们，一方面也是想给对方来个突然袭击，在对方以为离目标还远的时候，从天而降，咬它一个冷不防。它本能地相信用潜行迎击潜行的方法一定能够奏效。糟糕的是，巴桑虽然还没有感觉到危险正在到来，但作为人，他对大荒漠里的黑夜有一种本能的恐惧，一发现多吉来吧不见了，就紧张地喊起来："藏獒，藏獒，你在哪里？"多吉来吧想回应一声，制止他的喊叫，刚要出声又闭嘴了，就让这个人喊去吧，反正他和草原马早已暴露在野兽的觊觎下，喊和不喊都一样。它依然健步小跑着，先是向前，然后右拐，埋伏在一座沙丘后面，朝着已经可以用嗅觉探得着的敌群张开了血盆大口。

多吉来吧的身后，巴桑还在喊叫，喊不动了，就骂起来，骂藏獒薄情寡义，无缘无故离开自己，连个招呼都不打就走，而他还以为藏獒会保护他；骂自己愚蠢呆傻，专挑个黑夜走荒漠，那不是直接往狼嘴里走吗？骂着骂着，他停了下来，不走了，原地伫立了一会儿，掉转马头，往回走去。他这时候又不害怕刚才那帮人追上来报复了，觉得离古城越近就越安全。但是他没想到，就是自己这种不信任藏獒的举动，打乱了多吉来吧的方略，也使自己陷入了凶险死亡的境地。敌群已经近在咫尺了。多吉来吧匍匐在地，歪着头把嘴埋进两腿之间，只靠耳朵和鼻子确定着它们的距离和数量，心里还是那个疑问：怎么又有狼又有狗啊？它不知道，古城新来了一帮外地人，他们喜欢吃狗肉，隔三岔五就要杀一只狗解馋，结果几乎所有还活着的狗都逃离古城，归附了狼群，帮着狼群一起撕咬牲畜。狼患成灾，所以巴桑才想把它卖给胖子和瘦子。多吉来吧一边感觉着狼和狗快速而无声的靠近，一边分辨着哪儿是狼哪儿是狗，突然站起来，扑了过去。完全是饮血王党项罗刹的战法，一扑到位，前爪夯在一匹狼的眼睛上，利牙插在另一匹狼的脖子上，咚的一声响，又哧的一声响，两匹饿狼看都没看清敌手是什么样儿就同时毙命了。

接着又是一次扑跳，这次它扑向了一只狗，扑向狗的力量比扑向狼的力气还要大，因为对方是一只卷毛大狗，是一个让多吉来吧百般鄙视的人类和狗类的叛徒。卷毛大狗已经看清扑过来的是一只藏獒，虽然知道自己不是对手，但并没有逃跑，以同类之间从祖先就开始的不可消解的妒恨迎敌而来，张嘴就咬。多吉来吧火气冲天，大叫一声，仿佛是说：居然敢鸡蛋碰石头？那就受死吧。叫声刚落，牙齿就来到了对方的喉咙上，血滋了出来，狗訇然倒地，咬得利索，死得也利索。多吉来吧第三次扑跳而去，又一匹狼倒下了，它跟多吉来吧艰难地搏杀了一阵后，嗥叫了七八声才死掉。多吉来吧喘了一口气，一跃而起，准备继续拼命的时候，发现自己已经被狼狗之群团团围住了，蓝闪闪、黄灿灿的眼灯亮了一片。

更不妙的是，它发现它已经看不到巴桑和草原马了，怎么回事儿？它拉开的距离并没有这么远，一定是他们不走了，或者回去了。它跑上一座高高的沙丘，赶走了已经占领沙丘制高点的三匹狼、一只狗，昂起头眺望着，看到在它走来的路上，荒漠朝着古城延伸而去的地方，又亮起了一片眼灯，那是另一股狼和狗的群体，不用说，它们已经围住了巴桑和草原马。多吉来吧抖动胸毛打雷似的吼叫起来，似乎在告诉巴桑：不要远离我，靠近我，靠近我。

当吼声传来的时候，巴桑并没有意识到这是多吉来吧的声音，他以为天边真的打雷了，而前后左右围堵着自己的狼狗之群正是借了雷鸣的掩护突然出现在了这里。倒是草原马比主人更有灵性，立刻意识到了多吉来吧的存在，它不听主人的驱策，转身走去。巴桑以为马被狼狗之群吓坏了，使劲拽着缰绳，又拉转了它的身子，他还是那个想法：离古城越近就越安全。狼狗之群对他的想法了如指掌，把更多的大狼和大狗集中在了他的前面。他又是打马又是喝马地走了二十多步，就再也走不过去了，而停下来的这个地方恰好是个洼地，四面的沙丘不高却更适合狼和狗的扑咬。狼和狗密密麻麻排列在沙丘的脊线上，高处的可以扑到巴桑的喉咙，低处的可以扑到马的脖子，再低一点的可以扑到马肚子。巴桑吓坏了，像一只困兽惊慌失措地哓哓而叫。草原马仰着脖子长嘶起来，一声接着一声，它这是报信给多吉来吧听的：危险了，我们危险了。

听觉超群的多吉来吧听到了草原马的嘶叫，立刻意识到他们已死到临头，自己不能在这里撕打下去了。它四下里观察着，看到狼狗之群严密地部署在它和巴桑之间，直接跑过去根本不可能，只能绕过去。可从左边绕，不行，从右边绕，也不行，都是密集的狼群，只能转身往后跑，后面是狼狗之群的大本营，一闻那股强烈的狼和狗的臊味儿就知道。狼和狗以为是它们的大本营就没有谁敢进入，只安排了一些老弱病残在那里把守，没想到多吉来吧突然冲了过去，连唬带咬地摧毁了防线，然后以最快的速度奔跑而去。

围堵它的狼狗之群哗的一下动荡起来，追撵是它们的本能。大荒漠的暗夜里，一场赛跑开始了。多吉来吧在前，狼狗之群在后，在前的想着救人救马，在后的想着吃掉在前的，两种不同的想法，让它们把自身的速度发挥到了极致。距离渐渐缩小了，也就是说，狼狗之群的速度比多吉来吧要快一些，它们是荒漠里的居民，习惯了在松软的沙丘上奔跑，个个都

是“沙上飞”，而多吉来吧总觉得爪子下面软绵绵的，力气越大就越使不上劲。更重要的是，它必须拐弯，一个一百八十度的大转弯，让它几乎再次把自己投入到狼狗之群的中间。好在它是要去救人救马的，这比让它自己面对死亡更能激发出它潜藏在骨血里的天才，它是勇武的天才，也是脱险的天才。在狼狗之群接近它就要吞没它的一瞬间，它跃过了一座沙丘，然后戛然止步，趴在沙壁下的坑窝里一动不动。狼狗之群有的从沙丘之上它的头顶飞腾而去，有的从沙丘两侧奔泻而去，跑在前面的发现目标已经消失，停下来回头寻找时，跑在后面的来不及刹住，纷纷撞在了同伙的身上，猛烈的惯性让它们仰的仰、趴的趴，狼狗之群乱了。趁着这个机会，多吉来吧蹦起来，跃上沙丘，原路返回，稍微一拐，直奔巴桑和草原马。

包围着巴桑和草原马的狼狗之群没有耽搁多久，就开始了进攻。其实说进攻是不确切的，因为没有防御。巴桑和草原马都不过是俎上之肉，等待被切割撕咬就是了。也就是说，这不是打斗的瞬间，而是吃肉的前夕。既然是吃肉就需要有先有后，抢先扑向巴桑和草原马的狼和狗都没有来得及把利牙插入血肉，就被后面更加强壮的狼和狗顶翻了。它们互相纠缠着、争吵着，仿佛这也是形成决定前的协商，片刻之后突然安静下来。一些狼和狗后退着，把首先撕咬吃喝的机会让给了四匹强壮的狼和两只强壮的狗。四匹狼扑向了巴桑，两只狗扑向了草原马。巴桑惊慌地喊叫着，胡乱挥舞着马鞭，却一点作用也没有，他的双腿和胳膊迅速被狼咬住了。他惨叫了几声，知道自己就要喂狼，恐怖得揪下了一把草原马的鬃毛。草原马跳起来往前跑，看跑不出洼地，就转着圈来回尥蹶子，却没有踢到一只扑咬它的狗。狗太熟悉马了，很容易地躲过了蹄子，然后一边一个咬住马的屁股把自己吊了起来。也许狼狗之群的失误就在于它们内部的争吵延宕了时间。也在于它们让两只狗去撕咬马，而没有让狼去撕咬马，狗毕竟是狗，无论如何还没有返璞归真到擅长于咬住猎物的喉咙一击毙命的程度。它们没有立刻咬死马，就等于给多吉来吧赠送了一个救人救马、表现忠肝义胆的机会。它来了，摆脱了狼狗之群追杀的多吉来吧强悍无比地跑来了。

多吉来吧一来就出现了死亡——是狼和狗的死亡。只见一股黑风从天上扑来，只听一声雷鸣在耳畔炸响，咬住巴桑双腿和胳膊的四匹狼顿时滚翻在地，大概是大荒漠里的食物来源历来短缺，干旱枯瘦了植物也枯瘦了动物，荒漠狼比草原狼要小一些，体格小，胆子也小，滚翻在地的四匹狼竟有两匹哆哆嗦嗦起不来了。多吉来吧伸出铁硬的前爪，从这匹狼身上跳到了那匹狼身上。这两匹狼的肚子一下就都被捣破了，而且伤口很深，破裂的肠子里血沫和狼粪飞溅而出。倒是吊在马屁股上的两只狗胆子不小，丢开草原马就横扑过来。扑过来就是倒地，一只狗被多吉来吧撞倒了，另一只狗刚咬住它的鬣毛就被它一口撕掉了耳朵，然后还是前爪出击，打在了对方鼻子上，打得那狗连打了三个滚，嗷嗷地叫着爬起来就跑。多吉来吧站在巴桑和草原马的身边，冲着狼狗之群威力四射地释放着一声声坚利的嗥叫，前冲后挫地运动着，做出随时就要扑过去的样子。

狼狗之群紧张地后退了五六米，形成了一个“凸”字形的轮廓。多吉来吧一看就明白，最突出的那匹大黄狼应该就是头狼。多吉来吧朝前走了走，又回头招呼着人和马。驮着巴桑的草原马会意地跟过去，跟着多吉来吧走出了危险的洼地，走上了一座沙丘。一直傻愣着的盗马贼巴桑直到这时才明白，藏獒没有离开他，藏獒来救他了，他和自己的马已经死里逃生。他喊起来：“藏獒！藏獒！”喊了两声，眼泪就夺眶而出。这个盗马贼的眼泪就像两股清澈的悔恨之泉，淙淙地流淌在大荒漠的黑夜里这生死攸关的时刻。巴桑一巴掌拍在自己脸上说：“你救了我的命，你就是我的亲阿爸，佛菩萨保佑，让我的亲阿爸来救我了。”多吉来吧听不懂巴桑在说什么，只能意识到语言里充满了悲戚，觉得人的悲戚是因为作为藏獒的它没有尽到责任，就再次把眼光投向了狼狗之群“凸”字形的轮廓。

头狼，头狼，多吉来吧知道驱散狼狗之群的唯一办法就是干掉头狼。它以居高临下的眼光朝前扫去，看到作为头狼的大黄狼依然处在最突出的位置上，就咆哮了几声，纵身而起，跳下了沙丘。

狼狗之群在头狼的带领下朝后退了一下，又朝后退了一下，接着便朝前猛冲而来。它们看到扑向它们的多吉来吧栽倒在了沙丘之下，半天爬不起来，又看到多吉来吧好不容易爬起来后，一瘸一拐地走着路，尖叫了几声，便开始呻吟，还不时地坐下，弯过身子去舔后腿。显然它的后腿摔断了，已不能扑咬、撕打了。大黄狼得意地嗥叫了几声，带着狼狗之群威逼而来。多吉来吧紧张地咆哮着，想站起来，屁股使劲抬着，却怎么也抬不起来，只好瘫软在地上，着急而痛苦地扭动着身子。

沙丘之上，草原马"咴咴"地叫着，马背上的巴桑"唷唷"地叫着，他们都看清了多吉来吧受伤的情状，担忧着它，也担忧着自己:完了，又完了，死里逃生的他们又陷入绝境了。狼狗之群乘势而来，迅速而险恶地靠近着，转眼就来到跟前，三四米的距离让多吉来吧浑身发抖。一匹大公狼扑了过来，咬住了多吉来吧的脖子，看到对方毫无反抗能力，赶紧退了回去。一只恶狗扑过来，咬在了多吉来吧的肩膀上，看对方惨叫着并不回咬，就吐着舌头，回到了头狼身边。接着又是一匹狼的扑咬，也是咬了一口之后，转身回去了。都是试探，三次试探在多吉来吧身上留下了三处伤口，鲜血流淌着，多吉来吧舔都不舔，似乎已经没有力气顾及自己的伤势了。

头狼阴险地瞪着多吉来吧，确定这只它从未见过的大藏獒真的不行了，便亢奋地抖动起耳朵：好啊，好啊，藏獒一不行，那个人和那匹马就依然是它们的果腹之物了。它发出几声长长的狞笑，环视了一下围堵着沙丘的狼狗之群，肆无忌惮地扑了过来。身后的狼狗们轰轰地涌动着，用咆哮为它们的头狼助威。头狼一口咬向了多吉来吧的喉咙，大嘴咬合的瞬间，突然觉得什么也没有咬到，又咬了一口，还是没有咬到，不禁大吃一惊，知道事出蹊跷，赶紧后跳，却发现脱离危险的机会在它一开始扑咬的时候就已经不复存在。瘫卧在地的多吉来吧把起身、闪开和进攻变成了一个动作，用极快的速度，龇出牙刀直刺头狼的喉咙。头狼嗥叫了一声，想叫出第二声时气息已经没有了。一切都是诡计，多吉来吧冒着被试探者咬死的危险，成功地把头狼诱到了自己的嘴边。

咬死了头狼的多吉来吧大步朝前走去，机灵的草原马赶紧走下沙丘，跟在了后面。马背上的巴桑发现又有活的希望了，惊魂未定地呼喊着："藏獒！藏獒！"仿佛不这样用呼喊拽着多吉来吧，它就会顷刻跑掉。走出去了几百米，巴桑才抬起头，发现蓝幽幽的眼灯已经不在眼前左右了，狼狗之群朝他们身后集中而去，狼嗥着，狗叫着，那是凄厉的哭声，是为头狼之死的祷告：天哪，天哪。巴桑又一次哭了，他为自己遇到了这么大这么恶的狼狗之群还能活着而泪流满面。草原马呼呼地打着响鼻，表达着它的庆幸，也表达着一头牲畜对另一头牲畜发自肺腑的感激。

他们继续快速行进着，一直是多吉来吧走在前面。第二天上午，他们穿过荒漠的一角，来到了草原边缘。巴桑觉得是多吉来吧把他带出了荒漠，感动地摇着头说："幸亏啊，幸亏我遇到了藏獒，不然我就死了，现在不死也得走回去让人打死了。"他们停下来休息。巴桑从马褡裢里拿出一个焜锅馍馍，让多吉来吧吃。多吉来吧坚决不吃，走到离巴桑二十步远的地方趴下睡着了。草原马脚步轻轻地来到多吉来吧身边，吃着周围的草，吃完了也不到别处继续吃，就那么身姿挺挺地站着，用它的身体为睡着的多吉来吧遮挡着荒漠边缘恶毒的阳光，也用尾巴驱赶着飞来骚扰多吉来吧的蚊蝇，好像它是不累的，也不知道还有不短的路要走，必须尽快多吃一些草。巴桑看着自己的马，眼睛里潮潮的，连马都知道千方百计地报答救命之恩，而他却还在心里打着小算盘。他闭上了眼睛，重新考虑着如何处置多吉来吧的事情。一个盗马贼第一次为了一头牲畜的去留在困乏中失眠。而多吉来吧永远都不会知道，正是它的勇敢和机智以及对人的忠诚，软化了盗马贼坚硬的心，给自己赢得了一个继续踏上回乡之路的机会。

太阳西斜的时候，他们又开始行走。这次是巴桑骑马走在前面，边走边不断地回头对多吉来吧说："藏獒你听着，我不带你去我的家乡草原了，哪怕你能给我换来一百匹马也不去。你是逃跑出来的是不是？就像我卖马那样，你被人卖给了外面的汉人是不是？你现在要回家乡是不是？我知道只有青果阿妈草原和康巴草原才生长你这样的大狮子藏獒，告诉我你是青果阿妈草原的，还是康巴草原的，我好送你去啊。"多吉来吧知道他这番话很重要，使劲听着，也没有听明白。当巴桑说到"青果阿妈草原"时，它没有吭声，说到"康巴草原"时，也没有吭声。巴桑哀叹一声说："那我只能把你送到花石峡了，到了花石峡你自己走，你能走回去吗？"

第二天下午，他们到达了花石峡，这是个前往草原腹地的路口，有一些房子，有许多人，还有南来北往的汽车。巴桑不走了，下马指着前面的路对多吉来吧说："你就往前走吧，再走四五天，就能看到巴颜喀拉山，翻过了山往南去是康巴草原，往北去是青果阿妈草原，能不能回到家乡就看佛菩萨保佑不保佑你了。"多吉来吧顺着巴桑指的方向看了半晌，摇了摇尾巴，好像听懂了。其实它只听懂了一点，那就是往前走，就凭这一点，它也要离开巴桑和草原马了。多吉来吧朝前走去。草原马用缰绳拽着巴桑跟了过去，咴咴地叫着，意思好像是说：别走啊，你别走。多吉来吧回过身来，看着草原马和巴桑，久久地看着，突然跑过来，围绕着草原马和巴桑转了一圈，舔了舔马腿，舔了舔人腿，毅然转身朝前走去。草原马和巴桑送别着它，眼睛里都是泪汪汪的。多吉来吧也是泪汪汪的，它以最大的毅力克制着自己：不回头，不回头，再也不回头。眼泪掉下来了，就像碎珍珠一样，一串一串地掉下来，一路撒了过去。

看不见了，已经看不见多吉来吧了。草原马扬起鼻子嘶鸣着，这次不是让藏獒别走的意思，而是真正的送别：保重啊，藏獒。多吉来吧听明白了，脚步没停，头也没回，但叫声却一声比一声洪亮、恳切：谢谢啊，谢谢你们带我来到了这里。巴桑看着，听着，揉了下眼睛"呜呜呜"地哭起来。多吉来吧边走边叫，直到它估计草原马和巴桑再也听不到了的时候，才把叫声变成了哽咽，那是隐忍的哭泣，是以水的形态流淌出来的它的心。哭泣持续到黄昏，多吉来吧跑起来，跑着跑着，眼泪就更多了。更多的眼泪一半是悲伤，一半是激动，它突然闻到了深藏在草原内部的野兽的气息，闻到了寒冷可亲的雪山的气息，闻到了帐房和牛羊的气息，它觉得日思夜想的故土西结古草原就要到了，它很快就能见到自己的主人汉扎西和妻子大黑獒果日了。

隐隐约约，城市亢奋的人躁在风中飘忽，带着死亡信号的诡异之风再次出现，从后面催动着它。多吉来吧突然意识到，自己处在两股风气之间，亢奋的人臊和自己回乡的方向完全一致，自己的使命是和裹挟着人臊的东风赛跑，赶在危难之前回到西结古草原，承担救援草原救援寄宿学校的责任。

多吉来吧追逐着风头，向西飞奔。

3. 勒格红卫的试探

勒格红卫策马而去，一路都是尼玛和达娃的哭声。地狱食肉魔走在主人身后，不时地回头看一眼大黑獒果日。大黑獒果日远远地跟踪着他们，知道自己无能为力，对丈夫的思念便愈加强烈起来：多吉来吧，多吉来吧，你要是没有远走他乡就好了，我们的孙子就不会被人劫走了。它望着远方，望着狼道峡口的方向，用发自胸腔的带有共鸣的声音“嗡嗡”地叫着，好像这声音可以穿透一切障碍物。

大黑獒果日的叫声让勒格红卫愣了一下：这么好听的声音，就像一只青春旺盛的藏獒正在发情的季节里呼喊着自己的情侣。他听出了大黑獒果日身体内部的年轻，听出了老迈的外表之下依然矫健不息的生命的律动，也听出了自己的心跳：不用说，大黑獒果日仍然是草原上最漂亮、最气派的母獒，尽管有点老相，他为什么不能把它带走呢？对，把它带走，然后让它和它的亲外孙交配，看能生出个什么东西来。这个想法一出来，他就不走了。他跳下马，席地而坐，瞪着同样停下来的大黑獒果日，琢磨着拿下它的办法。

过了一会儿，他起身从马背上卸下褡裢和缰绳，放开赤骝马，让它随意去吃草，自己从褡裢里拿出糌粑吃了几口，也让地狱食肉魔以及尼玛和达娃吃了几口，然后拿出一根备用的马肚带，把尼玛和达娃拴在了草墩子上，再把另外一根马肚带和缰绳接起来，做了一个套马索。他招呼地狱食肉魔来到自己身边，让它和自己一起歪倒在草墩子旁边。地狱食肉魔仿佛知道闭上眼睛的主人并不是真的想睡觉，不过是想引诱大黑獒果日靠近他，然后用套马索套住对方。于是它就把头埋进前腿，也像主人那样闭上了眼睛。鼾声响起来，有人的，也有藏獒的，不停地跋涉，不停地打斗，勒格红卫和地狱食肉魔真是太累了，想好了要假装睡着，一闭上眼睛就真的睡着了。

他们身后，被拴在草墩子上的尼玛和达娃却一点睡意也没有，它们望着不远处的大黑獒果日，挣扎着想过去，几次都被马肚带拽了回来。聪明的妹妹达娃首先开始用牙齿切割马肚带，哥哥尼玛看到了，也学着妹妹的样子咬起来。马肚带是牛皮做的，达娃稚嫩的小牙齿根本就咬不断，尼玛的力气大一点，咬了差不多一个小时才咬断。尼玛后退着，当确定马肚带已经不再牵连自己时，高兴得转身就跑。它几乎跑到了奶奶大黑獒果日身前，突然一个愣怔，嚓的一声站住了：妹妹怎么办？我怎么能把妹妹丢下呢？它回过身去，望着妹妹达娃，停了片刻，又悄悄地跑了回去。大黑獒果日翘头看着尼玛，真想跑过去拦住尼玛，又害怕惊醒了地狱食肉魔，想喊又不敢喊，急得又刨腿又哈气。它毕竟是饱经风霜的老藏獒，比小藏獒要理智一些，觉得能逃脱一个是一个，干吗要回去呢？

哥哥尼玛来到隐隐哭泣的妹妹达娃身边，用自己的小牙齿帮着达娃咬啮依然紧拴着它的马肚带，不时地嗞嗞安慰几句：我没走，我没走，要走我们一起走。达娃不哭了，抬头看着尼玛，突然一头顶了过来，好像是说：哥哥你回来了，快帮我咬断马肚带啊。又好像是说：哥哥你快走啊，你回来干什么？但是它顶得太猛了，哥哥尼玛扑通一声倒在了地上。就是这一声倒地的响动惊醒了地狱食肉魔，它忽地站起来，一眼就看到拴着尼玛的马肚带断了。它冲着主人叫了一声，跳过去一嘴拱翻了正想跑开的尼玛，转身盯住了大黑獒果日。

大黑獒果日奔扑而来，一心想着把已经咬断绳索的尼玛从地狱食肉魔的阻拦中救出来，眼睛盯着尼玛，没在乎刚刚从睡梦中惊醒的勒格红卫。勒格红卫站起来，老练地在最佳时刻甩出了套马索。一切就像事先安排好了似的，只见一个椭圆的绳圈飞向了前方，下落的瞬间大黑獒果日正好扑过来，一头撞进圈套，顿时被扯翻在地上。大黑獒果日哪里受过这样的侮辱？它翻身起来，暴跳如雷，随着套马索的迅速拉紧，扑向了勒格红卫。勒格红卫拽着绳子转身就跑，眼看跑不脱了，就见地狱食肉魔狂吼着扑过来，挡在大黑獒果日前面，用肩膀狠狠一扛，扛得对方翻倒在地，然后又用坚如磐石的前肢死死摁住了对方。勒格红卫满意地哼了一声，指着大黑獒果日对地狱食肉魔说：“外婆，它是你的外婆。”

他们又开始行走。魁伟高大、长发披肩的勒格红卫好像还准备信守带走尼玛、放掉达娃的承诺，只把尼玛揣进了胸兜。但是达娃不离开，一边跟着勒格红卫跑，一边不停地叫着，苦苦地哀求、凄厉地哀求着，就像一个驱不散的影子：放了哥哥，放了哥哥，我要和哥哥在一起。勒格红卫停下来，回身看着它，突然俯身抓起达娃。放进了胸兜。达娃顿时不叫了。小兄妹两个在狭窄的胸兜里抱到了一起，为短暂的分离和再一次相聚而抽泣不止。

勒格红卫牵着马匆匆往前走。地狱食肉魔紧跟在赤骝马后面，警惕地关注着四周，也关注着大黑獒果日。大黑獒果日被绑起来驮在了马背上，许多牛皮绳缠绕在它身上，把它和赤骝马连成了一体。牛皮绳勒得它几乎要窒息而死，但更糟糕的还不是窒息，而是摇晃。赤骝马好像很不满意主人让它驮着一只陌生的藏獒，故意大摇大摆地走路，晃得大黑獒果日头晕目眩、呕吐不止。作为一只习惯于用健壮的四肢驰骋草原的藏獒，它最害怕的就是失去平衡、失去大地的依托，绑起来让马驮着它，等于要了它的命。它在恍惚、迷乱、痛苦、悲哀之际，感觉到了死亡的来临。与此同时另一种牵挂顽固地从潜意识中走出来，主宰了它的心跳、它的呼吸，那就是它日夜思念的丈夫——远方的多吉来吧。大黑獒果日睁大眼睛，无声地流着泪，突然看到多吉来吧从一幅图画中快速跑来，那是以雪山为背景的草原的图画，是扑咬狼群、扑咬一切强大敌手的图画，是跑过来和它相亲相爱的图画。它兴奋地喊起来，喊着喊着，图画中的多吉来吧消失了，地狱食肉魔出现了。大黑獒果日一阵纳闷：当记忆中的味道展

示出形象的时候，地狱食肉魔怎么会变成多吉来吧呢？

大约走了一个小时，勒格红卫停下了，看着胸兜里的尼玛和达娃，疑惑地想：我这样伺候它们，值不值啊？想着，他抓出尼玛和达娃，放到地上，狡黠地撇着嘴说："现在要考验考验你们，看你们是不是真正的好藏獒。"说着，择了挥手，又踢了踢它们。尼玛和达娃愣愣地望着他，看他一再地挥手，达娃首先反应过来，用头顶了顶尼玛，转身就走。尼玛跟了过去。它们走出去十多米，再回头看时，只看到了勒格红卫大步前去的背影。

自由了，小兄妹两个都自由了，终于可以回到寄宿学校汉扎西身边去了。它们兴奋得叫起来，一个比一个欢快地朝前跑去。跑着跑着就停下了，聪明的妹妹达娃和憨厚的哥哥尼玛几乎同时停了下来，碰了碰鼻子，好像商量了一下，然后一起转过身去，朝着勒格红卫和地狱食肉魔大声地叫起来，一阵响亮的"汪汪汪"之后便冲了过去。它们惦记着奶奶大黑獒果日，它们要去救奶奶，如果救不了奶奶。它们宁肯让可恶的勒格红卫和地狱食肉魔再次俘虏。它们显然年轻幼稚，但在它们生命的基因里，绝没有只顾自己、不管别人的因素，丢下被绑架的奶奶，那是比死还要难受的事情。

勒格红卫看它们跑了回来，心想：好藏獒，好藏獒，果然是好藏獒，这两只藏獒我养定了。他一把一个抓起它们，重新放进了自己的胸兜。马背上的大黑獒果日知道尼玛和达娃被放走了，感觉是欣慰的，又看到它们跑了回来，生气地嘶叫着，好像是说：你们不是多吉来吧，你们救不了我，为什么要跑回来？叫着叫着就哭了：多吉来吧呀，你在哪里？快来救救尼玛和达娃。尼玛和达娃听到奶奶在哭，自己也哭了，声音里充满了对奶奶的关切：奶奶别哭啊，我们想办法救你，一定想办法救你。好像它们不是小孩，它们是顶天立地的大藏獒，有本事做好一切想做的事情。

4. 不老的王者

藏巴拉索罗神宫前，面对东结古獒王大金獒昭戈的挑战，冈日森格的反应却是困顿地打了一个哈欠，动作迟缓地卧了下来。它知道自己老了，已经不是雄姿英发、目空一切的时候了，它得谦虚一点、内敛一点，尽量给别的藏獒创造出人头地的机会。它相信虽然曲杰洛卓死了，但在情势的逼迫下，西结古草原的领地狗群里必然会冒出更加出色的藏獒，比自己出色，比曲杰洛卓出色，比整个青果阿妈草原所有的藏獒都出色。而表现出色的机会，除了打斗，除了在决一死战中以血肉为代价赢得胜利，还能是什么呢？正这么想的时候，一只藏獒跳了过来。獒王冈日森格看了一眼，不太满意地咕噜了一声：怎么是你？你能应战东结古獒王？这是一只名叫各姿各雅的雪獒，虎背熊腰，仪表堂堂，但性格腼腆温顺，很少有争强好胜的时候，尤其是在和野兽和外来藏獒的打斗中，谁也不能把它跟大智大勇、出类拔萃联系起来。冈日森格犹豫着，正准备摇摇头，就见雪獒各姿各雅已经走向了打斗场。

东结古獒王大金獒昭戈一看出场的不是冈日森格，毅然从打斗场的边缘退了回去，尖利如刀的眼光顿时变得呆钝黯淡了，这是一种不屑的表示。傲慢的大金獒昭戈并不想轻易施展本领，它的想法是：我就是打赢了它，能证明我什么呢？高山只能和高山碰撞，高山要是掩埋了土丘，那不叫胜利，叫欺负。各姿各雅看到獒王大金獒昭戈退了回去，知道对方瞧不起自己，心里有点不舒服，又看到走出来跟自己抗衡的是一只虎头苍獒，便学着大金獒昭戈的样子，面带傲慢的神情，不屑地后退着，退了几步，就“汪汪汪”地吠鸣起来。

勇敢善战、悍勇刚毅的藏獒一般是不会吠鸣的，尤其是在打斗之前，但是各姿各雅却莫名其妙地吠鸣起来，而且沙哑短促、若断似连的，给人的感觉是它连虚张声势都不会。东结古骑手们和领地狗们都笑起来：这哪里是藏獒，是一只胆小怕死的笨狗熊吧？可惜它这一身丝绸般漂亮的白毛了，可惜它那虎背熊腰、仪表堂堂的长相了。但就在这时，所有盯着打斗场的眼睛都看到，虽然叫声还在持续，各姿各雅却已经不在原地了，好像那儿本来就没有站立过一只雪獒，站立的是一只杀戮成性的血渍之獒。现在血渍之獒正在摁住虎头苍獒，喷吐着满嘴血沫。

谁也没有看见它的奔扑和撕咬，所有打斗的疯狂、激烈统统都没有，等人们看清楚雪獒消失又迅速出现时，打斗已经结束了。西结古的人和狗、东结古的人和狗、上阿妈的人和狗几乎同时发出了惊呼：太惊人了，这只雪獒，它拥有比眼光还快的速度，也拥有傻中出奇的战法，它一举成功，利落得超出了常识。西结古獒王冈日森格更是兴奋而欣慰：这可是只有獒王级别的藏獒才可能有的扑咬技巧。啊，獒王，各姿各雅不是西结古草原的獒王，谁是獒王?

父亲跑了过去，蹲下身子看了看虎头苍獒，不分敌我地怒瞪着各姿各雅，吼道:“它咬死你，你咬死它，你们互相咬吧，总有一天你们会把草原上的藏獒咬完。藏獒什么都好，就这一点不好，自己咬自己，跟人一样，不要再咬了。”雪獒各姿各雅温顺地摇了摇尾巴，一脸腼腆地扭转了身子，好像有点不敢面对父亲。父亲无奈地长叹一声，起身走开，又回过头来，就像一个长辈叮嘱一个管束不住又不能不管的孩子那样说：“不要往死里咬，咬伤就行啦，但也不要咬成重伤，听见了没有？”各姿各雅晃了晃身子，好像是说：怎么可能呢?藏獒的所有打斗都是血肉横飞、你死我活的。

东结古獒王大金獒昭戈来到虎头苍獒身边，毫不掩饰悲痛地哭号了几声，然后抬起头，怒视着各姿各雅，目眦尽裂，瞳光似火，颤动着胸脯，发出了几声浪涛翻滚般的吼叫。吼叫表明了它的决定，它要上场了，它悲愤至极，打算亲自报仇，杀了各姿各雅，一定要杀了各姿各雅。雪獒各姿各雅腼腆地笑了笑，忍让地缩了缩身子，立刻又变得庄严肃穆、满脸杀气。它为自己能够挑战威武雄壮的东结古獒王而振奋不已，它的目光是炯炯的，脑袋是灵活的，已经想好了打斗的策略：如此这般。

冈日森格“咣咣咣”地一阵吼，翻译成人类的语言，那就是大叫一声“哎呀”。如果是别的藏獒挑战东结古獒王，冈日森格或许还会采取收敛自己、尽量鼓励别人出人头地的态度，但现在这种鼓励结束了，因为雪獒各姿各雅已经证明，它就是那只更加出色的藏獒，比自己出色，比曲杰洛卓出色，比整个青果阿妈草原所有的藏獒都出色，它作为獒王一定要珍惜、要保护。它知道接下来面对的恐怕是到目前为止藏巴拉索罗神宫前最残酷的一场打斗，就算各姿各雅还能异乎寻常的表现，胜算的可能也只有百分之四十。对方毕竟是獒王，獒王必定是集力量、速度、体能、技巧、智慧、经验以及人气于一身的，你必须有多方面的超越，才有赢的希望。万一你输了，你就永远回不来了。这样的打斗没有负伤，只有死亡。

冈日森格吼着跑向打斗场，横挡在了雪獒各姿各雅前面，用头一再地顶着对方。各姿各雅明白这是让它回去的意思，它左右躲闪着就是不走，眼神里挂满了疑问：为什么？为什么？我已经打赢了一场，我应该继续打下去。冈日森格用单纯而清亮的眼神传递着自己复杂的内心：你是一只有望继任西结古獒王的藏獒，你还要成长，怎么能轻易面对死亡呢？还是让我来打吧，让我去扫清你走向獒王之路的任何障碍都是划得来的，我老了，生命已经不重要了，我就是打不过东结古獒王大金獒昭戈，也会让它身受创伤，耗尽体力，然后你再去挑战，那就一定能赢它了。

各姿各雅并没有读懂冈日森格眼神里的内容，只知道自己必须服从獒王，就收敛了脸上的杀气，一如既往地带着腼腆的神情，温顺地转身走去。东结古獒王大金獒昭戈冲着各姿各雅狂叫起来，那是让它别走，让它留下性命再走的意思。

各姿各雅停了下来，看了看自己的獒王冈日森格。冈日森格冲着大金獒昭戈咆哮起来，告诉对方：我是挑战者，你来跟我打。看到一心想为虎头苍獒报仇的大金獒昭戈依然纠缠着各姿各雅，它便毫不迟疑地扑了过去。

冈日森格的扑咬带着老藏獒的迟缓，大金獒昭戈稍微一晃就躲开了。它倏地横过眼光来，打量着冈日森格，嗓子眼里顿时冒水一样呼噜噜响起来，这是唬鸣，是从肚腹里发出来的雷霆。大金獒昭戈把雷霆之怒一轮一轮地送上天空，天空正在幻变，有云了，刚才还是一碧如洗，一下子就乌云翻滚了。接着又是一次动作迟缓的扑咬，冈日森格就像挠痒痒那样，用前爪在对方身上抓了几下，立马就被大金獒昭戈顶开了。东结古骑手的头领颜帕嘉喊起来："昭戈，快啊，咬死它，咬死那个笨蛋。"大金獒昭戈回身看了看颜帕嘉，似乎在告诉他：如果认为这只慢条斯理地扑向它不害怕被咬死的藏獒是笨蛋，那就大错特错了。首先你得肯定它的胆量是惊人的，其次你得承认它有足够的自信，它相信自己不可能被对方咬死或咬伤，它总是非常机巧地把身体隐藏在你的牙刀和利爪的盲点上，前进后退都隐藏得毫厘不差，不是身经百战、老奸巨猾的藏獒，根本做不到这一点。

大金獒昭戈朝旁边走了几步，想离冈日森格远一点，避开它的接近。冈日森格一看就明白大金獒昭戈扑咬自己的时刻已经来临，速度和力量的角力就要正式登场，对藏獒来说，这是最低的也是最高的能力体现，打斗中的任何智慧和技巧，都不过是速度和力量运用的花样翻新。冈日森格等待着，身上的每一块肌肉、每一条血管都为躲开死亡、并且让对方死亡做好了准备，绷紧的四肢似在提醒自己：拼了，拼了，只能拼死一战了。用老迈的身躯拼出最后的年轻，也拼出最后的悲壮，这就是它今天要做的。

刹那间大金獒昭戈飞镖一样扑了过来，但它不是按常规扑向冈日森格的喉咙，而是扑向了冈日森格的头顶。似乎在炫耀它的跳高能力，它矫健的身躯变成了飞翔的鹰，展开翅膀遮住了半个天空。冈日森格扬头一看，不得不承认大金獒是它见过的跳得最高的藏獒。更让它吃惊的是，对方跳这么高的目的并不是按照寻常的规律从天而降，重重地扑砸在它身上，或者跃过它的头顶，迅速转身从后面进攻它，而是杂技表演似的为跳高而跳高，至少表面上是这样。

大金獒昭戈落到了冈日森格后面。就在冈日森格准备向前冲过去，躲开对方的后面进攻时，大金獒又跳了起来，这次和上次一样高，奔跃的路线居然是原路返回，一眨眼工夫，它又落在了它第一次起跳而冈日森格准备躲去的那个地方。接着就是第三次、第四次、第五次、第六次跳高，它以不变的路线和不变的高度，在冈日森格的头顶来回奔跃着，不知道它要干什么。冈日森格把眼光送上了天空，随着对方的奔跃，头来回摆动着，晕了，晕了，不知道是对方闪来闪去的原因，还是老眼昏花，它觉得头大了，天地倾斜了。它心里一阵紧张，知道危险就要来临，大金獒的进攻马上就会出现，而最有可能的是从头顶突然砸下来，牙刀直攮它的脖颈。

冈日森格稳住自己，蹦跳而起，试图从对方奔跃的路线中脱险而出。但是立刻它就发现自己失策了，好像大金獒早就预料到了它会这样，蓦然改变了奔跃的路线，几乎在冈日森格落地的同时，砸击在了它身上。大金獒昭戈知道对方本能的反应是扭转脖子，抬头朝上撕咬，于是便朝下龇着牙刀，等待冈日森格的喉咙自动露出来。而冈日森格也差一点按照本能的驱使做出这样的傻事来，刚要扭转脖子，无数次出生入死的经验立刻制止了它。它把脖子一缩，扑哧一声趴倒在了地上。大金獒一看冈日森格的喉咙贴近了地面，意识到自己好不容易压住的西结古獒王比自己想象的还要狡诈，它明白精心设计的战术已经不可能达到目的，便恼怒地一口咬住了对方的后脖颈。

冈日森格知道，后脖颈离大血管很近，如果让对方把利牙扎得太深，就会有生命之忧，便把肩膀一斜，奋力朝一边滚去。它几乎是驮着庞大的大金獒，一连滚了五六下，从打斗场的中央一直滚到了边缘，才算把对方彻底甩掉。冈日森格站起来，喘着粗气，一副倦极乏极、摇摇欲倒的样子，朝着打斗场的中央走去。流血了，血从后脖颈上流下来，就像一些游走的蛇，在长长的鬣毛之间蠕动着，渐渐滴到了地上，一路都是血染的足印。大金獒昭戈从后面看着它，突然意识到对方虽然甩掉了自己，却没有甩掉紧随不去的厄运，进攻的机会又来了。它用矫健的四肢无声地跳起来，以风的速度扑杀过去。冈日森格来不及回头看，只是感觉到身后的气流正在发生变化，就知道死神的魔爪又要来掐住它，便玩命地朝前逃窜而去。

但是冈日森格没能逃脱，大金獒昭戈扑杀中的提前量准确到无与伦比，它的逃窜差不多就是把自己要命的腹腰奉送到了对方的魔嘴之下。情急之中，冈日森格还像上次那样扑哧一声趴下，让自己的腹腰紧紧贴住了地面。身量高大的大金獒昭戈无法很方便地利用前冲的力量把牙齿凑向地面，只好一口咬在冈日森格的脊背上。冈日森格又一次朝前滚去，又一次滚到了打斗场的边缘，当它又一次甩掉大山一样沉重的大金獒的时候，已经疲倦得发不出吼声了，只听嗓子里嚯嚯嚯地响着，好像它的肺部已经不能正常工作了。

冈日森格趴了片刻才站起来，庆幸地看了看自己的腰，又满眼悲观地望了望西结古骑手和自己的领地狗群，似乎是告诉他们：对不起了，我给你们丢脸了，我老了，我已经打不过如此强悍的对手了。然后它猛烈地喘了几口气，又重重地咳嗽了几声，带着落花流水的无奈，走向了打斗场的中央。它还是倦极乏极、摇摇欲倒的样子，不时地回头看着，不是为了提防东结古獒王大金獒昭戈，而是为了看看自己脊背上的新伤。它看不到，只能感觉到，那儿是辣疼辣疼、温热温热的，温热的鲜血令人惊怕地浸染在獒毛之间，身体的一侧已是红光耀眼了。西结古阵营里，父亲禁不住哭着喊起来："回来吧，冈日森格回来吧，咱不做獒王了，咱回家。"他知道冈日森格不可能回来，就又把怒火喷向了班玛多吉，"什么藏巴拉索罗？你为什么不给他们？"说着，抹了一把眼睛，满手都是泪。班玛多吉也感到獒王冈日森格太老、太可怜了，说："藏巴拉索罗在哪里？我有吗？我怎么给？如果我就是藏巴拉索罗，就是把我的命送给他们，我也不想看着冈日森格就这样一口一口被人家咬死。唉，还不如各姿各雅。各姿各雅，各姿各雅在哪里？你给我上，把冈日森格换下来。”各姿各雅朝班玛多吉看了看，摇了摇尾巴，表示听到了。但它没有动，它信守着领地狗群的规矩，虽然焦急却很本分地伫立在观战的位置上。

而在东结古阵营里，骑手们正在轻松地说笑，颜帕嘉的笑声里抑制不住地夹杂着嘲弄：“这样的獒王，怎么还有胆量保卫藏巴拉索罗神宫？可惜了藏巴拉索罗。麦书记怎么搞的？居然把藏巴拉索罗带到了西结古草原。”东结古獒王大金獒昭戈却没有东结古骑手那样轻松。它看着不屈不挠走向打斗场中央的冈日森格，既是忌恨的，又是钦佩的：在它一生的打斗中，还没有遇到过一只这样的藏獒——它连续两次让你费尽心机的进攻不能奏效，你年轻力壮的身躯和久经沙场的智勇在它面前似乎永远得不到最充分的展示，而当你试图从它身上找到原因的时候，却只见它带着一副老态龙钟的样子和几处不太要紧的伤痕，小心谨慎地蹒跚在你的面前。

大金獒昭戈朝前走了两步，看到冈日森格生怕背后遭袭似的转过了身来，两只潮湿的眼睛好像已经不太容易聚焦了，漫不经心地望着它，也望着它身后的草场和远山。它吐了吐舌头，感觉了一下越来越热的空气，意识到自己的能量正在走向高潮，应该乘时而动，立刻扑咬，在高潮到来之时结束打斗，否则就会影响速度。东结古獒王大金獒昭戈跳了起来，以空前的重视奔扑而去，速度快得像枪弹，根本就不显示轨迹，只显示结果。结果是大金獒昭戈一口咬住了冈日森格的尾巴。大金獒昭戈大吃一惊：怎么只咬住了对方的尾巴？冈日森格面对着它，它的目标必须是喉咙。也就是说，在它的高速攻击面前，冈日森格不仅保住了自己的喉咙，还从容不迫地转过身去，只让自己蜷起的尾巴带着嘲讽进入了它的大嘴。速度，还是速度。你有多快，对方就有多快，甚至比你还要快；你有扑咬的提前量。对方有防备的提前量，你没有扑到想扑的目标，说明你的提前量早就在对方的预料之中，而你却没有预料到对方的提前量。从速度到智慧，你都已经落入下风了。更何况对方是一只老藏獒，一只风中摇摆的老藏獒凭什么能和自己纠缠这么长时间呢？

大金獒昭戈气急败坏地一阵撕扯，几乎将冈日森格的尾巴扯断。冈日森格的尾巴不是它想象中的脆骨，而是随着年龄老去了的硬骨，它一下没有咬断，准备换口的时候，对方已经脱身而去。看到冈日森格踉踉跄跄，差一点仆倒的样子，大金獒昭戈实在想不出这只老藏獒跟打斗的速度有什么关系，但冈日森格的确是速度的化身，这一点大金獒昭戈已经感觉到了：冈日森格没有老，它的骨子里依然是一派虎势，脑子里还是一代獒王的机敏。大金獒昭戈琢磨着下一步如何扑咬，却见冈日森格使劲弯过身子来，想舔一舔自己尾巴上的伤口，可它和大部分狗一样是够不着自己的尾巴的，就追着尾巴转起来，一圈又一圈，不追上不罢休似的，越追越快，越追越快，旋风一样，在打斗场的中央，呼呼地响。大金獒昭戈有点纳闷：小狗才会追着自己的尾巴转圈圈，它都老了，怎么还这样？

诡计？一定是诡计。可这样的诡计有什么用呢？只能自己把自己跑死、累死、转死。

大金獒昭戈看着，突然意识到尾巴的伤口是不疼而痒的，它的尾巴没有受过伤，但它以前听别的藏獒说过，那种痒有时候比疼痛还要难受。面前的冈日森格肯定是不堪忍受才这样的，而这样的结果却又一次给它制造了进攻的机会。冈日森格的身子是弯着的、转着的，当弯曲的身子凸出来的一侧转向它的时候，对方的头正好扭向自己的尾巴看不见它。它应该就在这个时候扑过去，一口咬住暴露而出的柔软的肚腹。大金獒昭戈想着，毫不犹豫地实施了自己的计划，依然是速度的表演，瞬间就有了分晓。

然而这样的分晓让大金獒昭戈再一次大吃一惊：不是它咬住了冈日森格的肚腹，而是冈日森格咬住了它的肚腹。因为冈日森格突然不转了，它一停，对方扑咬的提前量就失去了意义，只能一头扎向它弯曲的身子凹进去的那一侧。如果冈日森格这个时候动作慢一点，大金獒昭戈还可以咬住它的肚腹，撕开皮囊，掏出肠子来。让大金獒昭戈遗憾的是，就在它牙刀逼临的一瞬间，冈日森格弯曲的身子突然绷直转向了。最后它什么也没有咬到，而自己的肚腹却不可原谅地快速凑到了对方的嘴前。冈日森格已经张开正在追咬自己尾巴的大嘴，像是早就设计好的机关，在最佳时刻猛然合了起来。

肚腹破了，大金獒昭戈的肚腹砉然响得就像有人正在解剖。这是它第一次负伤，却比它带给冈日森格的三次负伤加起来还要严重。似乎连冈日森格都有些惊讶：怎么就这样得手了？它追着自己的尾巴旋转当然是一个计谋，但它并不奢望计谋变成现实，因为即使对方上当扑来，那还得依靠自己的撕咬能力，它的撕咬能力已经大不如从前了，能不能奏效呢？它在怀疑自己，却没有想到实际上它的表现往往比它预料的要优秀得多，它在天长日久、出生入死的打斗中已经把反应能力和攻击能力糅合成一种超越肉体的素养，它天生高强的智慧和勇猛在经过无数次的残酷磨砺之后，变成了一种面对敌手的惯性趋势和本能挥洒，一切都是肌肉的自发伸缩和肢体的协调运动，是浑身的细胞朝着一个方向聚攒能量的必然结果，它生动、主动、灵动，仿佛是神意的操作，而非它自己的刻意所为。这一切，都是比它年轻强悍、比它气魄惊人的大金獒昭戈所无法具备的。

看清楚战况的父亲又一次喊起来："行了行了冈日森格，你已经赢了你赶紧回来吧，不要恋战了，恋战会祸害自己。"班玛多吉释然地笑着："行啊冈日森格，老了老了，还这么厉害，不愧是西结古草原的獒王。再咬啊，再这样咬它一口，它就死啦。"雪獒各姿各雅也像班玛多吉那样高兴地叫了一声，所有的西结古领地狗都高兴地叫了一声。它们的叫声引起了东结古领地狗的不满，也都闷闷地叫起来，是给大金獒的助威，也是对冈日森格的威胁。东结古骑手的头领颜帕嘉喊起来："昭戈必胜，昭戈必胜。"大金獒昭戈悲愤地长啸一声，震得空气动荡，草原摇晃。冈日森格好像受到了惊吓，竟有些抖颤，赶紧松开对方，朝后退去，还没有退到安全的地方，大金獒昭戈就拖带着淋漓的鲜血，不顾一切地扑了过来。

这一次冈日森格没有来得及躲开，或者说它干脆就没有躲。它挺立着，略微侧了一下身子，让大金獒昭戈咬住了它的肩膀而没有咬住它的喉咙，然后它奋力跳了起来。瞪眼看着此情此景的骑手和藏獒都有些纳闷：怎么冈日森格又傻了？还嫌自己伤得不够吗？让对手咬住自己以后才开始跳，这就等于帮助对方撕开自己的皮肉。皮肉开裂的声音就像风在穴口吹出的哨音，尖锐而响亮。只有正在搏杀的大金獒昭戈知道，正是冈日森格这种自残式的做法，让它立刻感觉到了危机的来临。就在它咬住冈日森格的皮肉不能灵活摆头的时候，跳起来的冈日森格迅速伸出前爪，猛捣它的鼻子。它惨叫一声，丢开对方赶紧后退，但已经晚了，血从鼻孔里冒出来，一下糊满了宽大的嘴。

骑手们和藏獒们明白了：冈日森格用自己肩膀上的一块皮肉，换来了大金獒昭戈鼻孔血管的破裂。这种以轻伤换取重伤的战术，在冈日森格完全是灵机一动，非凡的胆力加上协调的身体，让它出神入化地改变了打斗的局面。但冈日森格毕竟老了，如果不老，它一定会锲而不舍地追上去，在大金獒昭戈因鼻孔负伤而痛苦不堪的时候，扑住对方的脖子，一牙封喉。可惜它老了，它已经没有年轻时那种穷追猛打的连贯和流畅了。

大金獒昭戈退到一边，恼怒而剧烈地摇晃着头，好像这样就能让鼻子好起来。摇着摇着就不动了，低头看了看自己还在滴血的肚腹，又抬头望着冈日森格，嗷嗷地叫了几声，大步朝前走来。不愧是东结古草原伟大的獒王，虽然肚腹已破、鼻子已烂，但只要不到生命的最后一刻，就决不放弃咬死对手、战而胜之的念头。它扑了过来，依然是无法抵抗的力量，依然是快如闪电的速度。冈日森格转身就跑，它知道打斗就要结束，但胜负并未确定，自己必须保证不让对方咬住，一旦咬住，自己必死无疑，因为大金獒昭戈已经感觉到了死亡的恐怖，而这样的恐怖很容易变成最后的也是最有威慑力的凶残，一只藏獒最后的凶残往往也是用生命博取生命的最辉煌的一瞬。

冈日森格跑离了对方的扑咬，又一次跑离了对方的扑咬。它看到对方发狂地追撵着，就沿着打斗场的边缘拼命跑起来。冈日森格一生都是奔跑的圣手，到老了还是，别看它气喘吁吁，好像就要跑不动了，但对方就是追不上，它的速度居然和年轻而疯狂的大金獒昭戈一样快。它跑了一圈又一圈，大金獒昭戈追了一圈又一圈。大金獒昭戈突然意识到这样的追撵对它极为不利，它重伤在身，跑得越快，血流得越多，离死亡也就越近。东结古獒王大金獒昭戈毅然停了下来，稳稳当当地走向了打斗场的中央，看到冈日森格还在没完没了地狂跑，就有点奇怪：我都不追了，它还跑什么？

又是随机应变的结果，冈日森格突然意识到一个机会隐隐地出现了，这个机会是最后的，也是最没有把握的，但这里是舍生忘死的打斗场，它是沐浴着血雨腥风从年轻走向年老的西结古獒王，机会只要能够创造，哪怕有万分之一的胜算，它就决不会放弃。它把四肢舒展成翅膀，尽量和地面保持着水平，弹性的爪子比期望更加有力地蹬踏着，如水如风

地跑起来。旋流出现了，是冈日森格掀起的金色旋流，环绕着东结古獒王大金獒昭戈，以眼光无法捕捉的速度，迷乱了所有观战者的视觉，更迷乱了大金獒昭戈的视觉。冈日森格创造的胜利机会就在大金獒昭戈的迷乱中倏然而来。

其实大金獒昭戈已经感觉到这股金色旋流严重威胁着自己，但它无法判断威胁会在何时出现，又如何出现。它在旋流的中心前后左右地转动着，突然发现圆圆的日晕一样的旋流变形了，破碎了，与此同时，一道寒光激射而出，仿佛一股电流击中了它。它的喉咙一阵冰凉，一股寒气顿时刺入了身体。它浑身一颤，躺下了，虽然没有疼痛，但它知道自己只能躺下了。东结古獒王大金獒昭戈躺下后才看清冈日森格已经来到眼前，牙刀的攮入就像一种宣判：死啦，你立刻就要死啦。大金獒昭戈不想死，它想呼出一口粗气，警告冈日森格:我要咬死你，立刻，马上！但粗气变细了，转眼又没了，大金獒昭戈看到头顶无色无味的空气以巨大的重量压迫着它，它在萎缩、在扭曲。它用空前集中的注意力感觉着自己，感觉着自己的存在和窒息，然后发现感觉没有了，自己突然不存在了，唯有窒息无限放大着，久久回荡在藏巴拉索罗神宫前的打斗场上空。

没有声音，无论是哪方面的骑手和藏獒，都没发出声音，静静的，静静的。风突然响起来，是老天爷的叹息，沉重到无比。“昭戈”是卧龙的意思，卧龙彻底卧倒了，再也不是呼风唤雨的獒中卧龙了。西结古獒王冈日森格卧在了死去的东结古獒王大金獒昭戈身边，也像死了一样，没有喘息，没有回去庆功的欲望，没有对同类死去的悲伤，没有对自己侥幸取胜的庆幸，什么情绪也没有，只有巨大的疲倦牵制着它。它闭上眼睛，睡了。冈日森格连续作战、以老当益壮的豪迈之躯，以哀兵必胜的争锋之道，打败了上阿妈獒王，咬死了东结古獒王，现在它要睡了。不管有没有挑战者，它都要睡了。

第 七 章
Chapter 7

故乡渺茫

1. 短暂的停留

现在，多吉来吧不仅闻到了草原内部野兽的气息，也看到了野兽对它的顶礼膜拜，那是十几只对人对它都无害的小野兽——叽叽喳喳的旱獭，跷起前肢，拱手作揖，仿佛在列队欢迎它的归来。它高兴啊，“嗡嗡嗡”地回应着，吐着舌头，用热切的眼神频频致意。现在，它不仅闻到了寒凉可亲的雪山气息，也遥望到了它的风采：挺拔起伏的身影，肃穆庄严的银白，是昂拉雪山，是砻宝雪山，是党项大雪山。它使劲呼吸着，恨不得把那冰光雪色全部吸到肚子里。现在，它不仅闻到了帐房、牛羊的气息，也实实在在看到了它们的存在。朝思暮想的帐房啊它们是深色的，是用牛毛编制的；梦中浮现的牛羊啊它们跟自己一样是浑身长毛的，是四条腿走路的。

多吉来吧跑出公路，跑向了旱獭，吓得旱獭一个个钻进了洞里。它跑向了两溜儿用绳子拉起来的经幡，激动不已地让飘荡的经文摩挲着自己的脸，又跑向了一群羊，顿时有一只大狗“汪汪汪”地叫着冲了过来，没冲到跟前就停住了。大狗不是藏獒，只是一只普通的藏地牧羊狗，看到多吉来吧如此硕大威风，吓得声音都变了。多吉来吧知道对方害怕自己，抱歉地缩了缩身子，赶紧离开了。离开的时候不禁“哦”了一声：西结古草原什么时候有了这样一只狗？想着它抬起了头，再次看了看远方的雪山，呼呼地哈着气：昂拉雪山啊我回来了，不，不是昂拉雪山；是砻宝雪山，砻宝雪山啊我回来了，不，也不是砻宝雪山；是党项大雪山，党项大雪山啊我回来了，不，也不是党项大雪山，是……突然它停了下来，发出了一种连自己都觉得奇怪的声音，那是惊喜后的沮丧，是失望中的悲伤，它苦泪涟涟地呼唤着：汉扎西，汉扎西，果日，果日。多吉来吧已经明白：只要是草原，就会有旱獭、羊群、帐房和经幡，只要是雪山，就都会闪烁银白之光，播散寒凉之气。日思夜想的故土草原西结古依旧遥远，它的主人汉扎西和妻子大黑獒果日以及寄宿学校仍然渺茫。它大声哭起来，呼呼呼的声音如同悲风劲吹。草潮在悲风中动荡着，蔓延到天边去了。

是危难就要袭击西结古草原的预感和回援的冲动让多吉来吧从悲哀中清醒过来，它理智地回到公路上，按照巴桑指给它的方向继续往前跑，跑过了白天，又跑过了夜晚，突然发现不对了，路多起来，好几条路朝着不同的方向延伸而去，插向了阴霾蔽日的天空。它停下来，徘徊着，很长时间都拿不定主意，突然看到一个穿着老羊皮袍的牧民赶着一群牦牛从它身后走来，朝着右边的草原走去。它跟了过去，没跟几步，又发现三个同样穿着老羊皮袍的牧民也赶着一群牦牛走向了它左边的草原。多吉来吧立刻明白过来：这里是人就是牧民，是牛就都是牦牛，自己已经不可以见牧民就跟，见牦牛就兴奋了。

多吉来吧不走了，卧下来琢磨，琢磨不出应该前去的方向，就打着哈欠睡着了。睡了大概四五个小时，等它醒来的时候，就觉得已经没有必要费劲琢磨了。它站起来，抬腿就走，连自己都觉得奇怪：怎么刚才的迷茫和徘徊转眼就没有了？走出去了好长时间它才明白，原因是天晴了，而睡觉之前，草原上乌云密布，太阳不知跑到哪里去了。太阳是指南，它想起这一路走来，差不多每天都是闪着太阳落山的地方走，在无数个太阳落山之后，它看到了草原，现在它要继续朝着太阳落山的地方走，它本能地相信，只要太阳继续落山，它就能走到西结古草原。它坚定地走着，不时地瞅一眼让它放心的太阳。

就这样白昼行，夜晚宿；晴日走，阴天停，一个星期过去了，多吉来吧毫不偏离地朝西行进着，走过了一片又一片草原，翻过了一座又一座山，遇到了狼，遇到了熊，遇到了金钱豹，也遇到了保卫领地的藏獒和藏狗。它克制着自己的杀性，能躲就躲，只要不妨碍它西去的进程。但野兽和藏獒藏狗并不理解它的心情，看它夹着尾巴往前跑，总会自恃己能地奔扑而来，这个时候它就只好奋勇当先了。它咬死了一只拦路的金钱豹，咬死了两只追着不放的藏獒，还咬伤了一只藏马熊和三只藏狗，差不多就是过五关斩六将地来到了这里。

这里是一个牧区集镇，许多高高矮矮的房子错落在阳山坡上，许多大大小小的帐房散落在平川里，更重要的是，有三条河流环绕在这里，有三条路都是指向太阳落山的西方。多吉来吧犯难了，这可怎么办啊？它到底应该渡过哪条河，走向哪条路？它试着把三条路都走了一遍，都是走过去五六百米后路就拐弯了，拐到山峡里头去了，山峡是朝南朝北朝东的，唯独没有朝西的。更让它疑惑的是，路居然也能过河，路一过河就凌空架在水面上，就把西去的方向改变了。这里不是平坦的大草原，到处都是陡峭的山、湍急的水，离开了公路，它根本就无法向西行走。多吉来吧绝望地望着滔滔不绝的河水，趴下了。

一趴就是大半天，它饿了，起身去寻找吃的，才发现这是一个没有野物的地方，集镇的街道上，来来往往的都是人，还有敞开着铺门的商店。一瞬间多吉来吧仿佛回到了西宁城，紧张愤怒得几乎跳起来。它本能的举动是躲开人群，可是它已经进入了街道，躲到哪里都是人，躲了几下就被人注意上了。“谁家的藏獒这么好？”“是啊是啊，这么好的藏獒。”多吉来吧听懂了他们的话，赶紧走开，走了几步才意识到他们说的是藏话，回头看了一眼，又看了一眼，看到满街道几乎都是藏族人，跟西结古草原的藏族人差不多，悬起的心顿时落下了。它闻了闻空气里浓郁的酥油味、牛粪味和羊粪味，确定它并没有回到它极其讨厌的西宁城，而是来到了一个藏族人聚集的地方。

多吉来吧心里松快了一些，也不再躲来躲去了。在它根深蒂固的意识里，总觉得有藏族的地方都是安全的，不会再有人抓它害它了。它在街道上走着，和许多人擦肩而过。人们并不怕它，赞赏地看着它，甚至有人伸手梳理了一下它的鬣毛。它容忍着没有咆哮，仰起面孔，仿佛在询问那人：知道去西结古草原的路怎么走吗？接下来的奔走中，它把它的询问用那双深情而忧郁的眼睛告诉了所有面对它的人，但是没有人给它说起路的事情。它觉得他们比起它的主人汉扎西来差远了，读不懂它的眼神，看不透它的心。

多吉来吧失望得垂头丧气，流着思念主人和妻子、思念故土草原和寄宿学校的眼泪，带着不能奔赴危难、完成使命的悲伤，卧在了一个味道蛮好闻的地方。这是本能的选择，过了片刻，它就知道它来到了一个人人都可以吃饭的地方，包括它，它也得到了一些羊骨头和一个鲜羊肺，是饭馆的阿甲经理拿给它的。阿甲经理板着面孔说：“哪里来的藏獒？卧在这里干什么？吃吧。”多吉来吧吃起来，它觉得这是天经地义的，既然人人都可以吃，它当然也可以吃。不过它也注意到一个细节，那就是人吃饭之前，总要把一些纸张交给饭馆的人，它分不清钱币和废纸的区别，就从街上叼来大字报纸和标语纸放在柜台上。阿甲经理惊呼起来：“多么聪明的藏獒，连吃饭交钱都学会了。”晚上它就卧在门口，守护着饭馆，这是它的本能，任何一个喂养过它的人，都会得到这样一种出自本能的报答。没有人骚扰它，看到它的人都以为它是饭馆喂养的藏獒。而阿甲经理也有这个意思：一定要好好喂它，别让它走掉了。

以后的几天里，多吉来吧走遍了集镇的所有地方，走到后来，它就有了一种期望：或许有一刻，它会在熙熙攘攘的人堆里看到主人，它从来就认为它的主人汉扎西是一个地地道道的藏族人。除了为这个期望而奔走，它还会不断去集镇西头的公路上察看。它轮番沿着三条指向夕阳的路往前跑，一直跑到公路突然改变方向的时候才返回来。它总觉得路是有生命的，或许有一刻，某一条路不再拐弯了，不再拐到朝南朝北朝东的山峡里头去了，也不再凌空跨过水面拐向更加莫名其妙的峡谷，而是劈开山脉，朝着太阳落山的地方，一直向西，向西。但是没有，它没有发现路的变化，不，变化还是有的，那就是更加弯曲了，更加执拗地向南向北向东去了。

住在集镇上的人很快都认识了多吉来吧，所有的狗也都认识了多吉来吧。人对它和气，狗对它也和气，好像这里的狗没有一只是坏脾气的、排外的，不论大狗小狗，要么对它既不招惹也不靠近，要么就友好地摇着尾巴，过度热情地跑过来想跟它嗅嗅鼻子。多吉来吧尽管处在落魄寂寥之中，仍然保持着傲慢骄矜的态度，只要不是来跟它玩的小狗崽子，它一律不理，好像这儿原本是它主宰的领地，它是不怒自威、睥睨一切的大王。狗们的大度包容让多吉来吧感到有些奇怪，仔细观察，才发现这里有各式各样的藏狗，却没有一只是藏獒。没有藏獒的地方是懦弱而平庸的，经常会有外面的人来这里闹事，抓人啦、斗争啦、游街啦，而那些藏狗却熟视无睹，好像已经见多不怪，放弃了捍卫领地安全的责任。多吉来吧看不懂那些外来人在闹什么，一遇到这种事情就会远远地躲开，人类的事情真是太复杂了，它已经知道事不关己、高高挂起的重要。

突然有一天，多吉来吧不再走动了，从晚上到早晨到中午都没有离开饭馆，大部分时间都卧着。饭馆的阿甲经理很奇怪：“藏獒是怎么搞的，今天这么老实，不会是病了吧？”多吉来吧似乎听懂了，把抬起的头懒洋洋地耷拉在了前腿之间，然后闭上眼睛，从嗓子眼里发出一阵呼呼声，好像在生气，又好像在打鼾睡觉。阿甲经理给它端来了半盆肉汤，里面放了几块熟牛肉。它跳起来，呼噜呼噜把牛肉和肉汤全部吃干喝尽了，然后又趴下，又是一副无精打采的样子。阿甲经理说："好着呢，能吃就没病。它大概终于把这里当成家了，它当成了家，就不会再走了。"

多吉来吧自己也不知道它为什么一整天都待在饭馆里，反正冥冥之中有一种昂扬的情绪激发着它的责任感，让它安分地守卫在这里等待着什么。直到下午，当一群外来的人突然包围了饭馆开始胡作非为时，多吉来吧才意识到自己等待的是报答，它要报答阿甲经理的喂食之恩、容留之情。它对来人开始并没有什么反应，饭馆天天都是人来人往的，它已经习惯了，对墙里墙外糊满大字报的举动也没有干涉，因为它觉得这或许是一件好事儿，过去的人来这里是带着小纸片，今天的人带着大纸片，甚至给阿甲经理戴上纸糊的高帽子时它也没有格外在意。但是后来就觉得不对劲了，它发现那些人居然拧住了阿甲经理的胳膊，吆三喝四地要把他带走。它奇怪了，从门口站起来，禁不住吼了两声，这是威胁，是善意的警告。

那些人不理会多吉来吧，他们串联到这个牧区集镇已经好几天了，观察过这只硕大无朋的狗，得出的结论是：个子虽大，但不咬人，外强中干，徒有其表。几个人架着阿甲经理走出了饭店，走向了街道，另一些人开始在饭店里见东西就砸。多吉来吧就在这个时候扑了过去，它没有让他们把阿甲经理带走，也没有让他们继续打砸下去，它一连撞倒了七八个人，几乎扯烂了所有来犯者的衣服，它智慧地做到了让所有人心惊胆寒，却没有咬死一个人，给阿甲经理带来杀人偿命的麻烦。更重要的是，在它顶撞、扑打、撕扯的时候，集镇上的所有藏狗都参与进来，成了它的帮手。它们借势狂吠着，第一次发出了愤怒的吼叫。那些人跑了，一个比一个狼狈地跑了。

多吉来吧追了过去，它知道他们不是集镇上的藏族人，也不是周围的牧人，就想把他们赶出集镇去。所有的藏狗都跟在了它身后，追着，喊着，高兴得打着滚儿。它们本来就应该这样，但不知从什么时候起它们不这样了。现在它们又开始了，又把捍卫领地安全的责任承担起来了，好像多吉来吧一下子唤醒了它们休眠已久的狗魂。它们从此一发而不可收，见了那些来惹是生非的外来人便又喊又咬，直到把他们追撵出集镇。之后，多吉来吧用吼声让那些藏狗继续追撵，自己则迅速回到了街道上。原因是刚才经过街道时，一抹略带亮色的记忆闪电一样抓住了它，又闪电一样松手了。现在，追撵已经不重要了，它来到街道上，想找到出现那一抹记忆的原因，但它找遍了所有刚才经过的地方，那记忆却再也没有回来。

多吉来吧不忍丢弃却又无可奈何地回望着，来到了饭馆门前。阿甲经理等在门口，一见它就激动地过来抱它。它躲开了，它已经不习惯这样和人亲近了，也似乎忘了人家为什么要这样对它。阿甲经理去厨房拿了几块熟牛肉犒劳它，它看了看几只追撵外地人回来的藏狗，一口肉没吃就走开了。

几只藏狗知道多吉来吧把肉让给了它们，感激地摇摇尾巴，你争我抢地扑了过去。多吉来吧神情淡漠地卧在了饭馆门口，眨巴着眼睛，摆了一下头，突然觉得那闪电又出现了，依然是脑海中一抹略带亮色的记忆。它忽地站起来，发现自己的眼睛正盯着饭馆对面的一辆卡车，它确定自己的记忆就来自这辆笨头笨脑的军用卡车，便冲动地跳起来，想跑过去，又猛地停下了。它谨慎地四下看了看，慢慢地走过去，闻了闻车厢，又闻了闻车头，知道驾驶室里没有人，便回头看了看，看到饭馆里坐着几个来吃饭的军人，立刻就明白，卡车是军人的。它朝军人走去，发现他们有点怕它，就停在饭馆门口摇了摇尾巴，然后走到阿甲经理身后，轻轻地叫了一声。

阿甲经理回头看了一眼，以为它是想吃肉了，嗔怪地说："谁叫你刚才把肉让给了别人？你以为我的肉多得没处去了，可以胡乱散给天下的狗？"看到多吉来吧还在叫，就说："等着吧，我去给你拿。"说着就要进饭馆。多吉来吧的叫声变了？忽细忽粗，奇奇怪怪的。阿甲经理停下来问道："你怎么了？你哭了？哭什么？肉还有，肉还有，就是我们人不吃，也得让你吃啊。"多吉来吧是哭了，那是离别的眼泪，也是感激阿甲经理的眼泪，仿佛是说：我走了，我就要走了，这个给我喂食、让我停留的人啊，我要走了。阿甲经理没看懂多吉来吧的眼泪，去厨房又拿来几块熟牛肉，要丢给它时，发现它已经不见了。他喊起来："藏獒？藏獒？"一声比一声大。

多吉来吧又一次来到了集镇的西头。还是那三条不变的路。太阳就要落山了，黄昏在路面上逗留，泥土是金黄金黄的；

峡谷在不远处花瓣似的展开着，花瓣是明亮的绿色，中间是纯净的蓝色。多吉来吧十分认真地看了看，似乎在确定自己的想法是否值得坚持，然后它把自己藏匿在路边高高的蒿草丛里，静静等待着。一个让它激动也让它伤感的机会就要来到了，它一眼不眨地瞪着路，瞪着三条路，它知道三条路都走向险峻的山峡，但只有一条路不管它拐多少弯，跨多少河，最终一定会到达一个它曾经待过的地方。到了那个地方，它自然就明白，家乡故土西结古草原到底在哪里了。

2. 獒王的责任

冈日森格刚闭上眼睛，父亲就跑进了打斗场，他看着死去的东结古獒王昭戈，痛心得差一点冲着冈日森格喊起来：“你为什么要把它咬死？”又觉得冈日森格也是死里逃生，如果它心慈手软，死掉的肯定就是它。从感情出发，他当然更不希望冈日森格死。父亲抚摩着冈日森格，看到它遍体伤痕，而自己又不能替它受伤或者给它治伤，难过得一屁股坐了下去。美旺雄怒来到了父亲身边，也像父亲那样痛惜地望着冈日森格，凑过去在它的伤口上轻轻地舔着，舔着舔着，眼泪就出来了。东结古骑手的头领颜帕嘉打马过来，跳下马背，跪倒在獒王昭戈跟前，拿出一块酥油抹在了它身上，这是祝福的意思，是送它去远方的意思。接着他就泪如泉涌：“昭戈，昭戈，我从小看到大的昭戈，你才活了几个年头就要离开我了？”他把这句话重复了好几遍，然后仇恨地看着冈日森格，攥了攥拳头，突然惊诧地“哎哟”了一声。颜帕嘉的眼光盯上了上阿妈骑手和领地狗群的阵营，那片阵营现在空空荡荡的，人没了，藏獒也没了。他们是什么时候没有的？他们为什么没有了？莫非上阿妈认输了，回去了？

颜帕嘉走向自己的骑手，大声说：“昭戈此去，也要变成神了，这是我们献给藏巴拉索罗仪式的最好礼物。现在，我们要磕头，一人磕一百个长头，要是藏巴拉索罗神宫不在磕头中倒下，那就是对我们的允诺，我们不跟西结古的领地狗群打啦，直接去找麦书记，去找藏巴拉索罗。”东结古的骑手纷纷下马，朝着东西南北耸立在冈顶与山麓的四座华丽缤纷、吉祥和美的神宫，虔诚地磕起了等身长头。

班玛多吉对父亲说：“我们已经胜利了，应该去寻找丹增活佛和麦书记，去保卫藏巴拉索罗了。”父亲说：“你还想让冈日森格跟着你去打斗啊？它都起不来了，它在睡觉，我不能叫醒它，我要守着它。”班玛多吉想了想，也觉得冈日森格该休息了，就说：“它醒了就让它来找我们。”西结古骑手要走了，西结古领地狗群不走，它们不想落下獒王冈日森格。班玛多吉怎么吆喝也不顶用，求救地望着父亲。父亲絮絮叨叨地说：“走吧走吧，谁让你们是领地狗群呢，你们不听话是不对的。你们的獒王冈日森格由我来关照，它不会有事儿的，你们放心去吧。”父亲四处看了看，走过去搂住腼腆而温顺的各姿各雅说：“它可是一只好藏獒啊，不知道你们听不听它的话。慢慢地拥护吧，你们会习惯它的。冈日森格老了，已经不能带着你们四处征战了，就让它休息吧，以后永远都休息吧。”父亲相信领地狗群的离开是因为听懂了他的絮叨，他望着它们的背影，感动地想：都是一些好藏獒啊，它们什么都懂，它们知道我的心。父亲来到冈日森格身边，刚要坐下，冈日森格就醒了。它睁开眼睛看了看父亲和美旺雄怒，吃力地站了起来。父亲搂着它说：“你的领地狗走了，你不必跟它们去，打打杀杀有什么好？连我都不知道这是为什么。你跟着我走，去寄宿学校好好治伤吧，那儿有藏医喇嘛尕宇陀，还有很多受伤的藏獒。”冈日森格知道父亲在可怜它，眼睛湿漉漉地看着自己的恩人，用头蹭了蹭他的腿，然后抬头望了望西结古领地狗群远去的方向，听话地朝着寄宿学校的方向走去。父亲看着它，突然意识到，冈日森格早就醒了，也知道它的领地狗群要离开这里，但它就是没有起来跟它们去，是希望雪獒各姿各雅代替它成为獒王呢，还是真的累了，自知已经没有能力上山捉虎、下海擒龙了呢？

成为战地救护所的寄宿学校里，那些伤势严重的藏獒横七竖八地躺在牛粪墙围起的草地上。孩子们守在藏獒身边，也都睡着了。父亲带着獒王冈日森格和美旺雄怒悄悄地走近了他们，一只一只注视着受伤的藏獒，一个一个摇醒了孩子：“去，回帐房睡去。”孩子们爬起来，一见冈日森格，睡觉的心思就没有了，都想跟它玩，有的揪住了它的耳朵，有的拉住了它的尾巴。秋加翻身上去骑在了它身上。冈日森格就像一个好脾气的老爷爷，尽量地配合着他们的玩兴。父亲看到了，吼了一声，冲过去一把扯下了秋加：“你们怎么还能这样？它一直都在打仗，身上受了那么多伤，你们看不见吗？在你们家，你阿爸受伤了，你爷爷受伤了，你们也会这样吗？”孩子们围住了冈日森格，轻轻抚摩着它，柔声问候着它：“冈日森格，冈日森格，你疼不疼？”冈日森格领情地望着他们，脚步迟滞地走动着，在每只卧倒不起、半死不活的藏獒身上闻了闻，最后停在了大格列身边，流着眼泪舔了舔它的伤口。大格列感觉到了，睁开眼睛看了看它，鼻子抽搐着，浑身突然一阵抖动，好像要告诉它什么。冈日森格再次舔了舔它的伤口，又用自己的鼻子蹭了蹭它的鼻子，好像是说：知道了，知道了，你想说什么我已经知道了。

大格列想说的是：小心啊，獒王，只有你和多吉来吧才可能是地狱食肉魔的对手，而且是年轻时候的你和多吉来吧。冈日森格来到藏医喇嘛尕宇陀身边卧了下来。尕宇陀拍了拍它的头说：“冈日森格，我知道你为什么卧在了我身边，你想让我给你敷药喂药是不是？药没有了，连我们的獒王我都没法救治了。”说着把怀里的豹皮药囊放在了地上，冈日森格有点明白了，看了看里面空空如也的药囊，站起来，在尕宇陀如泣如诉的经咒声中，走向了牛粪墙的外面。

獒王冈日森格走了，它是来休息和疗伤的，但现在，休息和疗伤都已经不可能了。它从现场的遗留物和大格列身上闻到了地狱食肉魔的强盗气息，也从大格列鼻子的抽搐和浑身的抖动中听懂了大格列的话。其实用不着大格列提醒，冈日森格一看一闻就什么都明白了：不是暴戾恣睢到极致的家伙留不下如此腥臊不堪、经久不散的味道。面对这样的味道，现在它唯一的选择就是出发，去寻找，去复仇。它是獒王，獒王的存在就是和平宁静的存在，现在和平没有了，宁静消失了，它不得不用连续不断的厮杀和战斗来挽救草原的碎裂，尽管它老了，已经承担不起那份过于沉重的责任了。父亲追了过去："冈日森格，你要去干什么？回来，你回来。"冈日森格不听恩人的，它知道恩人的心就像棉花一样柔软，但柔软的心对藏獒是不适用的，尤其是獒王。它跑起来，想用尽量矫健的跑姿让操心自己的恩人放心：我好着呢，你瞧瞧。它越跑越快，很快跑出了恩人的视野。父亲是了解冈日森格的，它越是神气十足他就越不放心。他回头喊道："美旺雄怒！美旺雄怒！"美旺雄怒过来了。他比画着说："我知道冈日森格要去干什么了，你跟着它去吧，遇到危险你帮帮它，帮不了就赶紧跑回来叫我。"火焰一样红的美旺雄怒飞身追了过去。

一天一夜之后，美旺雄怒回来了。它叫醒父亲，不断舔舐自己的前腿。情况紧急，它知道声音的语言和身形的语言都说不清楚，就咬伤自己，用滴血的伤口告诉主人：血腥的事情发生了，赶快去救命哪！在西结古草原，遇到急事儿，许多藏獒都会用咬伤自己的办法给人报信。

"秋加！秋加！"父亲喊起来。他安排孩子们看好学校，看好受伤的藏獒，自己骑上大黑马，走了。美旺雄怒立刻跑起来，它要在前面带路，只有它知道，到底在什么地方，发生了什么。

3. 慷慨悲歌哭獒王

多猕骑手以为抓到了丹增活佛，再顺藤摸瓜找到麦书记，就能得到藏巴拉索罗。但是丹增活佛死了，死在原野里一个叫作“十万龙经”的地方。多猕骑手的头领扎雅蹲伏在地，把脸贴到丹增活佛的鼻子上说：“没气了，进的出的都没了，你们也试试。”骑手们轮番把脸贴到丹增活佛的鼻子上，也说：“没气了。”扎雅撕开丹增活佛红氆氇的袈裟和黄粗布的披风，摸了摸胸口，感觉活佛的尸体冰凉得就像雪山融水里捞出来的石头。他站起来，皱着眉头想了半晌说：“谁说这佛爷不是藏巴拉索罗呢？在西结古草原，他在哪里权力就在哪里。谁也不准说他死了，他就是死了，也要控制在我们手里。走啊，把他送到西结古寺去，我们就在那里宣布我们找到了藏巴拉索罗。”

这时，二十只多猕藏獒此起彼伏地叫起来。骑手们发现他们已经走不了了。一百米开外，西结古骑手和西结古领地狗黑压压站了一片。扎雅说：“快！不要让西结古的人看到佛爷死了，他们会和我们拼命的。”骑手们把丹增活佛朝后抬了抬，翻身上马，排成一行，挡在了前面。二十只壮实伟岸的多猕藏獒知道出生入死的时刻又来了，亢奋得你挤我撞。班玛多吉大声说：“快把丹增活佛交出来，然后离开这里，离开西结古草原。”扎雅说：“我们是想交出来，可是我们的藏獒不答应，你们说怎么办呢？”班玛多吉说：“狠心无耻的人啊，你们怎么能忍心看着自己的藏獒死的死、伤的伤呢？”扎雅说：“你怎么知道是我们的藏獒死的死、伤的伤？快按照规矩战斗吧，要是你们赢了，我们就一定把丹增活佛交给你们。”

一场流血亡命的打斗又要开始了，班玛多吉巡视着西结古领地狗群，心想獒王冈日森格没有来，到底让谁先上场只能由他来决定了。必须旗开得胜，必须让一只最有威慑力的藏獒一举灭掉他们的威风。他喊起来：“各姿各雅，各姿各雅。”看到身边的领地狗群里毫无反应，他正寻找，就听对面的扎雅一阵惊叫，这才发现雪獒各姿各雅早已冲出去了。

雪獒各姿各雅做出了一个谁也没想到的惊人举动，它没有按照所有藏獒打斗的常规，扑向自己的同类，而是扑向了多猕骑手的头领扎雅，一口咬在了毫无防备的扎雅的腿上，又一爪掏在了扎雅坐骑的身上。坐骑惊慌地跳开，差一点把扎雅撂下马来。靠近扎雅的多猕藏獒马上扑过来援救，雪獒各姿各雅把自己变作一股风雪的涡流，扭头往回跑，跑了两步，它突然转身，以最快的速度再次扑过去，扑向了另一个骑手。这次它没有撕咬骑手，也没有撕咬坐骑，而是从马肚子下面噌地蹿了过去，又蹿了回来。追过来的藏獒本来完全可以咬住各姿各雅，但是每次从马肚子下面蹿过去后，各姿各雅的脊背都会使劲摩擦马柔软的肚腹，马的本能反应就是摆动身子跳起来，这一摆一跳，恰好就堵住了追上来的多猕藏獒，它们只能挤挤碰碰地绕过马再追，距离顿时就拉开了。

各姿各雅一连从五匹马的肚子下面蹿了过去，然后举着锋利的牙刀，从斜后方扑向了一只黑如焦炭亮如柏油的大个头藏獒。它是多猕藏獒的獒王，各姿各雅一来这里就盯上了它。多猕獒王当然知道隔着几匹马的那边出现了险情，但已经有好几只藏獒扑过去了，它也就不去管了。它是沉着而稳健的，仪表堂堂，雍容大雅，一派王者之风。它看清了冲过来的雪獒各姿各雅，甚至都看清了对方脸上的腼腆和眼睛里的温顺。正因为看清了，才觉得根本就不值得自己去亲自堵截。那雪獒不是西结古草原的獒王，没有超常的体格、非凡的气度，更没有山岳般昂然沉稳的力量。它就是一个不谙世事的半大小子，还没有认出二十只多猕藏獒里谁是獒王，就被人吆喝着匆匆忙忙扑过来了。而真正强大霸气的藏獒，决不会匆忙胡乱行事，要出击就会冲着对方的獒王出击。

既然这雪獒不是西结古草原的獒王，那么谁是獒王呢？多猕獒王在对方刚刚出现时就开始观察，到现在也没有观察明白，好像没有獒王？这么大一群领地狗里怎么可能没有獒王？它摇晃着硕大的獒头，目光再一次专注地扫过西结古领地狗群：獒王肯定隐蔽起来了，它隐蔽起来想对付我。多猕獒王正这么凝神思考时，一场风雪突然降临，是夏天翠绿风景里的风雪，洁白得让它眩晕，冰凉得让它心痛。冰凉先是出现在脖子上，接着过电似的蔓延到了全身，当一股被冰凉逼出的热血从自己的脖子上激射而出时，多猕獒王才意识到自己被对手咬了一口。反咬是来不及了，那雪獒已经离开它的身体，转身跑去。

多猕獒王神态娴雅地回过头去，看了一眼飞身逝去的雪獒各姿各雅，闲庭信步似的迈步前走，又迈步后退，然后炫耀威风般地摇晃着，摇晃着，轰的一声倒在了地上。它就要死了，脖子上的大血管已经被挑断，血是止不住的，漫的漫，滋的滋，转眼身下就是一大片了。它躺在鲜血上，发出了一声惊心动魄的吼叫，从容不迫地闭上了眼睛。熊心豹胆、虎威彪彪的多猕獒王，还没有搞清楚敌情，没有来得及出击就已经死了，谁也没有想到，雪獒各姿各雅也没有想到，神奇的偷袭会是如此结果。

多猕骑手们看着伟大的多猕獒王什么作为也没有，就已经血肉飞溅，倒了下去，吃惊得呆立在马上，一时还以为自己看花了眼。而对雪獒各姿各雅来说，这正是一个冲破屏障的机会，它继续在马肚子下面飞奔，左绕右绕，很快接近了它一开始就发现的躺在地上的丹增活佛，然后"咣咣咣"地叫起来。

追撵而来的多猕藏獒围住了各姿各雅，用吼声狂轰滥炸着。各姿各雅一副雄当万夫的样子，冲着几十米远的班玛多吉叫一声，又冲着多猕藏獒叫一声。它已经完成了自己预设的任务，不必躲闪它们，也不必害怕它们，真要厮杀起来，那也是按照藏獒的规矩一对一，而在它生来就自信骄傲的意识里，任何一对一的打斗，都意味着流血之后的胜利，而不是失败。它叫着，突然浑身抖了一下，脸上立刻有了它惯常的腼腆和温顺。它眼睛不失警惕地望着围住它的多猕藏獒，后退一步卧了下来。它用行动告诉对方，它不走了，它要一直守护着丹增活佛，丹增活佛是西结古草原的，是班玛多吉和西结古骑手要抢夺回去的。

班玛多吉带着西结古骑手和西结古领地狗群走了过来，

好像各姿各雅的胜利给他注入了藏獒充沛的中气，也给他换了一副嗓子，他的喊声如雷如鼓：“不是说好了吗？只要我们赢了，就一定把丹增活佛交给我们。”扎雅意识到多猕骑手和多猕藏獒也许根本就不是西结古的对手，又想到丹增活佛已经死亡，要是对方知道，麻烦就大了。他朝多猕骑手挥了挥手：“走吧，赶紧走吧，还是要找到麦书记，麦书记手里才有真正的藏巴拉索罗。”说着率先掉转了马头。骑手们跟上了他。

十九只多猕藏獒不想走，它们望着死去的獒王硬是不想挪动半步，伤心和凭吊是必须的，藏獒比人更容易产生生离死别的悲痛，更需要一个用眼泪表达感情的仪式，这是祖先的遗传，已经成为一种支配着习惯的潜意识了。扎雅和多猕骑手们回头喊着：“走啊，快走啊。”多猕藏獒们听话地回过身去，要走，又不忍心就这样走掉。突然，一只藏獒哽咽了一声，接着就是泪流如注，所有的多猕藏獒都哽咽起来，围绕着它们的獒王，把清亮到百米之外都能看见滚动的泪珠流在了多猕獒王渐渐冰凉、硬化的身体上。十万龙经之地的天空，助哭的风声呜呜地响着，吹散了扎雅和多猕骑手催促它们快走的吆喝，它们不理睬自己的主人，不理睬人的无情，它们坚守着自己的绵绵情意，义无反顾地要把悲情藏獒发自肺腑的慷慨悲歌用声音和眼泪唱出来，哪怕即刻被就要扑过来的西结古领地狗群一个个咬死。

正在一步步靠近的西结古领地狗群当然知道，一个突袭猛进、摧枯拉朽的机会出现了，只要它们中间有一只猛獒扑过去，不费吹灰之力就能一连咬死至少三只多猕藏獒，然后再一只一只接二连三地出击，用不了多长时间，这十九只多猕藏獒就会全部葬送在这十万龙经之地。但是西结古领地狗群在靠近到还剩十米的时候就停下了，没有一只藏獒乘机而出，包括最应该乘威再战的雪獒各姿各雅，也是远远地看着多猕藏獒悲痛欲绝的凭吊。不，西结古领地狗不是静静地看着，它们也在默默流泪，悄悄哭泣。

扎雅和多猕骑手看吆喝不来多猕藏獒，就先自奔跑而去。他们知道，只要多猕藏獒不被咬死，它们迟早会循着味道追随而来。班玛多吉和西结古骑手恼怒地望着远去的多猕骑手，直到看不见了，才把眼光收回来，这才发现雪獒各姿各雅守护在一个躺倒的人身边。谁啊？不用走近他们就看清楚了，那是穿着红氆氇袈裟和黄粗布披风的丹增活佛。

4. 上车，多吉来吧

多吉来吧藏匿在路边的蒿草丛里，一眼不眨地瞪着三条路面，瞪了一个小时，机会终于按照它的愿望出现了，那是一抹在脑海中闪电般来去的略带亮色的记忆，是那辆它在集镇的饭馆对面看到的笨头笨脑的军用卡车。它一跃而起，扑了过去，沿着那条卡车选择的路，钻进了车轮掀起的飞扬的尘土里。疾驰开始了，它的目的是追上卡车，决不放过卡车，直到卡车停下。

记忆越来越清晰，再也不是闪电般来去了。它想起多年前第一次离开主人汉扎西时的情形：主人给它套上铁链子，把它拉上卡车的车厢，推进了铁笼子，那一刻，它就像一个孩子，委屈得哭了。它没有反抗，知道主人让它干什么它就得干什么。它大张着嘴，吐出舌头，一眼不眨地望着主人，任凭眼泪哗啦啦地流在了车厢里。就是这辆卡车的车厢，绝对没有错，尽管它的眼泪早已干涸，它的气息也已经消散，但它还是闻出了车厢的味道。更何况开车的也是军人，虽然不是当年的那个军人。那是青果阿妈州州府所在地多猕镇的监狱，它在那里待了两个月，天天都能看到军人。后来它跑了，它咬断了拴着它的粗铁链子，咬伤了看管它的军人，跑回了西结古草原汉扎西的寄宿学校。而它现在的兴奋就在于，靠了它天然敏锐的感觉，它朦朦胧胧意识到只要跟着卡车，就有希望找到多猕镇，找到那所监狱，而找到监狱它就知道路了，就能穿过多猕草原，再穿越狼道峡，回到西结古草原，就像第一次它跑回主人身边那样。

天已经黑透了。多吉来吧拼命奔跑着，它被裹在尘土里，什么也看不见，但是它知道卡车一直离它只有十米远，也就是说它的速度和卡车是一样的，至少最初的两个小时是这样。后来它就离开尘土了，开始是一阵风吹散了尘土，后来就是距离的拉长，越拉越长。它气喘吁吁，知道自己不行了，无论如何追不上了。它慢下来，闻着地上和空气中的气息，跟了过去。很快它就发现，气息越来越淡了，风很大，卷走了卡车的味道也似乎卷走了它的嗅觉。更糟糕的是，公路上不光是它追撵的那辆笨头笨脑的军用卡车，大大小小好几辆汽车从它身边飞驰而过，跑到前面去了，它用鼻子捕捉到更多的是这些汽车的味道。它当然有能力分辨清楚，但如果遇到岔路，遇到风向转变，就没有十拿九稳的把握了。多吉来吧再次疾驰起来：追上去，追上去。它知道汽车的速度和耐力都比它好，但它更知道一旦失去了笨头笨脑的军用卡车，说不定就再也没有返回家乡的机会了。它跑啊，拿出了生命中最后的也是最强大的气魄，拿出了作为一只藏獒决不放弃忠诚和勇敢、恋家和归主的原始精神，也拿出了用一生的磨炼积攒起来的肌肉和骨骼最有成效的运动能力，奔跑在斗折蛇行的山峡里。

可恨的夜幕一次次地堵挡而来，又一次次被多吉来吧扯开了口子。但黑幕是不屈的，顽强的堵挡让多吉来吧每跑一步都觉得顶撞在一堵厚墙上，奔跑渐渐吃力了，缓慢了，真是由不得自己啊，这种属于人类的四个轮子走路的铁家伙怎么这么快！多吉来吧当然意识不到任何一种动物即使是奔跑能力超级强大的马，也不可能和汽车赛跑。它追逐了大半夜而没有失去目标，就已经超过马的能力好几倍了。它跑着，主人汉扎西和妻子大黑獒果日、预感中家乡草原的血腥和死亡，成了它生命的全部和存在的理由，让它把活着的意义变成了不避艰险的奔跑。它几乎就要把自己跑死了，但还是跑着，胸腔里冒火，嗓子眼里冒火，眼睛也在冒火，四肢开始发软，身子沉重起来，肌肉的运动已经不准备配合它焦急的心情，到处都酸得快要散架，力量似乎很难凝聚到一起了。突然它停了下来，摇晃了一下身子，一头栽倒在路旁的河水边。好在这儿水不深，它呛了几口水，赶紧爬上来，呼哧呼哧地喘息着，再也起不来了。

就这样完蛋了吗？绝不该放弃的怎么总会被它放弃呢？它卧着，仅仅卧了两分钟就开始往前爬。它知道爬是追不上的，但它还是要爬，因为爬行也是追逐。这时候它的血液只能为追逐卡车而流淌，脉搏只能为追逐卡车而跳动，追上去就有希望，有见到主人和妻子的希望，有追杀诡风人臊、挽救危难的希望。它爬着，用身体摩擦着地面，就像一个磕着等身长头千里朝拜的信徒，一点一点地往前挪动。它就这样往前爬了两三公里，这是它超越生命极限后的又一次超越。它再也爬不动了，蠕动着，蠕动着，然后就静止不动了，浑身的所有细胞都已经疲倦得无法正常运动，集体做出了一个决定：不再支持它的追逐，让它死掉，心情死掉，意识也死掉。

天很快亮了，峡谷里的晴色透明得就像抽掉了空气。一辆拉着羊毛的汽车疾驰而过，从驾驶室里丢下来一句惊呼："看！一只狗熊。"汽车开过去了五十多米才停下，又倒回来，停在了多吉来吧身边。三个男人在驾驶室里看了半天，确定它不是狗熊是藏獒，才敢下到地上来。又站着看了半天，司机说："走吧，死狗值不了几个钱，不就张皮嘛。"有人说："我敢跟你打赌，它没死。"又有人说："它没死躺在这里干什么？"司机凑到跟前看了看说："不错，就是没死，肯定是车祸，哪个王八蛋撞了它，怎么丢下不管了？来，搭把手，把它抬上去，看前面有没有人家收留它。"三个男人费了九牛二虎之力把多吉来吧抬上装羊毛的车厢，怕它被颠下来，又在羊毛垛子上掏出一个坑，使劲把它推了进去。累昏的多吉来吧哼了一声，表明它还不是一只死狗，还有知觉。司机说："好一只大藏獒，连呻吟都是那么雄壮的。"

汽车上路了。多吉来吧躺在羊毛垛子上，就像一个孩子熟睡在摇篮里。它睡了很长时间，直到下午才醒来。它望着自己的爪子想了一会儿，才想起它的追撵和那辆笨头笨脑的军用卡车，赶紧站了起来，一站起来就很紧张：自己怎么会在一片羊毛上？而且羊毛是飞翔的，它感觉到的，不是依附于大地的稳实牢靠，而是悬浮起来的轻飘虚晃。它吃惊地叫起来，朝着天空叫，发现天空是旋转的，云彩是奔走的；又朝着两边叫，看到两边的山脉风驰电掣，一律朝后运动着，让它不得不去想：都朝后走了，我为什么要朝前去呢？它跳起来，跳出了羊毛垛子上的坑窝才意识到情况比它想象的还要严重，它居然在汽车上！它怎么会在汽车上呢？刹那间，它想起了两次坐车带给它的灾难，第一次是多年前那辆它现在需要追逐的军用卡车带给它的，笨头笨脑的军用卡车把它带出了西结古草原，带到了多猕镇上的监狱里。两个月以后它才跑回去。第二次是一年前一辆白色的卡车带它去了遥远到不能再遥远的西宁城，直到现在它还没有跑回故乡草原去。如今它又坐上了汽车，汽车要到哪里去？它吼着、问着，没有谁理睬它，只有太阳，太阳是迎面挂在天上的，它瞪起眼睛看了半晌，断定现在是下午，这才稍微松了一口气，毕竟可恶的汽车是朝着西斜的太阳呼啸而去的。它摇摇晃晃地卧下了，继续吼着、问着，直到汽车停下，直到一阵大风从后面吹来。

汽车停下是因为司机想撒尿，尿没来得及撒，就听到半死不活的藏獒在车厢上面“嗡嗡嗡”地吼叫着。驾驶室里的另外两个人也听到了，钻出来吃惊地向上看着。司机说：“它怎么突然精神起来了？你听这声音，哪里是狗叫？分明是打雷。”多吉来吧感觉汽车不走了，站起来冲下面的人咆哮着。有人说：“不能再拉着它了，它会吃了我们的。”司机说：“快快快，快进驾驶室，它要跳下来了。”多吉来吧果然从高高的羊毛垛子上跳了下来，但推动它跳下来的，并不是撕咬人的蛮野之性——尽管它始终认为这几个用汽车拉着它的人一定会给它带来新的灾难——是风。风大了，也转向了，大风从后面吹来，捎来了一股熟悉的味道，这味道一进入鼻子，就在它脑海中刺激出了一抹略带亮色的记忆，这次可不是闪电般来去的，而是来了就不走了。多吉来吧奇怪了一下：怎么那辆笨头笨脑的军卡车跑到自己后面去了？它朝风吹来的方向望了望，想都没想就把自己交给了命运，命运对不低头、不屈服的生命历来是宽容的，它没有摔死，也没有摔伤，它机智地跳进了路旁的河里，水浮住了它，柔软的淤泥托住了它，它溅起了偌大一片水花泥浪，在泥浪落地的同时爬上河岸，看都没看一眼已经钻进驾驶室的三个人，便朝着刚才来的方向跑去。

大概跑了二十分钟，它就看到了那辆军用卡车停靠在路边，三个军人正在打开的车头边忙活着。多吉来吧停下来，远远地观察着，它不知道车坏了，需要修理，还以为卡车已经到达了目的地，而刚才自己居然就在目的地旁边一闪而过。它兴奋起来，眼光四下里闪烁着想找到监狱，想把这里看成是多猕镇和多猕草原，但很快它就沮丧了，这里什么也没有，完全跟记忆没关系。它吃惊着，接着又愤怒地咆哮了一声，像是对卡车说：你怎么把我带到了这里？但马上又明白，咆哮是没有道理的，它唯一的选择就是告别卡车。它转身离开，再次朝着太阳落山的地方走去。

它觉得自己走了很长时间，走过了黄昏，走进了黑夜，不能再走了，尽管有路，但它只相信太阳，没有太阳的天空会让它迷失方向。它走出公路，来到河边喝了几口水，感觉饿了，正发愁没有东西吃，就见黑黢黢的浅水湾里，几条大鱼正在游动。它扑了过去，这速度哪里是鱼能逃得脱的？它咬住了一条甩到岸上，又咬住了一条甩到岸上。两条大鱼让它胃口大开，正吃得来劲，就听公路上一阵汽车的轰隆声，仰头一看，就见那辆笨头笨脑的军用卡车从自己面前疾驰而过。它吃惊地吼了一声，跳起来就追，恍然明白：原来卡车并没有到达目的地，刚才只不过是休息，就像藏獒，就像人，卡车也需要休息。

多吉来吧又一次钻进了卡车后面飞扬的尘土里，用恢复过来的精力，疯狂地奔跑着。尘土好像空前厚实，它看不见前面的卡车，也看不到两边的景色，只能感觉到灰尘的微粒一团一团地钻进了它的鼻子,呛进了它的肺腑。它克制着难受，一再地告诫自己：追上去，追上去，别落下，别落下。它已经知道自己的耐力不如卡车，就更希望自己更近更紧地跟上卡车。现在，它离卡车只有不到八米，它想再拉近一点，就像追逐野兽那样，始终处在一扑就能咬住对方的地步。但是它没有预防“追尾”卡车的经验，不知道一旦卡车猛然停下，任何一个追尾者都有粉身碎骨的危险。

刚刚修好的卡车又坏了，是方向盘的问题，司机害怕卡车栽到河里去，一脚踩住了刹车。只听一阵刺耳的摩擦声，车停下了，黑暗中的多吉来吧、被尘土裹缠着的多吉来吧，一头撞了过去。咚的一声响，卡车摇晃了一下，它被弹了起来，弹出去了十米，轰然落地之后便什么也不知道了。

几个军人下车拐到后面来，打着手电筒在车厢下面照了照，没发现什么，骂了一句这辆老掉牙的车，就去前面打开车头修起来。他们修了很长时间也没有修好，直到又一辆夜行的卡车过来时，他们拦住，请对方司机帮了一阵忙后，才又开始准备上路了。

天正在放亮，多吉来吧在一阵汽车的发动声中醒了过来，头晕脑涨得就像把汽车顶在了头上。它恍恍惚惚地观察着身边，发现自己躺在一片灌木丛里，前爪上有血，舔了舔才知道不是爪子烂了，是头上的血流下来了。它看了看前面的卡车，看了半天才想起刚才的事情心里便愤愤的，就像自己被野兽咬了一口那样。它哪里知道它没有被撞死已经是不幸中的大幸，它恰好撞到了平放在车厢下面的备用轮胎上，猛地弹了出去。它只是头皮烂了，骨头没有粉碎，意识还能复原。多吉来吧站了起来，朝前走动着，头重脚轻的感觉让它一摇三摆。好在四肢依然是健壮而完好的，它走着，走着，试着跑了几步，停下来晃晃头，又开始走，又试着跑了几步，又停下来晃头，然后就朝着笨头笨脑的军用卡车小跑着追了过去。追了一段它就栽倒了，爬起来再追。这样栽倒爬起地重复了好几次后，它放弃了小跑，开始碎步往前走，走比跑要稳当一些，总算没有再次倒下。

卡车走得很慢，司机害怕方向盘再次失灵，不敢快跑，这倒方便了多吉来吧。它远远地跟着，虽然距离越拉越大，但毕竟能看见卡车，也能闻到卡车。这样的追撵持续了两个小时，卡车突然加速了，很快消失在多吉来吧的视线中。多吉来吧不得不跑起来，跑着跑着又栽倒了。它愤怒地吼了一声，一口咬在自己的前腿上，似乎是说：你怎么这么不争气啊！

多吉来吧趴在地上，心中一片绝望。山风吹来，它感觉到了风中的人膻，就是西宁城的纸墙边扭打不休的那些人身上的膻味，就是小镇饭馆里它撕咬过的那些外来人身上的膻味。现在，这些人膻无处不在，弥漫了它经过的所有山坡所有草原，很可能也已经笼罩在西结古草原了，汉扎西、妻子果日、寄宿学校，说不定已经遭遇了危难。一想到故乡草原的危难，多吉来吧便倔强地站起来，一步一声吼地往前走去。突然又听见了汽车的声音，闻到了那辆军用卡车的气息，它大吃一惊：难道它又开回来了？

原来它已走出峡谷，路开始顺着山坡向下延伸，用一个个连起来的“之”字形朝着草原铺排而去。车况的不佳和道路的扭曲让多吉来吧又一次看到了笨头笨脑的军用卡车，就在山路的中段、缓缓地拐来拐去。它望着卡车，第一个反应就是离开公路，沿着路和路之间的草坡溜下去。这是它的本能，在早先开始追逐野兽、扑咬敌手的时候，它就知道直线比曲线更便捷、更容易得手。它在草坡上连爬带滚地行进着，很快接近了卡车，它在上面，卡车就在两米外的下面。它知道卡车一走下山坡，走过这些“之”字形的路面，就再也追不上了。它无助地坐下来，满眼惆怅地望了望远方的草原。似乎一望就有了灵感，它那仍然眩晕胀痛着的脑袋突然轻松了一下：为什么不能让下面这辆可恶的卡车拉着它到达青果阿妈草原的多猕镇呢？灵感立刻主宰了它的行动，它倏地站起，朝前挪了挪，用最大的力气，顺着山势，对准车厢里那些扎成捆的犯人穿的蓝色棉大衣跳了下去。

第 八 章
Chapter 8

上阿妈獒王

1. 一边是主人，一边是恩人

父亲离开两个小时后，寄宿学校里来了上阿妈骑手。他们去西结古寺搜查，一无所获，便想到了牧民的帐房。上阿妈骑手的头领巴俄秋珠对骑手们说：“就是一个帐房一个帐房地搜，也要把麦书记搜出来。”他们路过了这里，顺便来看看被父亲救走的獒王帕巴仁青和小巴扎到底怎么样了，是死了还是活着。他们惊讶地发现，它们不仅活着，而且恢复得很快，已经能够站起来走动了。

上阿妈獒王帕巴仁青本能地朝他们走去，走了几步又回来，炫耀似的舔起了伤口。它舔着当周的伤口，当周舔着小巴扎的伤口，小巴扎舔着帕巴仁青的伤口。巴俄秋珠看了一会儿，看得满心都是不舒服，走过去，用马鞭指着当周说：“帕巴仁青你怎么给它舔？你忘了，它是你的敌手啊？”帕巴仁青不明白他在说什么，或者它假装不明白，依然用湿漉漉的舌头舔着当周。当周知道这个走过来的人是不怀好意的，从嗓子眼里咕噜噜地吓唬着。巴俄秋珠说："出叛徒了，这怎么行？我得把它们带走，不然它们会叛变到底的。"说着举鞭抽了上阿妈獒王帕巴仁青一下，看它还在舔，就揪着它的鬣毛往前拖去。

首先愤怒起来的是十步远的大格列，它的伤势是最重的，站都站不起来，但它的愤怒却一点也没有失去威力，它用粗壮的前爪在地上咚咚咚地敲打着，叫不出声来就呼呼呼地吹气，几乎能把气流喷洒到巴俄秋珠身上。受到它的感染，跟它在一起互相舔舐伤口的两只东结古藏獒也吼叫起来，接着当周也发火了，几次想扑过去，疼痛的伤口拽住了它。

被激怒的巴俄秋珠指着獒王帕巴仁青和小巴扎大声说："这些藏獒眼看要把我吃掉了，你们居然一点反应都没有，那就赶快给我走，不走我就打死你们，上阿妈草原的藏獒没有当叛徒的自由。"

秋加和孩子们跑了过去，抱住巴俄秋珠不让他把上阿妈獒王帕巴仁青和小巴扎带走。秋加说："它们有伤，它们走不动，汉扎西老师说它们在这里休息一个月才能离开。"另一个孩子说："我们还要给它们喂牛奶、喂肉汤呢，它们走了我们就喂不上了。"巴俄秋珠推搡着他们，冲上阿妈獒王和小巴扎喊道："咬，快把他们给我咬开。"上阿妈獒王帕巴仁青不动，小巴扎看阿爸不动自己也不动，它们的眼睛都是湿漉漉的：这些孩子都是陪它们说话、为它们念经、给它们喂食、伴它们睡觉的恩人，怎么可以听从主人的命令去咬他们呢？

巴俄秋珠揪住领头的秋加，把他推倒在上阿妈獒王帕巴仁青跟前：“咬，你给我咬。”帕巴仁青张开了嘴，朝秋加龇了龇牙，又朝巴俄秋珠龇了龇牙，但它谁也没有咬，而是一口咬在了自己腿上，腿上的肌肉顿时烂了，血从獒毛中洇了出来。帕巴仁青疼得用鼻子哧了一声，湿漉漉的眼睛里泪水终于破堤而出，哗啦啦地流了一地。巴俄秋珠怒斥道：“没有用的家伙，你还是獒王呢，你给我们上阿妈草原丢尽了脸。”说着踢了帕巴仁青一脚，又过去把秋加推倒在小巴扎眼前，吼道:“咬，你给我咬。”小巴扎看阿爸朝自己甩着眼泪晃着头，就想学阿爸的样子，也把自己咬一口，但牙到腿上又犹豫了，抬头望着阿爸，好像是说：阿爸，我不敢咬，我疼。巴俄秋珠再次推了推秋加，在小巴扎头顶上又是挥拳又是咆哮：“快咬啊，你给我快咬啊。”小巴扎知道主人的命令是不能不听的，朝上看着主人盛怒的面孔，突然歪过头去，一口咬在了秋加的衣袍前襟上，它是故意的，它没有咬住秋加的骨肉，只是咬在了不会疼痛的衣袍上。但在上阿妈獒王帕巴仁青看来，即便是咬在衣袍上也是不可原谅的，秋加是恩人，恩人的衣袍和骨肉一样，都必须得到以命为代价的尊重和保护，当主人逼迫你攻击恩人的时候，你唯一的选择就是把牙齿对准自己。上阿妈獒王走了过去，惩罚似的一口咬在了小巴扎的肩膀上。小巴扎疼得尖叫一声，委屈地哭起来。

巴俄秋珠不依不饶地吼着：“你们是他们的藏獒，还是我是藏獒？我都想咬了，你们怎么还不咬？”秋加呆愣着，突然明白过来：他们不能再让上阿妈獒王帕巴仁青和小巴扎为难了。他爬起来，仇恨地望着巴俄秋珠，招呼还在纠缠巴俄秋珠的几个孩子退回到了大格列身边。他们坐在地上，看着巴俄秋珠又是脚踢又是鞭打地赶走了上阿妈獒王帕巴仁青和小巴扎，一个个都哭了。上阿妈獒王和小巴扎蹒跚而去，不停地回望着，有些留恋，有些歉疚。大格列一直怒对着巴俄秋珠，当周和两只东结古藏獒似乎想过去把上阿妈獒王和小巴扎救回来，却被秋加和几个孩子抱住了。秋加说："他们是魔鬼，会用鞭子抽你们的，你们不要过去。"巴俄秋珠回头冷笑着问："你们知不知道麦书记藏在哪里？"孩子们愣怔着。巴俄秋珠又说："告诉我我就把帕巴仁青和小巴扎留下来。"秋加突然喊起来："麦书记在鹿目天女谷。"巴俄秋珠"哦"了一声：对啊，我怎么没有想到？很可能就在那个阴森恐怖的地方。他快步离开。孩子们失望地看到，不讲信用的巴俄秋珠并没有留下帕巴仁青和小巴扎。

2. 恩宝丹真的原则

丹增活佛的红氆氇袈裟和黄粗布披风呼唤着他们，班玛多吉跳下马跑了过去，所有的骑手都跑了过去。他们围住丹增活佛的同时，就知道他死了，西结古草原的灵魂死了。除了作为公社书记的班玛多吉再三再四地探摸着丹增活佛的气息和心跳之外，大家都哭起来。班玛多吉悲愤地说："死了，我们的活佛他圆寂了。虎狼心肠的多猕人，我饶不了他们。"说着，他看到那些饥饿的秃鹫已经被领地狗群赶上了天，雪獒各姿各雅正在温情地舔舐丹增活佛的脸，另外几只藏獒撕扯着他的袈裟似乎想让他坐起来。丹增活佛坐起来了，虽然眼睛闭着，却真真切切地坐起来了。班玛多吉想：死人都已经变硬了，怎么还能坐起来？他赶紧上前一步，从后面抱住了丹增活佛，手在胸前一捂，不禁大吃一惊：佛爷啊佛爷，你的心怎么又跳起来了？再摸摸他的气息，气息是流畅而温热的。

丹增活佛睁开眼睛，呼出一股粗重的气，“啊呀”一声，双手撑地，欠起了腰，稍候片刻，便双腿一缩，站了起来。他整理着自己红氆氇的袈裟和黄粗布的披风，四下看了看，问道：“多猕骑手呢？他们又到哪里去寻找麦书记和藏巴拉索罗了？”班玛多吉说：“佛爷你不是死了吗？怎么又活过来了？”丹增活佛说：“我死了吗？我是佛，佛怎么会死呢？佛没有活，也就没有死，佛是睡着了。”班玛多吉说：“今天是各姿各雅立了大功，它一是咬死了多猕獒王，二是救了佛爷你一命，要不是它，你早就跑到神鹰肚子里去了。”丹增活佛感激地摸了摸一直靠在自己腿边的雪獒各姿各雅，温情地念了一句祝福的经。雪獒各姿各雅懂得抚摩和祝福的意思，顿时就刨腿仰头显得很幸福，眼睛里的腼腆和温顺更加可爱了。它毕竟是一只年轻的藏獒，不像冈日森格那样老成持重到根本不会把舍己救人后人的感激放在心上。它等待的就是丹增活佛的表扬，现在已经等到了，也就心满意足了。它迅速离开丹增活佛，回到领地狗群里，不停地和别的藏獒碰着鼻子，然后率先朝西跑去。

班玛多吉望着奔跑起来的领地狗群，要喊它们回来跟自己走，想了想又罢了。他意识到领地狗群肯定不听他的，它们的西去肯定有它们的理由。“那就让它们去吧。”他说，“我们赶紧去西结古寺，防止外来的人捣乱。”丹增活佛说：“你还嫌西结古寺不够烦乱吗？寺院是清净安详之地，你们去了寺院，外来的骑手就会认为那儿藏着麦书记和藏巴拉索罗，你们是去保护的。他们跟到寺院闹腾起来，那还得了？就跟着藏獒走吧，跟着藏獒走总是对的。”一个骑手把自己的马让给了丹增活佛，他和另一个骑手骑在了一匹马上。那马很激动，觉得别的马是驮着一个人，自己驮着两个人，卖弄力气似的跑起来，很快跑到了领地狗群的前面，却被雪獒各姿各雅连吼带扑地赶了回来。

大家跟着领地狗群往西走去，走了不到半小时，就发现雪獒各姿各雅又立了一功：它把领地狗群和骑手们带进了一片莽莽苍苍的开阔地，开阔地的草潮那边，一队上阿妈骑手牵着马，藏身露头地走动着，走着走着就没了，走到洼地里去了。看他们行踪诡秘的样子，雪獒各姿各雅也放慢脚步，伏下身子，所有的领地狗都学着它的样子放慢脚步伏下身子。藏獒不是一般的狗，一般的狗在这种时候总会大喊大叫，藏獒身上有一半野兽的血统，野兽接近猎物时总是一副屏声静息的鬼蜮行径。丹增活佛首先溜下马，朝着班玛多吉摆摆手。班玛多吉和所有骑手都下了马，围拢到了丹增活佛身边。丹增活佛小声说：“他们来这里干什么？往前就是鹿目天女谷了。”班玛多吉失声叫起来：“鹿目天女谷？”传说在佛教传入之时，莲花生大士把不能降伏的山野之神用法力统统赶进了这个山谷，交由无量之变的密法女神鹿目天女管理，这个山谷从此便有了狰狞恐怖的色彩，一般人不敢进入，进去就是死。班玛多吉说："上阿妈的人为什么要进鹿目天女谷？它跟麦书记和藏巴拉索罗有什么关系？"丹增活佛说："做佛的人，世上的事没有一样他不知道。"说着，他把马交给了马主人，又说："我要回西结古寺了，你们去追吧。"班玛多吉看到上阿妈骑手正快步走向谷口，立刻招呼西结古骑手上马。他们"拉索罗，拉索罗"地喊着，追了过去。

很快西结古骑手和领地狗堵住了上阿妈骑手和领地狗。气氛立刻就紧张凝重起来，一场打斗势在必行了。在上阿妈骑手的头领巴俄秋珠看来，前面就是神圣而机密的鹿目天女谷，谷里一定藏着麦书记，要不然西结古人不会专门跑来堵截他们。而在西结古骑手的头领班玛多吉看来，不管鹿目天女谷跟藏巴拉索罗有没有关系，最重要的是，外面的人抢到哪里，他们就应该堵到哪里。班玛多吉喊道："各姿各雅，各姿各雅。"上阿妈的巴俄秋珠也喊起来："恩宝丹真，恩宝丹真。"

雪獒各姿各雅一如既往地腼腆和温顺着，甚至都有点唯唯诺诺、胆小怕事的样子。西结古的骑手和领地狗群已经知道它是那种大勇若怯、大智若愚的厉害角色，都把期待信任的眼光投向了它。而上阿妈的新獒王蓝色明王恩宝丹真却因为一直没有出色的表现，受到了上阿妈骑手的怀疑。巴俄秋珠喊完了它的名字，就有些犹豫，是让它上呢，还是让原来的獒王帕巴仁青上？巴俄秋珠瞅了一眼帕巴仁青，看它一副萎靡不振的样子，就啐了一口唾沫，然后大声说："恩宝丹真你的机会来啦，你要是再不好好表现，新獒王就不是你了。"

身似铁塔的恩宝丹真知道这是催促它拼命，便迈着虎虎生威的步伐走过来，把一身蓬松的灰毛抖了又抖，然后用一对玉蓝色的眼睛深沉而狠毒地望着雪獒各姿各雅。各姿各雅似乎笑着，谦卑地低着头，让自己放松、也让恩宝丹真放松地摇了摇尾巴，走到离对方五步远的地方安静地卧了下来，好像是说：我可不想和你打斗，你想打你就来吧，咬死我算了。它的眼光柔和而善良，是最具有狗性魅力的那种善良，是只有见到主人或亲人后才会有的那种柔和。恩宝丹真稍微有些犹豫，它知道对方的柔和与善良也许是假的，但在这种假象没有被对方自己撕破之前，它是宁可做君子不做小人的。它也卧了下来，这个举动说明它充满了自信，以为犯不着在对方表示友好的时候发动突然袭击，堂堂正正地比拼力量和速度，就完全能够让对方一败涂地。

遗憾的是，人对藏獒总是缺乏理解，上阿妈的巴俄秋珠以为恩宝丹真害怕了，使劲鼓动着："恩宝丹真，上啊，快上啊，你是我们的新獒王，不能还没有打斗就趴下。无敌于天下的蓝色明王，你的名字就是恩宝丹真，你快给我上啊。"恩宝丹真被巴俄秋珠逼得实在卧不下去了，只好站起来，朝前走了两步，扑过去一口咬向了各姿各雅的脖子。各姿各雅飞快地躲了一下，只让对方在自己肩膀上留下了一处并不严重的伤痕。恩宝丹真立刻不忍心再次下口了，回望着始终都在为它加油呐喊的上阿妈骑手，想撤回去，却被巴俄秋珠用严厉的手势制止住了："咬啊，咬死它，獒多吉，獒多吉。"恩宝丹真只好再次咬起来，咬向了对方的脖子，但在牙齿划过皮肤的一刹那，却忽地拐到了对方的另一只肩膀上。它不能咬死对方，在它的习性里，即使咬死一匹毫无攻击意识的狼，也是不符合以强对强、以恶制恶的原则的，况且对方是一只和自己一样威武漂亮的藏獒。

恩宝丹真回过头去，望着天空，再也不听巴俄秋珠的命令了，毕竟它是一只上阿妈草原的领地狗，它的主人是全体上阿妈人，而不仅仅是巴俄秋珠和在场的这些骑手。它当然必须服从这些骑手，而且已经不止一次地服从了，但它还必须服从自己的本性，服从草原的规矩，当两种服从发生矛盾的时候，它采取了先服从人、再服从自己的本性，两种服从都没有偏废的办法。此刻恩宝丹真的斗志完全被各姿各雅的示弱和求饶软化了，步伐已不再虎虎生威，玉蓝色的眼睛里也没有了深沉而狠毒的黑光。它觉得打斗已经结束了，就安静地伫立着。而在雪獒各姿各雅这边，它所服从的也是以强对强、以恶制恶的本性，不同的是，它的服从只能表现在进攻上，它已经两次受伤了，如果再不进攻它就是懦夫一个，就不配藏獒这个称呼了。它跳了起来，在厚道的恩宝丹真的心理盲点上跳了起来，扑过去的时候几乎没经过时间，也没感觉到速度，只听哧的一声响，恩宝丹真的喉咙就已经挂在各姿各雅的牙齿上了。接着就是离开，恩宝丹真想离开各姿各雅，各姿各雅也想离开恩宝丹真，这就等于恩宝丹真帮着各姿各雅撕开了自己的喉咙。

各姿各雅再次扑了过去。这是一次假扑，中途突然停下，迅速后退，又扑了过去，又停下，又迅速后退，扑来扑去始终没有扑到跟前。各姿各雅知道光凭个头和体力，它不是灰色铁塔一般魁伟壮实的恩宝丹真的对手，它只能这样在挑逗中让对方暴躁，失去冷静，投入无目的的运动，尽快流干自己的血。恩宝丹真按照各姿各雅的愿望暴躁地运动起来，它没法不运动，对方一次次地挑逗着，却又不扑到跟前来，迫使它只好扑到对方跟前去。但它原本具有的毫不逊色于各姿各雅的速度已经发挥不出来了，它暴躁的运动扩大了喉咙上的血洞，血喷得更多更快了。它扑跳着，仇恨着，懊悔着刚才的宽厚仁爱，却怎么也扑不到目标。它坚持不懈地扑跳了大约十分钟，突然停下了，身体就像树叶一样飘晃起来，飘晃了几下，就轰然歪倒在地。

3. 死里逃生

多吉来吧跳进车厢后的这段路走了一天一夜。自从离开西宁城后，这是最轻松的一段路。尽管多吉来吧对这辆笨头笨脑的军用卡车依旧仇恨不止、诅咒不止，但毕竟这一次是它自己决定乘车的，而且这一次它知道目的地是哪里。一路上它一直卧着，不吃不喝不排泄，大部分时间在睡觉，它需要在睡眠中恢复伤痕累累和透支过度的身体。多吉来吧只要睡着就会做梦，睡梦里出现最多的自然是主人汉扎西和妻子大黑獒果日，再就是监狱。它看到的监狱不是迎面走来的，而是从天而降的，就像铁笼子一下子罩住了它。它跳起来就跑，可是它离开了可恶的笨头笨脑的军用卡车，却离不开监狱，它跑啊，仿佛整整跑了一辈子，停下来一看，还是监狱。噩梦重复了几十遍后，它就不再做梦了，它醒了，发现梦中的情形一下子变成现实了。

卡车在上午明丽的阳光下停在了监狱的高墙下。高墙上有岗楼，岗楼里有哨兵，居高临下的哨兵冲司机喊道："怎么才回来？"司机说："车况不好，多走了一个晚上。"哨兵说："你拉的是什么，一只狗熊吗？"司机说："什么狗熊？你才是狗熊。"哨兵说："那是什么？是一只大狗？"似乎是为了证明自己的存在，突然看到高墙的多吉来吧知道目的地已经到了，惊喜地叫了一声。司机愕然地站到驾驶室的踏板上往车厢里头看了一眼，不禁大叫一声："哎哟妈呀，果然是一只狗，这么大一只狗。"多吉来吧立刻意识到危险来临了，从扎成捆的犯人穿的蓝色棉大衣上跳起来，跳出了车厢，车厢板挡了一下它的后腿，它脊背着地一连打了好几个滚儿。等它爬起来再跑时，司机喊起来："打死它，打死它，快啊，别让它跑了。"哨兵举起了枪，就在多吉来吧跑出去五十米后，扣动了扳机。

多吉来吧趔趄了一下，保持着奔跑的姿势没有倒下，但速度明显慢了下来。司机和另两个从卡车上下来的人都跑了过去，不知从哪里冒出来的几个人也跑了过去，他们都是年轻的军人，天不怕地不怕地横挡在多吉来吧面前。多吉来吧忧伤地回过头去，看着从屁股上滴沥而下的血，似乎觉得自己已经不可能回到西结古草原，不可能回到主人和妻子的身边去了，眼泪哗啦啦流下来：人们啊，你们为什么要对我这样？它哭着，一瘸一拐地朝着人墙冲过去。人墙哗地散了，那些人又跑到前面，组成了新的人墙。多吉来吧哭得更厉害了，似乎是乞求：放了我吧，我好不容易来到这里，这里是青果阿妈草原，我是青果阿妈草原的藏獒，放了我吧。血越来越多地流淌着，地上出现了一串红艳艳的血花血朵。它倒了下去，又起来，再一次冲了过去。

就这样，多吉来吧一次次冲破人墙，人墙又一次次出现在它面前。更不幸的是人墙在不断增厚，又有很多人加入进来，其中一个穿军装戴袖套的学生，身上散发着人臊，拿着一根铁钉丫杈的棍子捣来捣去，有一次居然捣在了它的眼睛上，幸亏它躲闪得及时，没有让对方把它捣成瞎子，但铁钉还是划破了它的脸颊和嘴唇。它彻底恼怒了，哭着叫着，不顾一切地扑过去，咬住那个戴袖套的手，让他丢掉了棍子。但紧接着它就再也扑不动了，枪伤的疼痛、脸颊和嘴唇上的疼痛困住了它，力气随着鲜血的流淌丧失殆尽，它跌倒在地，挣扎着怎么也站不起来，只有哭声一如既往地陪伴着它，让它把思念主人和妻子以及故土草原和寄宿学校的感情、把不能扑向预感中的危难、氤氲不散的亢奋人臊的焦急心情，变成了最后的乞求，变成了从来没有忍受过的屈辱，永不甘心地表达着。它的眼泪变色了，不是透明的是红的，眼睛流血了，第一次因为示弱和乞求，而变得血色饱满。戴袖套的学生用右手捂着受伤的左手，把掉在地上的棍子朝司机踢了踢说："打呀，打死这个畜生。"司机说："同学，我看算了，就让它这样待着，要是死了，咱们扒皮，要是活了，让它去咬狼，咱们扒狼皮，扒几张狼皮你带回老家去。"说罢，转身走了。

十分钟后，司机找来了一个年老的管教干部，指着多吉来吧说："就是它，小心它把你咬了。"老管教怀抱着一团粗铁链子，畏畏缩缩地望着司机，再一看多吉来吧，顿时就不敢往前了。司机催促着："快啊，这是考验你的时候。"老管教走近了一些，试探着伸过手去。

多吉来吧吼起来，把满嘴的唾液当作武器溅了老管教一身，吓得他一屁股坐下，满怀的粗铁链子稀里哗啦掉在了地上。老管教恐惧地瞪着多吉来吧对司机说："你们不要急，拴住它得有时间，我在这里坐一会儿，让它先认识我，然后再靠近它。"司机说："反正这事儿交给你了，它要是跑了，你得承担责任。"

人们陆续离开了。老管教屁股蹭着地面，离多吉来吧远了一点，叹口气说："你这只藏獒，我好像认识你，八九年前你是不是在这儿待过？你叫什么来着？叫多吉？叫金刚？我记得后来你咬断铁链子逃跑了，怎么又回来了？回来就没有你好过的，你看他们把你打成什么样子了。你要听话，千万不要对抗拿枪的人。他们都是后来的，不认识你。这儿认识你的人已经不多了，我算是一个吧，我是个没有后门的老管教，调不到城里去，现在又是批判对象，跟你一样失去了自由，你可要同情我，配合我，知道吗？让我把铁链子铐到你身上，不然我的日子就不好过了。"他就这么翻来覆去地唠叨着，多吉来吧安静了，加上伤痛和乏累的困扰，它闭上了血红的眼睛，也闭上了张开的大嘴，在神志渐渐变得模糊迷乱时，容忍了老管教对它的靠近。老管教的靠近是一点一点的，直到多吉来吧完全闭上眼睛，连喘气都显得微弱不堪的时候，他才伸手触到了它的毛，先是轻轻地摸，然后轻轻地拽，看它没有任何反应，便大着胆子用指头使劲梳了梳它那足有一尺半长的鬣毛。接下来的时间里，老管教把粗铁链子牢牢固定在了它粗壮的脖子上，又找来一根一米多长的钢钎，用铁锤打进地里作为拴狗桩。一切妥当之后，他去向司机汇报了。

多吉来吧昏睡了两天，当第三天的乌云从它心里升向天空的时候，它睁开了眼睛。它望着从自己眼前延伸而去的粗铁链子，呆痴了很久才回忆起两天前的情形。它心里一阵伤感和紧张，想跳起来，屁股上的枪伤一阵钻心的痛，只好慢腾腾地撑起身子，朝前走去。铁链子拽住了它，这是它已经想到了的，尽管如此，它还是显得十分吃惊和愤怒。它回头连续咬了几口铁链子，沮丧地知道它是强大而牢固的，它代表着人的意志，没有给它留下一丝逃离此地的可能。它想起八九年前自己从这里逃跑的情形，那一次它咬断了粗铁链子，咬伤了看管它的军人。可是这一次不行，这一次的铁链子粗得无法再粗，更何况它已经老去，牙齿也不如那时候坚硬锋利了。它丢开铁链子，朝着五十米之外的监狱高墙悲愤地咆哮起来。

听到咆哮，老管教从高墙拐弯的地方冒了出来，快步来到多吉来吧面前，惊叫着："我的天，你流了那么多血还能活过来，要是人早就死了。”多吉来吧一闻味道就知道正是这个人给它套上了粗铁链子，一再拼命地朝他扑去。老管教后退着说：“别，别，你别生气，别把伤口挣裂了，我给你敷了药，也灌了药，还灌了羊奶，你能站起来就好，站起来就说明我有功了，我得表功去。”说着，老管教转身就走，刚走出去十多米，就听一阵哭声突然传来：“同学你醒醒，你醒醒。”老管教抬脚就跑，跑向了高墙拐弯的地方，倏忽一闪不见了。多吉来吧搞不明白这哭声来自哪里，更不明白这哭声到底为了什么，只听伴随着诉说的哭声越来越声嘶力竭了：“同学你怎么了？你醒醒。”它屏住呼吸静静地听着，听了很长时间哭声才消失。

下午，正当太阳晒得多吉来吧烦躁不安的时候，老管教又来了。他给它带来了一个青稞面馒头、一小块生羊肉。在丢给它的时候，老管教说：“你可不能再咬我了，我是个好人，我在喂你。”多吉来吧从嗓子眼里发出一阵咕噜声威胁着他，先一口吞掉了肉，再一口吞掉了青稞面馒头，然后又开始朝他咆哮扑跳，一次次把沉重的粗铁链子绷成了直线。老管教坐到它扑不到的地方说：“藏獒你听着，我们这儿有人突然躺倒起不来了，昏迷了，拉到医院抢救去了。我看是高原反应，他是个学生，从北京城来的，来了就闲不住，整天写标语喊口号，上蹿下跳，能不反应？但是现在人家不怪高原反应，怪的是你啊，你咬伤了人家的手，人家要报复你。他们这会儿还在医院，顾不上你，你说你该怎么办？是等着让人家回来打死你呢，还是要逃跑？”多吉来吧压根就没打算听他说话，不断地咆哮着，扑跳着。老管教又说，“我看你还是逃跑吧，像你这样的大藏獒，死了多可惜啊。我想放你走，大不了让我承担责任呗，批斗是免不了的，习惯了，没什么，最坏的结果也就是关到大墙里头去，我是个老好人管教，从来没有欺负过犯人，里头的犯人比外头的同事对我好。但是藏獒我害怕你咬我，你要是咬我，我就不能把铁链子给你解开了。”老管教唠叨着，往前凑了凑。一贯聪明的多吉来吧这时候不聪明了，它受了枪伤，又被面前这个人用粗铁链子拴了起来，这就等于在它的意识里取消了所有对这里的人的信任，它唯一的做法就是：挣扎、怒号。老管教看它一直都这样，自己说了那么多都是白说，起身走开了。

老管教很快又回到了这里，丢给多吉来吧几根羊肋巴骨，就在它一再地想吃又无法轻易够着的时候，他从后面悄悄过去，从作为拴狗桩的钢钎上解开了粗铁链子，然后站起来就跑，跑出去二十步远，才回头说：“藏獒你走吧，带着铁链子快走吧，走回你的老家去，让你的主人把铁链子解下来。”多吉来吧没有意识到它已经自由，只觉得突然够着了羊肋巴骨，就大口吃起来。它知道自己负伤了，多吃东西伤口才会好得快一点。吃完了就想发泄，它冲着老管教一边吼一边扑，这才发现粗铁链子在跟着自己移动。多吉来吧诧异地回头看了看，又盯上了老管教。老管教正在向它挥手：“走啊，快走啊。”它走起来，一再地观察着老管教的举动，看他是不是在耍什么阴谋。它不明白：这个拴住了它的人，怎么又把它放走了？走了几步，多吉来吧就想跑起来，但是不行，屁股上的枪伤让它无法剧烈而有效地运动后腿，它想走得快一点，还是不行，铁链子太长、太粗，沉重地坠着它的身体，勒着它的脖子，步幅稍微大一点，就会变成瘸子，喘气也会受到影响，不是呼出去的气收不回来，就是收回来的气呼不出去。它只好慢慢地走，简直不是困厄中的逃跑，而是黄昏后的散步。它着急起来，对着自己的无能咆哮着，一再地歪过身子去，怒瞪着自己的屁股和拖在地上的粗铁链子。

老管教知道送病人去医院抢救的人马上就要回来了，一回来多吉来吧的命就保不住了，自然比它还要着急，使劲跺着脚，压低了嗓门催促着："快走啊，快走啊，你怎么好像舍不得走，这里有什么舍不得的？"但立刻他就明白是粗铁链子妨碍了多吉来吧。他回头看了看高墙拐弯的地方，听到已经有人声喧哗从那边传来，紧趱几步，追上了多吉来吧，一脚踩住了粗铁链子，坚决地说："来，我给你解开。"老管教似乎忘了这只藏獒正处在暴怒之中，逮着谁咬谁，蹲下身子凑了过去。多吉来吧哪里会明白老管教的意图，以为他是来阻止自己逃跑的，张嘴就咬，按照它兽性的本能它本来是要咬住他的喉咙的，突然想到他给自己喂过食，便把头一扭，咬在了他的肩膀上。老管教痛叫了一声，却没有撒手，拽住它脖子上的粗铁链子，哗啦哗啦摇晃着，摇大了圈套，双手拽着，从偌大的獒头上把粗铁链子拽了出来，又大喊一声："逃，你快逃！"

一瞬间多吉来吧松口了，也愣住了。它明白过来，完全明白过来。它禁不住哗啦啦地流下了泪，它不走了。老管教

躺在地上，用手捂着流血的肩膀，一再地喊着：“逃啊，你快逃啊！”多吉来吧这次听懂了他的话，但是它没有逃，越是听懂了，它就越是不能逃。它走过去，舔着老管教的肩膀，无比歉疚、无比懊悔地舔着老管教的肩膀，柔情似水、视死如归地舔着老管教的肩膀。老管教咬着牙坐了起来，推了它一把，又蹬了它一脚：“藏獒你怎么了？为什么不逃，再不逃你就完蛋了。”多吉来吧深情地摇着尾巴卧了下来，满脸都是眼泪，都是感激和悔恨。老管教长叹一声，突然也像多吉来吧那样泪如泉涌了，哽咽着说:“你比人好啊，你比人有感情。”说着他抬起了头，无限悲戚地瞪着监狱高墙拐弯的地方。

从监狱高墙拐弯的地方走来了那些准备杀死多吉来吧的人。他们吆喝着停在了二十米远的地方，立刻有几杆枪从人群里伸出来，瞄准了多吉来吧。老管教赶紧挪过去，挡在多吉来吧前面。多吉来吧怒视着那些人、那几杆枪，觉得不能是老管教保护它，而应该是它保护老管教，便起身过去，站到了老管教前面。“咦？都挺勇敢，都挺仗义。”司机说。司机的胳膊上也有了红色袖套，身上散发着浓烈的人臊。

寂静。

多吉来吧坦然地、冷静地挺立着，感染得老管教也像山一样坦然、冷静地从后面抱住了多吉来吧。风不吹了，云不动了，呼吸也没有了，什么声音都消失了，世界就等着枪响。

枪没有响。枪放下了。司机叹口气说：“这样的英雄造型我喜欢，我下不了手，算了，还是让它走吧。”好像有人不同意。司机又说：“它是我拉来的，我有权力放它走。”老管教赶紧站了起来，绕到多吉来吧前面，用双手推着它的头:“走吧，赶紧走吧。”司机也说：“走吧，想去哪儿就去哪儿吧。”说着，挥了挥手。多吉来吧最后一次舔了舔老管教的肩膀，转身走了。走的时候已经不是逃跑，而是惜别。它走得很慢，不停地回望着监狱的高墙和高墙前面那些给它送行的人，回望着老管教和司机，默默地流着泪，似乎是说：有恩的人们啊，我怎样才能报答你们？

4. 疯了，它疯了

上阿妈新獒王恩宝丹真扑跳了一阵后，倒下去死了。雪獒各姿名雅还是那么腼腆和温顺，一点也不张扬地蹲踞在离恩宝丹真十步远的地方，歉疚地低头吐着舌头。巴俄秋珠跳下马，走过来踢了踢恩宝丹真，又看了看各姿各雅，吃惊而气恼地说："我们这么大的一只藏獒都叫你咬死了，算你厉害。但我还是不信我们上阿妈的藏獒打不过西结古的藏獒，告诉你，你咬死的不过是一个代理獒王，真正的上阿妈獒王就要来了，你等着，你等着。"各姿各雅似乎听懂了他的话，不好意思地抽了抽鼻子。这时班玛多吉哈哈大笑："滚出西结古草原吧上阿妈人，麦书记和藏巴拉索罗跟你们没关系。"

巴俄秋珠恼羞成怒地挥动马鞭抽打了几下恩宝丹真的尸体，回身来到帕巴仁青身边说："你还是我们的獒王，拿出你以前的威风来，给我上。"上阿妈獒王帕巴仁青望了一眼巴俄秋珠，依然是一副萎靡不振的样子。巴俄秋珠弯下腰，指着前面的雪獒各姿各雅吼道："西结古的藏獒咬死了我们的恩宝丹真你没看见吗？快去报仇啊，快去啊。"帕巴仁青坐了下来，好像没听见，神情淡漠地注视着前面。巴俄秋珠用手使劲推着帕巴仁青，看推不到前面去，就举起马鞭抽起来，好几下都抽在了它没有痊愈的伤口上。帕巴仁青疼得龇牙咧嘴，离开巴俄秋珠，后退了几步，又坐下了。巴俄秋珠说："哪有上阿妈草原的獒王不听上阿妈骑手的，你不上，那就让你儿子替你上。"巴俄秋珠来到小巴扎跟前，指了指雪獒各姿各雅，做了个扑咬的手势说："獒多吉，獒多吉，你要是不咬死它，就不要回来，我们不要你了。"小巴扎毕竟是小孩子，想不了那么多，一看主人让它上阵，跳起来就扑了过去。

一直在前面静静观察着的雪獒各姿各雅早有防备，小巴扎一到跟前，它就躲开了。它一连躲过了五次小巴扎的扑咬，惹得小巴扎急躁难忍，"咣咣咣"地叫起来。它一叫扑咬的速度就慢了，而且把头昂了起来，一昂头就给各姿各雅亮出了喉咙，更糟糕的是，它为了叫得响亮，眼睛朝向了天空。就在这个眼睛望着天空而不是平视对手的瞬间，各姿各雅发动了第一次反击，就跟它谋划好的一样，一口咬住了小巴扎的喉咙。它知道自己的牙齿具有超强出众的咬合能力，只要咬住喉咙，对方就别想活了。小巴扎挣扎着，但显然是徒劳的，当各姿各雅猛然甩头离开时，它就已经站立不稳，头重脚轻了。片刻，它倒在了地上，打了一个滚，把头朝向阿爸帕巴仁青，扑腾扑腾忽闪着眼睛，期待地看着：阿爸，阿爸，我不行了，快来为我报仇啊。帕巴仁青走了过去，泪眼蒙眬地望着自己的孩子，伸长舌头，在血流不止的喉咙上无望地舔着舔着。它只有这样了，它知道自己挽救不了小巴扎，就一边舔，一边把眼泪糊在了孩子的伤口上。小巴扎也哭着，那是对世间的留恋，是无声的告别，当最后一滴眼泪变成珍珠滚落而下时，它的气息也就随之消失了，只有血是活跃的，还在旺盛而急切地流动。帕巴仁青呜呜地号啕起来。

上阿妈骑手的头领巴俄秋珠走了过来，看了看小巴扎说："好啊，好啊，要么你咬死敌人，要么被敌人咬死，你是藏獒你就得这样。”然后又对帕巴仁青说：“你要是上，你儿子就不会死了。现在你该上了吧？快去给儿子报仇，獒多吉，獒多吉，咬死这只雪獒。”他看帕巴仁青还是无动于衷，再次挥动马鞭，使劲抽打着：“给我上，快给我上，你不上我们就进不了鹿目天女谷，就得不到麦书记和藏巴拉索罗，你知道吗？求求你了，快给我上。”上阿妈獒王帕巴仁青比谁都明白小巴扎的死并不能怪罪任何一只藏獒，而应该怪罪人。它仰头迎受着鞭打，痛苦地祈求着自己的主人巴俄秋珠：我的儿子死了，很多藏獒都死了，放弃吧，放弃打斗。回答帕巴仁青的依然是鞭子。帕巴仁青吼叫起来，算是一声长叹，然后扑向了前面。前面是一块坚硬的石头，它把石头咬住了，牢牢地咬住了，它用最大的力气咬在石头上，只听嘎巴一声响，一颗虎牙倏然崩裂，又是嘎巴一声响，另一颗虎牙也是倏然崩裂。悲壮而刚烈的自残让它满嘴是血，它疼痛得浑身抖颤，朝着巴俄秋珠张大了嘴，伸长了舌头，哈着红艳艳的腥气，扑簌簌地流着泪，告诉自己的主人：我没有牙齿了，我不能打斗了，饶了我吧，放弃我吧，我不能撕咬救了我命的西结古人和他们的狗。巴俄秋珠愣了一下，气得浑身发抖，像狼一样咆哮起来：“没有牙齿也得咬，只要你不死你就得咬，你是上阿妈獒王，你活着就是咬。”

巴俄秋珠的马鞭再次抽起来，如同风的呼啸，以前所未有的猛烈，落在了上阿妈獒王帕巴仁青身上。帕巴仁青跳起来了，终于跳起来了。这只巨型铁包金公獒终于服从了主人的意志。它的眼泪哗哗而下，它在眼泪哗哗而下的时候，张着断裂了两颗虎牙的血嘴，扑向了西结古的雪獒各姿各雅。双方的骑手都吆喝起来：“獒多吉，獒多吉。”“咬死它，咬死它。”雪獒各姿各雅一看上阿妈獒王帕巴仁青来势凶猛，不可抵挡，便朝后一摆，回身就跑，它想带着对方兜圈子，兜着兜着再寻找撕咬的机会。但帕巴仁青不跟它兜圈子，看一下子没扑着它，就又扑到别的地方去了。帕巴仁青扑向了另一只藏獒，那是西结古的一只母獒。母獒哪里会想到对方会攻击自己？母獒愣怔了一下，来不及躲闪，就被对方咬住了喉咙，只觉得浑身一阵冰凉的刺痛，鲜血顿时滋了出来。所有的人、所有的藏獒，都惊呆了：公獒绝对不会、从来不会撕咬母獒，不管它是己方的还是敌方的母獒，这是藏獒的铁律，是远古的祖先注入在生命血脉中的法则，但是现在，上阿妈獒王帕巴仁青公然违背了。更何况它的两颗虎牙已经断裂，失去了置对手于死地的锋利，居然和拥有锋利一个样。它这是怎么了？难道它不是藏獒？或者，它疯了？上阿妈獒王帕巴仁青咬死了一只西结古母獒，又扑向了另一只小藏獒，也是一口咬死。这只出生还不到三个月的西结古小藏獒，连一声惨叫都没来得及发出。人和藏獒都是一片惊叫。惊叫声还没落地，就见帕巴仁青已经朝着西结古骑手扑去，它张着断裂了两颗虎牙的血嘴，扑到骑手的身上，咬了一口，又扑向骑手的坐骑，一口咬破了马肚子，然后转身就跑。

帕巴仁青跑向了上阿妈的阵营，惊愣着的上阿妈领地狗群突然意识到它们的獒王得胜归来了，赶快摇着尾巴凑上去迎接，没想到迎接到的却是獒王所向无敌的断牙，断牙所指，碰到什么就刺破什么，立刻就有了惊讶的喊叫，有刺破鼻子的，有咬烂肩膀的，还有眼睛几乎被刺瞎的。领地狗们赶紧躲开，这一躲就躲出了一条通道，通道是通往上阿妈骑手的头领巴俄秋珠的。巴俄秋珠愣怔地看着帕巴仁青从通道中朝自己跑来，忽地举起马鞭，恐怖地喊道："魔鬼，魔鬼，你要干什么？"接着便使劲挥舞着鞭子。上阿妈獒王帕巴仁青迎着马鞭扑了过去，一口咬在了巴俄秋珠的胳膊上，几乎把他的胳膊咬断，然后再次跳起来，扑向了另一个骑手。巴俄秋珠喊起来："疯了，疯了，它疯了！"

是的，它疯了，上阿妈草原的獒王帕巴仁青疯了。它是被作为主人的巴俄秋珠逼疯的，它现在是见谁咬谁，已经不知道谁是主人、谁是同伴、谁是对手了。疯狗帕巴仁青扑向了所有能够扑到的目标，包括人，也包括藏獒，包括西结古的人和藏獒，也包括上阿妈的人和藏獒。上阿妈骑手和领地狗群乱了，西结古骑手和领地狗群也乱了。双方暂时放弃了互相的对抗，都把对抗的目标锁定在了疯狗帕巴仁青身上。疯狗帕巴仁青张着断裂了两颗虎牙的血嘴，忽东忽西地追逐撕咬着，好像它是不知疲倦的，只要它不死，就一直会这样残暴乖张地撕咬下去。西结古的班玛多吉指挥着自己的骑手和领地狗群："躲开，快躲开。"人骑着马，狗跟着人，你撞我挤，忽东忽西地逃跑着。而在上阿妈骑手这边，在一阵紧张忙乱的逃跑躲闪之后，巴俄秋珠和所有带枪的骑手都从背上取下了枪，十五杆叉子枪瞄准了他们的疯獒王帕巴仁青。

对疯獒，唯一的办法，就是毫不怜惜地开枪打死。但帕巴仁青快速奔跑在混乱的人群狗群里，他们无法开枪。巴俄秋珠气得脸都紫了，不停地说：“丢脸啊，我们的獒王真是丢脸啊。”终于一个机会出现了。当疯獒帕巴仁青再次扑向西结古领地狗群，眼看就要咬住班玛多吉时，雪獒各姿各雅斜冲过去，一头撞开了帕巴仁青。帕巴仁青丢开班玛多吉，朝着各姿各雅扑去。各姿各雅转身就跑，用一种能让对方随时扑到自己的危险速度，带着帕巴仁青离开西结古骑手和领地狗群，朝着开阔的那扎草地跑去。疯獒帕巴仁青紧追不舍。上阿妈骑手的头领巴俄秋珠纵马跟了过去，双腿夹紧马肚，两手端枪，以骑手的英姿，在奔驰中瞄准了疯狗帕巴仁青。大家都知道，只要枪响，丧失理智的帕巴仁青就会平静，是永远的平静。但是上阿妈獒王疯獒帕巴仁青似乎永远都不会平静，枪始终没有响。巴俄秋珠看到，在他的瞄准线上、疯獒前去的地方，突然出现了一列人影、一列獒影。他放下枪，勒马停下，仔细看了看，异常懊恼地发现：这里又增加了一个抢夺麦书记和藏巴拉索罗的对手，东结古骑手和东结古领地狗来了。

也是藏獒闻到打斗的气息后领他们来到了这里。东结古骑手和东结古领地狗一靠近鹿目天女谷，就看见一只雪獒和一只黄色多于黑色的巨型铁包金公獒一前一后奔驰而来。他们立马停下，严阵以待，准备迎击来犯者。等到跑在前面的雪獒到了跟前，才发现它们是一个追一个，与自己没有关系，顿时就放松了警惕。雪獒各姿各雅何其聪明，一看来了另一队人和狗，就知道这些人和狗的到来对西结古骑手和西结古领地狗是不利的，它智慧的做法就是把疯狗引向他们，让他们去互相残杀。它在奔跑中摇起了尾巴，脸上的神情卑微而平和。东结古领地狗都是清一色的优秀藏獒，藏獒都是懂礼貌守规矩的，一看对方表示友好，就大度地放弃了迎战的姿态，让雪獒各姿各雅闯进狗群。各姿各雅便转眼消失了。而对疯狗帕巴仁青来说，它并不在乎各姿各雅的消失，错乱的神经主宰着它的行为，那就是它必须拼命撕咬，至于撕咬谁并不重要。

上阿妈獒王疯獒帕巴仁青一对深藏在长毛里的红玛瑙石眼睛燃烧着，几乎能喷出蓝焰来。它扑向了离它最近的一只黑色公獒。黑色公獒以为它会绕过自己继续追撵雪獒，正要让开，快如闪电的撕咬就来到了自己脖子下面。黑色公獒惊慌地躲开，却已经是带着伤口躲开，躲开后的唯一反应就是横扑过去报仇，却发现疯獒帕巴仁青已经扑向了另一只黑藏獒。这只黑藏獒有一点准备，猛吼一声奔扑而去，在被对方咬住自己肩膀的同时，也把自己的牙齿嵌进了对方的肩膀。疯獒帕巴仁青哪里在乎自己的肩膀，狂跳而起，踩着黑藏獒的身子，扑向了五步之外东结古骑手的头领颜帕嘉。颜帕嘉“哎呀”了一声，拽着缰绳要躲开，却把马屁股亮给了对方。帕巴仁青一口咬在了马屁股上，惊得马前仰后合，一下子把颜帕嘉摔了下来。幸亏他被摔了下来，摔得淹没在了马队中，帕巴仁青没有咬着他，就去扑咬别的目标。颜帕嘉一落地就明白是怎么回事，惊慌地喊道：“疯獒，这是一只疯獒。”喊完他爬起来就跑，边跑边指挥自己的人和獒快速前进，他知道只有把他们和前面的西结古人以及上阿妈人混杂在一起，才有可能摆脱疯獒肆无忌惮的撕咬。疯獒是那只雪獒从对手那里故意引过来的，他们要做的，就是把它引还给对手。

东结古骑手和东结古领地狗被疯狗帕巴仁青追撵得七零八落，纷纷靠近了上阿妈阵营。上阿妈的巴俄秋珠再次端起枪，瞄准了越跑越近的疯狗帕巴仁青，就要开枪的时候，颜帕嘉突然在他面前晃了一下，挡住了他的眼睛。颜帕嘉的意思是：它把我们咬惨了，现在该咬咬你们了，你不能打死它。疯獒帕巴仁青转眼到了跟前，带着空前肃杀的气氛，无限夸张地演示着它风暴一般的暴戾恣睢。上阿妈骑手和上阿妈领地狗就像被狂风卷起的沙尘，呼啦啦地搅成了一团。巴俄秋珠看到这么乱的场面、这么近的距离，知道枪已经失去作用，就只好一边左窜右窜地躲闪，一边喝令领地狗群咬死它。可是上阿妈的领地狗群怎么可能咬死它们的獒王呢？尽管它们知道獒王疯了，自己随时都会被疯獒王咬死咬伤，但它们不像人，它们只要有一刻的清醒和正常，就宁肯自己死伤，也不会扑向昔日的同伴和首领。

又是一次厮杀表演，疯獒帕巴仁青一连咬倒了两只藏獒、四名骑手，好像它意识到是人让藏獒们互相残杀的，是人把它逼成了这个样子。受了伤的马横冲直撞，踩踏着乱哄哄的人和獒。巴俄秋珠捂着自己胳膊上的伤口，惊恐失色地喊叫着：“这可怎么办？这可怎么办？西结古的山神不顶用了吗？怎么不来管管这畜生？”突然传来一阵呼唤：“帕巴仁青，帕巴仁青，你怎么了帕巴仁青？”这声音紧张里透着柔和，严厉中藏着关切，好像帕巴仁青真正的主人来到了这里，让所有的上阿妈骑手和上阿妈领地狗都愣了一下。他们循声望去，只见那个曾经出现在藏巴拉索罗神宫前寄宿学校的汉扎西老师，从那扎草地那边骑马跑来了。西结古的阵营里，班玛多吉喊了一声："别过去，汉扎西，上阿妈獒王疯了。"父亲跳下马，用询问的目光望了望班玛多吉，丢开大黑马的缰绳跑起来，呼唤的声音更加关切更加忧虑了："帕巴仁青，你疯了吗？你怎么疯了？你还认得我吗？"疯狗帕巴仁青看到所有的人和獒都在躲避它，只有一个人正在快速接近它，便用吼声狂轰滥炸着，朝着父亲冲杀而去。

人们惊叫起来，藏獒们也惊叫起来，但谁也无法阻拦父亲，更无法阻拦疯獒，就眼睁睁地看着父亲朝疯獒跑去，疯獒朝父亲跑来。而父亲似乎根本就想不到疯獒是六亲不认的，疯獒会咬伤他，而咬伤他的结果，就是得狂犬病，可怕得胜过了鼠疫、麻风和虎狼之害。他在人和獒的一片惊叫声中张开了双臂，做出了拥抱帕巴仁青的样子，或像他曾经多少次拥抱冈日森格、多吉来吧、美旺雄怒和大格列那样。疯狗帕巴仁青扑过去了，张开血盆大口，龇出依然不失锋利的断牙，在摁倒父亲的同时，一口咬住了他的喉咙。

但是没有血，疯獒帕巴仁青咬住了父亲的喉咙，却没有咬出血来。父亲的皮太厚，喉咙太硬了，就像裹了一层铁。人们当时都这么想。而父亲自己却什么也没想，当疯獒的大嘴咬住他的喉咙时，他并不认为这是仇恨的撕咬，他觉得他跟所有藏獒的肉体接触都是拥抱和玩耍，所以他现在跟帕巴仁青也是情不自禁的拥抱。他用蠕动的喉咙感觉着被断牙刺激的疼痛，依然在呼唤 :“帕巴仁青，你疯了吗? 你是一只好藏獒，你怎么疯了? ”这呼唤是那么亲切，气息是那么熟悉，一瞬间疯狗帕巴仁青愣住了，似乎也清醒了，它从小就是上阿妈草原的领地狗，没有谁像家庭成员那样豢养过它，它的主人是所有上阿妈人，听着上阿妈人的呵斥，服从他们的意志，成了它的使命。既然如此，它的感情就是粗放的、整体的、职业的，而来到西结古草原后，它的感情突然细腻了、具象了、个性化了。父亲，这个在藏巴拉索罗神宫前救了它命的恩人，这个在寄宿学校的草地上倾注所有的力量和感情照顾过它的恩人，这个不怕被它咬死而深情地跑来想再次挽救它的恩人，突然抓住了它那已经麻木成冰的神经，轻轻一拽，便拽出了一片晴朗的天空。所有的坚硬，包括最最坚硬的疯獒之心，蓦然之间冰融似的柔软了。

帕巴仁青趴在父亲身上一动不动，在疯魔般席卷了几个小时后，终于静静地不动了。不动的还有嘴，嘴就那么大张着噙住了父亲的喉咙，用清亮而火烫的唾液湿润着父亲黑红色的皮肤。眼泪哗啦啦的，上阿妈獒王帕巴仁青的眼泪哗啦啦地流在了父亲的脸上，让父亲深深的眼窝变成了两片澄澈清莹的咸水湖。父亲后来说，草原上的藏獒啊，就是这样的，只要你对它付出感情，哪怕是疯獒，也会被感动，也会平静下来跟你心贴着心。父亲推着帕巴仁青说 :“你都压扁我了，你还是让我起来吧。”帕巴仁青明白了，把大嘴从父亲喉咙上取下来，沉重的身子离开父亲半米，卧了下来。父亲欠起腰，抚摩着它说："让我看看，你的伤好了没有，啊，没有啊，又严重了，又有了新伤，到处都是血啊，你是怎么搞的？一点也不知道心疼自己。"这时父亲看到了它的嘴，惊叫起来："你的牙？你的牙怎么断了？"好像断裂的是自己的牙，父亲一下子就哭了，痛苦地说："没有牙你怎么活呀？"帕巴仁青当然听不懂父亲的话，但父亲心疼的抚摩就是解释，让它准确地感应到了一种它似乎从来没有得到过的人的温柔和关切，它流泪了，它不会说是巴俄秋珠的鞭子抽了它，它不想打斗就只好崩断自己的虎牙，不会倾诉它的委屈和无奈，但它完全明白父亲的心，明白父亲对它的爱护超过了任何一个人，也知道这爱护无比珍贵，是万万不能丢弃的。

父亲轻轻抚摩着它，用衣袖揩拭它嘴上身上的血，站起来说:“你跟着我吧，你不要待在这里了，这里的人都是魔鬼。”上阿妈獒王帕巴仁青仰头望着父亲，看父亲朝前走去，便毅然跟上了他。它跟得很紧，生怕被父亲甩掉似的。西结古骑手的头领班玛多吉余悸未消地站在远处，大声问道：“喂，疯獒怎么不咬你啊？”父亲说：“我又不是藏獒，我怎么知道？你还是问它自己吧。”这时有人喊了一声:“站住。”父亲站住了，就像又一次看到了藏獒的死亡，呆愣的表情上，悬挂着无尽的愤怒、悲伤和茫然不解。前面，十步远的地方，上阿妈骑手的头领巴俄秋珠正骑在马上，把枪端起来，瞄准着上阿妈獒王帕巴仁青。父亲“啊”了一声说:“巴俄秋珠你要干什么？求求你不要这样。”巴俄秋珠屏住呼吸一声不吭。父亲说：“我知道为什么你要这样，你要打就打死我吧。”巴俄秋珠还是不吭声。父亲又说：“难道你不相信报应吗？打死藏獒是要遭报应的。”

枪响了。这是谁也没有料到的，在父亲的乞求和警告声中，枪居然响了。枪声伴随着巴俄秋珠的咬牙切齿，嘎嘣嘎嘣的，就像嫉妒变成了钢铁，又变成了火药。他是这样想的：这是谁啊？是我们上阿妈草原的獒王帕巴仁青吗？上阿妈獒王不听上阿妈骑手的，更不为上阿妈骑手战斗，却要跟在一个西结古人的屁股后面转悠。叛徒啊，不管它疯了还是不疯，它都是一个不折不扣的叛徒。连獒王都做了叛徒，麦书记和藏巴拉索罗从何而来？帕巴仁青以无比清醒的头脑望着巴俄秋珠和黑洞洞的枪口，哭了。上阿妈草原的獒王，这只黄色多于黑色的巨型铁包金公獒，闪烁着深藏在长毛里的红玛瑙石一样的眼睛，哭了。它知道主人要打死它，知道自己已经中了致命的枪弹，它泪如泉涌，打湿了土地，打湿了人和獒的心。它张大了嘴，裸露着两颗断裂的虎牙，极度悲伤着，没有扑向巴俄秋珠，尽管它还有能力扑上去阻止他继续实施暴行。它不再疯了，清醒如初的时候，它服从了主人要它死的意志。它摇晃着，摇晃着，告别着人间，告别着救命恩人西结古的汉扎西。

枪响了，是第二声枪响。上阿妈獒王帕巴仁青应声倒地。巴俄秋珠一脸狰狞，吼叫着："叫你叛变，叫你叛变，藏獒是从来不叛变的，而你却叛变了。"父亲扑了过去，扑向了巴俄秋珠，伸手把他从马上拽下来，然后又扑向了上阿妈獒王帕巴仁青。已经没有用了，父亲只能捶胸顿足："慢了，慢了，我的动作太慢了，我怎么就没有挡住他的子弹呢？帕巴仁青，都是因为我啊，我要是不让你跟着我走。上阿妈人也不会把你当叛徒了。"谁也无法理解父亲这时候的心情，他愤怒得要死，又无奈得要死。他不理解巴俄秋珠——昔日那个可爱的"光脊梁的孩子"为什么要对一只情重如山的藏獒开枪——就算你是为了得到藏巴拉索罗，就算你的动机是美好的高尚的，但美好和高尚怎么会得到如此疯狂甚至邪恶的结果呢？他更不理解为什么人需要如此争抢，藏獒需要如此打斗，不就是麦书记吗？不就是藏巴拉索罗吗？要他们有什么用？麦书记你藏在哪里？你快出来吧，藏巴拉索罗是什么东西，你给他们不就了结了吗？不要再打了，不要再死藏獒了。

第 九 章
Chapter 9

雪 獒

1. 藏巴拉索罗

父亲坐在上阿妈獒王帕巴仁青身边，守了很久，突然在心里念叨了一声冈日森格，这才站起来，过去牵上了自己的大黑马。他四下里看了看，不停地回望着渐渐冰凉的帕巴仁青，朝着鹿目天女谷敞开的谷口急速而去。

是美旺雄怒带他来到这里的。美旺雄怒用焦急的奔跑动作告诉他，冈日森格就在前面，已经不远了。他知道冈日森格在追踪什么，那可不是一般的对手，那是一个名副其实的地狱食肉魔，在冈日森格的对决生涯里，恐怕没有谁能和地狱食肉魔相比，一场空前绝后的厮杀在所难免。火焰般红的美旺雄怒冲着父亲疯跑过来，告诉父亲它已经发现了冈日森格的行踪。父亲跟着它走去，没走多远，就隐隐听到一阵吼叫，是冈日森格的声音，和年轻的时候一样雄壮、铿锵、醇厚、洪亮，在西结古阵营的背后，鹿目天女谷的深处，逆着流云风势涌荡而来。西结古骑手和领地狗都有点吃惊：獒王冈日森格什么时候跑到里头去了？虽然谷口草丘密布，浅壑纵横，地形开阔而复杂，它完全可以避开它们的视线走进去，但它为什么要发出声响呢？已经来不及琢磨了，冈日森格的声音突然变得激愤紧张起来。父亲牵着大黑马，带着美旺雄怒，走进了谷口，然后朝着不远处的西结古骑手招了招手，喊道："快走啊，冈日森格都进去了，你们怎么还站着？"

班玛多吉和所有西结古骑手都没有动，他们惧怕着传说中被鹿目天女拘禁在沟谷里的山野之神，看到父亲无所顾忌地走进了谷口，他们一个个吃惊地瞪歪了眼睛。但西结古草原的领地狗群是不害怕的，它们在雪獒各姿各雅的带领下随着父亲的喊叫跑了过去，又比父亲更快地跑向了山谷深处的獒王冈日森格。

上阿妈骑手的头领巴俄秋珠观察着前面的动静，立刻意识到，如果不随着父亲深入鹿目天女谷，就别再想找到麦书记，得到藏巴拉索罗了。他指挥上阿妈骑手和领地狗群一窝蜂地跟了过去。东结古骑手的头领颜帕嘉哪里会允许别人抢先，指挥自己的骑手和领地狗追进谷口，从上阿妈骑手身边一闪而过。西结古骑手的头领班玛多吉一看这样，便什么也顾不得了，带领西结古骑手，快步走进了恐怖的鹿目天女谷。

丹增活佛从鹿目天女谷回来，刚走进西结古寺，就在嘛呢石经墙前碰到了麦书记，吃惊地问道："你怎么出来了？你要去哪里？”说完一把拽住麦书记，拉着他就走。就像父亲后来说的，果然传说就是历史，在那些悲凉痛苦、激烈动荡的日子里，关于丹增活佛把麦书记和藏巴拉索罗密藏在西结古寺的传说，最后都一一得到了验证。丹增活佛把麦书记藏进了大经堂。大经堂里有十六根木柱子，每根柱子都有两人抱粗，其中一根绘着格萨尔降伏魔国图的柱子是空心的，正好可以让麦书记待着。这会儿，丹增活佛拉着麦书记回到了空无一僧的大经堂。两个人坐下了。麦书记说：“我怎么可以一直躲在这里呢？”丹增活佛说：“你听我说，还没到时候，你不能出去。”麦书记愣了一下说：“你是担心他们会杀了我？怎么可能呢？毕竟我还是州委书记。”丹增活佛说：“在我们佛教里，不会有比死亡更轻松的事，可惜你还死不了，轻松的因缘还没有聚合，而活着的痛苦却从四面八方朝你跑来。你的皮肉不是藏獒的皮肉，骨头也不是藏獒的骨头，是经不起踢打的。”麦书记说：“谅他们也不敢！”

丹增活佛说：“可你是藏巴拉索罗。在我们的语言里，‘藏巴拉’是财神，代表吉祥、宁静、幸福的生活和充裕的财富，‘索，索，拉索罗’意味着祭神的开始和人与神共同的欢喜。很多年前，伟大的掘藏大师果杰旦赤坚在当年格萨尔王的妃子珠牡晾晒过《十万龙经》的地方，发掘出了一把格萨尔宝剑，宝剑上刻着‘藏巴拉索罗’几个古藏文。于是格萨尔宝剑成了藏巴拉索罗的神变，它是和平吉祥、幸福圆满的象征，是尊贵、荣誉、权力、法度、统御属民和利益众生的象征。格萨尔宝剑一直被西结古寺迎请供养。后来，你麦书记来到了青果阿妈草原，西结古寺的僧宝都认为你是个好人，能够用你的权力守护生灵、福佑草原，经过占卜之后，机密地恳请你来到西结古寺，当面把格萨尔宝剑献给了你。拥有了它，你就是藏巴拉索罗，你要用你的生命珍藏它。”麦书记说：“这些我都没有忘记。但现在作为印把子的格萨尔宝剑对我已经没用了，我不是藏巴拉索罗。我可以落到闹事者手里，但格萨尔宝剑不能，不能让他们手持格萨尔宝剑横行霸道。”丹增活佛说：“是啊，应该告诉他们，护法神的咒语已经毁灭了藏巴拉索罗，印把子已经回到天上去了。我替你去说。”麦书记说：“不行，谁代替我去，谁就会倒霉，还是我自己去，这种时候，我不能放弃责任。考验嘛，是要经得起的。”丹增活佛沉默了片刻说：“既然你非要去，那我只好陪着你了。”

两个人走出了大经堂。铁棒喇嘛藏扎西和许多喇嘛等在门口，他们都想跟去保护丹增活佛和麦书记。丹增活佛说：“我们面对的不是狼群，去的人越多越不好，你们留下来保护西结古寺吧，这里佛宝万千，是草原和国家的财富，一定不能出事。我们已经没有寺院狗了，就得靠喇嘛来守卫。”两个人走出西结古寺，走下碉房山，来到了原野上。丹增活佛看看天看看地，指着远处堆满了坎芭拉草的行刑台说：“走吧，我们到那里去，那里是你应该去的地方，看来你是逃不脱了。”说罢，苍凉而声调悠长地唱起了六字真言。

2. 多吉来吧回家了

多吉来吧告别老管教和司机，离开监狱，穿过多猕镇，走向了寥廓的多猕草原。这是它八九年前走过的一条路，它永远忘不了丰美的草原上铺满黄色野菊花和蓝色七星梅的情形，忘不了当年这条草原通道是如何顺畅无阻地让它回到了故乡西结古草原，回到了主人汉扎西的身边。它直线行走，想快一点，再快一点，心里头的激动就像天边的乌云一再地怒涌着。多吉来吧的身后，差不多一公里的地方，是多猕草原的领地狗。它们一闻味道就知道，前面有一只十分强悍的外来藏獒。它们追了过来，在它们天经地义的职责和义务中，赶走或者咬死这只外来的藏獒，是一件丝毫不该犹豫的事情。

走了不多一会儿，多吉来吧就停下了，仰着脖子警惕地望着前面。再次开路的时候它走得很慢，而且也改变了方向，不是它不着急了，也不是枪伤妨碍着它——老管教的治疗和它自己超强的恢复能力以及一只优秀藏獒的毅力，都在减轻它的痛苦，让它可以大步往前走了，而它自己的小心却制约了它。它看到了前面三百米之外六顶帐房的帐圈，知道那儿是个生产小组，一定会有多只藏獒，就谨慎地绕开了。身经百战、英勇强悍的多吉来吧，它现在变得如此小心翼翼，为的就是避免打斗、避免伤亡，尽快回家，回家。它不想再受伤了，那样会延缓它回家的时间，它更不想在逞勇争强的打斗中死掉。好不容易到了这里，眼看就要见到主人汉扎西和妻子大黑獒果日了，怎么能死掉呢？它绕了很大一个弯，才万无一失地绕开了那个有着六顶帐房多只藏獒的帐圈，回到直通狼道峡的路上。它加快了脚步，不断地看着一半阴沉一半晴的天色，突然又停下了，依旧仰着脖子，警惕地望着前方。多吉来吧没有望到什么，却闻了出来：前面又有了人家，虽然只有一顶帐房、一只藏獒，却一定是敌意的存在。它犹豫了半晌，最后还是决定绕开。多一事不如少一事，它真是害怕了，害怕任何敌手的牵绊，害怕自己万一有什么闪失就再也见不到主人和妻子以及故乡草原了。它再次绕了一个很大的弯，等回到老路上时，乌云已经笼罩了整个天空，酝酿已久的雨突然掉了下来。

雨不大，并不影响它的行动。它加快脚步，不断用鼻子在空气中闻着，利用它超人的嗅觉和听觉，躲开了沿途所有养着藏獒的牧家，躲开了一大一小两只过路的藏马熊，躲开了一个由六匹狼组成的狼家族，躲开了一对狼夫妻，甚至躲开了旱獭密集的地带，因为它们吱吱喳喳的叫声会成为向别的野兽和藏獒通风报信的语言：注意啊，一只来自他乡的藏獒正在雨中行走。

多吉来吧就这样躲来躲去地走到天黑，又走到天亮。雨大了，屁股上的枪伤被雨水泡湿，让它格外难受，它知道有必要用自己的体温尽快烘干伤口，否则很容易恶化，一旦恶化它就不可能顺利回家了。它走进一道沟壑，找了一处避风遮雨的土崖卧了一会儿，感觉伤口不疼了，就准备打一点野食：最好是火狐狸，火狐狸的内脏可以让伤口尽快长出肉来。吃了火狐狸，它就可以尽快赶路，而不用在乎雨天晴天了。

这一点它的祖先早就通过遗传告诉它了。更何况在草原上火狐狸的踪迹是最容易找到的，它们的数量不亚于狼，而且不论公母大小，都散发着一股浓烈的狐臭味儿。多吉来吧探出鼻子，前后左右地闻了闻，让它喜出望外的是，它闻到的狐臭味儿正好在前面它要去的地方。它兴奋异常却蹑手蹑脚地朝前走去，走出沟壑，走了大约半个小时，就在偏离它前路三百米的一座草冈下，发现了一个狐狸洞。一只身材苗条、秀丽迷人的火狐狸站在洞口，忧愁满面地望着雨水淅沥的天空。也不知它在忧愁什么，全然没有注意到从下风的地方悄悄走来了一只大藏獒。多吉来吧在雨帘的掩护下悄无声息地靠近着火狐狸，直到火狐狸惊愕万分地发现了它。这时候它离火狐狸只有五米远，尽管枪伤在身，但对跟狼豹搏斗厮杀了一生的多吉来吧来说，这根本就不算距离。况且对方是一只母狐狸，洞里还有小狐狸，它要保护小狐狸，就只好把自己的内脏奉献给多吉来吧了。

多吉来吧吃了母狐狸的内脏，心满意足地朝前走去，没走多远，就发现自己不该偏离前去的路线来到这座草冈下，它吃掉母狐狸的代价，或许就是让自己毫无保留地置身于此刻它最不想遇到的险境中。草冈下早有一群狼埋伏在大大小小的草洼里，显然它们是来偷袭母狐狸家族的，没想到被一只藏獒占了先机。狼群大约有二十匹，是多猕草原狼类中的一个大家族。它们一看多吉来吧就知道是外来的，而对外来的一切包括藏獒，它们都有一种欺生的冲动，尤其是现在，当眼看就要到口的火狐狸成了藏獒的食物，它们自然就把窥伺的食物换成了这只孤苦伶仃的外来藏獒。它们看到这只藏獒的行动不太灵敏，明显是带着伤的，还看到它非常警觉，听到一点点声音都会停下来观察半天，这虽然不能表明它是胆怯和懦弱的，却至少说明它缺乏坦然和自信。二十匹狼在头狼的带领下纷纷从大大小小的草洼里跳了出来。

多吉来吧愣住了，让它吃惊的是自己居然没有在吃掉火狐狸之前就闻出狼的气味来，是因为雨太大，还是风向出了问题？它来不及想明白，就发现二十匹狼中，至少十五匹是大狼和壮狼，剩下的五匹狼个头虽然不大，但也都是能扑能咬的少年狼。它迟疑地朝前走了走，眼睛里喷射着凶狠辣毒的火焰，脑子里却迅速做出了一个作为一只优秀的喜马拉雅藏獒从来没有做出过的决定，那就是赶快离开。还是那个一离开监狱就冒出来的想法主宰着它：害怕敌手的纠缠耽搁时间，害怕自己万一有什么闪失就再也回不了家。它转身就走，走着走着就跑起来，它跑得很慢，怎么也不习惯在狼群前面逃跑。狼们都有些发呆，眼睛里充满了疑问：是阴谋，还是真正的畏葸？多吉来吧回头看了看，发现狼群没有追上来，便很快兜了一个圈子，朝着狼道峡的方向跑去。狼群明白过来了：不是诱敌深入的阴谋，多吉来吧前去的方向，正是它们走来的路，那里没有任何埋伏。它们开始追击，一股狼风一层层地撕裂着雨幕。雨乱了，横飞竖溅着，嗥叫声冲天而起，就像激射而去的水浪，沉重地击打着多吉来吧。多吉来吧猛然停下，本能地转过身来，准备迎战，但理智却拼命地对抗着本能，让它在意识到狼势凶猛，不可莽撞后，又开始逃跑。

它是狼狈的，是空前耻辱的，连雨水都奇怪得不再淋漓了：顶天立地的藏獒啊，什么时候变成了惊弓之鸟？但是多吉来吧已经顾不上在乎别人的嗤笑了，它宁肯蒙受奇耻大辱，宁肯在逃跑的狼狈中背负胆小鬼的坏名声，也要回家，回到主人汉扎西和妻子大黑獒果日身边去，应对那裹挟诡异之风、人臊之气漫卷而来的危难。但是毕竟它屁股上带着枪伤，时间一长，它跑得就不如狼群快了。狼群一点一点地靠近着，每靠近一点，头狼就会兴奋难抑地发出一阵嗥叫。头狼一叫，别的狼也会叫起来，是放纵而得意的叫声。在它们的猎逐生涯中，跑在前面的总是兔子或者鼢鼠或者狐狸，很少有机会快意追杀一只体魄健壮的藏獒。它们高兴啊，想用奔跑的威势，也用嗥叫震慑多吉来吧。而对多吉来吧来说，狼群的震慑带给它的是一种前所未有的紧张和自责：你这个丢尽了脸的笨蛋，你连逃跑都不会，居然让狼群追上来了。追上来就追上来吧，反正它抱定了这样的主意：只要不趴下，只要不被咬死，它就一定要跑下去，头朝着故乡、主人、妻子的方向，用一只天骄藏獒留恋生命、不想死亡的最后的意志，跑下去，跑下去。

距离又拉大了，意志让多吉来吧再次有了信心：既然已经狼狈不堪了，那就狼狈到底，只要能活下来、跑下去。但紧接着距离又缩小了，一下子缩小成了十米。势如破竹的狼群、志在必得的狼群，嗥叫着，狂欢着：杀呀，杀呀。而在多吉来吧身上，疲惫却不期而至，浑身的肌肉好像故意要把自己喂给狼群，不产生力量也不产生速度了。它无可奈何地慢了下来，又停了下来，狼群眨眼到来，它转身就咬，咬了一嘴狼毛，似乎只能咬到狼毛了，它意识到可恶的疲惫和伤势已经不可能让它像以前那样大气磅礴地跳跃奔扑了，便又忽地转身，夺路而逃。

已经逃不出去了，它只能搏杀，而搏杀就意味着死亡，它就要死了，现在的它根本就斗不过二十匹狼的集体进攻，它只能死了。头狼带着另外五匹大狼扑了过来，几乎同时在腰、臀、腿等等不同的地方咬住了它。它以牙还牙，但它只有一嘴牙，而对方却有六嘴牙，不，二十嘴牙。二十匹狼全都扑过来了，多吉来吧被密不透风的狼爪狼牙摁倒在了地上，它的还击顿时变成了挣扎。多吉来吧知道自己就要死了，突然节奏舒缓地叫起来，当然不是怜惜生命，作为一只杀伐成性的藏獒，它就像不怜惜狼的生命一样不怜惜自己的生命。它是想到自己千里迢迢历经磨难来到了这里，就要回到故乡草原见到主人汉扎西和妻子大黑獒果日，却又如此轻易地绑送在了八辈子都没有惧怕过的狼群之口。它悲伤欲绝，痛心不已，放弃了反抗和挣扎，蜷缩在地上，用叫喊告别着它所牵挂的一切。

它叫了很长时间，叫着叫着就奇怪起来：自己怎么还在叫？怎么还没有死？它用力一站，居然站了起来，再回头一看，狼不见了，二十匹狼无一例外地不见了。是厚重的雨幕把它们遮了起来？不是，雨幕怎么可能连味道也会遮起来呢？只有泥水中的狼毛和它身上隐隐作痛的狼牙之伤昭示着狼群的存在，但那是曾经的存在，而此刻眼前，狼群已经确确实实不在了。多吉来吧大惑不解地瞩望了片刻，来不及搞清楚怎么回事儿，转身就跑。它心情激动，沮丧顿消，又可以活着了，而且是甩掉耻辱、带着希望活着，活着就要跑，继续跑下去，朝着故乡的诡异之风和越来越深重的危难，朝着主人和妻子以及寄宿学校，跑下去，跑下去。没有人知道狼群为什么会放过多吉来吧，多吉来吧也不知道，父亲更不知道。大自然的心思不是父亲能够知晓的。父亲只能猜测，一只外来的伟岸凶悍到前所未见的藏獒，一只原本应该英勇无畏所向无敌的藏獒，在穿越雨夜和穿越峡谷的奔跑中忍辱负重，孤独前行，会给警惕的狼什么样的感受、什么样的狐疑和什么样的震撼？它们在多吉来吧的悲凉叫声中听出了什么样的情怀？又体会到了什么样的感受？总之，狼不声不响地撤了，它们回望着多吉来吧，神色肃穆。

然而不幸总是接二连三，多猕草原的领地狗群又追上来了。对多吉来吧这只外来的藏獒来说，领地狗群是更危险的对手，它现在不仅没有逃离追踪的可能，就连表现狼狈、让人嗤笑的机会也没有了。风从前面吹来，雨丝斜射着，多吉来吧闻不到多猕领地狗的味道，而多猕领地狗却能轻松捕捉到它的气息，加上雨雾朦胧、水蔽天空，几乎在多吉来吧不知不觉的时候，多猕领地狗已经来到了身后。听到了雨水中吧唧吧唧的脚步声，多吉来吧才回过头去，似乎不相信自己的眼睛，更不相信伤痛和劳累竟然让自己迟钝到了这种地步：已经在二十步之外了，黑压压一片敌手，黑压压一片死神的象征。这可不是狼群，是保卫领地、仇视一切侵犯的同类，动物界和人类是一样的，同类对同类的忌恨往往远甚于异类之间的忌恨。多吉来吧吼起来，这是禀性的显露：那就死吧。对一只藏獒来说，死是最不可怕的。但一想到死，它就不想死了，它千里跋涉来到这里，可不是为了死。它又改变了吼声，似乎是正色告诉对方：它不是侵犯，它来到多猕草原仅仅是路过，就要离开了，就要离开了。

多猕领地狗根本不听它的告知，继续逼近着。多吉来吧只好撒腿逃跑。但它连五十米都没有跑出去，就被对方追上了。它停下来，冲着包围了自己的同类吼了几声，就把利牙收起来，闭上了嘴，不哼不哈地做出一副任凭宰割的样子。一只铁包金的猛獒首先扑了过来，想用肩膀顶倒它，然后再用牙刀仔细切割。这一顶不要紧，只听咚的一声响，那猛獒立刻被反弹回来，一屁股坐倒在地上。多猕领地狗们吃了一惊：一只老藏獒的身体居然如此硬朗，几乎不是骨肉是岩石。铁包金的猛獒爬起来又要扑，发现已经有同伴冲了过去。这是一只棕色的公獒，性格就像它的毛色一样，燃烧着不服、不羁、不驯的光焰，它觉得既然同伴是被撞倒的，它的进攻也应该是撞击而不是撕咬，一来它想试试对方到底坚硬到什么程度，二来它觉得一旦自己撞倒了对方，那就证明自己比同伴厉害，这样的证明似乎比打败对手重要。它也是用肩膀顶向了多吉来吧。多吉来吧用自己的肩膀迎接着它，只觉得骨头一阵闷疼，身子不由得摇晃了一下。好在它足够坚定，没有倒下，倒下去的是对方。棕红色的公獒惊叫一声，踢踏着雨水爬起来，瞪着多吉来吧扑了一下，突然又停住，“汪汪汪”地叫了几声，转身就走，它不是害怕，而是羞愧，撞击之下，也是一个狗坐蹾，它比同伴强到哪里去了？

多猕领地狗们“汪汪汪”地叫起来，翻译成人类的话，那就是：咦？咦？怎么这么厉害？它们定睛看着多吉来吧：漆黑如墨的脊背和屁股、火红如炬的前胸和四腿，老迈的身躯透出一种惊天动地的狮虎之威，浑身的伤疤就像勋章一样披挂着，说明它到老都葆有一种不甘雌伏的英雄本色。它们佩服着、激动着，激动是因为它们终于碰到了一个可以纵情挑战，可以检验自己能力的强硬对手。又有藏獒扑了过来，还是撞，不是咬。多吉来吧叉开粗壮的四肢，把爪子夯进湿硬的泥土，像一个健美比赛的选手那样，忽一下鼓硬了浑身的肌肉。倒地了，还是对方倒地了。多猕领地狗们前赴后继，接二连三地撞向了多吉来吧。多吉来吧的骨头砰砰砰地响着，始终证明着无与伦比的坚固，但却是令它自己担忧的散架、碎裂前的坚固。多吉来吧一看就知道,这一只只撞过来的藏獒，都是骁勇善战的草原之王，都有舍生忘死的非凡经历，只要它们坚持不懈地撞下去，总有一刻，它会扑通一下趴倒在地，一旦趴倒，就不可能再站起来了。

大约经过了十八只壮健藏獒的十八次撞击，多吉来吧眼看就要坚持不住了。多猕领地狗们突然停止了撞击，不是因为没有藏獒再敢出击，而是觉得剩下的不如已经出击过的，为什么还要扑过去，把自己撞个大跟头，丢人现眼呢？多吉来吧狐疑地看着它们，琢磨它们是不是又要组织新的进攻了，一琢磨就琢磨出希望来：撞击了这么半天，怎么没发现它们的獒王？或者这群领地狗中根本就没有獒王，所以才这样温文尔雅地用肩膀撞来撞去，既没有使出牙刀，也没有使出坚爪。不存在獒王的领地狗群难道还能依仗集体奋发的力量，给它带来预想中的灭顶之灾吗？大概是不会了吧。多吉来吧慢腾腾地把深陷在泥土里的四腿拔了出来，假装无所畏惧地朝前走去。多猕领地狗们望着它，犹犹豫豫地跟了过来。多吉来吧的判断没有错，它们的确是群獒无首，獒王和另外一些最最强悍的藏獒被多猕骑手带走了，带到西结古草原争抢麦书记和藏巴拉索罗去了。它们没有了獒王就想拥戴新的獒王，它们之间的比试一刻也没有停止过，但结果表明，智慧和能力都是半斤八两，永远不可能有一只藏獒超脱而出，只好延宕下去，也无所适从下去。现在它们想：这只外来的藏獒是了不起的天生王者，能不能留下来做我们的獒王呢？如果不能，再实施杀伐——轮番扑上去打败咬死这个凶极霸极的入侵者。几乎所有的成年藏獒都这么想，又都拿不定主意，最重要的原因是，它们不知道原来的獒王是不是还活着，能不能再回来？它们用形体的语言和声音的语言商量着，无休无止地商量着。趁着这个机会，多吉来吧加快了速度，一会儿跑，一会儿走，天黑了，天亮了，连接着多猕草原和西结古草原的狼道峡口突然来临了。

雨还在下，水从峡口流过来，淌成了河。不得超越的草原界线就在河的这边拦住了多猕领地狗。多吉来吧蹚过河去，停下来，回头注视着它们，声音柔和地叫了几声，好像是说：你们是来送我的吧？谢谢了，谢谢了。然后转身离去。直到这时，多猕领地狗们才意识到，留下这只了不起的天生王者做獒王的可能性已经没有了，扑过去咬死它的机会也失去了，它们只能看着它离去，怏怏地远远地离去。它们此起彼伏地叫起来，开始是为了发泄愤怒，叫到后来声音就变了，仿佛是留恋，是告别：这个承受了十八次玩命的撞击，让十八只多猕藏獒滚翻在地的入侵者，再见了，再见了。

尽管新增的撞伤让多吉来吧痛苦万分，疲惫不堪的跋涉让它很想即刻躺倒在泥洼里酣然大睡，但是它没有停下，哪怕是一分钟的喘息也没有。它用生命的搏动挤榨着最后的力量，沿着狼道峡，一步一步靠近着西结古草原。狼道峡时窄时宽，两岸的山势忽高忽低，从山上流下来的雨水汇聚到一起，在峡谷里奔腾着，弯曲而浩大，很多地方都被大水淹没了，它不得不选择山洪势头稍缓的地方逆水游过去。它知道这样是危险的，一旦让山洪顺着峡谷冲下去，不被淹死，也会被礁石撞死。但它依然没有想到应该停下来，等雨住水枯了再走，它想到的仅仅是不远了，已经不远了，前面就是西结古草原，那是主人汉扎西的草原，是妻子大黑獒果日的草原，也是它的草原。这是最后一段路，它已经等不及了，恨不得长出一对翅膀飞过去，飞过去。

就这样，它如同扑向狼群那样奋勇当先、万死不辞地往前走着，见水就绕，绕不过去就游过去，再急的水也敢钻，再险的路也敢走。有一次它差一点被陡壁上坍塌下来的土石埋住。又有一次它被一股横斜而来的瀑布打翻在水里，冲出去半公里才爬上岸。还有一次是路被大水冲断了，中间是滚滚激流，两边是陡立的土壁，攀缘和跳跃都是不可能的，它绝望地哭着喊着，最后硬是用前爪在陡壁上挖出了一条可以爬上去的通道。更危险的一次是它又遭遇了群狼，它们站在峡谷一边的山坡上望着它，“呜啊呜啊”地嗥叫着。狼道峡是前往西结古草原的必经之地，也是恶狼出没的地方，狼群就像绿林好汉，啸聚在这里半路剪径，咬死牲畜咬死人乃至咬死藏獒的事情经常发生。但是今天，四十多匹狼的狼群没有任何行动，当多吉来吧冲着它们吼叫了几声，诉说了一番后，它们就不再骚动不宁了，静静地站在山坡上，默默注视这个与山洪和死亡抗争的家伙。它们忘了它是藏獒？忘了它是自己的天敌？或者，它不屈不挠的身影唤起了它们心中的同情和尊敬？终于，多吉来吧走出了狼道峡，草原出现了。它听到身后的狼群发出一阵嗥叫，听得它有些疑惑：怎么像是欢呼？多吉来吧扭头回望，在心里说了声：谢谢。

现在，多吉来吧面对着草原。这就是它的草原，它的故乡西结古草原，就是主人汉扎西的草原，妻子大黑獒果日的草原。这儿的草原比狼道峡以外的草原海拔至少高出八百米，又偏离着昂拉雪山与多猕雪山之间的季风走廊，和别处的草原经常是晴雨两重天，就像现在。现在这儿没有雨，只有阴沉沉的云翳预示着雨。但是多吉来吧却看到了雨后的彩虹，看到了蓝色晴日中的金色太阳，太阳照耀着雪山，把无量无边的冰白之光散射到了视域之内所有的地方。一切都是熟悉的，远景和近景、天空和地面、气息和阵风，都以原来的模样，亲切无比地欢迎着它。它哭起来，多吉来吧哭起来。它浑身乏力，四肢酸软，再也无法支撑自己沉重的身体了，扑通一声栽倒在地。这是故乡的草原，它回来了，终于回来了，它哭起来，多吉来吧哭起来。它舔着泪雨浸湿的土地，就像一只羊一头牛那样，啃咬着牧草，咀嚼着牧草，让满嘴馨香而苦涩的绿色汁液顺着嘴角流淌而出。

它闭上了眼睛，想着自己的忧伤和欢喜、苦难和感动，突然又睁开了眼睛，望着远方雨色朦胧的雪山，一股一股地涌流着眼泪：它到了，它到了，故乡的雪山、主人和妻子，它终于到了。它在哭泣中匍匐在地，急切地一点一点往前挪动着，主人和妻子，我到了，终于就要见到你们了。

它哭起来，拼命地哭起来，从西宁城到西结古草原的漫漫长途、一千两百多公里的漠漠远路、无数个日日夜夜的辗转跋涉，如今结束了，终于结束了。多吉来吧哭了很长时间，匍匐了很长时间，然后停下来，静静地躺下，尽情感受故乡草原的气息。身下的土地温湿舒坦，给它的身体注入着生命的活力。它安详坦然，像是睡着了。突然，它摇摇晃晃地站了起来，朝着碉房山的方向走去，那儿有主人汉扎西的寄宿学校，有妻子大黑獒果日的领地狗群。走着走着它便逼迫自己跑起来，它渴望以最快的速度出现在主人和妻子面前。

但是跑不多远它就停下了，诧异地四下里看着：不错，就是记忆中的故乡，就是它熟悉的一切，但是风中的气息怎么和刚才不一样了呢？远远近近有那么多陌生的味道搅混在一起：外来的藏獒、外来的狼群、外来的人，怎么都是外来的？而且混合着亢奋的人臊。它恍然想起了西宁城的味道、沿途一路上的味道，几乎天才般地把它们联系了起来，把它们看成了笼罩整个大地的一个透明而压抑的盖子、一股穿透了一切的诡异之风，看成了让它跟主人和妻子断然分开又阻止它扑向主人和妻子以及寄宿学校的唯一原因。它立刻躁动起来，那种曾经主宰了它的愤懑、焦虑、悲伤的情绪像坍塌的大山一样砸伤了它。它朝空气吼起来，吼了几声，就听到一阵奔跑的声音如浪而来，随着忽强忽弱的风一阵高一阵低——是狼，是狼群的奔跑，而且是外来的狼群。多吉来吧瞪起眼睛，停止吼叫，原地转了一圈，四肢绷得铁硬，静静等待着。

3. 永别了，各姿各雅

鹿目天女谷里，到处都是白唇鹿矫捷而胆小的身影。它们飞快地集中到谷地两边的山坡上，惊讶地瞩望着，然后轰轰隆隆朝着隐秘的谷地纵深地带跑去。随着白唇鹿奔跑的烟尘消失，一片四周缓缓倾斜、中间平凹的草地渐渐清晰了，好像一个天造地设的打斗场，把四面八方的斗士吸引到了这里。最先占领打斗场的是被十九只多猕藏獒领来的多猕骑手，但他们并不知道这儿就是接下来的打斗场，还以为下马休息一会儿，再给藏獒们喂点吃的，就可以继续深入山谷寻找麦书记和藏巴拉索罗了。正要起程时，突然看到一只魁伟高大、长发披肩的藏獒和一匹赤骝马横挡在他们前去的路上，赤骝马的背上驮着一只黑色大藏獒。一个同样也是魁伟高大、长发披肩的黑脸汉子躲藏在赤骝马的后面。

多猕骑手的头领扎雅“哦哟”了一声，表示对地狱食肉魔的惊叹，但也没有把它放在心上，觉得他们已经见识过了西结古草原的獒王冈日森格，就不可能再有更厉害的藏獒了。十九只多猕藏獒的想法跟扎雅大概是一样的，也没有表示出特别的警惕和仇恨。而在地狱食肉魔看来，这些多猕藏獒简直是不配自己仇恨的，听到勒格红卫让它出击的命令后，它几乎是笑着走了过来，表情和肌肉以及走动的姿态都显得放松而懒散。这样的放松当然不是为了麻痹对方，地狱食肉魔用不着麻痹，它除了轻视，还是轻视，轻视到不屑于主动出击。

多猕藏獒中的一只金獒首先扑了过去，速度快得连多猕骑手都没有看清楚。就在金獒以为它可以一口咬住对方的时候，突然听到一声惨叫，居然是自己发出来的。金獒实在搞不明白它为什么会拿自己的脖子去撞击对方的牙齿，但事实的确如此，它想强加给对方的命运，转眼变成了自己的承受。金獒躺下了，一方面是伤势太重，一方面是内心极度的沮丧：一切都是死亡前的挣扎，你根本就没有可能在对抗中靠近它。多猕藏獒一个接一个地扑过来，一个接一个地倒下去，喉咙，怎么都是喉咙？好像地狱食肉魔的牙刀无处不在，无论你从哪个方向扑过去，喉咙都会撞到锋利无比的刀尖上。多猕骑手们一次比一次惊讶地喊叫着："恶魔，恶魔，它是恶魔。"突然他们听到身后又有了藏獒的吼声，赶紧回头，看到不知什么时候，西结古獒王冈日森格出现在了绿得流油的草坡上。

冈日森格最初是沉默的，以它的智慧，它当然希望多猕藏獒和地狱食肉魔一直打下去，最好靠了多猕藏獒的轮番上阵，就能消灭这个狂野到极顶的魔鬼。但眼看着被消灭的只能是一只只多猕藏獒，它突然沉默不下去了，用吼声宣告了自己的存在。经历过无数次残酷打斗的冈日森格不会想不到自己很可能不是地狱食肉魔的对手，但它更容易想到的是，如果连自己都不是对手，西结古草原就不会再有地狱食肉魔的对手了。既然如此，它唯一要做的，就是用自己的智慧和不要命的举动拖垮地狱食肉魔，以便在自己失败或者死掉之后，让雪獒各姿各雅一举消灭地狱食肉魔。冈日森格挑衅似的吼叫着，尽量让自己老迈的噪音充满雄壮铿锵的威慑。对面的地狱食肉魔立刻停止了对多猕藏獒的屠杀，瞪着冈日森格，显得既愤怒又吃惊：好一头雄伟的藏獒，怎么这个时候才出现？

地狱食肉魔没有马上扑过来，它要研究研究：敢于挑衅自己的这只老藏獒到底有多老，是不是已经老糊涂了？太老的对手、稀里糊涂的对手，它是没有必要花工夫对付的。结论是没有。既然没有老糊涂，那就绝对不能客气。地狱食肉魔漫不经心地走了过去，甚至都快呵呵地笑出了声，放松得好像随时都会卧下来睡觉。它的傲慢延缓了时间，让本来即刻就要发生的打斗推迟了至少五分钟，就在这五分钟之后，冈日森格突然不准备打斗了，原因是它闻到了大黑獒果日以及尼玛和达娃的味道，也看到了大黑獒果日被绑在马背上的情形，更让它纳闷的是，这个地狱食肉魔的气息也是似曾相识的，到底是谁啊？它见过吗？没见过面怎么气息是熟悉的？

这时冈日森格突然看到了躲藏在赤骝马后面的勒格红卫，打了个愣怔，就把地狱食肉魔的气息暂时抛在脑后了。它很激动，毕竟勒格红卫曾经是“七个上阿妈的孩子”中的一个，而“七个上阿妈的孩子”又是它过去的主人。它亲热地“汪汪”了几声，想到自己的这个主人最早是牧民的装束，后来又是喇嘛的打扮，现在又成了长发披肩的云游僧模样，就觉得有点奇怪。它带着奇怪的神情，摇着尾巴跑向了勒格红卫。地狱食肉魔迎面截住，一头撞翻了冈日森格。冈日森格爬起来，左闪右躲地想绕开地狱食肉魔，发现对方快得就像自己的影子，无论你跑到哪里，面对的都是黑乎乎的山墙。冈日森格生气地吼叫着，看到勒格红卫从赤骝马后面跳了出来，不仅不阻止地狱食肉魔对自己的拦截，反而对自己又挥手又喊叫：“不要过来，冈日森格你不要过来，我现在还不想看到你死，我要多看你一会儿才让你死。”

冈日森格听话地后退了几步，疑虑重重地看了看一路追踪它的地狱食肉魔和绑在马背上的大黑獒果日，闻了闻藏在勒格红卫胸兜里的尼玛和达娃的味道，多少有点醒悟了：这个主人已经背叛了西结古草原，他和所有外来的骑手一样，成了危害西结古人的对头。现在的问题是，它应该怎么办？它是西结古草原的獒王，是带领西结古领地狗群履行保卫职责的首领，决不能容忍西结古人的对头绑架大黑獒果日以及尼玛和达娃，但如果是曾经的主人要这样做呢？它天生就忠于主人，难道会把撕咬主人和主人的藏獒作为忠于职守的代价？忠于主人和忠于职守都是它的天性，它在天性与天性之间选择，结果发现，它根本就无法做出选择，主人是神圣的，职守是伟大的，它除了忠于，还是忠于。更何况还有一种迷惑始终困扰着它，那就是地狱食肉魔的气息。经过刚才肉体与肉体的厮撞，它发现对方的气息不仅是熟悉的，还是亲切的，亲切得就跟自己的气息、就跟过世了的妻子大黑獒那日的气息一样。它摇头晃脑，疑虑重重：莫非它是跟自己有着血缘关系的后代？自己的后代怎么会变成这个样子呢？

冈日森格现在还不知道，地狱食肉魔其实是它的孙子。它的孙子正在实现主人的愿望：那就是超越冈日森格和多吉来吧，让雄健走向极顶，让暴戾达到空前：报仇，报仇，流血，流血。为了实现他的理想，他做到了让地狱食肉魔丧失记忆，然后六亲不认。不知道原因的冈日森格却知道如何解决面前这个复杂的问题。它又一次后退了八步，昂起头颅激切而紧张地吼起来。这是吼给西结古骑手和领地狗群听的：快来啊，快来啊，快来营救大黑獒果日，快来营救尼玛和达娃。冈日森格想：我曾经的主人我不能撕咬，散发着亲缘气息，很可能是我的后代的这只恶霸藏獒我也不能撕咬，但不等于别的领地狗不能撕咬，在自己无法赴汤蹈火时，让自己的同伴做出舍生忘死的努力就是必须的了。冈日森格吼来了西结古领地狗群，也吼来了一个它原本不想看到的局面，那就是在地狱食肉魔没有被它拖疲拖垮时，雪獒各姿各雅就扑了过去。

地狱食肉魔挺立在离它的主人勒格红卫和赤骝马十五步远的地方，这个距离是最适合保护的，只要不是群起而攻之，它就有能力拦住任何一个威胁到主人的敌手并把它咬翻在地。所以当西结古的雪獒各姿各雅扑向大黑獒果日以及尼玛和达娃的时候，也就等于扑向了地狱食肉魔。雪獒各姿各雅和地狱食肉魔一对一的打斗眨眼就开始了。各姿各雅依然把腼腆和温顺挂在脸上，做出一副憨厚怯懦的样子，刚扑到跟前，又退了回来，张开大嘴，抱歉地哈哈着，假装被吓得不轻。地狱食肉魔一看它这副德性，干脆掉转身子用屁股对准了它，好像是说，就凭你这样的，也配让我迎战？各姿各雅等待的就是这样的轻慢，它朝后一挫，就要扑过去，突然又停下，加倍地憨厚怯懦着，连尾巴都摇起来了。它知道对方不可一世，不等到彻底消除对方的警惕，决不能轻举妄动。地狱食肉魔后退着，用屁股靠近着它，似乎想进一步试探它承受侮辱的能力。各姿各雅干脆趴下了。

地狱食肉魔用屁股撞了撞各姿各雅的鼻子，看它一点反应也没有，就突然吼了一声，慢腾腾地走向了西结古獒王冈日森格。它看似愚蠢的意思好像是：既然我用屁股撞你，你都可以忍受，那就说明你已经被我用气势打败，用不着再去费劲对付了，要对付的应该是下一个目标。雪獒各姿各雅偷看着地狱食肉魔，觉得时机已到，一跃而起，用比眨眼还要快的速度，扑向了对方的喉咙。但是在大勇若怯、大智若愚的风格中从来没有失误过的各姿各雅，这次却不可挽回地失误了。它连对方的一根毛都没有咬到，就被对方一牙刀划破了脸颊。

阴谋，双方都在耍阴谋。在雪獒各姿各雅是装出来的怯懦，在地狱食肉魔是装出来的愚蠢。前者是引敌入彀，后者是请君入瓮。毕竟地狱食肉魔不仅有非凡的力量和速度，也有超群的智慧，早就看出各姿各雅腼腆而温顺的背后，隐藏着巨大的阴谋。它识破了阴谋，同时也意识到这个阴险地袭击了自己的对手，有着超出它想象的厉害，不然它就不可能仅仅划破对方的脸颊。地狱食肉魔忽地转身，横扑过来，这是几乎所有对手都无法回避的一扑，包括雪獒各姿各雅。这一扑的特点是你的躲闪同时也是它的反应，它并不是从你的身形变化中判断你的去向，而是它成了你的一部分，成了你的毛发、你的牙齿，只不过这牙齿最终是要咬向你自己的。

最终的结果立时出现了，在雪獒各姿各雅一连躲闪了三四下之后，它感到喉咙上有了一阵奇异的冰凉，一下子凉透了它的心，接着就是仆倒。它被地狱食肉魔压住了，牢固得就像长出了根。它用最快的速度理解了当下的情形，知道自己的悲剧已经发生，死亡在所难免，便惨烈地叫了一声，告别世间、告别伙伴的同时，提醒必然会扑过来为它报仇的獒王冈日森格：千万要小心啊，敌手的凶猛狠毒是草原上没有的。地狱食肉魔愤怒至极，进入西结古草原后，还没有遇到过一只让它战胜起来如此费劲的藏獒，它咬穿了各姿各雅的喉咙，又挑断了它脖子上的大血管，然后一口撕破了对方的肚子。它不是在战斗，而是在虐杀，完全是气急败坏的。它把自己的震怒大山一样耸立起来然后地震一样坍塌而去，转眼摧毁了雪獒各姿各雅年轻的生命。

都愣了，包括西结古獒王冈日森格，包括已经来到这里的上阿妈骑手和领地狗、东结古骑手和领地狗、西结古骑手和领地狗。半晌没有声音，没有任何反应。突然响起了哭声，是西结古领地狗群集体发出的哭声，哭声里蕴含了悲愤与惊讶，是带着血带着肉的惊讶，伤巨痛深：腼腆而温顺的各姿各雅死了，大勇若怯、大智若愚的各姿各雅死了，洁白如雪、身形如鹰的各姿各雅就这样飞快地死去了。只有带着美旺雄怒来到这里的父亲不认为各姿各雅已经死去，他跑了过去，一点也不在乎地狱食肉魔的存在："各姿各雅，各姿各雅。"

危险马上出现了，傲慢地站在各姿各雅尸体旁的地狱食肉魔怎么知道父亲不是扑向它，不是扑向自己身后的主人勒格红卫和驮着大黑獒果日的赤骝马呢？它跳了起来，扑向了父亲。与同此时，父亲身后，冈日森格和美旺雄怒从不同的方向也跳起来扑了过去，它们是去保护父亲的。它们都看出地狱食肉魔是一只不可理喻的藏獒，就毫不迟疑地把自己的生命当成了阻止进攻的屏障。美旺雄怒不愧是一只出类拔萃的藏獒，当它觉得主人现在需要它去救命时，它采取了一种最为便捷有效的方法，那就是首先扑向奔跑的父亲，在撞倒父亲、阻止了他的奔跑之后，它一跃而起，亮出虎牙，超过冈日森格，抢先来到了地狱食肉魔跟前。地狱食肉魔张嘴就咬，一口咬在了美旺雄怒的耳朵上，不禁勃然大怒：居然没有让我一口咬住你的喉咙，你的本事也太大了。正要送上第二口，忽见一股金色的罡风从身边扫过，它立刻意识到身后的主人勒格红卫和赤骝马已经十分危险，便身子一顿，来了一个一百八十度的大转弯，飞扑而去，从侧后一头撞翻了冈日森格。跑去营救大黑獒果日以及尼玛和达娃的冈日森格迅速立住，对着这只气息让它备感亲切的藏獒“汪汪汪”地吼叫着，却没有做出撕咬的举动，迷茫地后退了。地狱食肉魔生怕别的藏獒威胁到主人，也不恋战，跳起来，訇然堵挡在了主人面前。冈日森格牵挂着恩人汉扎西，边吼边退去。

父亲爬起来，依然按照最初的想法，扑向了雪獒各姿各雅：“各姿各雅，各姿各雅。”他摇晃着它，又想抱起它，发现它根本就不配合自己的搂抱，才意识到它已经死了，雄姿英发的雪獒各姿各雅已经不在了，它在展示着能力、最有希望成为西结古草原的新獒王时，突然被命运击倒了。这仿佛是一种预示，所有的强悍和伟大、生命的张扬和风光，都已经黯淡了，萎缩了，不再成为草原的象征、雪山的化身了。父亲内心一片冰凉，丢开他只能丢开的雪獒各姿各雅，欲哭无泪地走向了打斗场的边缘。他身边一左一右是西结古獒王冈日森格和赭石一样通体焰火的美旺雄怒。它们护卫着父亲，警惕地回望着，生怕地狱食肉魔从后面突袭父亲。而父亲，泪眼蒙眬的父亲，想到的却是：我怎么这么无能啊，怎么让藏獒一个个都死了呢？好像他是藏獒的天然保护神，所有藏獒的死亡都是因为他没有尽到责任。

父亲越自责，打斗就越残酷。他看到地狱食肉魔走了过来，站在打斗场的中央，冲着在它现在的眼界中最有分量的冈日森格，轰隆隆地吼起来。谁都知道这是挑战，更知道没有哪只藏獒会回避挑战，尤其是西结古獒王冈日森格。许多人盯着冈日森格，都为它捏了一把汗。只有冈日森格自己明白，它已经不准备同地狱食肉魔拼杀了。作为一只最敢打敢拼的獒王，它无能地把牺牲的机会让给了同伴，眼看着对方转眼咬死了雪獒各姿各雅，咬伤了美旺雄怒，这样的痛苦几乎是无法忍受的。但现在它必须忍受，它在潜意识里已经把地狱食肉魔当作自己的后代，忠于遗传、不伤害亲缘的天性牢牢禁锢着它，它隐隐约约感觉到，忍受的结果也许是好的，希望正从远方走来，打败地狱食肉魔的希望正随着一缕清风，悄悄地走进了它灵敏的嗅觉。

父亲朝前跨了一步，喊道："冈日森格，你不要理它，过来，跟我在一起。"冈日森格听话地来到父亲身边。父亲揪住它的鬣毛不让它离开，然后一手叉腰，盯着前面躲藏在赤骝马后面的勒格红卫，大声说："勒格你给我过来，你不认识我了吗？

我是汉扎西，是你的老师，你想干什么勒格？你让你的藏獒杀死了这么多西结古藏獒，你是有罪的，惩罚就在前面等着你，你知道吗？亏你还当过喇嘛，你那些‘唵嘛呢叭咪吽’白念了吗？”勒格红卫不露面，也没有任何声息。父亲又说：“忘恩负义的勒格啊，你为什么要这样？你忘了冈日森格救过你的命，忘了在你无家可归的时候是西结古草原收养了你。你为什么要仇恨？你仇恨谁就去报复谁，你不要乱咬乱杀好不好？”父亲揉着眼睛哭了。勒格红卫说：“汉扎西老师你不要说了，我不可能听你的话。”说着再次躲到赤骝马的后面，不管父亲怎么恳求、规劝和诅咒，他都一声不吭。

父亲冲了过去，他已经顾不得自己了，只想把勒格红卫从赤骝马后面揪出来，阻止接下来的打斗。地狱食肉魔哪里会允许父亲靠近它的主人？它扑过来，张嘴就咬，咬到的却是冈日森格的肩膀。冈日森格同样也不会允许任何敌手伤害到父亲，但它只想保护，不想进攻，就只好把自己的肉体主动送入对方的大嘴。死亡瞬间就会发生，冈日森格用身子挡住父亲，听天由命地闭上了眼睛。地狱食肉魔看第一口没有致命，立马又来了一口。勒格红卫老鹰一样唰地扑过来，一边抱住地狱食肉魔使劲朝后推着，一边焦急地挥手喊着：“退回去，冈日森格退回去，不要现在就来送死，等我心里不难受了再让你死。”

勒格红卫的喊声提醒了父亲，他觉得自己可以不怕死，可以用生命为代价让勒格红卫放弃厮杀打斗的念头，但他不能牵连冈日森格，冈日森格不是一只见死不救的藏獒，不等他死，冈日森格就会先死。父亲退了回去，冈日森格跟着退了回去。勒格红卫拽着地狱食肉魔也退了回去。

天色正在黑下去，鹿目天女谷一片安静。尽管大家都知道鹿目天女不高兴人群狗影的骚扰，时刻会把险恶与恐怖降临头顶，但来到这里的各路骑手都不想离开，因为目的没有达到：麦书记在哪里？藏巴拉索罗在哪里？午夜，冈日森格的叫声吵醒了一堆一堆蜷缩在地上的人。叫着叫着，它跳了起来。一直守护着冈日森格的父亲以为它要跳向地狱食肉魔，赶紧阻拦，却发现它又把身子弯过去，冲着鹿目天女谷黑暗的谷口叫起来。很快父亲就发现勒格红卫不在了。在黑夜的掩护下，他牵着赤骝马，带着地狱食肉魔，悄悄离开了这里。

冈日森格也要离开了。它惦记着被勒格红卫绑架走的大黑獒果日以及尼玛和达娃，一刻也不想待在这里。父亲和美旺雄怒跟了过去，所有的西结古领地狗都跟了过去。西结古骑手的头领班玛多吉一看身边没有了藏獒，惶恐不安地说："领地狗都走了，光留下我们能干什么？就是找到了麦书记和藏巴拉索罗，也保护不了啊。走，赶紧走，把它们追回来。"西结古骑手一走，气氛就紧张起来。上阿妈骑手的头领巴俄秋珠、东结古骑手的头领颜帕嘉、多猕骑手的头领扎雅都在猜测：他们干什么去了？是不是又有了麦书记的新线索？跟上去，这里是西结古草原，西结古骑手走到哪里，他们就应该跟到哪里。三方骑手争先恐后地跑向了山谷外面，生怕走慢了，藏巴拉索罗就会落到别人手里。

4. 杀狼，杀狼

虽然在别人的领地上有些心虚胆怯，上阿妈狼群并不打算轻易离开，它们弯来弯去不想跑出西结古草原，招惹得红额斑狼群一直都在追撵。两股狼群在逃命与追杀之间周旋着，持续了一个夜晚。天亮时，追杀的有点追不动了，逃命的也有点逃不动了，两股狼群慢下来。距离还是开始时的距离，但结果却越来越明朗，狼道峡已经不远，上阿妈狼群就要被撵出西结古草原了。为此，红额斑头狼发出了一阵得意的嗥叫，提前宣告了胜利的到来。叫着叫着，声音就变了，是命令自己的狼群停下来的声音，得意中掺进了一丝警惕和忧虑。

红额斑狼群不追了，都把警惕的眼光扫向了远方。远方有一个小小的黑点，但那个黑点无论怎么小，对狼来说都是一座山、一道屏障的存在。狼们都在想：哪里来的藏獒？怎么会在这里？它孤零零地立在狼群面前想干什么？追杀的停下了，逃命的却没有停。上阿妈狼群恍然以为后面追撵的狼和前面堵截的藏獒是一伙的，西结古草原的生灵——狼和藏獒，在对待外来侵略的时候，仇敌变成了伙伴，对手结成了同盟。而它们别无选择，只有冲锋陷阵，夺路突围。

上阿妈狼群冲了过去。大家都想绕开多吉来吧，狼群中间哗然出现了一道裂痕。多吉来吧左看看，扑向了左边；右看看，扑向了右边。疲惫和伤痛拖累着它，它显得有点笨拙，有点腰来腿不来，但它还是咬伤了两匹狼，等它扑向第三匹狼——一匹冲它龇牙瞪眼的少年狼时，遭到了少年狼所属的整个狼家族的同时攻击，五匹成年狼从不同的方向扑过来咬住了它。多吉来吧暴跳如雷，好像是说我才离开了多久，你们这些外来的侵略者居然猖狂到这种地步了。它狂吼狂咬着，虽然一口也没有咬住狼，两只前爪却比利牙还要迅速地掏向了狼胸狼腹。那是永不松软的钢铁，所到之处，皮开肉绽。一阵混扑乱打之后，狼毛和獒毛变成旋风飞上了天，随着旋风上天的，还有三匹狼不甘就死的魂魄。

多吉来吧再扑再咬，围过来厮打的狼越来越多了。上阿妈狼群似乎也意识到，这里只有一只藏獒，只要狼群同心协力，就没有打不过、咬不死的道理。坐山观虎斗的红额斑狼群悄

悄靠近着。突然一声嗥叫，所有红额斑狼群的成员都愣了，它们不明白，为什么它们的头狼会在这个时候发出这样一声嗥叫。但结果却是大家都能看明白的：嗥叫之后，上阿妈狼群对多吉来吧的围攻突然懈怠了，毕竟它们还惧怕着一直在疯狂追杀的红额斑狼群，毕竟它们中间有一部分狼把逃命看得比厮打更重要，整个狼群溃退而去。

多吉来吧用爪子拖带着狼肠狼血追过去。它知道应该节省体力，保证安全，现在最最重要的并不是打斗，而是尽快见到主人和妻子。但它是藏獒，是西结古的藏獒，它对草原、对领地安全的责任，并没有因为离开草原而有丝毫减损，只要回到草原，它就必须为责任而战。多吉来吧追着、吼着，几乎是原路返回，把上阿妈狼群撵进了狼道峡口。多吉来吧喘息着，扑通一声卧倒在地，舔着自己身上可以舔到的伤口，不由得闭上了眼睛。但是它只闭了一分钟，等眼睛倏然的睁开时，它的四肢便欻地绷直了。它摇晃身子站起来，硕大而沉重的獒头突然掉转方向。多吉来吧阴郁而伤感地望着前面，前面是跟着它追撵到这里的红额斑狼群，是和它多吉来吧一样也把自己当成了西结古草原的主人的狼群，这样的狼群可不是一番追咬就能赶走的。多吉来吧突然意识到，它千里奔走回到了自己的草原，不仅没有机会休息，也没有机会活命了，见到主人汉扎西和妻子大黑獒果日的千般努力，也许就要功败垂成。多吉来吧不吼不叫，冷静得如同冰山，一再地耸立着，高高地耸立着，气度不减、精神不衰地耸立着。红额斑狼群就在四十米之外，用比多吉来吧还要阴郁可怖的眼神望了过来，也是不嗥不叫，冷静得就像寒冬，是那种封杀一切的寒冬。

沉默。

沉默中的对峙让时间冻结了，也冻结了死亡来临的一瞬，谁也不敢行动，仿佛一行动时间就会把毁灭一脚踢来。毁灭的当然是多吉来吧，一只连逃跑都很吃力的藏獒，面对一股少说也有一百五十匹狼的大狼群，如果它不能变成一缕空气升天而去，就只能变成一堆鲜香的血肉，等待着被切割成碎块后，进入狼群的肚腹。最初的行动是从狼群开始的。它们在红额斑头狼的带动下，集体前移动了一下，大约有五米。多吉来吧立刻做出了反应，也是朝前移动了一下，也是大约五米。现在，多吉来吧和红额斑狼群的距离只有三十米了。这个距离让空气变得有些发烫，好像来自藏獒肺腑和狼群肺腑的烈火，正在融合成另一种气体，一点就炸。

沉默。

似乎时间不再冻结，双方的目光都更加深邃。体内原始的残忍正在信步走来，它的思维也变得格外流畅。多吉来吧想起了九年前的那场搏杀，大雪飘扬的日子，三股狼群围住寄宿学校，咬死了十个孩子，也几乎咬死它多吉来吧。就是因为它没有被咬死，挥之不去的耻辱让它差一点离开主人，离开豢养成为一只野狗。当年咬死十个孩子的狼,只要活着的，就都在面前这股狼群里，包括红额斑头狼。红额斑头狼当时虽然还不是头狼，却是一匹比头狼还要勇敢聪明的战狼。多吉来吧盯着当年的战狼如今的头狼，心想今天的相遇也许是一个复仇的机会，只是复仇来得太晚太晚，恐怕自己已经力不从心了。

而对红额斑头狼来说，它对多吉来吧的记忆当然要更深刻一些，它完全记得九年前群狼搏战寄宿学校保护神的过程，保护神就是这只名叫多吉来吧的藏獒，它山呼海啸般的凶猛，让铺天盖地的狼一个个心惊胆寒。几十四大狼壮狼就在那次搏战中被它咬死了。留在它脑海里不可磨灭的印象，不仅是恐惧，更是敬畏——野兽对更强野兽的敬畏、残暴对超凡残暴的敬畏。红额斑头狼浑身抖了一下，带着狼群，再一次朝前移动了一下，大约还是五米。多吉来吧接着做出了反应，朝前移动着，也是五米。现在，多吉来吧和红额斑狼群的距离只有二十米了。空气是透明的，却又是熊熊燃烧的，白色的燃烧里，涌动着白色的恐怖。众多的狼心和一颗獒心在无声而激烈的对抗中比赛着坚硬和气魄。谁是草原的王者，此时此刻，并不由打斗的力量和速度决定，而只是通过一种气度、胆识和心理素质来体现。

沉默。

红额斑头狼终于忍不住咆哮了一声。所有的狼都开始咆哮。多吉来吧昂然挺立，依然用天生的轻蔑不哼不哈地面对着狼群，稳稳地朝前走了一步，又朝前走了一步，然后一连朝前走了好几步，距离迅速缩短着，只剩下不到十米了，这是一只伟岸的藏獒可以一扑毙命的距离，其杀伤力不是任何一头狼所能承受和回避的。红额斑头狼身子不禁缩了一下，狼毫顿时奓了起来。所有的狼都把身子朝后倾着，随时准备迎击扑过来的撕咬。但是多吉来吧并没有扑过去，它又朝前走了几步，把它和狼群的距离缩短成了四米，好像它面对的不是一群穷凶极恶的狼，而是一堆灰色的石头。它坦然、自信、不屑一顾，不屑一顾到根本就没打算撕咬，它只是要走过去，气吞山河、势不可当地走过去。九年前排山倒海之势，雷霆万钧之势又回来了，同时回来的还有传递给狼群的心惊胆寒。

红额斑头狼后退了一步，突然一声嗥叫，这是号令，不是进攻的号令，而是撤退的号令，号令还没有落地，它就抢先转过身去，撒腿就跑。狼群跟上了它，它们其实早就想跑了，所以逃跑的动作谐调如水，比进攻还要自然流畅。多吉来吧追了过去，这是一只藏獒面对狼群时的本能反应，也是对九年前那场恶战耿耿于怀的表现；十个受自己保护的孩子被狼群咬死了，他们的音容笑貌就在眼前，栩栩如生，它一想起来这些狼迄今还活着就觉得是自己的耻辱和失职。

但是多吉来吧并没有追撵多久，耻辱的感觉、报复的欲望就被另一种吸引悄然消解。这种吸引一出现，多吉来吧立刻停止了追撵，因为吸引来自寄宿学校的方向，来自另一股狼群的气息。这可是不得了的事情，寄宿学校那边居然也有狼群强烈的气息。它不禁埋怨起来：西结古的领地狗群，獒王冈日森格，你们干什么去了？怎么一进入草原，到处都是耀武扬威的狼群，而不见你们的影子呢？多吉来吧跑向了寄宿学校，尽管它身体状况不佳，怎么也跑不快，但它还是咬着牙一再地催促着自己：快啊快，再慢就危险了，又会有十个孩子被狼群咬死吃掉了。它现在还不知道，它闻到的是白兰狼群的气息，试图嫁祸于人的白兰狼群马上就要扑向孩子们了，多吉来吧只觉得狼灾已经出现，死亡就在眨眼之间。它心急如焚，好像它一直没有离开过寄宿学校，寄宿学校始终都在它的保护之下。它现在只有一个想法：九年前的耻辱和失职决不能重演！杀狼！杀狼！

第 十 章
Chapter 10

最终的对决

1. 是仇敌，也是兄弟

巴俄秋珠带领上阿妈骑手超越西结古骑手，跑向了前面，没发现什么值得追逐的目标，又往回跑，跑着跑着，突然勒马停下了。他身后的骑手和领地狗来不及刹住，跑出去又纷纷折回来，用眼睛问道："为什么要停下？"巴俄秋珠举起马鞭指了指左前方说："看见了吧，那是什么？"骑手们说，早就看见了，不过是一只没有主人的藏獒。巴俄秋珠说："那好像是多吉来吧，多吉来吧可不是一般的藏獒，它是当年的饮血王党项罗刹。我听说它被汉扎西卖到了西宁城，怎么回来了？"巴俄秋珠想知道多吉来吧为什么在独自行走，会不会正在走向麦书记藏身的地方，便吆喝着自己的人和狗，纵马跑了过去。

多吉来吧这时正从上阿妈骑手的侧翼插过，按照习惯，它应该扑向这些外来的骑手和藏獒，但现在来不及了，寄宿学校的狼群、危在旦夕的孩子们比什么都重要，任何事情都不值得它去浪费时间。它想尽量远地离开上阿妈骑手和领地狗群，却没想到他们跑过来横挡在了自己面前。它不高不低、气息平稳地吼了一声，态度几乎是和蔼的，意思是：请你们让开，我要过去。上阿妈领地狗们理解了，互相看了看，并没有对着吼起来。巴俄秋珠大声说："多吉来吧你在这里干什么？你要是知道麦书记在哪里，就带我们去。"多吉来吧没有听懂，只觉得对方的意思是挡着它不让它走，便用一种只有面对狼群时才会有的黑暗寒冷的目光，针芒一样扎向巴俄秋珠，放浪地吼了一声。巴俄秋珠立刻很气愤："别忘了我曾经也是西结古草原的人，你不服从我，就不是一只好藏獒。"

多吉来吧的回答是一声威猛的吼叫。巴俄秋珠冷笑一声说："你知道你今天为什么会碰到我们吗？因为你的死期到了。"说着从背上取下了枪，喊道："骑手们，快快瞄准这家伙，我们的藏獒没有一只能打过它。"骑手们纷纷取枪在手。多吉来吧蹦跳而起，巴俄秋珠以为它要扑过来，正要端枪射击，却见它转身就跑。多吉来吧知道，现在不是莽撞的时候，寄宿学校的孩子们正等着它。"追。"巴俄秋珠狂叫一声。上阿妈骑手和上阿妈领地狗疯追而去。

西结古草原上，刚刚还是狼群逃命，转眼又是一代悍獒多吉来吧的逃命了。多吉来吧拼命地逃着，上阿妈骑手和领地狗群拼命地追着。马本来就比藏獒跑得快，加上多吉来吧越来越倦怠的身体，距离渐渐缩小了。多吉来吧回头看了一眼，突然朝右拐去，跑上了一座马鞍形的草冈。马的速度顿时受到了限制，距离又拉开了。巴俄秋珠朝着多吉来吧开了一枪，看没有打着，喊道："快啊，快啊。"然后扬鞭催马，跑上了马鞍形草冈的低凹处，一看前面还是草冈，便愤怒地叫着："獒多吉，獒多吉。"催促上阿妈领地狗追上去堵住多吉来吧。上阿妈领地狗箭一样嗖嗖嗖地冲向了前方。多吉来吧是机智的，它把上阿妈骑手引到了一个草冈连着草冈的地方，这样的地方抑制了马的奔跑，使它暂时摆脱了枪的威胁，至于追上来的上阿妈领地狗群，它是不怕的，不就是牙刀和爪子嘛，不就是力量和速度嘛，这些东西它多吉来吧从来不惧怕，也从来不缺乏。而上阿妈领地狗群似乎也不想给多吉来吧造成致命的威胁，都是追而不近、近而不咬的。但是上阿妈领地狗的客气并没有给多吉来吧带来什么好运，很快就是无路可逃——狼群出现了。

草冈连着草冈的地形对多吉来吧是有利的，对狼也是有利的，多吉来吧逃亡的地方，也正好是被它刚刚追撵的红额斑狼群逃亡的地方。它翻过了一座草冈，又翻过了一座草冈，第六座草冈刚刚翻过去，就看到这股大狼群，密密匝匝地堵挡在它面前。多吉来吧停下了，它只能停下，它已经失去了刚才那种山呼海啸、势不可当的威猛气势，一副抱头鼠窜、见缝就钻的可怜样子。这个样子的藏獒，一旦闯进狼群，立刻就变成肉糜。多吉来吧呆愣着，还没有想好怎么办，巴俄秋珠就带着骑手追过来，恶毒地端起了一杆杆叉子枪。狼们幸灾乐祸地看着多吉来吧，又万分警惕地看着那些和藏獒一样狰狞的枪，但很快就放松了，它们看到所有的枪口对准的都是多吉来吧，而不是狼。狼群大胆地朝前移动着，走在最前面的是红额斑头狼。红额斑头狼把狼头高高昂起，居然停在了离多吉来吧只有七八米远的地方，似乎在傲慢地告诉多吉来吧：你就要死了，我们是来吃肉的。

前有狼群，后有叉子枪，多吉来吧朝前吼了一声，又朝后吼了一声，看到双方一方比一方冷酷凶恶，它突然伤心地呜咽起来：狼群包围了寄宿学校，孩子们就要死去，主人汉扎西还没有见上一面，妻子大黑獒果日更不知凶吉如何，它却已经失去了希望，失去了活命的机会。它千里奔波，回援故乡，到头来却是一事无成，就为了做枪的活靶、狼的美味？多吉来吧走向上阿妈骑手，觉得宁肯让人打死，也不能让狼群咬死。巴俄秋珠紧张地看看自己两边的骑手，大声说："我喊一二三，大家一起开枪。"骑手们应和着，一个个闭上一只眼，扣住了扳机。

但是狼群没有让巴俄秋珠喊出"一二三"来。它们扑过去了。首先是红额斑头狼，带着一股迅疾的罡风扑过去了。多吉来吧以为是扑向自己的，回身就咬，却看到狼们一匹匹从自己身边飞驰而过，扑向了枪口，扑向了上阿妈骑手。枪声啪啦啦的，就像骨头断裂的声音两匹狼顿时栽倒在地。骑手们事先没有瞄准狼，大部分叉子枪打偏了，再装弹药是来不及的，群狼已经到了跟前，咆哮如雷，扑咬如风，就是骑手不怕，那些马也怕得要死，坐骑们纷纷掉转了身子，一口气跑下了草冈。追撵多吉来吧时一直消极怠工的上阿妈领地狗这个时候才赶到，看到狼群扑向了主人，大吼大叫着冲了过来。红额斑头狼的指挥张弛有度，没等上阿妈领地狗靠近，它就发出了一声停止扑咬的尖嗥。狼群赶紧后撤，顺着草冈一路狂驰，跑上了另一座草冈，停下来再看多吉来吧时，发现它已经离开那里，奔向了一处洼地。

巴俄秋珠和上阿妈骑手们远远注视着多吉来吧和红额斑狼群，惊奇胜过恐惧：狼群居然救了多吉来吧，为什么？多吉来吧顺着洼地，绕开草冈往前走着，不时地回望着红额斑狼群，是感激，是和平的信息。红额斑头狼用嗥叫送别着它，整个红额斑狼群都用嗥叫送别着它。多吉来吧听懂了，用一种从未有过的情深意长的眼光望着狼群，似乎意识到天然仇杀的敌人、祖祖辈辈撕咬夺命的对手，原来是可以兄弟般互相关照的。一丝悲哀油然而生：藏獒惨不惨啊？连狼都开始保护它了。多吉来吧带着被感动的眼泪，发出了一阵狼一样的嗥叫，嗥着嗥着，它就跑起来，直奔寄宿学校。它不停地催逼着自己：赶紧啊，赶紧啊，说不定早就耽搁了，孩子们已经被狼群咬死了。

2. 老獒王的祈求

西结古獒王冈日森格嗅着赤骝马留下来的味道，朝着狼道峡的方向走去。它走得有些吃力，因为它想快走，想跑起来，但是它根本快不了，也跑不起来。它老了，它在跟上阿妈獒王帕巴仁青和东结古獒王大金獒昭戈的打斗中多处受伤，流了很多血，又没有足够的时间恢复，看着它就觉得它是软的、酥的、乏力的，肌肉和骨头就像抖动的毛发，都能随风飘起来。父亲牵着大黑马，跟在冈日森格身后，不停地说："你不要追了，你停下来休息，我带着领地狗群去追，一定把大黑獒果日、把尼玛和达娃救回来。"冈日森格没有停下，它听懂了父亲的话，就越发觉得自己责任重大、义不容辞。它走着走着，身子一歪摔倒了，挣扎着爬起来，再往前走时，不禁沮丧地呻吟了一声。它嗅着空气，看了看远方，突然凝神不动了。一会儿，它冲着天空"嗷啊嗷啊"叫起来，然后使劲迈开了步子。

父亲发现，冈日森格是走向碉房山的。跟在它身后的所有人所有狗都没有想到，从这里到碉房山，必然要经过行刑台，各路骑手追逐搜寻的那个人——拥有藏巴拉索罗的麦书记，正在行刑台上平静地等待着他们。陪伴着他的还有丹增活佛。而走向行刑台必然要经过蓝马鸡草洼。这里一面是野驴河，三面是缓缓起伏的草梁，翻上前面的草梁，踏上漫漫平野前走一公里，就是行刑台了。行刑台好像一座神秘的殿堂，蓝马鸡草洼便是进入殿堂的门户。冈日森格带着西结古领地狗和西结古骑手来到这里时，还没有一个外来的骑手和一只外来的藏獒经过这里。冈日森格以守卫者的本能，站在门户前不走了。

数百只蓝马鸡飞起来，盘旋了一阵，又落进了草丛。它们不怕人，只是因为好奇，才要凌空看一看，"咕咕"地叫几声，以示这个地盘是它们的。西结古骑手的头领班玛多吉不理解，一再地询问父亲："我们这是去干什么？为什么要停在这里？"

父亲说:“我怎么知道?你最好亲自问问冈日森格。”冈日森格的回答就是不仅自己守在了这里,也让领地狗群一溜儿排开守在了这里。班玛多吉看出这是一个准备打斗的阵势,也就不再多问了,带领骑手,站到领地狗群后面,静静地望着前面。没过一个小时,蓝马鸡草洼就人影绰绰了。先是上阿妈骑手和领地狗走来,接着又出现了东结古骑手和领地狗、多猕骑手和多猕藏獒。这些人还没走到跟前,就传来了地狱食肉魔的吼叫。地狱食肉魔沿着野驴河快速奔跑着,把主人勒格红卫甩出去老远,它是前来打斗的,它一遇到别的藏獒的挑战就会激动得恨不得把浑身的所有细胞都变成血盆大口。蓝马鸡们再次飞起来,一片咕咕声:这么多的人,这么多的狗。

父亲和班玛多吉看出獒王冈日森格想把各路外来的骑手堵挡在这里,不禁有些诧异:为什么是这里?地狱食肉魔一转眼来到了离西结古领地狗群十多米远的地方,冲着冈日森格发出了一阵挑战似的咆哮。獒王冈日森格无奈地摆出了应战的架势。它已经闻到身后不远处就有麦书记和丹增活佛的味道,意识到必须在这里挡住所有的危险。它朝着地狱食肉魔走去,也朝着不幸走去。不幸的原因还是它那灵敏的嗅觉和超凡的记忆,让它更加切实地感觉到,地狱食肉魔的气息不仅是熟悉的,更是亲切的,亲切得就像自己的气息,就像妻子大黑獒那日的气息。它疑虑重重地朝前走了几步,坐下来,轻轻摇着尾巴。而丧失了记忆的地狱食肉魔永远是简单的,在它看来,摇尾就是屈从,屈从就是死亡,它活着就是为了让别的藏獒死亡。它按照勒格红卫灌注在它骨血里的仇恨与毁灭的法则，凶猛地扑向了冈日森格。

冈日森格没有动，就像承受调皮孩子的游戏打闹一样，张大嘴巴，吐着舌头，仁爱地哈着气。地狱食肉魔一口咬在了冈日森格的脖子上，立刻就很后悔：自己为什么不能采取一击毙命的战术？为什么要来一次试探？试探被对方当成了无能的表现，瞧瞧，对方根本就不在乎。地狱食肉魔迅速退回去，奋力助跑着，再一次扑了过来。这是一次真正的进攻，目标：喉咙。冈日森格的喉咙很容易就被血嘴利牙噙住了，但是地狱食肉魔没有立即咬合，它有些诧异：这只外表高傲强悍得堪与自己媲美的藏獒，死到临头了，怎么还不反抗？不反抗是它害怕了，既然害怕，为什么又不躲闪？诧异让地狱食肉魔放松了进攻，没有用最快的速度咬死冈日森格。面对敌手历来都是冷酷残暴的冈日森格，这时候拿出了老爷爷的温情和宽厚，即使感到了喉咙的疼痛，也没有做出任何回击的举动。

死亡即刻就会发生。父亲尖叫着："冈日森格，你怎么了？"西结古骑手的头领班玛多吉叹息道："完了完了，连冈日森格也完了，我们现在靠谁去战斗？"匆匆赶来的勒格红卫看到地狱食肉魔已经咬住了冈日森格的喉咙，惊讶地"啊"了一声，接着又阴险地命令道："咬死它，它就是獒王冈日森格。"勒格红卫的声音让冈日森格翻起了眼皮，它翻起眼皮不是为了看清对方，而是为了看不清对方。它泪眼蒙眬，发现这位昔日的主人已经模糊，关于往事的记忆也已经模糊，清晰呈现的只有天塌地陷的危机。它不顾一切地掉转了身子，一头顶开地狱食肉魔，轰轰大叫，仿佛突然之间，它就不再惦记勒格红卫是它曾经的主人，也不再顾忌地狱食肉魔跟它的亲缘关系了。地狱食肉魔后退了一步，意识到冈日森格居然顶撞了自己，就暴怒地一连跳了好几下，好像是说：死定了，死定了，你今天死定了。

冈日森格发出了一阵呜呜声，它为自己必须和亲人决斗而悲痛不已。它掩饰不住伤心地抛洒着泪水，望了望西结古骑手的头领班玛多吉，用亮晶晶的目光送去了一只老獒王的祈求：人们啊，能不能放弃仇恨，放弃对抗呢？它知道，只要人类不需要它们打斗，它们就没有厮杀的责任，就可以相安无事，和平共处了。但班玛多吉不仅没有放弃的意思，反而朝它有力地挥着手，声嘶力竭地喊道："冈日森格，拿出獒王的威风来，现在我们只能靠你了，上啊，快给我上啊。"只有父亲的声音是温暖而体贴的："冈日森格，你老了，你就认输吧，不要再打了。"冈日森格知道父亲的话是不算数的，感激地回应了一声，再次望了望班玛多吉，这是最后一次祈求：能不能放弃，放弃仇恨？班玛多吉坚持不懈地挥手督促着："上，给我上。"

冈日森格答应似的叫了一声。尽管它胸怀里充满了恋旧和恋亲的情愫，不忍心以敌手的姿态面对一只和自己血脉相连的藏獒，但它是獒王，它比谁都清楚，既然草原上的人决不放弃争抢和对抗，如果自己还不出击，接下来的时间里地狱食肉魔将毫不留情地咬死自己，然后风卷残云般地咬死所有的西结古藏獒。它不想看到这样的局面，不想让西结古领地狗群就这样走向覆没，它必须阻止，不管它有没有能力阻止。冈日森格眯上眼睛，仰望空中最遥远的地方，喟然一声长啸，把一只老獒王满腹满胸的惆怅和历经沧桑的悲凉呼了出去，然后像一个孩子一样，扑闪着泪眼，好奇而审慎地走向了它的亲缘后代地狱食肉魔。这一刻，它的内心突然坚毅起来，已经不仅仅是为了给许许多多被地狱食肉魔咬死的藏獒报仇了，也不仅仅是为了听命于西结古人的意志，服从于西结古人的需要了。冈日森格用苍老的身躯支撑着勇者的尊严和一个獒王的神圣职责，在预知到自己就要战死的情况下，坦然冷静地走上了血腥之路、厮杀之路。

3. 精疲力竭

白兰狼群饿了，掠食的欲望愈加强烈，而由欲望产生的胆量和力量也跟着机会同时出现在眼前。机会不是一两个孩子离开寄宿学校朝它们走来，而是风的转向。原来的风是迎面来的，狼群能闻到藏獒的味道，藏獒闻不到狼群的味道，现在的风突然倒刮而去，只让藏獒闻到了狼群的味道，狼群却闻不到藏獒的味道。立刻有藏獒叫起来，这一叫就暴露了它们的实力：趴卧在寄宿学校帐房前的几只大藏獒不是全部都叫，能叫的藏獒也不是吼声如雷，气冲牛斗，而是虚弱不堪，有气无力。黑命主狼王立刻明白过来，懊悔得连连跑着后爪：白白地窥伺和忍耐了这么久，原来这些藏獒都是毫无战斗力的老弱病残。黑命主狼王一跃而出，站在草冈的最高端，放肆地嗥叫了一声。狼们纷纷跳出了隐蔽的草丛和土丘，也像黑命主狼王一样嗥叫起来。

“狼来了！”十多个孩子喊叫着。这里没有大人，只有孩子，孩子们的头是秋加。秋加先是带着孩子们跑向了几只藏獒，像是去寻求保护的，但他马上意识到现在只能由人来保护这些藏獒，就大人似的对孩子们说：“你们守着它们，我去看看狼，少了扒少的狼皮，多了扒多的狼皮。”说罢，甩着膀子，大步走到了牛粪墙前，往前一看：“哎哟阿妈呀，这么多的狼。”一大群狼的涌动就像一大片云彩的投影，在秋加的眼里半个草原都黑了。他转身就跑，膀子再也甩不起来，到了孩子们跟前就哆哆嗦嗦地说：“我们回帐房吧，快回帐房吧。”孩子们朝着帐房跑去，没跑几步秋加就喊道：“藏獒怎么办？”赶紧又带着孩子们跑回来。藏獒们都站起来了，包括差一点死掉的父亲的藏獒大格列。大格列也不知哪儿来的力量，站起来后居然还前走了一步。但它也只能走这一步，再要往前时，就扑通一声栽倒了。它挣扎着却再也没有挺起身子来。

这时两只东结古草原的藏獒走到了孩子们前面，西结古草原的黑獒当周走到了孩子们一侧，都用扑咬的姿势对准了牛粪墙。牛粪墙不到半人高，主要的用途是晾晒冬天取暖烧茶用的燃料，哪里挡得住一群蓄谋已久的饿狼？有的狼扶墙而立，朝里看着，有的狼看都不看，一跃而过，还有的狼是大模大样从敞开的门里走进来的。四面都是狼。所有的狼都首先盯上了藏獒，它们看到两只藏獒已经死了，一只藏獒趴在地上起不来，能够站起来行走的只有三只藏獒，而这三只藏獒看上去是多么疲弱啊，步履蹒跚的，血渍涂满了战袍，嘴大如斗，却吼不出雄壮的声音来，根本就构不成威胁。狼群的包围圈飞快地缩小着，离藏獒最近的狼只有三米了，离孩子们最近的狼只有五米了。狼群的步骤显然是先咬死藏獒，再吃掉孩子们。十多个孩子发出了同一种声音，那就是哭声，边哭边叫："汉扎西老师！汉扎西老师！"

多吉来吧奔跑着，一头栽倒了，爬起来又跑。它已经看到了寄宿学校，"汪汪汪"地喊叫着：汉扎西，我来了。又一头栽倒了，还是爬起来又跑，"汪汪汪"地喊叫着：孩子们，我来了。

黑命主狼王首先扑向了一只东结古藏獒。那只藏獒无法迎扑而上，只能原地扭动脖子阻挡狼牙，阻挡了几下，就发现冷飕飕的狼牙是神出鬼没的，你以为在这儿，它却到了那儿。藏獒知道死亡已是不可避免，干脆后退一步，把身子靠在了秋加身上，意思是我就是死了，身子也是一堵墙，也不能让你们咬住孩子们。孩子们不是它的主人，却是在危难时分关照过它们的人，而在它们的习惯里，只要得到一时片刻的关照，就会有奉献一生的报答。另一只东结古藏獒似乎还能扑咬几下，几匹攻击它的狼暂时没占到什么便宜，但马上就要占到了，它在扑咬时一个趔趄歪倒在地，被狼牙轻易挑了一下，脊背上顿时裂出了一道大口子。它站起来，知道自己的反抗毫无作用，便也学着同伴的样子，把身子紧紧靠在两个孩子身上，告诉狼群：你们就是扑过来，也只能扑到我，而扑不到孩子，至少在我死之前是这样。

西结古草原的黑獒当周却义无反顾地扑向了狼群，它只有两年龄，是个单纯的小伙子，一时忘了重伤在身，以为靠自己拼命必然会打败狼群，就不顾一切地打起来。打了几下就打不动了，它被三匹狼扑倒在了地上，挣扎着起来后，看到一匹狼正骑在大格列身上试图将利牙攮入颈后，便一头撞了过去。它撞开了狼，却把自己撞趴在了大格列身上。马上有四五匹狼扑过去覆盖了当周。当周惨叫着。孩子们的哭叫声更大了。狼们上蹿下跳，你争我抢。

多吉来吧奔跑着，腹肋间、胸腔里、嗓子中好像正在燃烧，就要爆炸，一次次栽倒，一次次爬起，不管是栽倒还是爬起，它都会“轰轰轰”地喊叫：我来了，我来了。它已经看到了狼群，看到狼群正在围住孩子并开始撕咬，它吞咽着满嘴的唾液，卷起舌头，眼球都要喷出血来了。

听到了多吉来吧的声音，狼群扑咬藏獒和孩子们的精力突然就不集中了，都回过头来看着这只怒发冲冠的藏獒。这为十多个孩子和四只伤病在身的藏獒没有马上被咬死争取了时间。接下来，便是多吉来吧的冲刺。多吉来吧踉踉跄跄冲向了狼群的后面，而狼群的后面都是老狼和狼崽，从来不欺负孩子的多吉来吧这一次冲过去一口咬住了一只狼崽，并让狼崽发出了一阵“吱吱吱”的尖叫。黑命主狼王愣了一下，咆哮着跑了过去。多吉来吧转身就走,像一个绑架人质的歹徒,在穷途末路时把赌注押在弱小者身上。狼崽的父母和黑命主狼王哪里会允许它这样，跳上去就咬。多吉来吧大头使劲一甩，把狼崽甩出去老远。狼崽的父母跑向了狼崽，发现狼崽已经死了，悲痛地嗥叫。黑命主狼王听到它们的嗥叫，自己也嗥叫起来，这一声嗥叫把所有狼的注意力吸引到这边来了。而这也正是多吉来吧的目的，它成功地转移了狼群的注意力，又用咬死狼崽的办法激发了狼群对自己的仇恨。它跑起来，想牵引着狼群离开这里尽量远一点。

狼有拼命护崽的本能，也有欺软怕硬的习性，这两者加起来它们一见咬死狼崽的对手开始逃跑，就又是愤怒又是激动地追了过去，所有的狼都追了过去。多吉来吧回头看了一眼，突然不跑了，趴下了。潮涌而来的狼群哗地超过它，又迅速围住它。它趴着不动，希望片刻的休息能让自己滋生搏杀狼群的力量。狼群没有马上撕咬，它们不相信一只孤胆袭击了狼群并咬死了狼崽的大藏獒，会是一个疲乏到无力打斗的对手，它们一贯的狡猾和机警提醒它们注意对手的阴谋。

白兰狼群不知道它们遇到的是大名鼎鼎的多吉来吧。它们虽然也属于西结古草原，但几乎不来野驴河流域活动，只听说过多吉来吧，却没有见过。它们迟疑不决。多吉来吧不吼不叫，不怒不躁，只用一种不经意的眼光瞟着黑命主狼王。它已经看出来了，狼群的心脏就是这匹狼。而在黑命主狼王看来，越是平静安详的藏獒，越具有潜在的威慑，就越要小心提防。它派出去了好几匹狼，占领了四面八方的高地，想看看这只奇壮无比的藏獒是不是诱饵，是不是有更多的藏獒正在朝这里奔袭而来。十几分钟后，派出去的狼都开始嗥叫，那是反馈：没有，没有别的奔袭者。黑命主狼王就更奇怪了：既然就这么一只藏獒，它为什么要这样？它可以远远地离去，也可以去守着孩子们，就是没有理由一动不动地趴卧在这里。这样的疑问让黑命主狼王一直没有发出扑咬的命令。

时间就这样过去了，多吉来吧的喘息渐渐平静，奔跑带来的腹肋、胸腔、嗓子里燃烧和爆炸的感觉已经没有了，体力正在一丝丝地回来。它试着昂了昂头，感觉脖颈是硬挺的；它试着吼了一声，感觉轰鸣是饱满的；又试着鼓了鼓浑身的肌肉，感觉虽然不是特别硬朗，但至少不会跑几步就栽倒了。它慢腾腾地站起来，又慢腾腾地朝前走了几步，朝后退了几

步，像是活动筋骨，一前一后地倾了倾身子，看都不看狼群一眼，气定神闲地晃着头，又一次卧了下来。

黑命主狼王诧异地抽了抽鼻子，咆哮着朝前扑去，几乎扑到了多吉来吧身上。多吉来吧不仅没有惊慌，反而闭上眼睛，舒舒服服地把獒头靠在了伸直的前腿上。黑命主狼王赶紧退回来，又后悔刚才没咬一口，正要再次扑过去时，就见多吉来吧忽地飞了起来，朝着狼影遮罩而去。黑命主狼王朝后蹦跳而起，一闪身躲到一边去了，却把死亡的机会让给了一匹毫无防备的大公狼。大公狼还没有搞清楚怎么回事儿，喉咙就被獒牙牢牢钳住了。狼命在獒牙之间游荡，咝咝地响了几声后就倏然消失。黑命主狼王惊讶地看到，多吉来吧的扑咬根本不需要站起，不需要准备，更不需要威胁，想什么时候扑就什么时候扑，想扑到哪里就能扑到哪里。它嗥叫了一声，警告自己的部众：对方迷惑了我们，想让我们统统死于麻痹，小心啊，它可不是一般的藏獒。而多吉来吧需要的恰恰就是这种效果：让狼群在错觉中不敢轻易扑来，它却可以抓紧时间休息，尽可能多尽可能快地恢复足以战胜狼群的体力。

多吉来吧也在疑惑，白兰草原的狼群，怎么跑到野驴河流域来了？尽管它已经是一只走南闯北、千里寻亲的藏獒，经历了城市、乡村、沙漠的磨难，获得了别的藏獒无法获得的生存经验，但它还是搞不明白，为什么草原说变就变了，秩序、规则、习惯、古老的约定都变得陌生了，不起作用了。又有一些时间过去了，又有一些体力正在回来。以为多吉来吧会随时进攻的狼群终于明白，对方原来是在休息，根本就不是进攻前的麻痹。它们怎么能允许一只作为劲敌的藏獒在它们眼前旁若无狼地睡大觉呢？黑命主狼王绕到多吉来吧后面，悄悄地靠近着，突然一张嘴，哗地咬向了对方的肚腹。但是对方的肚腹突然不见了，黑命主狼王咬到的只是一嘴獒毛，它知道又一次上当了，赶紧躲闪，却被多吉来吧扭身一口咬住了后颈。狼王毕竟是狼王，居然就地一滚，逃脱了多吉来吧大铁钳一样的獒牙，滚到狼群里头去了。多吉来吧追了过去，分明是在追撵黑命主狼王，却把身子一偏，张开大嘴，飞刀而去，一下子划破了一匹壮公狼的肚腹。壮公狼惨叫一声，回身就咬，发现多吉来吧已经扑向另一匹公狼，也是用飞快的牙刀，划破了对方的脸颊。

似乎多吉来吧的战斗这才真正开始。它拿出刚刚恢复过来的全部体力，冲进骚动的狼群，抖散浑身拖地的獒毛，如同一股扬尘的风，扑啦啦地迷乱了狼眼。它奔扑跳跃，扑倒一匹狼，不管咬在什么地方，都不会停下来再咬第二口。它知道停下来是危险的，狼群会铺天盖地而来，把几十张大嘴同时对准它。它想起了九年前的那场搏斗、那种狼群在它身上摞成山的情形，那样的情形如果再出现，带给它的就一定是死亡。黑命主狼王仿佛看透了多吉来吧的心思，它要做的就是尽快制止对方的奔扑跳跃，尽快给自己创造一个群起而攻之的机会。它迅速离开多吉来吧的扑咬范围，召集一些大狼壮狼来到自己身边，静静地等待着，只要多吉来吧冲过来，就会一拥而上，用狼牙齐心协力埋葬对手。

多吉来吧看到那些狼居然静立着不动，就想你们也太不把我当回事了，我这么腾起落下，拼命撕咬，你们却悠闲自在得像在观看玩耍。再一看，黑命主狼王也在那边，它便大吼一声，气势汹汹地冲了过去。没等到多吉来吧冲到跟前，那些静立不动的狼就突然搅起了一阵旋风，前后左右地窜动，包围了多吉来吧。

多吉来吧发现情况不妙，獒毛一扇，忽地跳了起来。黑命主狼王边叫边扑，所有的狼都跟着扑了过去，硬是从前后左右咬住多吉来吧的獒毛，把它从空中拽了下来。

多吉来吧被压住了，开始它还能站着，还能摇晃着身子试图甩掉那些狼，后来就没有力气了，覆盖而来的狼不断增加，压得它无法承受，只好侧着身子趴下来。好在它的上面是狼摞狼的，摞上去的狼咬不住它。它把下巴紧贴在脖子上，龇出利牙保护者喉咙，然后凭借狼的撕拽，仰面朝天，冒着自己的肚腹被狼咬破踩烂的危险，强劲有力地捣出了前爪和后爪。紧贴着它的那匹大狼顿时被它捣烂了肚腹，大狼疼得想离开，却被别的狼牢牢压着，连咽气前的挣扎都不可能了。多吉来吧用四肢紧紧抱住了这匹死狼，让上面的狼根本咬不着自己的胸部和腹部，又用狼头挡住喉咙和脖子，腾出利牙一次次地朝上攻击着。很快多吉来吧就发现自己的攻击是徒劳的，摞上去的狼越来越多，越来越重，差不多就是党项大雪山了。最担心的情形已经发生，多吉来吧感到窒息正在出现，被压死的危险就要来临。它绝望地闭上了嘴，不再有任何撕咬对手的企图。

让多吉来吧没有想到的是，想置它于死地的黑命主狼王，这时候又成了它的救星。黑命主狼王也被压在下面了，窒息的感觉和被压死的危险同样没有放过它。它这才意识到：自己光想到了压死对手，没想到同时也会压死自己和别的狼。它嗥起来，它身边的狼和它上面的狼也都嗥起来，一个意思：走开，走开，让我们出去。狼们一层一层地离开了，空气飘了回来，呼吸舒畅了。黑命主狼王和压在多吉来吧身上的狼一个个站了起来。几乎在同时，多吉来吧丢开抱在怀里的死狼，打了一个滚儿，摇摇摆摆地挺起了身子。

多吉来吧满头是血，是狼牙撕咬的痕迹，但不要紧，命还在，战斗力还在。它抖动着獒毛，抖落浑身的尘土草屑，巡视似的转了一圈，四腿一绷，倏地扑了过去。它扑向了黑命主狼王，看到对方已经躲开，就又扑向另一匹公狼，一口咬住对方的脖子。它愤然一撕，让大血管的开裂带出了一声死神的歌吟，然后激跳而去，再次扑向了黑命主狼王。黑命主狼王又一次躲开了，又一次把身后的一匹公狼亮给了多吉来吧。多吉来吧在咬住这匹公狼的同时，一爪伸过去，蹬踏在了另一匹公狼的腰窝里。但就是这一杀性过于贪婪的蹬踏，让多吉来吧失去了平衡，它歪倒在地，放开了那匹本来可以咬死的公狼。那匹公狼回头就咬，咬在了多吉来吧的前腿上，让多吉来吧的起身慢了至少五秒钟，而这五秒钟恰好就是黑命主狼王扑过来咬它一口的时间。

黑命主狼王咬在了多吉来吧的脖子上，差一点把大血管挑破，然后又奋力后退着嗥叫起来。它通报了一个回合的胜利，督促众狼赶紧围过来集体进攻。狼们快速运动着，里三层外三层的包围圈眨眼形成了。多吉来吧知道接下来就是狼的四面出击，如果有七八匹狼同时扑过来，它就会防不胜防。它冲了过去，想撕开重围，占领一个不至于背后受敌的地形。但黑命主狼王的指挥太及时了，多吉来吧刚进入狼阵，就听到它的嗥叫，迎来了六匹大狼的围堵和进攻。

六匹大狼的战术和黑命主狼王一样，扑过来咬一口然后迅速离开，离开是为了让别的狼继续撕咬。狼们六匹一组，前赴后继，轮番进攻着。多吉来吧来回躲闪，很快就力不从心了。但力不从心并不等于束手无策，毕竟多吉来吧是打斗的圣手，它丢弃防守，又开始奔扑跳跃，这一次它收敛了牙齿，只扑不咬，就用前爪对准狼的脊梁骨，踢了这个，又踏那个。所有被它踢踏的狼都趴了下去，却又能立刻站起来。狼们以为它只会这样不轻不重地踢踏，也就不怎么害怕了，纷纷靠过来，想伺机咬住它。有几匹狼也真的咬住了它，正要用牙刀切割，却发现沉重的反击骤然出现，也不知怎么搞的，自己被一股力量推倒了，接着就是伤口开裂，就是死亡。一连死了四匹狼，每一匹死去的狼都被多吉来吧在喉咙上咬出了一个深深的血洞。狼们恐惧地后退着，给多吉来吧让开了一条突出重围的路。

多吉来吧吼叫着冲了出去，冲到了一面坡坎前，局势立刻变得对它有利了。它回过头来，在后面和两侧没有敌手威胁的情况下，面对追过来的狼群，一次次地扑咬着。它扑咬的是狼群的边沿，狼群再多，前面的也会挡住后面的，它左晃右闪，声东击西，一咬一处殷红的伤痕，一咬一股喷涌的血泉。这时黑命主狼王绕着狼群跑过来，想从侧面偷袭多吉来吧。多吉来吧假装没发现，等它到了跟前，突然转身，猛吼一声，扑了过去。黑命主狼王比别的狼多一种本领，那就是朝后奔跃，这让它幸运地躲过了死亡，却没有躲过伤残，它的皮肉开裂了，从脖子一直开裂到肩膀。它一连朝后奔跃了四次，才完全摆脱多吉来吧的撕咬，惊魂未定地跑到了狼群后面。

黑命主狼王忍着伤痛，仰着脖子，悲哀地长嗥了一声，眼光朝远处不经意地一闪，看到了牛粪墙里十多个孩子和四只伤残的藏獒，心里不觉一亮，突然就有些懊悔：为什么非要和这只霸悍无比的藏獒纠缠不休呢？这半天打来打去，居然忘了最初的目的。咬死孩子，必须咬死孩子，咬死孩子既可以嫁祸于人，又可以报复这只藏獒。黑命主狼王用招呼同伴的声调嗥叫了几声，抢先冲向了孩子们。孩子们惊叫起来。多吉来吧立刻注意到了，沙哑地吼了一声，丢开正在和自己纠缠的一匹公狼，拼命跑了过去，黑命主狼王刚刚咬住秋加的衣袍把他拽倒在地，多吉来吧就赶到了，它赶紧松开秋加，一个漂亮的朝后奔跃，躲开了多吉来吧的撕咬。

“多吉来吧，多吉来吧。”孩子们早就看到了多吉来吧，早就欢呼过了，但等它到了眼前，可以和他们互相触摸、紧紧厮守时，还是爆发出了一片欢呼声，好像只要多吉来吧来到跟前，危险和恐惧就会烟消云散。孩子们你争我抢地和多吉来吧拥抱着。多吉来吧气喘吁吁地舔了这个，又舔那个，让每个孩子红扑扑的脸蛋都变得水灵灵的。他们似乎忘了狼群，忘了残酷的打斗还在继续，只剩下重逢的喜悦，用情深意长的表现，否定了所有的不安和不幸。黑命主狼王发出了进攻的嗥叫，自己却一动不动。围拢而来的狼惊愣地望着多吉来吧和孩子们，第一次没有听从黑命主狼王的命令。它们当然知道人与藏獒的亲密关系，但像眼前这样亲密到忘乎所以的场面它们却从来没有见过。

多吉来吧和孩子们欢喜够了，又去问候黑獒当周和大格列，它知道它们是西结古草原的藏獒，如今受伤了，已经承担不起保护孩子们的责任了，就安慰地舔了舔它们，然后来到两只东结古的藏獒跟前，以主人的姿态，矜持地和它们碰了碰鼻子，眼睛里充满了疑问：你们怎么也在这里，而且受伤了？是谁把你们咬成这个样子的？最后多吉来吧站到了两只死去的西结古藏獒跟前，凭吊似的闻了闻，突然一声猛吼，它们不是狼咬死的，它们是藏獒咬死的，怎么会是藏獒咬死的？它四顾八荒：草原，草原，毕竟不一样了，奇怪得就像西宁城了，藏獒咬死了藏獒，把嚣张的机会提供给了狼。怪不得夏天的狼也是群居的，而且见了藏獒不躲避，见了它多吉来吧也不害怕。多吉来吧走过牛粪墙，走向了狼群。狼群离它只有十五米远，它走到七八米开外的地方突然卧下，用阴森森的目光盯着黑命主狼王。孩子们再也不害怕了，举着拳头喊起来：“咬死狼，咬死狼。”多吉来吧回头看了看孩子们，打哈欠似的张了张嘴，像是说：放心吧，等我休息够了，面前这些狼就都得死掉。

多吉来吧只休息了不到十分钟，就被狼群催逼起来了。狼群知道不能让它休息，一点一点靠近着，不断用咆哮挑衅着它。多吉来吧吃力地站起来，恨恨地喘着粗气，走向了一匹离它最近的大公狼。大公狼赶紧朝后退去，退到了黑命主狼王身边，好像是去商量的：到底怎么打？一起扑还是分开扑？多吉来吧继续靠近着，做出扑咬的样子，用刀子一样的目光在两匹狼身上扫来扫去，扫得大公狼和黑命主狼王心里直发毛：到底对方会扑向谁呢？多吉来吧突然停下了，从胸腔里发出一阵唬声，好像是最后通牒：你们谁不后退，我就咬死谁。唬了几声，多吉来吧纵身一跳，扑了过去。与此同时，黑命主狼王朝后奔跃而去，唰一下跃出了多吉来吧的扑咬范围。大公狼没有这等本事只能转身逃跑，刚把头掉过去，却被多吉来吧牢牢压在了身体下面。完蛋了，狼们都以为大公狼命已休矣，全然没想到多吉来吧会从大公狼身上跳下来，看都没看它一眼，就又扑向了黑命主狼王，似乎是说你有朝后奔跃的本领，那我就看看你是不是每一次都能逃脱我的扑咬。多吉来吧又扑了一次，结果跟上次完全一样，黑命主狼王逃脱了，它扑住了黑命主狼王身边的另一匹狼。多吉来吧毫不犹豫地放掉了这匹狼，还是扑向了黑命主狼王。同样的战法和结果一直持续着，直到再也没有一匹狼愿意跟黑命主狼王并肩站在一起。

狼群动荡着，黑命主狼王跑到哪儿，哪儿的狼就会纷纷离开。多吉来吧知道，它的离间计成功了，狼们肯定是这样想的：黑命主狼王有朝后奔跃的本领，它们没有；狼王能轻易逃脱，它们却不能。黑命主狼王把它们当作了替罪羊，它们为什么还要和狼王站在一起甘愿成为刀俎之肉呢？更重要的是，狼们已经意识到，多吉来吧扑咬的只是黑命主狼王，不然它不会放掉那些已经被它死死压住的狼。既然这样，这场打斗似乎就跟它们没什么关系了。多吉来吧加紧了追咬，拿出最后的体力，再也没有给黑命主狼王停下来的机会。无处可躲也无狼帮助的黑命主狼王只好跑离了寄宿学校，跑上了两百多米外的一座草冈。多吉来吧没有追过去，它知道自己的力气正在耗尽，就卧在离孩子们十米远的地方，紧张地观察着狼群的下一步行动。它感到浑身的伤口就在这个时候一起疼起来，大概是挣裂了吧，怎么一下子全部挣裂了？

黑命主狼王嗥叫起来，是召集狼群来到自己身边的声音。狼群过去了，在草冈上待了一会儿，便又跟着黑命主狼王走了回来。大概是受到黑命主狼王的训示吧，它们显然没放弃咬死孩子的目的，新一轮的进攻正在酝酿之中。多吉来吧站起来，步履滞重地走向寄宿学校的帐房。它从帐房门口叼起主人汉扎西洗衣服用的一个马口铁盆子，拖到了孩子们面前，又往返几趟，从帐房里叼来了孩子们用的三个搪瓷洗脸盆。它用爪子对着洗脸盆的盆底拍起来，拍一下，叫一声，着急地望着孩子们。秋加首先明白了，学着多吉来吧的样子，用自己的巴掌拍响了盆底，拍了几下觉得不够响亮，便捡起一块石头敲起来。

转眼之间，马口铁洗衣盆和三个搪瓷洗脸盆都被孩子们敲起来了。草原上的人都非常爱惜器皿，尤其是外来的铁质器皿，从来没有人如此敲打过，狼自然也就从来没有听到过，它们不知道这是什么东西在响，还以为是爆炸，惊愣在三十米之外不知如何是好。多吉来吧冲过去了，就在这种亘古未闻的铁器的击打声中，它蹒跚着冲向了黑命主狼王。黑命主狼王转身就跑，它一跑，狼们就都跟着跑起来。多吉来吧追了几步，突然停下来，身子一歪，倒了下去。不行了，不行了，它感到浑身的伤痛如同乱锥扎身，一点力气也挤不出来了。它艰难跋涉一千两百多公里，回到西结古草原后依然是艰难的奔逐厮杀，它就是金刚身躯，也已经散架了。它一声比一声气短地叫起来，看到白兰狼群还在奔逃，看到一种更大的威胁悄然出现在寄宿学校的南边，就把悲愤难抑的叫声变成了一声叹息：我不行了，这些孩子、几只伤残的藏獒，就要变成狼食了。

4. 死别的悲伤

蓝马鸡草洼里，走上血路的西结古獒王冈日森格首先扑了过去。因为是惩罚是复仇是正义之举，它觉得自己必须首先扑过去。扑过去是一种姿态，至于一下子就咬住对方，它也知道那是不可能的。但是就在它的利牙距离对方还有两寸半的时候，冈日森格的脑子里突然闪出一个侥幸的念头：并不是不可能，对方纹丝不动，就好像要试探它的牙齿够不够锋利。冈日森格獒头朝前使劲一抵，一口咬在了对方的肩膀上，只觉得牙根生疼，嘴巴震荡，就像咬在了橡皮上，对方的皮肉咬前是什么样子，咬完后还是什么样子。它赶紧松口，退回原地，吃惊地寻思：能咬破所有兽皮的牙齿，竟然没有咬破对方，是我的牙齿不行了，还是对方的皮肉出乎意料地坚韧？而在地狱食肉魔这边，也有一种吃惊：一只如此年迈的藏獒，怎么可能有这么坚固的牙齿？差一点咬烂，就差一点，如果不是咬在肩膀上，很可能已经是被咬烂了。地狱食肉魔之所以纹丝不动，就是想试试对方的牙齿到底老到了什么程度。一试之下，它发现接下来的打斗中，躲闪是必须的，决不能让这种牙齿接触到它在一般情况下并不会去刻意防护的喉咙和软肋。它抖了抖被冈日森格咬乱的黑色獒毛，抖出了一片耀眼的油光闪亮，霸气十足地望着对方，朝前走了几步，走得虎虎生威，好像是说：来啊，有本事再来啊。

冈日森格早已过了容易被激怒的年龄，冷静地观察着对方，发现这是一只行动起来根本就没有破绽的藏獒：它的头颅是低伏的，这是为了保护喉咙和便于出击；它的身形是笔直的，这是为了保护两肋和缩小对方进攻的面积；它的四腿是弯曲的，这是为了爆发更大的力量和产生更快的速度；它的眼睛是眯缝着的，这是为了排除干扰、聚焦对手，以最精准的方式扑向对方的喉咙。冈日森格略微有些迟疑，它知道自己必须扑上去，也知道这一次扑咬肯定无法奏效，却又希望不至于彻底无效。它从嗓子眼里发出一阵呼噜噜的声音，突然意识到：从来没有绝对的无效，此刻无效的扑咬也许是最正确的举动。它扑了过去，就在对方闪开的同时，它突然停下，狂吼一声，按照预测到的提前量，第三次扑了过去。

第三次扑咬依然无效，地狱食肉魔轻松闪开了。冈日森格气急败坏地原地蹦跳，头颅乱晃，身体乱扭，四肢乱刨，眼光乱飞，几乎处处是破绽，无论对方从哪个角度进攻，都可以将它一击毙命。地狱食肉魔一瞥之下，知道机会到了，心里冷笑着，掀起一股风扑了过去。冈日森格瞬间被扑倒，却又跳起来溜开了。地狱食肉魔再掀一股风扑了过去，又扑倒了对方，对方又一次跳起来溜开了。地狱食肉魔第三次掀风而去，第三次扑倒了冈日森格，冈日森格第三次跳起来逃过了致命的撕咬。地狱食肉魔大吃一惊：原来对方气急败坏的原地蹦跳是装出来的。更让它吃惊的是，冈日森格的躲闪速度和技巧是它从来没有遇到过的，你风一样扑去，它风一样躲开，总是在你以为根本不可能躲过的时候消失在你的爪牙之外。你那骇人的一击毙命的攻势在它面前烟消云散，打斗现场突然笼罩上了无法预测结果的迷雾。没有老，这只表面上老去的藏獒原来没有老。地狱食肉魔突然不动了，定定地望着冈日森格，酝酿着第四扑，第四扑是志在必得的一扑。

冈日森格知道，是它伪装的气急败坏的样子干扰了地狱食肉魔，使对方的扑咬随意而简单，所以它逃脱了。但是现在，第四扑马上就要降临，不可能再是随意而简单的，接受打击的时刻已经来到，似乎只有一种可能等待着它，那就是束手待毙。不，绝对不能束手待毙，它从来没有束手待毙过。它提前跳了起来，在对方的第四扑还没有开始的时刻，它就已经朝后蹦跳而去。但是这样的蹦跳显得很不光彩，它好像不是战斗中的躲闪，而是逃跑。一代枭雄西结古獒王冈日森格居然要逃跑了，连它自己也吃惊，它怎么可以这样？好像对方一瞪眼、一作势，等不到如风似电，它就被吓跑了。

冈日森格匆忙落地，转过头来，看到地狱食肉魔似乎已经放弃撕咬，便大吼一声，扑了过去。地狱食肉魔其实并不认为冈日森格的蹦跳是逃跑，看它转身扑了过来，觉得这正是自己等待的一个机会，也是大吼一声，迎头而上，张开大嘴，龇出牙刀，直逼对方的喉咙。它们在空中飞翔，胜败取决于轰然对撞的一瞬间，到底是谁的鲜血能够滋润对方的牙舌。冈日森格一看对方扑跳的高度跟自己一样，脑子里灵光一闪，突然醒悟了：它不应该这样莽撞，虽然它老了，但还不至于愚钝到连回避死亡的能力都没有。经验和智慧让冈日森格慢了下来，速度一慢，身子就会下沉，恰好离开了地狱食肉魔疯狂扑咬的路线。当预期中对撞的瞬间到来时，它们一上一下地交叉而过，先是冈日森格落地，后是地狱食肉魔落地，几乎在同时，它们转过身来，用争王称霸的眼光再次瞄准了对方。

谁也没有死，谁也没有伤，在冈日森格是庆幸，在地狱食肉魔是愤怒：谁能躲过我的这一扑？只有它，只有它，这个老谋深算的家伙。地狱食肉魔再次跳起来，它是原地跳起，一连跳了好几下，这是仇恨的宣泄，它仇恨的首先是自己、自己的无能，所以它一再地把自己置放在空中，然后重重地摔下来。跳着跳着，它就把宣泄仇恨的对象从自己转换成了敌方，它扑过去了，如昂拉雪山的倾倒，遮蔽了冈日森格的天空。

冈日森格早有准备，但它立刻就知道，有准备和没准备是一样的，躲开对手的这次扑咬根本就不可能，它以一生的打斗经验和技巧作依靠，最多只能把死亡转换成受伤，而且是严重受伤。它本能地躲闪着，当地狱食肉魔一口咬住它的脖子后，它又本能地反抗着。好在它的反抗不是一般藏獒的反抗，这里面浸透了它对生命的认知和对死亡的看法，它不怕，不怕死亡来临，所以它的反抗并不是垂死的、无用的，它紧而不僵、松而不懒，状态就像活佛修禅那样，信心十足地把爪子塞进对方嘴里，如同撬杠撬住了地狱食肉魔的血盆大口，脖子上的大血管因此没有破裂，生命得救了。冈日森格飞速蹭过地狱食肉魔红色的胸脯，蹭干净了自己脖子上的鲜血，借着对方的推力，翻滚在地，滚出去七八米，才脱离了对方的撕咬。

冈日森格站了起来，金黄的鬣毛就像风中走浪的牧草，依然自由而放松地起伏着，尾巴唰唰地摇晃，不是乞求，而是赴死如归的宣告：死了，死了，我就要死了，下一次扑咬我就要死了。它等待着对方的扑咬，鼻子一抽，突然就不是视死如归的感觉，而是空前迷茫的悲哀了，悲哀得它几乎瘫倒在地。它发现它的嗅觉在不该发挥作用的时候离奇地敏锐精确起来，那个一直都很朦胧的亲缘关系渐渐清晰了：是正宗的后代，是它冈日森格与大黑獒那日的儿子的儿子，是亲得不能再亲的亲孙子。啊，亲孙子，这个和自己殊死搏斗的家伙原来是自己的亲孙子。为什么，为什么要和自己的亲孙子殊死搏斗？它吼了一声，又吼了一声，一声比一声亲切温存，似乎想告诉地狱食肉魔：你是我的亲孙子，我是你的亲爷爷，难道你没有闻出来？

遗憾的是地狱食肉魔听不懂，它一看对方又一次活着离开了自己，暴怒不止地吼叫着，惩罚自己似的一头撞在了地上，然后用前爪狠狠地打着地面：我怎么还没有咬死它？这个威仪凛然的老狮头金獒，居然敢用不死来挑战我？它恶狠狠地几乎咬烂自己的舌头，再次扑了过去。冈日森格是无法脱逃的，它被对方摁住了，它知道无论是老了还是年轻着，它都无法回避它的亲孙子地狱食肉魔电光火石般的这一扑。它没有躲闪，而是在鲜血飞红的瞬间，主动把肩膀凑了上去。不，不要你的肩膀，我要你的命。地狱食肉魔在心里吼叫着，牙刀划过肩膀，直插对方的喉咙。喉咙颤抖了，在牙刀飞来的时候，它以极高的频率发出一阵惊恐的颤叫，然后砉然裂开，把牙刀紧紧吸住了。血溅出来了，是西结古獒王冈日森格的血，溅在了地狱食肉魔的眼睛上。地狱食肉魔把眼睛一闭，甩头便撕。它已经得逞了，现在只需要把口子撕大一点，打斗就可以结束。它是胜利者，它不可能不是胜利者，它将在自己创造的骄傲和伟大中，把此生所遇到的最顽强的抵抗送进记忆，然后慢慢地嘲笑。

然而，想不到的事情总是出现在最后一刻，多少次从死亡线上爬出来的冈日森格其实并不会惊恐，它喉咙的颤抖不过是一种极其有效的防护措施，颤抖中喉管滑过了利牙，只把保护着喉管的脆骨和肌肉让给了伤害。地狱食肉魔哪里会想到，它的甩头撕咬虽然撕大了裂口，但冈日森格的气息依然是畅通无阻的。就在它以为胜利已经属于自己而松开对方的时候，冈日森格腰身一挺，站了起来，迅速走向一边，在一个对方无法一下扑到的地方停了下来。冈日森格打量着对方，似乎有些不相信自己的判断：这哪里是什么亲孙子啊？亲孙子有这样对待亲爷爷的吗？它的嗅觉呢，跟亲爷爷一样灵敏的嗅觉呢？为什么不起作用了？冈日森格咂摸着对方的气息，晃了晃头，一下子又晃掉了自己的怀疑：判断是没有失误的，的确是自己的亲孙子，地狱食肉魔的勇敢和打斗方式就是证明。冈日森格摇了摇尾巴，似乎是说：不能再打了，亲爷爷和亲孙子不能再打了。

地狱食肉魔一看冈日森格还能走动，就知道自己的这一次进攻还是没有达到目的。它恼火得几乎想把自己吃掉，撕扯着所有自己的牙齿可以够到的皮毛，以自虐的方式鞭策着自己：咬啊，咬啊，咬不死它我就不活了。然后它回头看了看自己的主人勒格红卫。勒格红卫和它一样恼火，瞪大眼睛催逼着它：快让它死！快让它死！地狱食肉魔答应似的吼了一声，跳起来奔扑而去。它这次用了一条弯来弯去的路线，让冈日森格一时不知道往哪儿躲闪了。冈日森格盯着它，干脆不躲不闪，就那么僵立着，好像它不是一个行将毙命的活物，而是一尊没有感觉的石雕。但是屹然不动的石雕还是动了一下，当地狱食肉魔正要把大嘴贴向它的喉咙时，它突然自动倒地了，它宁肯被对方用坚爪踩痛踩伤，也本能地不愿意已经带伤的喉咙再次负伤。地狱食肉魔咔嚓一下咬合，什么也没有咬到，便一爪夯过去，夯住了对方的胸脯，利牙直逼喉咙，再行撕咬。

冈日森格知道自己逃不脱了，也不管喉咙有恙无恙，把身子一展，不仅没有躲闪，反而把自己的喉咙凑了上去。地狱食肉魔看到喉咙自己来到了跟前，便赶紧咬合，却发现嵌进自己大嘴的不光是喉咙，还有半个脖子，也就是说，对方的喉咙已经越过它突出在外边的利牙，进到它嘴里边去了。里边是舌头，舌头的舔舐只能消毒，而不是杀戮。地狱食肉魔赶紧缩头，想把利牙挪到对方的喉咙上。冈日森格却使劲把脖子朝它嘴里塞着，好像不让它咬断脖子不罢休似的，与此同时，它抬起一只前爪，朝着虽然看不见却能估计到的地方，猛然打了出去。

冈日森格打中了，打中了对方的一只眼睛，这是何等神奇的一击，虽然不是致命的，却是最具有摧毁力的。眼睛烂了，地狱食肉魔的左眼流血了，不管左眼以后会不会瞎，至少现在看不见了。围观的骑手们惊叫着："呀！呀！呀！"藏獒们欢呼着："汪！汪！汪！"而冈日森格却抑制不住地哭起来：烂了，烂了，我的亲孙子的一只眼睛被我打烂了。哭着哭着，地狱食肉魔的疼痛就蔓延到了它身上，利牙咬啮一样折磨着它的心。它心说不打了，不打了，就让亲孙子咬死我算了。它沉重地低下头，愧疚地呆立着，等待着死，等待着用交出生命的办法实现亲爷爷对亲孙子的忍让。

地狱食肉魔觉得事情不妙，大幅度甩动着獒头，撕裂了冈日森格的脖子，然后飞快地向左转了一个圈。左边是它从来没有见过的黑暗，它发现用急速转圈的方式可以使黑暗消失，但只要停下来，黑暗又会出现。它烦躁地喊起来，似乎想喊主人来帮忙，把左眼的光明复原给它。主人勒格红卫没有过来，只是焦急而恶毒地喊着："咬啊，往死里咬啊，快一点，你耽搁什么？"在勒格红卫看来，他的地狱食肉魔之所以到现在还没有咬死对方，并不是它不能，而是它不想。地狱食肉魔听明白了，又向右转着圈，用一只眼睛对准了冈日森格，才发现对方已经后退到五米之外，正在一边喘息一边流泪。不，不能给它喘息的机会，地狱食肉魔一跃而起，用一只眼睛喷吐着更加强烈的王霸之气、雄烈之风，扑向了这个世界上唯一一头伤害了它的藏獒——西结古獒王冈日森格。

冈日森格蓦然一阵颤抖，求生的本能让它一下子回到了最初的清醒：自己的亲孙子要杀死的可不光是自己，是西结古草原所有的藏獒。它是獒王，不管对方是谁，是亲孙子，还是亲儿子，它都不能容忍对方得逞。更何况对方已经部分得逞了，那么多西结古藏獒已经死掉了，凶手既然是它的亲孙子，就更应该由它来亲自惩罚。冈日森格一跃而起，带着滴沥不止的血脖子，朝着自己的右边、对方的左边闪避而去，一闪就闪到了地狱食肉魔左眼视野的黑暗中。地狱食肉魔只好停下来向左旋转，一转就又看见了冈日森格，正要直扑过去，冈日森格倏忽一闪，又躲进了它左眼视野的黑暗中。这样重复了几次后，灵敏的地狱食肉魔突然开始向右旋转，转了半圈，然后直扑过去，正好扑到向右边闪避的冈日森格身上。地狱食肉魔张嘴就咬，一口咬在了冈日森格的右耳朵上，差一点把整个耳朵撕下来。

冈日森格感觉到一阵钻心的疼痛，突然意识到，现在的问题根本就不是它该不该惩罚自己的亲孙子，而是它有没有能力实施惩罚，即使亲孙子瞎了一只眼睛，最大的可能仍然是自己被对方一口咬死。既然这样，为什么还要用亲爷爷和亲孙子的关系干扰自己呢？忘掉它，忘掉它，忘掉它就是自己的亲孙子。冈日森格把注意力再次集中在对方的眼睛上，想把对方的右眼也打出鲜血来，但坚硬的爪子刚要伸出去，对方就机敏地躲开了。冈日森格愣了一下，当它确认地狱食肉魔真的躲开了它的打击时，突然就兴奋起来。变了，变了，局势终于变了。此前一直是它被动地回避着地狱食肉魔，现在地狱食肉魔开始被动地回避它了，这说明对方已经意识到自己的弱点，而对弱点的回避既可以是保护自己，也可以是暴露自己，甚至保护和暴露同时出现，当它集中精力保护这一边时，也就等于暴露了那一边。

冈日森格后退了几步，往右边一跳，又往右边一跳。地狱食肉魔赶紧向左，一再地向左。就在这个时候，冈日森格突然改变了跳跃的方向，猛地靠向了自己的左边、对方的右边，然后大水决堤似的扑了过去。地狱食肉魔没想到对方的扑咬并没有选择自己的弱点，赶紧把注意力集中到右边，但已经晚了，在它防御的牙齿咬住冈日森格的肩膀时，冈日森格进攻的牙齿已经提前插进了它的脖颈，开始猛烈撕咬。撕咬是有效的，虽然脖颈上是很结实的皮肉，但毕竟比对方肩膀上的皮肉要柔软薄嫩一些，冈日森格咬烂了它，终于发现自己的牙齿还可以年轻，还可以成为利器而让对方忍受伤残之痛。

它想拼命切割，扩大战果，却也感到自己的肩膀正在痛苦地开裂，便奋身一跳，退了回来。

地狱食肉魔第一次感觉到自己受了重伤，好像有点奇怪：被牙齿咬伤的样子居然是这样的不舒服。它摇晃着头颅，想看到脖颈受伤的地方，可它看不到。它又伸出舌头，想舔舔伤口，却怎么使劲也舔不上，于是就瞋目而视，怒吼着扑了过去。它的扑咬神速而准确，没等冈日森格做出躲到右边还是左边的选择，就被它一口咬在了脖子上。

但冈日森格似乎并不在乎对方的撕咬，或者说它期待的恰恰就是对方的撕咬，它伸出爪子，打向对方的右眼，想让所有的光明都离开对方。地狱食肉魔赶紧松口，后退一步，晃开它的爪子，突然跳起来，试图用沉重的身子把对方死死摁在地上。冈日森格闪开了，闪进了地狱食肉魔一只眼睛看不见的地方，迅速拉开距离，张嘴吐舌地大喘了一口气。

地狱食肉魔朝右转了一圈，才看到冈日森格，愤恨地盯着它。冈日森格喘息已定，傲然而立，似乎已经不再苍老了，它自己的感觉是这样，所有人、所有狗的感觉都是这样。它的亲孙子地狱食肉魔的暴戾恣睢和豪横跋扈刺激了它，它那来源于雪山草原的灵性再造了它，那么多人、那么多狗的期待推动着它，它以年轻人的姿态开始了接下来的打斗。它扑向了地狱食肉魔，飞翔的速度，鹰鹫俯冲的速度，好像青春回来了，雪山狮子回来了。一直沉默不语的西结古骑手的头领班玛多吉昂奋地喊起来："獒多吉，獒多吉，冈日森格加油啊，咬死这畜生！"他这么喊的时候，好像冈日森格不是畜生而是人。父亲也喊起来，喊声一如既往地充满了担忧："小心啊，冈日森格！"

冈日森格的俯冲是充满了迷惑的，当地狱食肉魔判断着左边还是右边的时候，它却从上边崩塌而下。冈日森格当然不会指望自己一下子压住并一口咬死对方，它的想法是这样的：对方躲向哪边，它就从哪边进攻，要是对方原地不动，它就落到对方后面，咬掉它的尾巴。但地狱食肉魔毕竟是一只妖气、鬼气、神气、霸气集于一身的藏獒，仰头一看，便做出了一个让冈日森格措手不及的举动，那就是原地跳起，用自己平阔的脊背迎接冈日森格的踩踏。已经来不及躲开了，冈日森格是飞翔的，也是失重的，踩住对方脊背的一刹那，它就失去了平衡，被对方掀翻在了地上。侥幸的是，地狱食肉魔忘了自己的左眼已经看不见，当它把冈日森格掀翻到自己左边的时候，也就失去了一个一击毙命的机会。它扑了过去，却只是凭着感觉扑向了冈日森格的喉咙。而冈日森格的老辣就在于它完全预知了对方的举动，翻倒在地的时候，它强迫自己侧身背对着地狱食肉魔。地狱食肉魔张嘴就咬，然后甩动头颅，一阵猛烈的撕扯，等撕扯出了一股鲜血和一地金色獒毛，它这才意识到自己咬住的根本就不是喉咙，而是后脑。冈日森格的后脑是坚固的，就算对方的利牙是钢铁铸就，也无法顷刻洞穿骨头。地狱食肉魔愤激而失去理智地蹬了冈日森格一爪子。冈日森格借力一滚，滚出了撕咬范围，忽地站起来，晃了晃头，把后脑上的鲜血晃得四下飞溅。

地狱食肉魔恶狠狠地吼叫着，朝前扑去，当它发现对方影子一样闪向了自己看不见的左边时，便突然改变主意，身子朝左一摆，拔腿奔跑起来。它跑了一圈，然后跑向了冈日森格，在它的想象里，这样的奔跑就是追击，冈日森格必然会躲闪，而躲闪就是逃跑，只要形成追逃局面，它就不怕对方利用自己一只眼睛看不见的弱点转眼消失而后快速偷袭了。冈日森格的确跑起来，但并没有跑多远，它就直上直下地蹦跃而起，让来不及刹住的地狱食肉魔从自己下面噌地蹿了过去，把屁股格外愚蠢地亮给了它。冈日森格落到地上，兴奋地叫了一声，立刻又明白，它们是高手对决，真正的愚蠢实际上是不存在的。尽管如此，它还是按照自己的愿望，朝着地狱食肉魔的尾巴扑了过去。地狱食肉魔前腿一撑，后腿一蹬，神速地朝后蹦过来，落地的时候重重地压在了冈日森格身上。冈日森格被压得趴下了，吼叫了一声，绷直四腿，使劲支撑起了身子。它很奇怪，它居然把身量超过自己的地狱食肉魔驮起来了。地狱食肉魔也很奇怪：这个看似老态龙钟的老家伙，怎么有着比年轻藏獒还要大的力气？它在冈日森格背上啃了一口，俯下身子，直把利牙快速伸向对方的喉咙。冈日森格往前拼命一跳，摆脱了它，转过身来，扑了一下，却又矫健地朝后退去，在十步远的地方立定脚跟，用冷飕飕的眼光望着地狱食肉魔。

地狱食肉魔从一只眼睛里激射着焰火，仿佛要把自己、把敌手、把整个世界都燃烧起来，而燃烧的方式就是斜着身子朝前扑咬。冈日森格立刻发现自己已经不可能躲到对方左眼看不见的地方去了，也不可能拿出看家的闪避本领，脱离急如星火的危险，对方的扑咬太不可思议了，速度是没有见过的，一只眼睛关照的面积也是没有见过的，它只能迎扑而去，只能承受死亡。然而死亡是公道的，对谁都不会例外，在纠缠冈日森格的时候，必然也会去纠缠地狱食肉魔。冈日森格突然意识到，地狱食肉魔既然斜着身子消除了左眼看不见的弱点，那就不可避免地把整个腰腹暴露给了它，接下来的厮打中，不管地狱食肉魔的牙齿咬在它的什么地方，它都有可能把自己的牙齿或者前爪捅向地狱食肉魔的要害处。冈日森格坦坦然然做好了用死亡换取死亡的准备，看到地狱食肉魔倏忽而来，便猛然伸出了自己的前爪。

事情果然像冈日森格预想的那样发生了，地狱食肉魔咬住了冈日森格的脖子，冈日森格用前爪捅向了对方的上腹。皮肉瞬间破裂了，是冈日森格的皮肉，也是地狱食肉魔的皮肉。但破裂并没有深入下去，也没有扩大开来，地狱食肉魔从来不准备同归于尽，它只想让对方死，不想让自己再受到任何致命的伤害，所以它立马松口了，一松口，对方的前爪也立马离开了它的上腹。它狂吼一声，连连后退，又奔扑而去，看到冈日森格已经躲开，便四肢蹭着地面，蓦地停下，然后又跳起来，以铺天盖地的气势，龇出凶恶的牙刀瞄准了对方的喉咙，伸出酷虐的四爪瞄准了对方的肚腹。

冈日森格本能地躲了一下，发现躲闪只会更快地死亡，赶紧又不动了。不，不是不动，而是原地翻倒，主动把已经受伤的喉咙亮给了对方的牙刀，把薄软的肚腹亮给了对方的坚爪，然后朝上叉起了自己的四肢。又是一次自杀性抵抗，冈日森格期待在自己猝然死去的时候，也用自己并没有老化的爪子，掏出对方的肠子。鲜血，鲜血，它已经忘记了地狱食肉魔是自己的亲孙子，它渴望看到对方的鲜血，渴望自己的生命在最后的时刻迸发出最有光彩的血性和阳刚之气。它的四只爪子直挺挺地翘起着，明明白白地告诉对方：你就成全了我吧，让我老当益壮一回。地狱食肉魔立刻看懂了，哪里会有成全之心？它在空中缩起身子，歪斜了一下，躲开对方的四肢，却伸直了自己的四肢。它知道落地的时候，自己的后爪会捅入对方的肚腹，前爪会踩住对方的胸肋，而牙刀的指向必然是喉咙，啊，喉咙，所有的野兽都格外钟情的敌手的喉咙。

冈日森格意识到自己的渴望已经不可能实现了，忽地蜷起四肢，沮丧得差一点要哭。但经验和沉着在这个以命相搏的时刻仍然是它最忠实的朋友，它的王者之风里突然滋生出一股悍匪之气，让它的抗争既是阴毒的，又是无为的，似有似无，亦真亦幻，在无知无觉、无他无我中成就了它一生的辉煌。能量和智慧出来了，冈日森格居然用蜷起的后腿挡住了对方的后腿，用蜷起的一只前爪护住了自己的喉咙，只把胸脯挺给了对方，而胸脯是坚固的，是到死也不会碎裂的。就在被地狱食肉魔踩住胸脯的刹那，冈日森格把另一只前爪伸了出去，似乎是无意识的舒展，却舒展出了藏獒生命的全部强悍。奏效了，不可能不奏效，原因是地狱食肉魔太狂妄、太专一、太想以最快的速度解决冈日森格的性命了。冈日森格又一次把前爪准确捣向了地狱食肉魔的眼睛，这一次是右眼，右边的眼珠顿时凹了进去，血从眼皮底下渗出来，很快糊住了眼睛。白昼瞬间消失，仿佛地狱食肉魔一口咬住的不是敌手而是黑暗，黑暗牢牢粘住了它，即使它有力拔山、气盖世的能量也摆脱不掉了。

这是穿越火墙刀田的气派，西结古獒王冈日森格突然发现，自己获胜的机会已经出现。它从地狱食肉魔的屠杀中脱身而去，喘了一口气，安闲地仰头看了看天。天上乌云笼罩，万里无蓝，风在阴沉沉的草原上悄然止息，好像一点徐徐来去的情绪也没有了。没有了就好，它就可以在任何一个方向接近地狱食肉魔而不被对方闻出味道。地狱食肉魔一直在急速旋转，朝左转几圈，再朝右转几圈，以为这样转来转去，光明就会出现。它瞎了，两只眼睛都瞎了，而在它的概念里，却没有瞎眼这一说。它不理解这到底是怎么了，使劲用鼻子嗅着，想嗅到主人的气息，然后走过去问问他：我到底怎么了？快帮帮我。但它没料到的是，它听到了主人的骂声："咬啊咬啊！你这个没用的东西，你去咬啊！"它感觉到主人的脚尖在踢它，踢在它的伤口上。它疼痛难忍，比冈日森格的撕咬更加疼痛，这是它从来没有体会过的连心的疼痛。它转身寻找冈日森格的气息，准备服从主人的命令做最后一次扑咬。它知道这一定是最后一次，失去生命的只能是它自己。

地狱食肉魔仰天一声长啸，冈日森格和所有的领地狗以及所有的人，都感觉到了它虎落平川的悲凉。地狱食肉魔浑身绷紧的肌肉忽然松懈下来，竖起耳朵努力倾听着什么。所有旁观的人和藏獒也都跟随它倾听，但什么都没听见，除了草原上流动的风和草叶上跳跃的阳光。地狱食肉魔流血的眼睛里忽然有了眼泪，它听见了主人的哭声，那哭声不在空气中，而在主人的胸腔里。这个世界上，只有它熟悉主人的胸腔，只有它能够从主人的胸腔里听出和冷漠的表情截然不同的心思。那丰富的情感只埋藏在这深处，却从来不会呈现在主人脸上。它知道，主人的脸，永远只需要一种表情：冷漠无情。

地狱食肉魔丢下冈日森格，缓缓走过去，卧倒在勒格红卫身边，把泣血的头埋在主人腿间。它轻轻舔舐主人的脚面，感觉到主人的手掌落在自己后脑上，无声地传递着他的指令：去吧。地狱食肉魔站起身，忽然仰天狂叫。所有的人和狗都惊诧不已，因为这狂叫的声调已不是悲凉，恍惚中，似乎有欣喜，仿佛地狱食肉魔得到了丰厚的奖赏。没有谁能够明白地狱食肉魔的心境，因为没有谁能从它主人冷酷的脸上看出他的心声。勒格红卫看着地狱食肉魔，忍不住哭出了声。他复仇的利器已经夭折，不，不仅仅是复仇的利器，更是几年来相依为命的伙伴——他的生命的寄托、他的感情的全部，已经陷入不能自拔的黑暗中了。一种幻灭的感觉击打着他的灵魂，让他情不自禁地有了死别的悲伤。勒格红卫哭着，有一声没一声，就要断气似的。他当然比地狱食肉魔更清楚发生了什么，一只瞎了双眼的藏獒不可能有活下去的希望，接着便是死亡。

地狱食肉魔的叫声变得愤恨而凄惨，就像飞来的利牙，一下子咬穿了冈日森格的心。冈日森格又想起了不该想起的：这只被自己打瞎了两只眼的藏獒，这个此刻在痛苦中几近疯狂的劲敌，原来是自己的亲孙子。冈日森格心里一阵难过，哗哗地流着泪。但此刻它不糊涂，它越来越清醒：既然两只眼都瞎了，就不能再活着了，这样活着的痛苦是任何生命都无力承受的。冈日森格走了过去，在三步远的地方盯着地狱食肉魔，突然号哭一声，扑了过去。冈日森格哭一声，扑一下，这一扑是喉咙，下一扑还是喉咙，第三扑第四扑都是喉咙，每一扑都是正中目标，即使对方有坚韧的皮肉，也经不住三番五次的撕咬。地狱食肉魔在黑暗中怒吼着、暴跳着，胡乱撕咬着，把鲜血的缓慢流淌变成了泉眼的喷涌，很快无力了，安静了，扑通一声倒在地上了。冈日森格的哭声更痛更苦，“哦哦哦”的，仿佛是说：死吧，亲孙子你赶快死吧，你现在只能死了，你为什么要变成魔鬼啊？你只能死了。但是地狱食肉魔没有赶快死，出于本能，它还想活着，还想搏杀，它的生命、它的血脉就是为了搏杀。

最后的交锋出现在十分钟以后，大家都以为就要断气的地狱食肉魔突然站了起来，又开始旋转，虽然是笨拙的，却旋起了一阵血腥浓烈的风。随着风的指引，它找到了冈日森格的位置，像一块从高山顶上滚下来的岩石，呼啸着扑了过去。蹲踞在地上的冈日森格没想到亲孙子地狱食肉魔最后的挣扎来得如此猛烈迅急、威武不屈，来不及反应就被它咬住了，好在咬住的不是喉咙，亲孙子瞎了，看不见敌手的喉咙在哪里，只能碰到什么咬什么。冈日森格赶紧跳开，顾不上查看一下自己胸脯上的伤口，就绕到对方侧面，反扑过去，一头撞翻了因失血过多而眩晕不止的地狱食肉魔。地狱食肉魔耻辱地仰面朝天，挣扎着想站起来。冈日森格知道耻辱对一只伟大的藏獒是多么痛苦，迅速跳过去，带着惯性，带着全身的重量，用坚腿尖爪对准地狱食肉魔柔软的肚子狠狠一掏，便掏出了一个滋血冒气的黑窟窿。

地狱食肉魔身上，所有的窟窿都是灵魂出窍的通道，都是死亡的象征。它就要死了，终于要在惨叫声中悲哀地死去了。临死前的最后瞬间，地狱食肉魔听到了咬死自己的冈日森格的哭声，突然感受到一股熟悉的亲切，那么遥远，又那么邻近。一线光明在心底豁然闪亮，它忽然明白了：冈日森格是自己的亲人。啊！亲人。冈日森格还在流泪。谁能理解它的悲痛呢？它凶暴地咬死了它已经闻出来的自己的亲孙子，它为了人的需要、人的利益咬死了自己的亲孙子，它本来准备让亲孙子咬死自己，但结果自己却咬死了亲孙子。它仰着脖子，冲着天空“呜呜呜”地失声恸哭。

父亲走过去，搂住冈日森格，陪伴着它哭起来。他们哭走了白昼，哭来了星月，哭出了蓝马鸡草洼夜晚的一片悲怆。勒格红卫扑到地狱食肉魔身上，为它痛心祈祷的同时，更加绝望地跌入了难以自救的黑暗中。

直到这时，人们才恍然大悟地跑向了勒格红卫的赤骝马。赤骝马驮着大黑獒果日，在一旁安闲地吃草。他们拽住赤骝马，解开牛皮绳，把大黑獒果日从马背上抱了下来，又从褡裢里抓出缩成一团的尼玛和达娃，放在草地上。父亲跳起来扑了过去，就像母亲扑向了失散多日的孩子。尼玛一口咬住父亲的手，达娃一口咬住父亲的胸脯，尼玛又一口咬住父亲

的脸，达娃又一口咬住父亲的脖子。它们咬着，舔着，叫着，哭着，委屈地埋怨着：你怎么才来啊？你去哪里了？怎么不管我们了？父亲搂着它们，亲着它们，像一只母性的藏獒深情而激动地舔着它们，叫着："尼玛，尼玛，达娃，达娃。"一次次在它们柔软温暖的皮毛上揩擦着自己的眼泪。

第 十 一 章
Chapter 11

涅 槃

1. 死了也要立着

蓝马鸡在空中飞翔，鸣唱，风从前面吹来，带着花草的香味，也带着行刑台的召唤。西结古獒王冈日森格强忍着伤痛站起来，朝前走了几步，又回头看了看被它咬死的亲孙子地狱食肉魔，看了看亲孙子身边的勒格红卫，晃头甩掉了眼眶中含满的泪水，对着父亲和班玛多吉以及西结古领地狗叫了一声，意思是：快走啊，时间已经被我们耽搁了，我们的目标是行刑台。所有的人和狗都跟上了它。半个小时后，大家惊愣在行刑台前：麦书记？丹增活佛？

巴俄秋珠喊了一声："藏巴拉索罗。"然后第一个驱马向前，又飞身下马，丢开缰绳，就要爬上行刑台。颜帕嘉哪里会让别人抢先？他几乎是从马上飞下来的，飞到了巴俄秋珠身上，硬是把他拽住了。两个人正在扭打，却见多猕骑手的头领扎雅已经爬上了行刑台，他们同时跳起来，拽着扎雅的衣袍把他拉了下来。扎雅稳住身子，回头一拳，打在巴俄秋珠的胸脯上。巴俄秋珠想还击，又生怕颜帕嘉趁机跳上行刑台，一手拉住扎雅，一手拉住颜帕嘉，吼道："小心我用枪打死你们。"扎雅说："还是用藏獒见分晓吧，谁的藏獒赢了，麦书记就是谁的。"班玛多吉走过来说："这个我同意，我们的冈日森格是战无不胜的。"所有的藏獒都叫起来，拥挤到行刑台前，只等主人一声令下，它们就会一个接一个地扑向对方的藏獒。台上的麦书记说话了："求你们不要再让藏獒死伤了，你们抓个阄，谁赢了我就跟谁走还不行吗？"巴俄秋珠说："不行，藏巴拉索罗只能属于我们上阿妈草原。"说着从背上取下了自己的枪。仿佛是早已商量好了的，所有带枪的上阿妈骑手都从背上取下了枪。装弹药的动作熟练而迅速，十五杆叉子枪霎时平端起来，对准了东结古骑手和多猕骑手。大家都愣了，只有愤怒的眼光，却没有愤怒的声音。巴俄秋珠身手矫健地跳上行刑台，搜遍了麦书记的全身，也没有看到格萨尔宝剑的影子，不禁气急败坏地对麦书记拳打脚踢起来："交出来，交出来，快把藏巴拉索罗交出来。"看麦书记一句不吭，他便又开始踢打在麦书记身边盘腿念经的丹增活佛。

出现在寄宿学校南边的是一股精神抖擞的大狼群，似乎它们的进攻才是真正的打击，打击得白兰狼群放弃了觊觎已久的食物奔逃而去；打击得多吉来吧心生绝望：寄宿学校的孩子们没救了，它已经没有能力保护他们了。死神就在头顶打转，仿佛就要让孩子们死，也让那几只伤残藏獒和它多吉来吧死。多吉来吧勉强站起来，走到牛粪墙跟前，直面着新来的狼群卧下了。它把寒冷的眼光投射到每一匹狼身上，想形成一种震慑，却发现这样的震慑微弱得就像轻抚狼毛的风。狼群太大太强了，它们带着党项大雪山的气息，带着万分险恶的预谋和蓄积已久的凶狠，借着藏獒之间互相残杀的机会，乘虚而来。这样的大狼群是可以摧毁一切的。更糟糕的是，狼群已经看出了多吉来吧的衰败，它的卧倒不是坦然和勇敢，而是即将累死的症候。它们不紧不慢地靠近着，摇头摆尾，大大咧咧，好像不是来打斗，而是来观光的。

多吉来吧吼了一声，又吼了一声。它知道自己喑哑的呻吟一般的吼声一点威胁都没有，只能是自身虚弱的败露，但现在它除了这样不景气地吼几声，还能怎么样呢？吼叫至少表明它还活着，而只要它活着，就能延缓孩子们和几只伤残藏獒被咬死吃掉的时间。突然它想到，重要的是必须立住，活着就应该立住。多吉来吧不吼了，它用四肢使劲蹬踏着地面，缓缓地站了起来，不，是升了起来，就像一座黑山一样升了起来。黑山上到处都在流血，所有的伤口都在流血，包括西宁城里渔网拖拉的伤口，包括一路上被汽车撞翻被枪弹击中的伤口，包括无数狗牙和狼牙肆虐的伤口，都在流淌殷红的鲜血，仿佛是它鲜血的披挂，瀑布的披挂，而浑身的獒毛不过是漂浮在瀑流血浪之上的青青牧草。

多吉来吧昂然升起，比它的身量升起得要高，高多了，那是气势的升起，是灵魂的升起。藏獒，当它的气势和灵魂昂然升起时，它就变成了草原雪山的一部分。它是从狼眼里升起的，狼眼看到的，不是一只垂死的藏獒，而是一座巍峨的雪山，是狼心不期然而然的崇拜。走在前面的狼停了下来。一种无形的压迫让它们呼吸急促。它们有些不知所措，都回头看着它们的头狼。头狼缓缓走来，狼们纷纷后退，闪开了一条道，看到头狼一脸庄严而谦卑的神情，于是它们一个个也庄严谦卑起来。

很快，这股势不可当的党项大狼群全然没有了刚才那种摇头摆尾、大大咧咧的轻率，好像它们都被震慑得失去了狂妄：从来没见过这样的藏獒，不，从来没见过这样的生命，即使千疮百孔，血如泉涌，也要山立而起，傲然插天，也要睥睨一切，岿然不动。而远道来袭的狼群，不管它们愿意不愿意，都得变成虔诚的教徒，心怀忐忑地肃立在威严的护法神面前，表达它们从内心到外表的膜拜，膜拜一尊神祇、一副坚不可摧的铮铮铁骨。

多吉来吧默默伫立着，也让自己的神情有了庄严和谦卑，但它不是对着狼群，而是对着天空。它把眼光投向了天空，只用余光关照着地面，地面上的狼群，所有的凶险，似乎已经不存在了。狼群站了一会儿，就又退回去，一口气退到了五十米之外，然后一部分狼望着北，一部分狼望着南，一部分狼望着西，一部分狼望着东，就是没有一匹狼是望着多吉来吧的。似乎它们不敢正视，更不愿意在正视中让心惊肉跳的感受侵害了自己。

然而多吉来吧并不认为狼群面对自己是畏避的，它惦记着孩子们和几只伤残藏獒的安危，只会认为狼群的威胁越来越严重。它听到孩子们喊起来：“多吉来吧！多吉来吧！”喊声抖抖颤颤的，听得出他们的惊恐不安。它回望了一眼，没望见孩子们，就知道自己彻底不行了，连扭弯脖子的力气也没有了，它即刻就会倒下，就会用自己的身躯填平坑洼让狼群踩踏而过。它紧张而吃力地告诉自己：你不能不行，不能倒下，立着，立着，死了也要立着。它觉得就凭它立着，便能让狼群不敢轻易走过来。

它立了很长时间，意志仍然坚定着，身子却不由得摇摆起来，一阵风就能把它吹倒，但风没有吹它，因为它是神，风就是吹它也是从下面吹，让它按照自己的愿望绷紧四肢颤颤巍巍地立着。它把自己立成了一道山呼海啸的风景、一个气吞山河的象征、一种坚不可摧的精神，它驾驭了狼的思维和习性，让它们在自私凶残、嗜血如命之余，保留了一丝和平的神情。

草原静静的，这是天地最初形成时的平静，兽性的嗥叫正在发育，警觉和慌乱、压抑和恐怖也正在发育。多吉来吧下意识地张了张嘴，本想打一个哈欠，却几乎把自己打倒。它愤愤地诅咒着疲倦，疲倦却蓦然强烈起来，不由分说地完全控制了它。它浑身的每一个细胞、每一根神经都瘫软着，促使它闭上眼睛，带着从未有过的凄凉走进了迷离恍惚。

依然是平静，天地凝固了。

2. 再见与重逢

就在巴俄秋珠踢打丹增活佛时，冈日森格愤怒了。它跳上行刑台，把巴俄秋珠赶了下来。巴俄秋珠端起枪指着它，咬牙切齿地说：“你认识我，居然还冲我吼。我杀了你。”所有的上阿妈骑手都端起了枪。激昂的冈日森格，竭智尽忠的西结古獒王冈日森格，站在行刑台上，挺起草原锻造的擎天之躯，用冰刀一样寒光闪闪的眼睛，瞪着巴俄秋珠和上阿妈骑手以及那些装饰华丽的叉子枪，大义凛然地用声音震慑着、用利牙威胁着：不要胡来，你们不要胡来。

巴俄秋珠说：“不要以为我们不敢开枪，打死藏獒是不偿命的。快让开，我们要把丹增活佛和麦书记带走。”冈日森格的吼声更加洪亮了，那是一种能把耳膜震碎的无形击打，是一种能让所有对手恐怖怯懦的威风表演。草原猎人的叉子枪，能让骑手威武剽悍的叉子枪，就在掌握它的人恐怖怯懦的时候发出了狼一般的嗥叫，是巴俄秋珠的枪首先发出了嗥叫。但是他没有打中，当然是故意没有打中，似乎他还是顾及到了自己童年的身份——那个被西结古草原喂大的“光脊梁的孩子”。父亲不禁问道：“到底发生了什么事？人怎么会变成这个样子？放下，放下你们的枪。”勒格红卫出现了，他来到巴俄秋珠跟前说：“我知道你没有胆量打死它，把枪给我，给我，我来打死它。”说着就要抢夺。这无疑是一次强烈的激将，巴俄秋珠推开勒格红卫，让自己的叉子枪又一次发出了狼一般的嗥叫。接着，所有上阿妈骑手的枪都发出了狼一般的嗥叫。十五杆叉子枪飞射而出的十五颗子弹，无一脱靶地落在了冈日森格身上。

冈日森格从行刑台上跳了起来，带着一口咬死的决定，扑向了巴俄秋珠的喉咙。但是它没有扑到，它再也无法扑到了，这是它终其一生唯一一次没有绽放生命之花的扑咬。它惨烈地长啸一声，身子一阵剧烈的颤抖，从空中陨落而下，苍鹰落地一般重重地砸向了地面。西结古草原摇晃了一下，远处的昂拉雪山、砻宝雪山、党项大雪山和近处的碉房山摇晃了一下。天上地下，所有认识它的飞禽走兽都在惊叫：冈日森格，冈日森格。没有回音，冈日森格寂然不动。

还是一如既往的辽阔，还是原始的大地、原始的天空，悲哀在晴空下泛滥，白色的雪冠突然变成挽幛了，漫漫草潮以浩大的气势承载着从来就没有消失过的哀愁和忧伤。风的哽咽随地而起，太阳流泪了，让光雨的倾洒覆盖了所有的坑洼。绿色的地平线痛如刀割，瑟瑟地颤抖着，而在更远的地方，是野驴河饮恨吞声的流淌，是古老的沉默依傍着的无边的孤独。

草原，草原。

冈日森格死了。远处突然有了一阵颤颤巍巍的狼嗥，先是一声，接着就是此起彼伏的群嗥。好像就在不远处有它们的一个探马，迅速把西结古獒王冈日森格的死讯通知了它们，它们就惊叫起来，不知是欢呼，还是悲鸣。

骑手们没有一个扑过去。他们后退着，惊恐无度地后退着，上阿妈骑手后退着，东结古骑手后退着，多猕骑手后退着。

死了？冈日森格真的被人打死了？不会啊，不会。包括巴俄秋珠在内，上阿妈骑手们似乎都不相信他们打死了西结古草原的獒王冈日森格，没有一个敢过去看看他们的子弹到底产生了多大威力，没有一个不觉得冈日森格接下来的举动就是跳起来一个个咬断他们的喉咙。

西结古骑手在班玛多吉的带领下，集体呆愣着。同样呆愣的还有勒格红卫，他在想：我的藏獒死了，我痛苦得就像把心挖掉了；冈日森格死了，那就是把西结古草原所有人的心挖掉了。好啊，把他们的心挖掉真是好啊。让他们尝到我的痛苦，这就是我的报复。但紧接着他奇怪地发现，自己内心深处并没有产生复仇的快意，真正的感觉居然是疼痛，就像西结古骑手和父亲感觉到的疼痛，就像地狱食肉魔倒下时的疼痛。

父亲扑了过去。痛不欲生的父亲，就像死去了自己的亲人，跪在地上，紧紧抱着冈日森格的头，又喊又号，眼泪浸润着草原，又随风而去沾湿了雪山，沾湿了所有的生命。冈日森格是死不瞑目的，那双望着恩人汉扎西的眼睛里，依旧贮满了热烘烘的亲切、清澈如水的依恋、智慧而勇敢的星光般的璀璨。

西结古领地狗走过来，围拢着自己的獒王冈日森格，闻着，舔着，终于相信獒王已经去了，突然就“呜呜呜”地哭起来，哭得天昏地暗。渐渐地，上阿妈领地狗、东结古领地狗和多猕藏獒也加入了悲伤悼念的行列。它们不在乎主人们对西结古獒王冈日森格的仇恨，只在乎自己的表达——为了一只伟大藏獒的死去，它们只能哽咽难抑。

只有父亲的藏獒美旺雄怒没有哭，它围绕着獒王冈日森格走了一圈又一圈，用它自己的方式表达着对冈日森格的尊敬和哀悼，突然它停下了，把寒夜一样瘆人的眼睛瞪起来，盯着巴俄秋珠，身子朝后一坐，扑了过去。父亲看到了，大喊一声："美旺雄怒！"边说边连滚带爬地过去抱住了它："你不要去，千万不要去，他们有枪，他们会打死你的。"美旺雄怒没有再扑，并不是父亲有足够的力气抱住它，而是它闻出巴俄秋珠身上有西结古草原的味道。对味道熟悉的人，哪怕他是坏人，它都得嘴下留情。这是主人汉扎西教会它的守则，它任何时候都不想违背。但是西结古的领地狗却不打算放过巴俄秋珠，它们吼叫着围了过去。巴俄秋珠惊恐万状地尖叫着："开枪！开枪！"

密集的枪声响起来，十五杆叉子枪再次射出了要命的子弹，又有许多西结古藏獒倒下了。血飞着，麻雀一样飞着；落地了，稠雨般地落地了。肉在地上喘息，很快就安静成了一堆狼和秃鹫的食物。皮毛：黑色的、雪色的、灰色的、赤色的、铁包金的，都变成一种颜色了，那就是血色。一瞬间就是横尸遍地，西结古藏獒硕大的尸体在阳光下累累不绝。还有受伤没死的，挣扎着，哭号着，用可怜的不想死的目光向人们求救着。

而父亲，为救藏獒从来都是奋不顾身的父亲，这时却死僵僵地没有任何反应，充耳不闻那不绝于耳的惨叫。父亲呆坐在行刑台下，双手紧紧抱着胸。没有人知道，父亲的胸前抱着什么。

父亲抱的是小藏獒尼玛和达娃。父亲的力量，也只够保护这对兄妹了。远处，狼嗥再次响起，那是悠长的悲声，是狼群对一代獒王冈日森格的送行。

行刑台前的枪声，没有打破寄宿学校的静穆。牛粪墙前，多吉来吧依然挺身而立。狼群没有过来，有大着胆子正眼看它的，却没有大着胆子过来扑咬的。迷离恍惚中，一缕熟悉而温暖的馨香窜进了多吉来吧的鼻孔和胸腔，然后动力似的响起来，鼓舞着它的血脉，热了，热了，想冷却一会儿的情绪突然又热了。那是主人汉扎西的召唤，是妻子大黑獒果日的召唤，它要追寻召唤而去了。它觉得自己已经毫不犹豫地离开了寄宿学校，离开了完好无损的十多个孩子和四只伤残藏獒，越过静穆的狼群，正迈着细碎的步伐朝主人和妻子走去，眼看就要见到主人和妻子了，却听孩子们又一次喊起来："多吉来吧！多吉来吧！"紧张的声音告诉它，危险又出现了，廓落的草原上，怎么那么多的危险？寄宿学校是危险的，它所钟情的一切都是危险的。它狂奔而来，无法用疲惫受伤的身体狂奔而来，就只好用激荡的心灵狂奔而来。

多吉来吧静静立着，磐石一样定在牛粪墙前，天摇不动，地撼不动，而獒魂却飞升而去，四处鸟瞰着，看到了现实，也看到了梦。梦里有着呛鼻的人臊，人臊是诡异的，正铺天盖地席卷而来。它看到自己正在奔跑，奔跑在城市的街道、山间的公路上，奔跑在茫茫沙漠里、青青的草原上，奔跑在皑皑雪山下、幽幽狼道峡里。

它看到自己超越动物园的饲养员，超越红衣女孩和男孩，超越满胸像章的人和黄呢大衣，超越付出爱情也付出了生命的黄色母狗，超越盗马贼巴桑和他的草原马，超越饭馆的阿甲经理，超越拴它又放它的老管教，超越卡车司机，一路狂奔。它看到礼堂里一片城市狗的尸体、多猕狼群飞溅的鲜血、渴望新獒王的多猕草原领地狗的惋惜、狼道峡里注视它穿越洪水的狼群的眼神。它终于看到了妻子。妻子大黑獒果日正迎面走来，眼睛里的光亮如星如电。它激动得大叫一声，向着妻子奔跑过去。

它看到妻子大黑獒果日突然栽倒了，想站起来，想拥抱，想咬，想舔，想大声叫唤，放声痛哭，但一切都无法实现，只有眼里的内容是丰富而强烈的，内心的激动变成了滔滔不绝的野驴河，变成了无声的呼唤、冷静的炽热。

它顿时泪水纵横，“嗷嗷”地叫着，“呜呜”地哭着，趴下去，又站起来，环绕着妻子一圈一圈转着，顺时针转完了，又逆时针转，好像这样转来转去就能让妻子瞬间挺拔而起，龙腾虎跃。最后它平静了，学着妻子的样子把激动献给了沉默。它深情地依偎在了大黑獒果日身边，舔舐着，心疼地舔舐着，耐心等待着主人汉扎西的到来。它已经闻出来了，主人正在靠近，激动的时刻正在来临。

它看到主人汉扎西迎面走来，但是汉扎西，傻子一样的汉扎西，日思夜想着多吉来吧的汉扎西，居然没有认出它。它的变化太大了，目光已不再炯炯，毛发已不再黑亮，一团一团的花白、疲惫不堪的神情、伤痕累累的形貌，装点着它的外表，它老了，老了，身心被思念哭老了。它用深藏的激动望着汉扎西，极力克制着自己，没有做出任何反应。它要等一等，想等到主人认出它来的那一刻，再扑上去，拥抱，舔舐，哭诉衷肠。汉扎西蹲在地上说："你是哪里来的藏獒？你很像我的多吉来吧，鼻子太像了，看人的样子也太像了，还有耳朵，还有尾巴……"突然，它跳了起来，几乎在同时，汉扎西也跳了起来。他们中间隔着大黑獒果日，它跳了过来，汉扎西跳了过去，拥抱推迟了。它又跳了过去，汉扎西又跳了过来，拥抱又一次推迟了。"多吉来吧，多吉来吧，你真的是我的多吉来吧？"汉扎西第三次跳了过去，它第三次跳了过来，拥抱第三次推迟了。"你怎么在这里啊多吉来吧？你什么时候回来的多吉来吧？"汉扎西张开双臂，等待着它的扑来，它人立而起，等待着汉扎西的扑来，拥抱第四次推迟了。汉扎西泪流满面地说："过来呀，过来呀，多吉来吧，我不动了，我等着你过来。"它立刻听懂了，瓮声瓮气地回答着扑了过去。拥抱终于发生了，但根本就不能表达彼此的激动，他们滚翻在地，互相碰着，抓着，踢打着。它一口咬住了汉扎西的脖子，蠕动着牙齿，好像是说：真想把你吞下去啊，变成我的一部分。汉扎西心领神会，喊着："咬啊，咬啊，你怎么不咬啊？你把我吃掉算了，多吉来吧，你把我吃到你的肚子里去算了。"说着把自己的头使劲朝它的大嘴里送去。它拼命张大了嘴，尽量不让自己的牙齿碰到汉扎西的头皮，然后弯起舌头，舔着，舔着，舔得汉扎西满头是水。汉扎西号啕大哭，它也是号啕大哭。

还是铁铸石雕的样子，高出牛粪墙的多吉来吧让挺立变得威光四射。那獒魂飞走了，又飞来了，自由地翱翔着，把震慑散发给了狼群。狼群还是不敢扑，只是往前走了走，似乎想搞清楚：到底为什么，这只藏獒具有承载天下、威服狼众的气度？到底为什么，它会如此坚强地立着，越来越挺拔，越来越巍峨？

神一样屹立的多吉来吧，就这样岿然不动。不远处，狼群依旧肃然静穆。

3. 活佛涅槃了

趁着巴俄秋珠和上阿妈骑手枪杀西结古藏獒的机会，多猕骑手和东结古骑手把麦书记从行刑台上拉了下去，争抢着，都想自己带走麦书记。

丹增活佛大声说："带走他有什么用？他已经把格萨尔宝剑还给我了，他跟藏巴拉索罗没关系了。"多猕骑手的头领扎雅说："这么说藏巴拉索罗在你手里？那就快交出来吧。"丹增活佛说："慢着，等我念完了经，你们就会看到它。"他高声诵起了经，经声中行刑台突然噼里啪啦响起来，堆积如山的坎芭拉草燃烧起来了。没有打响火镰，或者划着火柴，是丹增活佛用自己身体的灼热点着了它。火势一烧起来就很大，等听到轰响，再看草堆燃烧时，就已经是烈焰熊熊、火光冲天了。偌大的火舌乘风摇摆，驱赶着人群和狗群纷纷后退。

什么也看不见了，除了火，半边天空都是火。藏獒们轰轰大叫，扑向了行刑台，又被热浪逼退了。只有父亲的藏獒美旺雄怒一直在往前冲，獒毛燎焦了，身上着火了，它还在往火里冲。父亲追了过去："美旺雄怒，你傻了吗？会烧死你的，快回来。"追过去的父亲头发立刻冒起了黑烟，但他还是不管不顾地往前滚着，直到一把抱住美旺雄怒。美旺雄怒向着火焰吼叫着，挣扎着，用不怕死的倔强让父亲突然明白过来。"丹增活佛，丹增活佛。"父亲喊着，和美旺雄怒一起扑了过去。一股巨大的热浪迎面而来，把父亲和美旺雄怒推下了行刑台。

丹增活佛涅槃了。热浪和火焰如山如墙地保卫着丹增活佛，让他在大火中安静地成灰化烟、升天入地。美旺雄怒停止了前冲，所有的藏獒都肃然而立，静得没有了声音，它们已经闻不到丹增活佛的气息了，面前的火就是纯粹的火，已经不是丹增活佛用身体燃起的火。火势再一次强盛起来，油性大得燃烧起来就像泼了汽油的坎芭拉草，牧民们煨桑旷野、祭祀山神的坎芭拉草，完全按照丹增活佛的心愿，完成了作为生物的使命：燃烧。

寄宿学校的天空下，多吉来吧一直挺立着，在群狼的仰视中，在雪雕的瞩望里，它把自己挺立成了最初的也是最后的獒神，高大得无与伦比的獒神，像坚实的堡垒堵挡在孩子们和伤残藏獒之前。它骄傲不群、沉稳有力，它大气从容、老树常青，它把逢战必胜的信念描绘在姿态中、眉宇间、獒毛的飘舞里。父亲汉扎西的多吉来吧，在誓死保卫寄宿学校的时候，峻拔得如同代表了山宗水源的气势。那一种英姿焕发、气贯长虹的样子是任何生命都没有的。

它的獒魂在高处看着它，响亮地传出了一阵雪雕的鸣叫。狼群踌躇着，只要多吉来吧立着，而不是趴着，它们就永远不敢扑过去。而对多吉来吧来说，现在它活着的唯一目的就是立着，只要它立着，大狼群就不会咬死吃掉孩子们和四只伤残藏獒。不幸的是，失血过多的多吉来吧已经昏迷不醒了，它在昏迷中立着，它是立着昏迷的。狼群似乎看出它已经昏迷，却又为它立着昏迷而感到震撼，打破厚重的静穆，几次想扑过去，却都没有变成行动，只是嗥叫着，壮胆似的嗥叫着。嗥叫声中，距离渐渐缩短了，狼群在朝前进逼，一点一点地移动进逼。是狼就必然凶残暴虐，是大狼群就必然摧枯拉朽。多吉来吧立着，立着，还是立着。

火熄了。人们在灰烬里看到了一把扭曲的宝剑。当巴俄秋珠扑过去，抢在手里时，宝剑突然变成了灰，迎着荒野的风消散而去。转眼，他手里什么也没有了。各路骑手一阵骚动，纷纷走向自己的马。先是上阿妈骑手黯然离去。接着多猕骑手和东结古骑手也都相继掉转了马头。天昏地暗地打了几天几夜，就这样说离开就离开了，人好像无所谓，看都不看对方一眼。倒是藏獒与藏獒之间，竟有些恋恋不舍。它们本来就是朋友，只要人不撺掇它们针锋相对，你死我活，它们对自己的同类就只有温存与厚道。它们互相摇起了尾巴，靠近着，靠近着。上阿妈领地狗、东结古领地狗、多猕藏獒走到一起。彼此嗅着鼻子，碰着嘴巴，抑或动情地舔上一舌头。然后它们一起朝向了这些日子共同的对手西结古领地狗。藏獒是一种最容易钦佩勇敢和智慧的动物，它们看到了西结古獒王冈日森格跟上阿妈獒王帕巴仁青、东结古獒王大金獒昭戈、地狱食肉魔的打斗，看到了它们艰苦卓绝、死而后已的表现，已经襟怀坦荡地心服口服了，它们本能的举动就是友好与致敬。

残存的西结古领地狗走过去送别各路藏獒，一个个都是含情脉脉、注目摇尾的样子。但很快它们就紧张起来。它们看到外来骑手和藏獒的威胁已经不再，远远近近的狼嗥便成了让它们全神贯注的目标，它们要去战斗，要去救人，要去为保卫牧民的牲畜而流血牺牲了。它们甚至都不能原地不动地沉浸在深深的悲痛之中，它们哭着，号着，越来越凄怆难过地挥洒着眼泪，频频回头，瞩望着死去的獒王冈日森格和遍地同伴的尸体，走了，走了，所有能够行动的西结古领地狗都走了，连被绑架搞得极度虚弱的大黑獒果日也要去了，尽管它几乎不能跑动，但作为一只领地狗，它首先想到的是不能离开集体，不能放弃人的需要和保护牛羊的职责。美旺雄怒也跟了过去，意识到自己不是领地狗，又回头看看父亲。父亲挥着手说："去吧，去吧，不要管我们，我们没事儿，我们的领地狗已经不多了，多一只藏獒就多一分力量，去吧，去吧，保护好小藏獒，保护好你们自己。"

这是一支沐浴着鲜血的队伍，几乎所有的成年公獒都带着被咬伤、被打伤的血痕。许多藏獒步履蹒跚、一瘸一拐、疲惫不堪，随时都会倒下，但迎战狼群的意志却一如既往地膨胀着，如同太阳般坚定地临照在草原的天空。

但过了不到一个小时，美旺雄怒又回来了。它跑到父亲能看见它的地方，猛地停下，疯了似的咬起了自己的前腿。这是报警，是用滴血的伤口告诉主人：危险已经发生，快去救命啊，救命啊。父亲一个激灵，突然意识到刚才的狼嗥来自寄宿学校的方向，西结古领地狗前去的也是寄宿学校的方向。他丢下冈日森格，怀揣着小藏獒尼玛和达娃，奔向自己的大黑马，跳上去就跑，揪心揪肺地喊着：“出事儿了，寄宿学校出事儿了，孩子们出事儿了。”

黄昏正在出现，那一片火烧云就像血色的涂抹，从天边一直涂抹到草原。草原是红色的，是那种天造地设、人工无法模仿的绿红色。父亲奋力纵马跑到藏獒前边，跑进了寄宿学校的那片原野。忽然他勒紧了缰绳，大黑马高扬起前蹄，身子人立着，差点把父亲摔下来。父亲身后，所有的藏獒也都停下来，驻足远望。父亲、大黑马、所有的西结古藏獒，都看见了一个奇特的景象。他们惊呆了，却没敢发出声惊恐的喊叫。笼罩着他们的是巨大无边的肃穆，让他们连呼吸都不敢粗声大气。

他们看见一大群狼密密麻麻匍匐在寄宿学校前，静默无声，那情景，不像是埋伏，也不像是围困，更没有攻击。它们有的坐直，有的趴卧，身形像是在听经，像是在磕长头，似乎它们的前方不是它们世世代代的天敌和命中注定要侵扰祸害的人类，不是它们难得寻觅的弱小，而是一些天神。父亲和西结古藏獒们的眼光越过了狼群，眼睛不禁有些潮湿。他们看见了萦绕在寄宿学校上空的祥云，看见了闪耀在原野上的和平之光。然后，父亲和藏獒们看见了那尊巍然屹立的天神。绿红色的寄宿学校前、牛粪墙的旁边，岿然独存的多吉来吧，在昏迷中挺身而立的多吉来吧，没有倒下，似乎永远都不会倒下。静静地、牢牢地，绷直了四腿，立着；堂堂一表、凛凛一躯，傲然挺立着。它身后是安然无恙的孩子们，是仍然活着的四只伤残藏獒。父亲喃喃自语："真的吗？这是真的吗？"眼泪唰啦啦滚下来。父亲轻轻念叨一声："多吉来吧……"

狼群纷纷起身撤离了。不是溃逃，没有慌乱，它们按部就班，井然有序，寂然无声。突然，父亲发出一声惊天动地的喊叫："多吉来吧！"满眼是泪的大黑獒果日也发出一声惊天动地的喊叫："多吉来吧！"父亲和藏獒们快速奔向前去。寄宿学校传来孩子们劫后余生的欢呼。父亲避过迎面扑来的孩子们，跑向仍然站立着的多吉来吧。父亲蹲下身子，伸出手去，轻轻抚摩多吉来吧。父亲心说：多吉来吧，你也太沉着了，你竟然还不扑上来，你这个多吉来吧。

昏迷中的多吉来吧清醒了一下，知道它的主人汉扎西来了，它的妻子大黑獒果日也来了。它颤动着眼皮，却没有睁开，身子轻轻一晃，就像高大的山峰，倒了下去。轰的一声，多吉来吧倒了下去。

4. 无声的告别

几天后，父亲和西结古草原的牧民们天葬了獒王冈日森格、地狱食肉魔和所有死去的西结古藏獒、东结古藏獒、多猕藏獒和上阿妈藏獒。这是一场浩大的天葬仪式。所有西结古骑手和幸存的西结古藏獒，还有西结古寺的喇嘛，都无声地聚集在一起，庄严地注视着在神秘浩渺的天空中盘旋飞翔俯冲的神鹰，目送不死的灵魂乘风升天。

过了不久，父亲的藏獒火焰般红的美旺雄怒也被父亲送上了天葬台。同时送去的，还有父亲从死亡线上召唤回人间的大格列，还有父亲从打斗场救回来的黑獒当周和两只东结古藏獒。它们死得莫名其妙，莫名其妙地就死了。

又过了一个月，父亲把没有死在寄宿学校牛粪墙前的多吉来吧送到党项大雪山山麓原野上送鬼人达赤的石头房子里藏了起来。因为不断有外面的人来到西结古草原寻找藏獒，父亲担心他们是西宁动物园的人，实在不想让他们把多吉来吧再追讨回去。石头房子是多吉来吧小时候遭受过磨难的地方，它似乎记忆犹新，显得烦躁不安、焦虑不止，情绪经常会离开平静和安详，跌入恐惧和憎恶的深渊。再就是伤痛的折磨，它有枪伤，它无法告诉父亲它肉体的痛苦，只好一天挨一天地忍受着。父亲隔三岔五带着食物和大黑獒果日，去石头房子里看望多吉来吧。这样过了一年，多吉来吧就去世了。一个冬天的早晨，它在石头房子里等来了给它喂食的父亲之后，就扑通倒下，怆然死去了。它死时满眼都是泪。父亲抱着它，一声比一声急切地喊着："多吉来吧，多吉来吧。"但是他没有把多吉来吧喊回来，他不喊了，沉默着，眼泪是沉默的语言，在党项大雪山银白色的鸟瞰中，变成了冰川的融水，悄悄地流淌，不尽不绝地流淌。直到多吉来吧死后，父亲才发现一颗子弹嵌在它的屁股上。

多吉来吧死时大黑獒果日也在场，它没有哭，也没有叫，只是呆痴地望着丈夫，一连几个小时一动不动，连眼球都不转动一下。它在用心呼唤，用心流泪：多吉来吧，多吉来吧。它看到多吉来吧从一幅图画中快速跑来，那是以牛羊和帐房、寄宿学校和父亲为背景的图画，是扑咬狼群、扑咬一切强大敌手的图画，是跑过来和它相亲相爱的图画。大黑獒果日没有跟着父亲离开丈夫多吉来吧，整整四个月，它就那样沉默而忠贞地守护着丈夫，直到春天来临，湿暖的气流催生出满地的绿色，多吉来吧的尸体渐渐腐烂。父亲知道再也不能耽搁，必须马上把多吉来吧交给早已忍耐不住的秃鹫了，就抚摩着大黑獒果日的脸说："你要是不跟我回去，我就不要你了，真的不要你了。"大黑獒果日听懂了父亲的话，犹犹豫豫地跟着父亲离开了丈夫，回头一看，秃鹫们已经落下来开始啄肉，便吼叫着扑过去，赶走了秃鹫。大黑獒果日认为多吉来吧还活着，多吉来吧永远不会死，不会死的丈夫多吉来吧怎么能让秃鹫啄食呢？它不断地扑着、赶着，直到父亲给它套上绳子，拼命拉着它离开了那里。

又过了两年，大黑獒果日死了。它是老死的，算是父亲的藏獒里唯一一头寿终正寝的藏獒。它活了二十三年，算是藏獒里罕见的老寿星了，是人类的九十多岁吧。天葬了大黑獒果日后，父亲对自己说：“我是不是也该走了呢？”

父亲悄悄地告别着——骑着已经十分老迈的大黑马，告别了所有的牧人和草原的一切一切。他的告别是无声的，没有向任何人说明，牧民们不知道他是最后一次走进他们的帐房，喝最后一碗奶茶，舔最后一口糌粑，吃最后一口手抓；最后一次抱起他们的孩子，用自己的袖子揩掉了孩子的鼻涕；最后一次对他们说：“我要是佛，就保佑你们每家都有像冈日森格和多吉来吧那样的公獒、像大黑獒果日和大黑獒那日那样的母獒。”父亲在寄宿学校上了最后一堂课，完了告诉学生：“放假啦，这是一个长长的长长的假，什么时候回来呢？等你们有了自己的孩子再回来，那时候你们就是老师啦。”孩子们以为汉扎西老师在说笑话，一个个都笑了，然后结伴而行，蹦蹦跳跳地走向了回家看望阿爸阿妈的草原小路。父亲一如既往地送他们回家。“这是最后一次送你们了，孩子们，愿菩萨保佑你们以后所有的日子。”父亲在心里默念着，转身走回寄宿学校时，眼睛一直是湿润的，满胸腔都是酸楚。

第二天，父亲骑马来到了狼道峡口，站了一会儿，便下马解开了大黑马的缰绳。他知道大黑马就要老死了，那就让它死在故乡的草原吧，要是死在路途上，或者死在西宁城，那是凄惨而孤独的。父亲把大黑马赶走以后，就扑通一声跪下，向着自己生活了二十多年的西结古草原，向着天天遥望着他的远远近近的雪山，重重地磕了三个头，然后背着不重的行李，转身走进了狼道峡口。他没走多远，就吃惊地看到，铁棒喇嘛藏扎西正微笑着在路边等着他。藏扎西的身边，是一群藏獒。

在整个西结古草原，只有西结古寺的藏扎西猜到了父亲的心思，他给父亲带来了送别的礼物，一公一母两只具有冈日森格血统和多吉来吧血统的小藏獒。父亲感动得一再弯腰致谢，万般珍爱地把两只小藏獒搂进了怀里。父亲转身走去。他高高地翘起下巴，眼光扫视着天空，不敢低下来。他知道低下来就完了，就要和藏扎西身边的那一群藏獒对视了。他没有勇气对视，觉得对视的结果就是悲从中来，就是把自己的魂魄让藏獒们勾去——那是刀子啊，藏獒的眼光都是刀子，顷刻会剜掉他离开草原的决心；或者他会勾走藏獒们的魂魄，那样就更不好了，那样他走了以后这些藏獒会一只只把自己饿死，渴死，相思而亡。父亲假装没看见它们，假装看见了不理睬它们，假装对它们根本就无所谓，假装走的时候一点留恋、一点悲伤都没有，嘴里胡乱哼哼着，仿佛唱着高兴的歌。

但是一切都躲不过藏獒们的眼睛，它们对着父亲的脊背，就能看到父亲已是满脸热泪，看到父亲心里的悲酸早就是夏季雪山奔腾的融水了。它们默默地跟在父亲身后，一点声音也没有，连脚步声、哽咽声、彼此身体的摩擦声都被它们制止了。唯一要做的就是不要停下，跟着父亲，和藏扎西一起跟着父亲，一程一程地送别。它们都是得到过父亲关照的藏獒，其中包括当年的藏獒小兄妹尼玛和达娃。它们没有忘记父亲对它们的好，它们要把自己的感念表达出来，就一程一程地送啊，一直送出了狼道峡。

父亲没有回头，他吞咽着眼泪始终没有回头。藏扎西停了下来，送别父亲的所有藏獒都停了下来。不能再往前了，再往前就是别人的领地了。已经成为大藏獒的尼玛和达娃控制不住地放声痛哭，所有的藏獒都控制不住地放声痛哭，先是站着哭，后来一个个卧倒在地。准备长期哭下去了。

“回吧，回吧。”在父亲的身影消失在地平线上以后，藏扎西一再地催促着藏獒们：“回吧，回吧。”这些知恩知情的藏獒，没有谁听从藏扎西的话，它们哭走了太阳，又哭走了月亮，然后静静地卧着，守望父亲的归来，一守望又是一天一夜。藏扎西假装生气地说：“早知道你们会这样，我就不带你们来了，你们想饿死在这里是不是？那就死去吧，我不管你们了，我要回去了。”藏扎西早就是这些藏獒的新主人，关照饲养的日子里、风雨同舟的日子里，彼此的感情就像党项大雪山的沟壑，已经很深很深了。藏獒们不忍父亲离开，也不忍藏扎西离开，在发出了最后一阵集体号哭之后，回去了。

藏扎西看到，跟在后面的藏獒中没有尼玛和达娃，就知道它们是不会听他的了，它们要按照一只藏獒最寻常的守则来安排自己的命运。尼玛和达娃留在了狼道峡口，毕竟它们兄妹从小就跟父亲生活在一起，对父亲的感情比对藏扎西的感情要深一些，也就是说迄今为止它们一直把父亲看成是它们唯一的主人。它们继续守望着，一直守望着，一天过去了，两天过去了，藏扎西再次骑马来到这里，推着搡着要它们回去，看它们坚决不回，就把许多它们爱吃的鲜牛肺放在了它们面前，它们没有吃，看都不看一眼。一个星期之后，藏扎西又来了，又带来了一些鲜牛肺，它们还是没有吃。半个月之后，等藏扎西最后一次带着鲜牛肺来到这里时，它们已经死了，是饿死的，为了主人离去的悲伤，为了主人归来的等待，它们把自己饿死了。

让藏扎西奇怪的是，尼玛和达娃死后，狼道峡里的狼群并没有吃掉它们的尸体，好像狼群也知道它们为等待父亲而死，也被深深感动了，就远远地望着，先是望着它们的背影，后是望着它们的尸体，把那吃肉喝血的本能欲望完全丢弃了。

西结古草原的牧民们很快知道了父亲的离去。他们不相信父亲就这样走了，匆匆忙忙从党项草原、砻宝草原、野驴河流域草原、白兰草原来到了碉房山下的寄宿学校。他们赶来了最肥的羊、最壮的牛，牵来了最好的马，这些都是送给父亲的礼物。他们以为父亲到了西宁城，还能骑着马到处走动，还能赶着牛羊到处放牧。可是父亲已经走了，他知道牧民们会这样，就早早地不声不响地走了。牧民们还带来了最好的糌粑、最好的酥油、最好的奶皮子和洁白的哈达，看到寄宿学校里已经没有了父亲的影子，就把这些东西放在了寄宿学校的院子里，没有人再取回去，他们相信即使父亲走了，也还会很快回来拿走这些东西，因为这是他们的心，而汉扎西最懂得藏族人的心。很长一段时间过去了，父亲的学生——毕业的和还没有毕业的学生来到了学校，怎么也不肯离去，一直都在眼巴巴地等待着他们的汉扎西老师；也一直有人在往寄宿学校送糌粑和酥油，送奶皮子和哈达，这些和藏獒一样诚恳的牧民们，总觉得那个爱藏獒就像爱自己的眼睛一样的父亲，那个无数次挽救了藏獒们的性命、和藏獒们心心相印的父亲，那个和牧民相濡以沫、生死与共的父亲，那个在大草原的寄宿学校里让一茬又一茬的孩子学到了文化的父亲，还会来，就会来。

父亲回到西宁后，继续从事民族教育工作。那一对被父亲称作冈日森格和多吉来吧的藏獒，就依傍着父亲，在一座并不繁华的城市里度过了它们生命的全部岁月。父亲的母獒多吉来吧死于疾病。它是饮血王党项罗刹的后代，在离开雪山草原之后，这只比石雕更坚强比狮虎更威武的党项藏獒，就这样脆弱地死掉了。父亲欲哭无泪,不住地对家里人唠叨着:哪里还有这么好的母獒？没有了，恐怕连西结古草原也没有了。西结古草原一没有，全世界也就没有了。

父亲的公獒冈日森格死于十年以后。在父亲六十三岁生日那天，它悄然地离开了我们。它是病逝的，它走的时候眼睛里流着伤别的泪，也流着痛苦的血。据说一辈子离开草原的属于喜马拉雅獒种的藏獒，死的时候眼睛里都会流血，那是灵魂死去的征兆，那是拒绝来世的意思，因为一旦离开了草原，藏獒的灵魂也就失去了灵性，也就毫无意义了。

从那以后，父亲再也没有接触过藏獒，他很快就老了。他总说他要回到他的西结古草原，回到他的学校去，但是他老了，再也回不去了。他努力活着，在没有藏獒陪伴的日子里，他曾经那么自豪地给我说起过他的过去。他觉得在西结古草原，自己生命的每一个瞬间，就跟藏獒生命的每一个瞬间一样，都是可贵而令人迷恋的。

有一天，一个身形剽悍、外表粗犷的牧民来到了家里，用一双遒劲结实的手献上了一条洁白柔软的哈达，然后指着自己的脸用不太流畅的汉话对父亲说："汉扎西叔叔你不认识我了吗？我就是那个脸上有刀疤的孩子。"父亲想起来了："啊，刀疤，七个上阿妈的孩子里的一个，你是来看我的吗？我都老了，就要死了，你才来看我？冈日森格怎么没有来？大黑獒那日姐妹俩怎么没有来？多吉来吧也就是饮血王党项罗刹怎么没有来？"那个脸上有刀疤的牧民说："会来的，会来的，汉扎西叔叔你要保重啊，只要你好好活着，它们就一定会来的，扎西德勒，扎西德勒。"

它们果然来了，在父亲的梦境里，它们裹挟一路风尘，以无比轻盈的生命姿态，带来了草原和雪山的气息。那种高贵典雅、沉稳威严的藏獒仪表，那种毫不利己、专门利人的藏獒风格，那种大义凛然、勇敢忠诚的藏獒精神，在那片你只要望一眼就会终身魂牵梦萦的有血有肉的草原上，变成了激荡的风、伤逝的水，远远地去了，又隐隐地来了。

永远都是这样，生活，当你经历着的时候，它其实就已经不属于你了。

父亲的藏獒，就这样，成了我们永恒的梦幻。